Samantha Sweet, executiva do lar

Outras obras da autora publicadas pela Editora Record

Como Sophie Kinsella
Fiquei com o seu número
Lembra de mim?
A lua de mel
Menina de vinte
Samantha Sweet, executiva do lar
O segredo de Emma Corrigan

Da série Becky Bloom:
Becky Bloom – Delírios de consumo na 5ª Avenida
O chá de bebê de Becky Bloom
Os delírios de consumo de Becky Bloom
A irmã de Becky Bloom
As listas de casamento de Becky Bloom
Mini Becky Bloom

Como Madeleine Wickham
Drinques para três
Louca para casar
Quem vai dormir com quem?

SOPHIE KINSELLA

Samantha Sweet, executiva do lar

Tradução de
ALVES CALADO

7ª edição

EDITORA RECORD
RIO DE JANEIRO • SÃO PAULO
2015

CIP-Brasil. Catalogação na fonte
Sindicato Nacional dos Editores de Livros, RJ.

K64s
7ª ed.
Kinsella, Sophie
  Samantha Sweet, executiva do lar / Sophie Kinsella; tradução de
Alves Calado. – 7ª ed. – Rio de Janeiro: Record, 2015.

  Tradução de: The undomestic goddess
  ISBN 978-85-01-07674-8

  1. Ficção inglesa. I. Alves-Calado, Ivanir, 1953-. II. Título.

06-4165
CDD – 823
CDU – 821.111-3

Título original em inglês:
THE UNDOMESTIC GODDESS

Copyright © Sophie Kinsella, 2005

Todos os direitos reservados. Proibida a reprodução, no todo ou em parte, através de quaisquer meios.

Direitos exclusivos de publicação em língua portuguesa somente para o Brasil adquiridos pela
EDITORA RECORD LTDA.
Rua Argentina, 171 – 20921-380 – Rio de Janeiro, RJ – Tel.: 2585-2000
que se reserva a propriedade literária desta tradução.

Impresso no Brasil

ISBN 978-85-01-07674-8

Seja um leitor preferencial Record.
Cadastre-se e receba informações sobre nossos lançamentos e nossas promoções.

Atendimento e venda direta ao leitor:
mdireto@record.com.br ou (21) 2585-2002

Para Linda Evans

Agradecimentos

Sou incrivelmente grata às muitas pessoas que fizeram de tudo para me ajudar neste livro. A Emily Stokely, extraordinária rainha do lar, por ter me ensinado a fazer pão. A Roger Barron, por ter sido tão generoso com seu tempo e por me dar um conhecimento maravilhoso sobre o mundo do direito corporativo (para não mencionar sua especialização sobre Jo Malone!). E em especial a Abigail Townley, por ter atuado como consultora jurídica de trama, permitindo-me ficar grudada nela, e respondendo pacientemente a um milhão de perguntas idiotas.

Obrigada ao apoio interminável de Patrick Plonkington-Smythe, Larry Finlay, Laura Sherlock, Ed Christie, Androulla Michael, Kate Samano, Judith Welsh e todo o pessoal fabuloso da Transworld. À minha maravilhosa agente Araminta Whitley, cujo entusiasmo por este livro não conheceu limites, e a Lizzie Jones, Lucinda Cook, Nicki Kennedy e Sam Edenborough. A Valerie Hoskins, Rebecca Watson e Brian Siberell. Obrigada, como sempre, ao pessoal da diretoria e a todos os meus garotos, grandes e pequenos.

Estes agradecimentos não seriam completos, claro, sem mencionar Nigella Lawson, que jamais conheci, mas cujos livros deveriam ser leitura obrigatória para todas as mulheres deficientes no quesito rainha do lar.

U<small>m</small>

Você se consideraria estressada?
Não. Não sou estressada.
Sou... ocupada. Muita gente é ocupada. O mundo é assim. Tenho um emprego de alto nível, minha carreira é importante e eu gosto dela.
OK, algumas vezes fico meio tensa. Meio pressionada. Mas sou advogada no centro financeiro de Londres, pelo amor de Deus. O que você esperaria?
Estou apertando tanto a caneta na página que rasguei o papel. Droga. Não faz mal. Vamos à próxima pergunta.

Em média, quantas horas por dia você passa no escritório?
~~14~~
~~12~~
8
Depende.

Você faz exercícios regularmente?
~~Nado regularmente~~
~~Nado ocasionalmente~~

Pretendo começar um regime regular de natação. Quando tiver tempo. Últimamente ando cheia de trabalho; é um pico de atividade.

Você bebe oito copos d'água todo dia?
~~Sim~~
~~De vez em q~~
Não.

Pouso a caneta e pigarreio. Do outro lado da sala, Maya ergue os olhos enquanto arruma todos os seus potezinhos de cera e esmalte de unha. Maya é minha terapeuta de beleza para o dia. Tem cabelos escuros compridos, presos numa trança com uma madeixa branca entrelaçada, e um minúsculo piercing de prata no nariz.

— Tudo bem com o questionário? — pergunta com sua voz macia.

— Eu disse que estou com um pouco de pressa — respondo com educação. — Todas essas perguntas são absolutamente necessárias?

— Gostamos de ter o máximo possível de informações para avaliar suas necessidades de beleza e saúde — diz ela num tom tranqüilizador mas ainda assim implacável.

Olho meu relógio. Nove e quarenta e cinco.

Não tenho tempo para isso. Realmente não tenho tempo. Mas é meu presente de aniversário e prometi à tia Patsy.

Para ser mais exata, é o presente de aniversário *do ano passado*. Tia Patsy me deu o vale para uma "Experiência Anti-estresse Definitiva" há pouco mais de um ano. Ela é irmã da minha mãe e tem enormes preocupações a respeito de mulheres com carreiras profissionais. Toda vez que a encontro ela segura meus ombros e olha meu rosto com a testa num franzido ansioso. E no cartão que acompanhou o vale ela escreveu: "Arranje um tempinho pra você, Samantha!!!"

E eu pretendia arranjar, realmente. Mas tivemos uns dois períodos movimentados no trabalho e, de algum modo, um ano se passou sem que eu encontrasse um momento livre. Sou advogada na Carter Spink, e no momento as coisas andam bem confusas. É um pico de atividade. Vai melhorar. Só preciso passar pelas próximas duas semanas.

Bem, aí a tia Patsy mandou o cartão de aniversário *deste* ano — e de repente percebi que o cupom estava a ponto de perder a validade. Portanto aqui estou, no meu vigésimo nono aniversário. Sentada num sofá com roupão de atoalhado branco e uma surreal calçola de papel. Com uma folga de meio dia. No máximo.

Você fuma?
Não.

Você bebe álcool?
Sim.

Come regularmente refeições feitas em casa?
Levanto os olhos, meio na defensiva. O que isso tem a ver? O que torna superiores as comidas feitas em casa?
Tenho uma dieta nutritiva e variada, escrevo por fim.
O que é absolutamente verdadeiro.
De qualquer modo, todo mundo sabe que os chineses vivem mais do que nós — portanto o que seria mais saudável do que comer a comida deles? E pizza vem do Mediterrâneo. Provavelmente é *mais* saudável do que uma refeição feita em casa.

Você acha que sua vida é equilibrada?
~~Sim~~
~~N~~
Sim.

— Acabei — anuncio e devolvo as páginas a Maya, que começa a ler minhas respostas. Seu dedo está viajando pelo papel a ritmo de lesma. Como se tivéssemos todo o tempo do mundo.
E ela pode muito bem ter. Mas, eu realmente, preciso estar de volta ao escritório à uma.
— Li suas respostas com atenção — Maya me lança um olhar pensativo — e você é obviamente uma mulher bastante estressada.
O quê? De onde ela tirou isso? Coloquei especificamente no formulário que *não* sou estressada.
— Não sou não. — E dou-lhe um sorriso relaxado, do tipo "veja como não sou estressada".

Maya não parece convencida.

— Seu trabalho obviamente causa muita pressão.

— Eu rendo mais sob pressão — explico. O que é verdade. Sei disso a meu respeito desde...

Bem, desde que minha mãe disse, quando eu tinha uns oito anos. *Você rende mais sob pressão, Samantha.* Toda a nossa família rende mais sob pressão. É como se fosse o lema de nossa família, ou algo assim.

Menos meu irmão Peter, claro. Ele teve um colapso nervoso. Mas o resto de nós.

Adoro meu emprego. Adoro a satisfação de descobrir um furo num contrato. Adoro a adrenalina de fechar um acordo. Adoro a empolgação de negociar, discutir e levantar o melhor argumento na sala.

Acho, só ocasionalmente, que me sinto como se alguém estivesse empilhando pesos em cima de mim. Como enormes blocos de concreto, um em cima do outro, e preciso segurá-los sempre, não importa o quanto eu esteja exausta...

Mas todo mundo provavelmente se sente assim. É normal.

— Sua pele está muito desidratada. — Maya balança a cabeça. Passa a mão hábil pela minha bochecha e pousa os dedos embaixo do queixo, parecendo cheia de preocupação. — Seu ritmo cardíaco está muito alto. Isso não é saudável. Está se sentindo particularmente tensa no momento?

— Tenho bastante trabalho atualmente — dou de ombros. — É só um pico de atividade. Estou bem. — *Podemos ir em frente com isso?*

— Bem. — Maya se levanta. Em seguida aperta um botão na parede e uma suave música de flauta de pã preenche o ar. — Só posso dizer que você veio ao lugar certo, Samantha. Nosso objetivo aqui é desestressar, revitalizar e desintoxicar.

— Ótimo — digo, ouvindo só pela metade. Acabei de lembrar que não retornei o contato com David Elldridge sobre aquele contrato de petróleo com a Ucrânia. Pretendia ligar para ele ontem. Merda.

— O objetivo do Centro Árvore Verde é proporcionar um porto seguro de tranqüilidade, longe de suas preocupações cotidianas. — Maya aperta outro botão na parede e a luz diminui até uma penumbra. — Antes de começarmos — diz em voz baixa —, você tem alguma pergunta?

— Na verdade, sim. — Inclino-me para a frente.

— Bom! — Ela ri de orelha a orelha. — Está curiosa com os tratamentos de hoje ou é algo mais geral?

— Será que eu poderia mandar um e-mail rápido? — pergunto educadamente.

O sorriso de Maya congela.

— Só rapidinho — acrescento. — Não vai demorar nem dois seg...

— Samantha, Samantha... — Maya balança a cabeça. — Você está aqui para relaxar. Tirar um momento para você. Não para mandar e-mails. Isso é uma obsessão! Um vício! Tão maligno quanto o álcool. Ou a cafeína.

Pelo amor de Deus, não sou *obcecada*. Quero dizer, isso é ridículo. Checo meus e-mails mais ou menos uma vez a cada... trinta segundos, talvez.

O negócio é que muita coisa pode mudar em trinta segundos.

— E além disso, Samantha — Maya continua — você está vendo algum computador nesta sala?

— Não — respondo, olhando obedientemente a salinha em penumbra ao redor.

— Por isso pedimos para deixar todos os equipamentos eletrônicos no cofre. Não são permitidos celulares. Nem computadores pequeninos. — Maya abre os braços. — Isso é um retiro. Uma fuga do mundo.

— Certo — confirmo humildemente.

Bom, provavelmente esta não é a hora de revelar que tenho um BlackBerry* escondido na minha calçola de papel.

— Então vamos começar. — Maya sorri. — Deite-se no divã, sob uma toalha. E, por favor, tire o relógio.

— Eu preciso do relógio!

— É outro vício. — Ela estala a língua, reprovando. — Você não precisa saber as horas enquanto estiver aqui.

Ela se vira discretamente e, com relutância, tiro o relógio. Então, meio sem jeito, me arranjo no divã, tentando não esmagar meu precioso BlackBerry.

Vi a regra sobre não trazer equipamento eletrônico. E realmente abri mão do meu gravador. Mas três horas sem um BlackBerry? Puxa, e se acontecer alguma coisa no escritório? E se houver uma emergência?

---

*Espécie de computador de mão que une bem o telefone e a internet, permitindo ao usuário enviar e receber e-mails. (*N. do T.*)

E nem faz sentido em termos lógicos. Se realmente quisessem que as pessoas relaxassem deixariam que elas *ficassem* com os BlackBerries e os celulares; não iriam confiscá-los.

De qualquer modo, ela não o verá embaixo da toalha.

— Vou começar com uma massagem relaxante nos pés — diz Maya, e sinto-a passando algum tipo de loção nos meus pés. — Tente esvaziar a mente.

Olho com obediência para o teto. Esvaziar a mente. Minha mente está vazia como... vidro transparente.

O que vou fazer com relação ao Elldridge? Deveria ter entrado em contato. Ele deve estar esperando uma resposta. E se ele disser aos outros sócios que fui relaxada? E se isso afetar as chances de me tornar sócia?

Sinto uma trava de alarma. Esta não é a hora de deixar alguma coisa ao acaso.

— Tente se livrar de todos os pensamentos... — entoa Maya. — Sinta a liberação da tensão...

Talvez eu pudesse mandar um e-mail bem rápido para ele. Por baixo da toalha.

Disfarçadamente baixo a mão e sinto o canto duro do meu BlackBerry. Gradualmente tiro-o da calçola de papel. Maya continua massageando meus pés, totalmente sem notar.

— Seu corpo está ficando pesado... sua mente deve estar se esvaziando...

Puxo o BlackBerry para o peito até que consigo ver a tela por baixo da toalha. Graças a Deus a sala está tão escura. Tentando manter os movimentos no mínimo, começo furtivamente a digitar um e-mail com uma das mãos.

— Relaaaxe... — está dizendo Maya em tom tranqüilizador. — Imagine que está andando numa praia...

— Ahã... — murmuro.

David, estou digitando. Ref contrato petróleo ZFN. Li emendas. Acho que nossa resposta deveria ser

— O que você está fazendo? — pergunta Maya, subitamente alerta.

— Nada! — digo enfiando rapidamente o BlackBerry de volta sob a toalha. — Só... é... relaxando.

Maya rodeia o divã e olha o volume na toalha, onde estou segurando o BlackBerry.

— Está escondendo alguma coisa? — pergunta incrédula.

— Não!

De baixo da toalha o BlackBerry emite um pequeno bip. Droga.

— Acho que foi um carro — digo, tentando parecer casual. — Lá fora na rua.

Os olhos de Maya se estreitam.

— Samantha — diz ela num tom vagaroso e agourento. — Você está com algum equipamento eletrônico aí embaixo?

Tenho a sensação de que, se eu não confessar, ela vai arrancar minha toalha de qualquer modo.

— Eu só estava mandando um e-mail — respondo finalmente e, desenxabida, mostro o BlackBerry.

— Vocês, viciados em trabalho! — Ela tira-o da minha mão, exasperada. — Os e-mails podem *esperar*. Tudo pode *esperar*. Você simplesmente não sabe como se relaxa!

— Não sou viciada em trabalho! — retruco cheia de indignação. — Sou advogada! É diferente!

— Você está na fase da negação. — Ela balança a cabeça.

— Não estou! Olha, nós temos uns negócios importantes na firma. Não posso simplesmente me desligar! Especialmente agora. Estou... bem, estou a ponto de ser admitida como sócia.

Enquanto digo as palavras em voz alta sinto a pontada familiar de nervosismo. Sócia de uma das maiores firmas de advocacia do país. A única coisa que sempre quis na vida.

— Estou para ser admitida como sócia — repito com mais calma. — Eles tomam a decisão amanhã. Se isso acontecer serei a sócia mais jovem de toda a história da firma. Sabe como isso é importante? Faz alguma idéia...

— Qualquer um pode tirar uma duas horas de folga — interrompe Maya. Em seguida põe a mão em meus ombros. — Samantha, você está incrivelmente nervosa. Seus ombros estão rígidos, o coração disparado... parece à beira de um ataque.

— Estou bem.

— Está uma pilha de nervos!

— Não estou!

— Você precisa *se decidir* a reduzir o ritmo, Samantha. — Ela me olha séria. — Só você pode decidir a mudança de sua vida. Vai fazer isso?

— É... bem...

Paro com um ruído de surpresa, quando de dentro da calçola de papel vem um tremor.

Meu celular. Enfiei-o ali, junto com o BlackBerry, e coloquei no "vibrar" para não fazer barulho.

— O que é isso? — Maya está olhando boquiaberta para minha toalha tremelicante. — O que, diabos, é essa... tremedeira?

Não posso admitir que é um telefone. Não depois do BlackBerry.

— É... — pigarreio. — É meu... brinquedinho do amor.

— Seu o quê? — Maya parece perplexa.

O telefone treme de novo dentro da minha calça. Preciso atender. Pode ser o escritório.

— Ah... sabe, eu estou chegando a um momento meio íntimo agora. — Dou um olhar significativo para Maya. — Será que você poderia, é... sair da sala?

A suspeita salta nos olhos de Maya.

— Espere um momento! — Ela espia de novo. — Há um telefone aí embaixo? Você contrabandeou um *celular também*?

Ah, meu Deus. Ela parece furiosa.

— Olhe — digo, tentando pedir desculpa. — Sei que vocês têm suas regras e coisa e tal, e respeito isso, mas o negócio é que eu *preciso* do meu celular. — Enfio a mão sob a toalha para pegar o telefone.

— *Deixe isso!* — o grito de Maya me pega de surpresa. — Samantha — diz ela, fazendo um esforço óbvio para manter a calma. — Se você ouviu ao menos uma palavra do que eu disse, vai desligar o telefone agora mesmo.

O telefone vibra de novo na minha mão. Olho o identificador de chamadas e sinto um aperto no estômago.

— É do escritório.

— Eles podem deixar recado. Podem esperar.

— Mas...

— Este é o seu tempo particular. — Ela se inclina à frente e aperta minhas mãos, séria. — *O seu tempo particular.*

Meu Deus, ela realmente não entende, não é? Quase quero rir.

— Sou advogada da Carter Spink — explico. — Não *tenho* tempo particular. — Abro o telefone e uma voz masculina e raivosa vem pela linha.

— Samantha, onde, diabos, você está?

Sinto uma trava por dentro. É Ketterman. O chefe do nosso departamento. Ele deve ter um primeiro nome, acho, mas ninguém o chama de nada além de Ketterman. Tem cabelo preto, óculos de aço e olhos cinza parecendo verrumas, e quando entrei para a Carter Spink tinha pesadelos com ele.

— O acordo com os Fallons está de pé outra vez. Volte para cá agora mesmo. Reunião às dez e meia.

De *pé* outra vez?

— Estarei aí assim que puder. — Fecho o telefone e dou um olhar pesaroso a Maya. — Desculpe.

Não sou *viciada* no meu relógio.
Mas obviamente dependendo dele. Você também dependeria, se seu tempo fosse medido em segmentos de seis minutos. Cada seis minutos de minha vida profissional deve ser faturado com um cliente. Tudo vai para uma planilha computadorizada, em nacos identificados.

11h a 11h06 Esbocei contrato para o Projeto A
11h06 a 11h12 Emendei a documentação para o Cliente B
11h12 a 11h18 Consultei sobre ponto do Acordo C

Quando entrei para a Carter Spink isso me deixou ligeiramente pirada, a idéia de que precisava escrever em quê estava trabalhando a cada minuto do dia. Costumava pensar: e se eu não fizer nada por seis minutos? O que deveria escrever?

11h a 11h06   Olhei sem objetivo pela janela
11h06 a 11h12 Fantasiei que esbarrava no George Clooney na rua
11h12 a 11h18 Tentei tocar o nariz com a língua

Mas a verdade é que a gente se acostuma. A gente se acostuma a medir a vida em pedacinhos. E se acostuma a trabalhar. O tempo todo.

Se você for advogada na Carter Spink, não fica sentada à toa. Não olha pela janela nem fantasia. Não quando cada seis minutos do seu tempo vale tanto. Coloque do seguinte modo: se eu deixar que seis minutos passem tiquetaqueando sem fazer nada, desperdicei 50 libras da firma. Doze minutos, 100 libras. Dezoito minutos, 150 libras.

Como digo, os advogados da Carter Spink não ficam sentados à toa.

Dois

Quando chego ao escritório, Ketterman está parado junto à minha mesa, olhando com uma expressão de nojo a confusão de papéis e pastas espalhados em toda parte.

Sinceramente, não tenho a mesa mais arrumada do mundo. Na verdade... é meio bagunçada. Mas pretendo totalmente organizá-la e separar todas as pilhas de contratos antigos no chão. Assim que tiver algum tempo.

— Reunião em dez minutos — diz ele olhando o relógio. — Quero o esboço de documentação financeira pronto.

— Sem dúvida — respondo tentando ficar calma. Mas a simples presença dele me deixa nervosa.

Ketterman é irritante, na melhor das hipóteses. Emana um poder apavorante, cerebral, como outros homens emanam loção após-barba. Mas hoje é um milhão de vezes pior, porque Ketterman está no grupo de decisão. Amanhã ele e outros treze sócios farão uma grande reunião para decidir quem será o novo sócio.

Amanhã descobrirei se consegui ou se minha vida foi um enorme fracasso inútil. Sem pressão, nem nada.

— O esboço de documentação está aqui mesmo... — Enfio a mão numa pilha de pastas de papel e pego o que parece uma caixa, com um floreio eficiente.
É uma velha caixa de rosquinhas Krispy Kreme.
Jogo-a rapidamente no lixo.
— Definitivamente está aqui, em algum lugar... — Remexo freneticamente e localizo a pasta correta. Graças a Deus. — Aqui!
— Não sei como você consegue trabalhar nessa bagunça, Samantha. — A voz de Ketterman é aguda e sarcástica, e seus olhos totalmente desprovidos de humor.
— Pelo menos tudo está à mão! — Tento dar um risinho, mas Ketterman parece feito de pedra. Sem graça, puxo a cadeira e uma pilha de cartas que eu tinha esquecido cai como uma chuva no chão.
— Sabe, a regra antiga era que as mesas deviam ser completamente limpas toda noite às seis horas. — A voz de Ketterman é de aço. — Talvez devamos reintroduzi-la.
— Talvez! — Tento sorrir, mas Ketterman está me deixando cada vez mais nervosa.
— Samantha! — Uma voz agradável nos interrompe e olho em volta, aliviada ao ver Arnold Saville se aproximando pelo corredor.
Arnold é meu preferido entre os sócios principais. Tem cabelos grisalhos como se feitos de lã que parecem um pouco extravagantes para um advogado, e um gosto espalhafatoso em gravatas. Hoje está usando uma com estampa escocesa em vermelho vivo, com lenço combinando no bolso do casaco. Cumprimenta-me com sorriso largo e sorrio de volta, sentindo-me relaxar.

Tenho certeza que Arnold é que está fazendo a campanha para que eu seja sócia. Assim como estou igualmente certa de que Ketterman estará se opondo a isso. Arnold é o independente da firma; o que rompe com as regras; que não se importa com coisas irrelevantes como mesas bagunçadas.

— Carta de avaliação sobre você, Samantha. — Arnold sorri e estende uma folha. — Nada menos que presidente da Gleiman Brothers.

Pego o papel timbrado, surpresa, e olho o bilhete escrito à mão.

"... *grande estima... seus serviços são sempre profissionais...*"

— Pelo que percebi, você economizou alguns milhões de libras que ele não estava esperando. — Arnold pisca. — Ele está adorando.

— Ah, sim — fico ligeiramente ruborizada. — Bem, não foi nada. Só notei uma anomalia no modo como eles estavam estruturando as finanças.

— Você obviamente causou grande impressão no sujeito. — Arnold levanta as sobrancelhas fartas. — Ele quer que de agora em diante você trabalhe em todos os contratos da empresa dele. Excelente, Samantha! Muito bem.

— É... obrigada. — Olho para Ketterman, só para ver se, por alguma chance remota, ele pode parecer impressionado. Mas continua impaciente e com a testa franzida.

— Também quero que você cuide disto. — Ketterman joga uma pasta na minha mesa. — Preciso de uma revisão completa em 48 horas.

Ah, inferno. Meu coração se aperta enquanto olho a pasta pesada. Vai demorar horas para fazer isso.

Ketterman sempre me dá tarefas extras e sem graça que ele não se dá ao trabalho de fazer. Na verdade todos os sócios fazem isso. Até Arnold. Metade do tempo nem dizem nada, só jogam a pasta na minha mesa com algum memorando ilegível e esperam que eu resolva tudo.

— Algum problema? — Seus olhos estão se estreitando.

— Claro que não — digo numa voz lépida, eficiente, de sócia potencial. — Vejo você na reunião.

Enquanto ele sai batendo os pés olho o relógio. Dez e vinte e dois. Tenho exatamente oito minutos para garantir que o esboço de documentação para o acordo da Fallons esteja em ordem. Abro a pasta e examino as páginas rapidamente, verificando se há erros, procurando furos. Aprendi a ler muito mais rápido desde que entrei para a Carter Spink.

Na verdade, faço tudo mais rápido. Ando mais rápido, falo mais rápido, como mais rápido... faço sexo mais rápido...

Não que eu tenha muito disso ultimamente. Mas há uns dois anos namorei um sócio da Berry Forbes. Chamava-se Jacob, trabalhava com gigantescos acordos internacionais e tinha ainda menos tempo do que eu. No fim havíamos acomodado nossa rotina a uns seis minutos, o que seria bem adequado se estivéssemos cobrando um do outro. (Mas obviamente não estávamos.) Ele me fazia gozar — e eu o fazia gozar. Depois verificávamos nossos e-mails.

O que praticamente significa orgasmos simultâneos. Portanto ninguém pode dizer que não é sexo bom. Eu lia a *Cosmopolitan*, sei dessas coisas.

De qualquer modo, Jacob recebeu uma oferta fantástica e se mudou para Boston, e foi o fim. Não me importei muito.

Para ser totalmente honesta, não gostava realmente dele.

— Samantha? — Uma voz interrompe meus pensamentos. É minha secretária, Maggie. Ela só começou há algumas semanas e ainda não a conheço muito bem.

— Chegou um recado enquanto você estava fora. De Joanne?

— Joanne da Clifford Chance? — Levanto a cabeça, com a atenção fisgada. — Certo. Diga que recebi o e-mail sobre a cláusula quatro e que vou ligar depois do almoço...

— Não é essa Joanne — interrompe Maggie. — Joanne, sua nova faxineira. Quer saber onde você guarda os sacos do aspirador de pó.

Olho-a inexpressiva.

— Guardo o quê?

— Os sacos do aspirador de pó — repete Maggie com paciência. — Ela não está encontrando.

— Por que o aspirador de pó tem de ficar num saco? — pergunto perplexa. — Ela vai levá-lo a algum lugar?

Maggie me olha como se não soubesse se eu estou brincando.

— Os sacos que ficam *dentro* do aspirador — diz cautelosamente. — Para recolher o pó. Você tem algum?

— Ah! — digo rapidamente. — Ah, *esses* sacos. É...
Franzo a testa, pensando, como se a solução estivesse na ponta da língua. A verdade é que nem consigo visualizar meu aspirador de pó. Alguma vez já o vi? Sei que foi entregue quando comprei, porque o porteiro assinou o recibo.

— Talvez seja um Dyson — sugere Maggie. — Eles não usam sacos. É de cilindro ou preso no cabo? — Ela me olha cheia de expectativa.

Não faço idéia do que Maggie está falando. Não que eu vá admitir isso.

— Dou um jeito — digo em tom profissional e começo a juntar os papéis. — Obrigada, Maggie.

— Ela fez outra pergunta. — Maggie consulta seu papel. — Como você liga seu forno?

Por um momento continuo pegando os papéis, como se não tivesse escutado direito. Obviamente sei ligar meu próprio forno.

— Bem. Você gira o... é... o botão — digo finalmente, tentando parecer casual. — É bem óbvio, verdade...

— Ela disse que tem uma trava de tempo esquisita. — Maggie franze a testa, pensativa. — É a gás ou elétrico?

Certo, acho que devo acabar com esta conversa agora mesmo.

— Maggie, realmente preciso dar um telefonema — digo em tom de desculpas, apontando para o telefone.

— Então o que devo dizer à faxineira? — insiste Maggie. — Ela está esperando que eu ligue de volta.

— Diga para... deixar para outro dia. Eu dou um jeito.

Enquanto Maggie sai da sala pego uma caneta e um bloco de anotações.

1. *Como ligar forno?*
2. *Sacos de aspirador — comprar*

Pouso a caneta e massageio a testa. Realmente não tenho tempo para isso. Quero dizer, sacos de aspirador. Nem sei como esse negócio é, pelo amor de Deus, quanto mais onde comprar...

Um pensamento súbito me acerta. Vou encomendar um aspirador novo. Certamente já virá com um saco instalado.

— Samantha.

— O quê? O que é? — Levo um susto e abro os olhos. Guy Ashby está parado junto à porta.

Guy é meu melhor amigo na firma. Tem 1,90m, pele morena e olhos escuros, e normalmente é o próprio advogado bem arrumado, polido. Mas hoje seu cabelo escuro está desgrenhado e há sombras sob os olhos.

— Relaxa. — Ele dá um sorriso. — Sou só eu. Vem à reunião?

Guy tem o sorriso mais devastador. Não sou só eu, todo mundo notou no minuto em que ele chegou à firma.

— Ah. É... sim, vou. — Pego os papéis e depois acrescento descuidadamente: — Você está bem, Guy? Parece meio cansado.

Ele rompeu com a namorada. Os dois têm brigas feias que duram a noite toda e ela foi embora de vez...

Não, emigrou para a Nova Zelândia...

— Virei a noite — responde ele encolhendo-se. — O diabo do Ketterman. Ele é desumano. — Guy dá um bocejo enorme, mostrando os dentes perfeitos e brancos que consertou quando estava na faculdade de direito de Harvard.

Diz que não foi escolha sua. Parece que não deixam ninguém se formar enquanto não tiver o OK do ortodontista.

— Saco. — Rio com simpatia e depois empurro a cadeira para trás. — Vamos lá.

Conheço Guy há um ano, desde que entrou como sócio para o departamento corporativo. É inteligente e divertido; e trabalha como eu, e de algum modo nós simplesmente... clic.

E sim. É possível que algum tipo de romance tivesse acontecido entre nós se as coisas fossem diferentes. Mas houve um equívoco idiota e...

Pois é. Não aconteceu. Os detalhes não são importantes. Não é uma coisa em que fico pensando. Somos amigos; e para mim está ótimo.

Certo, aconteceu exatamente o seguinte:

Parece que Guy me notou praticamente no primeiro dia na firma, como eu o notei. E ficou interessado. Perguntou se eu era solteira. E eu era.

Essa era a parte crucial: eu era solteira. Tinha acabado de romper com o Jacob. Teria sido perfeito.

Tento não pensar muito em como teria sido perfeito.

Mas Nigel MacDermot, que é um idiota, idiota, *que não pensa*, um imbecil sem tamanho, disse ao Guy que eu namorava um sócio importante da Berry Forbes.
Mesmo eu estando sozinha.
Se você me perguntar, o sistema tem uma falha enorme. Deveria ser mais claro. As pessoas deveriam ter placas de compromisso, como as placas dos toaletes. Comprometida. Não comprometida. Não deveria haver ambigüidade com essas coisas.

De qualquer modo eu não tinha uma placa. Ou, se tivesse, era a placa errada. Houve algumas semanas ligeiramente embaraçosas em que eu sorria um bocado para o Guy — e ele ficava sem jeito e começou a me evitar, porque não queria a) acabar com um relacionamento ou b) montar um triângulo comigo e Jacob.

Eu não entendia o que estava acontecendo, por isso recuei. Depois ouvi boatos de que ele estava começando a sair com uma garota chamada Charlotte, que tinha conhecido numa festa de fim de semana. Um ou dois meses depois nós trabalhamos juntos num contrato e ficamos amigos — e esta é praticamente toda a história.

Quero dizer, tudo bem. Verdade. É como as coisas são. Algumas acontecem — e algumas não. Esta obviamente não era para ser.

Só que bem no fundo, bem lá dentro... ainda acredito que era.

— E então — diz Guy, enquanto seguimos pelo corredor até a sala de reuniões. — Sócia. — Ele ergue uma sobrancelha.

— Não diga isso! — sibilo horrorizada. Ele vai estragar tudo.

— Qual é! Você sabe que chegou lá.

— Não sei de nada.

— Samantha, você é a advogada mais brilhante do seu ano. E a que trabalha mais duro. Qual é o seu QI, afinal, 600?

— Cala a boca. — Olho o carpete azul-claro e Guy solta uma gargalhada.

— Quanto é 124 vezes 75?

— Nove mil e trezentos — digo de má vontade.

Este á a *única* coisa que me irrita no Guy. Desde que tinha uns dez anos sou capaz de fazer contas grandes de cabeça. Deus sabe por quê, simplesmente consigo. E todo mundo fica dizendo: "ah, maneiro", e depois esquece.

Mas Guy continua falando, jogando contas para cima de mim como se eu fosse uma artista de circo. Sei que ele acha engraçado, mas na verdade fica meio irritante.

Uma vez eu respondi o número errado, de propósito. Mas então fiquei sabendo que ele precisava mesmo da resposta, e colocou num contrato, e em resultado o negócio quase se ferrou. De modo que não fiz isso de novo.

— Você não treinou no espelho para a foto do site da firma? — Guy adota uma pose com o dedo encostado pensativamente no queixo. — Srta. Samantha Sweet, Sócia.

— Nem pensei nisso — digo revirando os olhos com desdém.

É uma mentirinha. Já planejei como fazer o cabelo para a foto. E qual tailleur preto usar. E desta vez vou sorrir. Nas fotos da minha página no site da Carter Spink estou séria demais.

— Ouvi falar que sua apresentação pirou os caras de vez — diz Guy, mais sério.

Meu desdém desaparece num segundo.

— Verdade? — Tento não parecer ansiosa demais. — Você ouviu?

— E você corrigiu William Griffiths num artigo de lei diante de todo mundo? — Guy cruza os braços e me olha cheio de humor. — Alguma vez você comete erros, Samantha Sweet?

— Ah, eu cometo um monte de erros — respondo em tom leve. — Acredite.

Tipo não agarrar você e dizer que eu estava solteira, no dia em que nos conhecemos.

— Um erro não é um erro — Guy faz uma pausa —, a não ser que não possa ser consertado. — Enquanto diz as palavras, seus olhos parecem se cravar mais profundamente nos meus.

Ou então só estão embriagados depois de uma noite sem dormir. Nunca fui boa em ler os sinais.

Deveria ter tirado diploma nisso, em vez de em direito. Seria muito mais útil. Bacharel (com Honras) em Saber Quando os Homens Estão a Fim da Gente e Quando Só Estão Sendo Amigáveis.

— Prontos? — A voz de chicote de Ketterman atrás de nós nos faz dar um pulo e eu me viro, vendo toda uma falange de homens com ternos sóbrios acompanhados por duas mulheres com roupas ainda mais sóbrias.

— Sem dúvida — Guy assente para Ketterman, depois se vira e pisca para mim.

Ou talvez eu devesse fazer um curso de telepatia.

Três

Nove horas depois ainda estamos na reunião.

A gigantesca mesa de mogno está cheia de cópias de esboços de contratos, relatórios financeiros, blocos de notas cobertos de rabiscos, *post-its* e copos de isopor sujos de café. Caixas de lanche para viagem espalhadas no chão. Uma secretária distribui novas cópias do esboço de contrato. Dois advogados da oposição levantaram-se da mesa e estão murmurando sérios na sala de descanso. Cada sala de reunião tem uma dessas: uma pequena área lateral aonde você pode ir para ter conversas particulares ou quando está a fim de pirar de vez.

A intensidade vespertina passou. É como um refluxo na maré. Rostos estão vermelhos ao redor da mesa, os humores continuam exacerbados, mas ninguém está gritando mais. Os clientes foram embora. Chegaram a um acordo por volta das quatro horas, apertaram as mãos e partiram em suas limusines brilhantes.

Agora fica por nossa conta, os advogados, deduzir o que eles disseram e o que realmente queriam dizer (e se você acha que é a mesma coisa, é melhor abandonar o direito agora mesmo) e colocar tudo num esboço de contrato a tempo para a reunião de amanhã.

Quando provavelmente começarão a gritar mais um pouco.

Coço o rosto seco e tomo um gole de capuccino, antes de perceber que peguei o copo errado — o copo gelado, de horas atrás. Argh. *Argh*. E não posso exatamente cuspir aquilo na mesa.

Engulo com uma careta o gole repulsivo. As luzes fluorescentes estão piscando nos olhos e me sinto esgotada. Meu papel em todos aqueles megaacordos é do lado financeiro — de modo que fui eu que negociei o acordo de empréstimo entre nosso cliente e o banco PGNI. Fui eu que resgatei a situação quando um buraco negro de dívida apareceu numa companhia subsidiária. E fui eu que passei umas três horas desta tarde discutindo o uso de uma única expressão idiota na cláusula 29(d).

A expressão era "maior empenho". A oposição queria usar "esforço razoável". Nós vencemos, mas não consigo sentir o triunfo de sempre. Só sei que são sete e dezenove e dentro de onze minutos eu deveria estar do outro lado da cidade, sentando-me para jantar com minha mãe e meu irmão Daniel.

Terei de cancelar. Meu próprio jantar de aniversário.

No instante em que penso nisso consigo ouvir a voz ultrajada de minha mais antiga colega de escola, Freya, ressoando no ouvido.

Eles não podem fazer você ficar no trabalho no dia do seu aniversário!

Cancelei com ela também, na semana passada, quando iríamos a um show de humor. O contrato deveria ser assinado no dia seguinte e eu não tinha opção.

O que ela não entende é que o prazo vem na frente, e ponto final. Os compromissos anteriores não contam, os aniversários não contam. Feriados são cancelados toda semana. Do outro lado da mesa, à minha frente, está Clive Sutherland, do departamento corporativo. A mulher de Clive teve gêmeos hoje cedo e ele estava de volta à mesa ao meio-dia.

— Certo, pessoal. — A voz de Ketterman exige atenção imediata.

Ketterman é o único que não tem rosto vermelho, não parece cansado nem mesmo incomodado. Parece mecânico como sempre; tão arrumado como de manhã. Quando fica com raiva, nem um fio de cabelo sai do lugar. Simplesmente exsuda uma fúria silenciosa, de aço.

— Precisamos adiar.

O quê? Minha cabeça se levanta bruscamente.

Outras cabeças se levantaram também; posso detectar esperança ao redor da mesa. Somos como colegiais sentindo uma inquietação durante a prova de matemática, não ousando nos mover para o caso de não receber castigo duplo.

— Até termos a documentação da Fallons, não podemos continuar. Vejo vocês todos amanhã, aqui, às nove horas. — Ele sai e, quando a porta se fecha, eu respiro. Percebo que estava prendendo o fôlego.

Clive Sutherland já partiu para a porta. As pessoas já estão com os celulares por toda a sala, falando de jantar, filmes, descancelando compromissos. Há um ânimo jubiloso. Tenho súbita ânsia de gritar: "Iupiiii!"

Mas isso não seria digno de uma sócia.

Pego meus papéis, enfio na pasta e empurro a cadeira para trás.

— Samantha. Esqueci. — Guy está atravessando a sala. — Tenho uma coisa para você.

E me entrega um embrulho branco, simples. Sinto um ridículo jorro de alegria. Um presente de aniversário. Ele é o único em toda a firma que se lembrou do meu aniversário. Não consigo deixar de luzir por dentro enquanto abro o envelope de papelão.

— Guy, você não deveria!

— Não foi nada — diz ele, claramente satisfeito consigo mesmo.

— Mesmo assim! — rio. — Eu pensei que você tinha...

Paro abruptamente quando descubro um DVD corporativo numa embalagem laminada. É um resumo da apresentação da European Partners que fizemos no outro dia. Eu tinha mencionado que queria uma cópia.

Viro-o nas mãos, certificando-me de que o sorriso esteja completamente intacto no rosto antes de levantar a cabeça. Claro que ele não se lembrou do meu aniversário. Por que lembraria? Provavelmente nem sabia.

— Isso é... ótimo — digo finalmente. — Obrigada!

— Sem problema. — Ele está pegando sua pasta. — Tenha uma boa noite. Planejou alguma coisa?

Não posso dizer que é meu aniversário. Ele vai achar... vai perceber...

— Só... um negócio de família. — Sorrio. — Vejo você amanhã.

Pois é. O principal é que saí. Vou ao jantar, afinal de contas. E nem devo me atrasar demais!

Enquanto meu táxi se arrasta pelo tráfego em Cheapside, remexo na bolsa rapidamente em busca da nova sacola de maquiagem. Um dia desses dei um pulinho na Selfridges, na hora do almoço, quando percebi que ainda estava usando o velho delineador e o rímel cinza que comprei para a formatura há seis anos. Não tinha tempo para uma demonstração, mas perguntei se a garota do balcão poderia me vender rapidamente tudo que ela achasse que eu precisava.

Realmente não escutei enquanto ela explicava cada item, porque estava ao telefone com Elldridge falando sobre o contrato da Ucrânia. Mas a única coisa que lembro é a insistência para eu usar algo chamado "Pó Bronze". Ela disse que isso me daria um brilho e me faria deixar de parecer tão pavorosamente...

Então ela parou.

— Pálida — disse por fim. — Você está meio... pálida.

Pego o compacto e o enorme pincel de blush e começo a passar o pó nas bochechas e na testa. Então, quando olho o reflexo no espelho, contenho um riso. Meu rosto me olha de volta, dourado e brilhante como um alienígena. Estou ridícula.

Quero dizer, quem estou enganando? Uma advogada do centro de Londres que não tira férias há dois anos não é bronzeada. Nem mesmo brilha. Desse jeito eu poderia muito bem andar com contas nos cabelos e fingir que acabei de chegar de Barbados.

Olho-me por mais alguns segundos, depois pego um lenço de limpeza e tiro o bronze até que meu rosto esteja branco de novo, com tons de cinza. De volta ao normal. A garota da maquiagem ficou falando das sombras escuras debaixo dos meus olhos, também.

O negócio é que se eu *não* tivesse sombras debaixo dos olhos provavelmente seria demitida.

Estou usando tailleur preto, como sempre. Minha mãe me deu cinco tailleurs pretos quando fiz 21 anos; e nunca abandonei o hábito. O único item de cor é a bolsa. Vermelha. Mamãe me deu, também, há dois anos.

Pelo menos me deu uma preta. Mas por algum motivo — talvez o sol estivesse brilhando ou eu tivesse acabado de fechar algum contrato fantástico, não lembro — tive um ataque e troquei por uma vermelha. Não sei se algum dia ela me perdoou.

Solto o cabelo do elástico, penteio rapidamente e depois torço de novo, pondo no lugar. O cabelo nunca foi exatamente meu orgulho e meu júbilo. É cor de rato, comprimento médio, com onda média. Pelo menos era na última vez em que olhei. Na maioria do tempo vive retorcido num nó.

— Vai ter uma noite boa? — pergunta o chofer do táxi, que esteve me olhando pelo retrovisor.
— É meu aniversário, na verdade.
— Feliz aniversário! — Ele pisca. — Então vai festejar. Curtir a noite.
— É... mais ou menos.

Minha família e festas loucas não combinam exatamente. Mas mesmo assim vai ser ótimo a gente se ver e colocar os assuntos em dia. Isso não acontece muito.

Não que não queiramos nos ver. Só que todos temos carreiras ocupadas. Minha mãe é advogada nos tribunais superiores. É bem conhecida, na verdade. Abriu escritório próprio há dez anos e no ano passado ganhou um prêmio da Mulheres do Direito. E há o meu irmão Daniel, que tem 36 anos, é diretor de investimentos no Whittons. Ano passado foi citado como um dos principais negociadores do centro financeiro de Londres.

E também há o meu outro irmão, Peter mas, como falei, ele meio que teve um colapso. Agora mora na França e ensina inglês numa escola e nem tem secretária eletrônica. E meu pai, claro, que mora na África do Sul com a terceira mulher. Não o vejo muito desde que tinha 3 anos. Mas tudo bem. Minha mãe tem energia suficiente pelos dois pais.

Olho o relógio enquanto aceleramos pela Strand. Sete e quarenta e dois. Estou começando a ficar bem empolgada. Quanto tempo faz que não vejo mamãe? Deve ter sido... no Natal. Há seis meses.

Paramos diante do restaurante e pago ao motorista, acrescentando uma bela gorjeta.

— Tenha uma ótima noite, querida! — diz ele. — E feliz aniversário!

— Obrigada!

Enquanto entro correndo no restaurante, olho ao redor procurando mamãe e Daniel, mas não os vejo.

— Oi! — digo ao maître. — Vou me encontrar com a Sra. Tennyson.

É mamãe. Ela desaprova as mulheres pegarem o sobrenome do marido. Também desaprova mulheres que ficam em casa, cozinhando, fazendo limpeza ou aprendendo a datilografar, e acha que todas as mulheres devem ganhar mais do que os maridos porque são naturalmente mais inteligentes.

O maître me leva a uma mesa vazia no canto e eu me sento na banqueta de camurça.

— Oi! — sorrio para o garçom que se aproxima. — Gostaria de um Buck's Fizz, uma vodca com suco de lima e um martíni, por favor. Mas não traga tudo antes da chegada dos outros convidados.

Mamãe sempre toma vodca com lima. E não faço idéia do que Daniel toma ultimamente, mas não recusará um martíni.

O garçom confirma com a cabeça e desaparece. Sacudo meu guardanapo, olhando as pessoas que jantam ao redor. O Maxim's é um restaurante bem legal, todo com pisos de madeira africana, mesas de aço e iluminação climática. É muito popular entre os advogados, e na verdade mamãe tem conta aqui. Dois sócios da Linklaters estão numa mesa distante, e no bar posso ver um dos mais famosos advogados especializados em calúnias de Londres. O ruído de conversas, rolhas espocando e garfos batendo nos pratos enormes é como o rugido gigantesco do mar, com ocasionais maremotos de risos fazendo cabeças girarem.

Enquanto examino o menu sinto-me subitamente voraz. Não como uma refeição decente há uma semana, e tudo parece tão delicioso! Foie gras com cobertura vidrada. Cordeiro com hamus apimentado. E na folha de pratos especiais há suflê de chocolate com hortelã e dois sorvetes feitos em casa. Só espero que mamãe possa ficar tempo suficiente para a sobremesa. Ela tem o hábito de chegar para jantar e depois sair zunindo na metade do prato principal. Ouvi-a dizer muitas vezes que metade de um jantar basta para qualquer pessoa. O problema é que mamãe realmente não se interessa por comida. Nem por ninguém que seja menos inteligente do que ela. O que descarta praticamente todo mundo.

Mas Daniel vai ficar. Assim que meu irmão abre uma garrafa de vinho, sente-se obrigado a ir até o fim.

— Srta. Sweet? — Levanto os olhos e vejo o maître se aproximando, segurando um celular. — Tenho um recado. Sua mãe ficou presa no escritório.

— Ah. — Tento esconder o desapontamento. Mas não posso reclamar. Fiz a mesma coisa com ela muitas vezes. — Então... a que horas ela vai chegar?

— Estou com ela aqui ao telefone. A secretária vai completar a ligação... Alô? — diz ele ao telefone. — Estou com a filha da Sra. Tennyson.

— Samantha? — diz uma voz nítida e precisa em meu ouvido. — Querida, infelizmente não posso ir esta noite.

— Não pode vir? — Meu sorriso falha. — Nem... para uma bebida?

Seu escritório fica a cinco minutos de distância, no Lincoln's Inn Fields.

— Coisa demais a fazer. Tenho um caso muito importante e vou ao tribunal amanhã... Não, pegue a outra pasta — acrescenta para alguém no escritório. — Essas coisas acontecem — retoma ela. — Mas tenha uma boa noite com Daniel. Ah, e feliz aniversário. Transferi trezentas libras para sua conta no banco.

— Ah, certo — digo depois de uma pausa. — Obrigada.

— Já ouviu alguma coisa sobre a sociedade?

— Ainda não. — Posso ouvi-la batendo com a caneta no telefone.

— Quantas horas você marcou neste mês?

— Ah... provavelmente umas duzentas...

— Isso basta? Samantha, você não quer ser deixada para trás. Haverá advogados mais jovens chegando. Alguém na sua posição pode facilmente ficar de molho para sempre.

— Duzentas é muita coisa — tento explicar. — Comparada aos outros...

— Você tem de ser *melhor* que os outros! — Sua voz interrompe a minha como se ela estivesse num tribunal. — Não pode deixar que seu desempenho fique abaixo de excelente. Este é um *tempo crucial*... Não *aquela* pasta! — acrescenta impaciente a quem quer que seja. — Espere na linha, Samantha...

— Samantha?

Levanto a cabeça, confusa, e vejo uma garota vestida num conjunto azul-pólvora se aproximando da mesa. Está segurando um cesto de presente adornado com uma fita e tem um sorriso largo.

— Sou Lorraine, assistente de Daniel — diz num tom cantarolado que subitamente reconheço. — Infelizmente ele não pode vir esta noite. Mas tenho uma coisinha para você. E ele está aqui ao telefone, para dizer olá.

Lorraine estende um celular iluminado. Em confusão total, pego-o e encosto no outro ouvido.

— Oi, Samantha — diz o sotaque profissional de Daniel. — Olha, querida, estamos com um mega-negócio. Não posso ir.

Sinto um mergulho na consternação total. *Nenhum* dos dois vem?

— Sinto muito mesmo, querida — está dizendo Daniel. — É a vida. Mas divirta-se com mamãe, certo?

Engulo em seco várias vezes. Não posso admitir que ela me deu bolo também. Não posso admitir que estou sentada aqui sozinha.

— Certo! — De algum modo consigo arranjar um tom lépido. — Vamos nos divertir!

— Transferi um dinheiro para a sua conta. Compre alguma coisa legal. E mandei uns chocolates com Lorraine — acrescenta orgulhoso. — Eu mesmo escolhi.

Olho o cesto de presente que Lorraine está estendendo. Não são chocolates. É sabonete.

— É uma graça, Daniel, verdade — consigo dizer. — Muito obrigada.

— *Parabéns pra você...*

Há um coro súbito atrás de mim. Giro e vejo um garçom trazendo um copo de coquetel. Uma bebida borbulha dentro e "Feliz aniversário, Samantha" está escrito com caramelo na bandeja de aço. Três garçons vêm atrás, todos cantando em harmonia.

Depois de um momento Lorraine se junta a eles, sem graça.

— *Nessa data querida...*

O garçom pousa a bandeja na minha frente, mas tenho as mãos ocupadas com os telefones.

— Vou pegar isso para você — diz Lorraine, aliviando-me do telefone de Daniel. Ela o leva ao ouvido e depois ri para mim. — Ele está cantando! — diz apontando de modo encorajador para o aparelho.

— Samantha? — diz mamãe ao meu ouvido. — Ainda está aí?

— Só estou... eles estão cantando *Parabéns pra você...*

Ponho o telefone na mesa. Depois de pensar um momento, Lorraine coloca o seu cuidadosamente, do lado oposto.

Esta é a festa de aniversário da minha família.

Dois celulares.

Vejo pessoas olhando para a cantoria, com os sorrisos caindo um pouco quando vêem que estou sozinha. Dá para notar a pena no rosto dos garçons. Estou tentando manter o queixo erguido, mas minhas bochechas queimam de vergonha.

De repente o garçom a quem eu tinha feito o pedido aparece à mesa. Traz três coquetéis numa bandeja e olha a mesa vazia, numa ligeira confusão.

— Para quem é o martíni?

— Deveria ser para o meu irmão...

— É o Nokia — disse Lorraine solícita, apontando o celular.

Há uma pausa. Então, com rosto inexpressivo e profissional, o garçom põe a bebida diante do celular, junto com um guardanapo.

Quero rir — só que há uma ardência atrás dos meus olhos e não sei se consigo. Ele põe os outros coquetéis na mesa, assente para mim e vai embora. Há uma pausa incômoda.

— Então... — Lorraine pega o celular de Daniel e o guarda em sua bolsa. — Feliz aniversário. E tenha uma ótima noite!

E sai do restaurante com os saltos altos tiquetaqueando. Pego o outro telefone para me despedir, mas mamãe já desligou. Os garçons cantores desapareceram. Somos apenas eu e o cesto de sabonetes.

— Quer fazer o pedido? — O maître reapareceu perto da minha cadeira. — Posso recomendar o risoto — diz com gentileza. — Uma boa salada, talvez? E um copo de vinho?

— Na verdade — obrigo-me a sorrir. — Só a conta, por favor.

Não importa.

A verdade é que nunca teríamos um jantar. Foi uma fantasia. Nem deveríamos ter tentado. Todos somos ocupados, temos carreiras, minha família é assim.

Quando saio do restaurante um táxi pára na minha frente e eu estendo a mão. A porta de trás se abre e uma velha sandália havaiana com contas emerge, seguida por um par de jeans recortados, um kaftan bordado, cabelo louro desgrenhado e familiar.

— Fique aí — diz ela ao motorista do táxi. — Só posso ficar cinco minutos.

— *Freya?* — reajo incrédula. Ela gira e seus olhos se arregalam.

— Samantha! O que está fazendo na calçada?

— O que *você* está fazendo aqui? Achei que ia para a Índia.

— Estou indo! Vou encontrar Lord no aeroporto dentro de... — ela olha o relógio. — Dez minutos.

Freya faz uma cara de culpa e não consigo deixar de rir. Conheço-a desde que tínhamos 7 anos e entramos no colégio interno. Na primeira noite ela contou que sua família era de artistas de circo e que sabia montar num elefante e andar na corda bamba. Durante um semestre inteiro acreditei e ouvi histórias sobre sua vida exótica no circo. Até que os pais dela chegaram para pegá-la e por acaso eram dois contadores da Staines. Mesmo então ela não se abalou, e disse que eles *tinham sido* artistas de circo.

Freya tem olhos azuis luminosos e pele sardenta, permanentemente bronzeada de suas viagens. Neste momento o nariz está descascando um pouquinho e ela tem um brinco novo, bem no topo da orelha. Tem os dentes mais brancos e mais tortos que já vi; e quando ri, um canto do lábio superior sobe.

— Vim invadir seu jantar de aniversário. — Os olhos de Freya giram até o restaurante, cheios de suspeita. — Mas achei que estava atrasada. O que houve?

— Bem... — hesito. — O negócio é que... mamãe e Daniel...

— Foram embora cedo? — Enquanto me olha, a expressão de Freya passa a ser de horror. — Eles *não apareceram*? Meu Deus, que *sacanas*! Não podiam nem *uma vez* colocar você na frente, em vez da porra dos... — Ela pára, respirando fundo. — Desculpe. Sei. É sua família. Pois é.

Freya e mamãe não se dão exatamente bem.

— Não faz mal — digo dando de ombros, pesarosa. — Verdade. De qualquer modo tenho uma pilha de trabalho para fazer.

— *Trabalho*? — Ela me encara. — Agora? Está falando sério? A coisa não pára *nunca*?

— Estamos cheios de serviço no momento — digo na defensiva. — É só um pico de atividade.

— Sempre há um pico! Sempre há uma crise! Todo ano você deixa de fazer qualquer coisa divertida...

— Não é verdade.

— Todo ano você diz que isso vai melhorar. Mas não melhora! — Os olhos dela estão ardendo de preocupação. — Samantha, o que aconteceu com sua vida?

Encaro-a de volta por alguns instantes, com os carros rugindo atrás de mim na rua. Não sei como responder. Para ser honesta, não lembro como era minha vida.

— Quero ser sócia na Carter Spink — digo finalmente. — É isso que eu quero. A gente precisa fazer sacrifícios.

— E o que acontece quando você for sócia? — persiste ela. — A coisa fica mais fácil?

Dou de ombros evasivamente. A verdade é que não pensei para além de ser sócia. É como um sonho. Como uma bola brilhante no céu.

— Você tem 29 anos, pelo amor de Deus! — Freya gesticula com a mão ossuda cheia de anéis de prata. — Deveria ser capaz de fazer alguma coisa espontânea de vez em quando. Deveria estar vendo o mundo! — Ela agarra meu braço. — Samantha, venha para a Índia. Agora!

— O quê? — Dou um riso espantado. — Não posso ir à *Índia*.

— Tire um mês de folga. Por que não? Eles não vão demitir você. Venha ao aeroporto, vamos conseguir uma passagem.

— Freya, você está maluca. Sério. — Aperto seu braço. — Amo você, mas você está maluca.

Lentamente o aperto de Freya em meu braço se afrouxa.

— Eu digo o mesmo. Você está maluca, mas amo você.

Seu celular toca mas ela o ignora. Em vez disso está remexendo na bolsa bordada. Finalmente pega um minúsculo frasco de perfume feito de prata, intricadamente trabalhado, mal embrulhado num pedaço de seda púrpura.

— Aqui — ela o estende para mim.

— Freya — viro-o nos dedos — é incrível.

— Achei que você iria gostar. — Ela tira o celular do bolso. — Oi! — diz impaciente ao aparelho. — Olha, Lord, estou chegando, certo?

O nome inteiro do marido de Freya é Lord Andrew Edgerly. O apelido de Freya para ele começou como uma piada e meio que pegou. Eles se conheceram há cinco anos num kibutz e se casaram em Las Vegas. Tecnicamente isso faz dela Lady Edgerly — mas ninguém consegue aceitar a idéia. E, menos que todos, a família Edgerly.

— Obrigada por ter vindo. Obrigada por isto. — Abraço-a. — Tenha uma estada fabulosa na Índia.

— Teremos. — Freya está subindo de novo no táxi.

— E se quiser ir, é só avisar. Invente uma emergência de família... qualquer coisa. Dê meu número a eles. Eu cubro você. Qualquer que seja a sua história.

— Vá — digo rindo e lhe dou um empurrãozinho.

— Vá para a Índia.

A porta bate e ela enfia a cabeça pela janela.

— Sam... boa sorte amanhã. — Ela segura minha mão e me encara, subitamente séria. — Se é realmente isso que você quer, espero que consiga.

— É o que quero mais do que qualquer coisa. — Enquanto olho minha mais velha amiga, toda a indiferença calculada desaparece. — Freya... não posso dizer o quanto quero isso.

— Você vai conseguir. Eu sei. — Ela beija minha mão e acena se despedindo. — E não volte para o escritório! Prometa! — grita indistintamente enquanto o táxi parte rugindo para o tráfego.

— Certo! Prometo! — grito de volta. Espero até ela ter desaparecido e estendo a mão para um táxi.

— Carter Spink, por favor — digo quando ele pára.

Eu estava cruzando os dedos. Claro que vou voltar ao escritório.

Chego em casa às onze horas, exausta e com o cérebro morto, tendo examinado apenas metade da pasta de Ketterman. Ketterman desgraçado, estou pensando, enquanto abro a porta da frente do prédio da década de 1930 onde moro. Ketterman desgraçado. Desgraçado... desgraçado...

— Boa noite, Samantha.

Quase pulo um quilômetro de altura. É Ketterman. Bem ali, parado na frente dos elevadores, segurando uma pasta gorda. Por um instante fico hipnotizada de horror. O que ele está fazendo aqui?

Será que fiquei maluca e estou tendo alucinações com os sócios principais?

SAMANTHA SWEET, EXECUTIVA DO LAR

— Alguém me disse que você morava nesse prédio. — Os olhos dele brilham através dos óculos. — Comprei o número 32 como residência secundária. Seremos vizinhos nos dias de semana.

Não. Por favor diga que isso não está acontecendo. Ele *mora* aqui?

— Ah... bem-vindo ao prédio! — digo fazendo o maior esforço possível para parecer sincera. A porta do elevador se abre e os dois entramos.

Número 32. Isso significa que são dois andares acima de mim.

Sinto como se o diretor da escola tivesse vindo morar aqui. Como vou me sentir relaxada de novo? Por que ele tinha de escolher *este* prédio?

Enquanto subimos em silêncio sinto-me cada vez mais desconfortável. Será que devo bater papo? Algum papo leve, de vizinho?

— Consegui avançar um bocado nos documentos que você me deu — digo finalmente.

— Bom — responde ele rapidamente e balança a cabeça.

Isso é que é bater papo. Eu deveria ir direto ao que importa.

Vou ser admitida como sócia amanhã?

— Bem... boa-noite — digo sem jeito enquanto saio do elevador.

— Boa noite, Samantha.

A porta se fecha e eu emito um grito silencioso. Não posso morar no mesmo prédio de Ketterman, terei de me mudar.

Estou para colocar a chave na fechadura quando a porta do apartamento em frente se entreabre.

— Samantha?

Meu coração afunda. Como se eu não tivesse tido o suficiente esta noite. É a Sra. Farley, a vizinha. Tem cabelos prateados, três cachorrinhos e um interesse insaciável pela minha vida. Mas é muito gentil e pega as encomendas para mim, de modo que basicamente a deixo sondar e se intrometer à vontade.

— Chegou outra entrega para você, querida — diz ela. — Desta vez é da lavanderia a seco. Vou pegar.

— Obrigada — digo com sinceridade, abrindo a porta. Uma pequena pilha de propaganda está pousada no capacho e eu a empurro de lado, com a pilha maior que vai crescendo na lateral do meu corredor. Estou planejando reciclá-la quando tiver um momento. Faz parte da minha lista.

— Você chegou tarde de novo. — A Sra. Farley está ao meu lado, segurando uma pilha de blusas cobertas de plástico. — Vocês, garotas, são tão ocupadas! — Ela estala a língua. — Esta semana não chegou em casa antes das onze nenhum dia!

É isso que eu quis dizer com interesse insaciável. Ela provavelmente tem tudo isso anotado em algum lugar, num caderninho.

— Muito obrigada. — Faço menção de pegar as roupas, mas para meu horror a Sra. Farley passa por mim e entra no apartamento, exclamando: — Eu levo para você.

— É... desculpe a... é... a bagunça — digo enquanto ela se espreme passando por uma pilha de quadros encostados na parede. — Vivo pensando em pendurar isso... e me livrar das caixas...

Guio-a rapidamente até a cozinha, para longe da pilha de menus de comida para viagem sobre a mesa do corredor. Então desejo não ter feito isso. Na bancada da cozinha há uma pilha de velhas latas e embalagens, junto com um bilhete da minha nova faxineira, todo em maiúsculas:

CARA SAMANTHA

1. TODA A SUA COMIDA ESTÁ COM PRAZO DE VALIDADE VENCIDO. DEVO JOGAR FORA?
2. VOCÊ TEM ALGUM MATERIAL DE LIMPEZA, POR EXEMPLO, ÁGUA SANITÁRIA? NÃO CONSEGUI ACHAR.
3. VOCÊ ESTÁ COLECIONANDO CAIXAS VAZIAS DE COMIDA CHINESA POR ALGUM MOTIVO? NA DÚVIDA, NÃO JOGUEI FORA.

SUA FAXINEIRA JOANNE

Dá para ver que a Sra. Farley está lendo o bilhete. Praticamente *ouço* as engrenagens rodando na sua cabeça. No mês passado ela fez um pequeno sermão perguntando se eu não tinha uma panela de cozimento lento, porque só era preciso colocar o frango com legumes de manhã e não se leva mais do que cinco minutos para picar uma cenoura, não é?

Realmente não faço idéia.

— Então... obrigada. — Tiro rapidamente a roupa lavada das mãos da Sra. Farley e largo na bancada, depois levo-a até a porta da frente, cônscia de seus olhos que giram inquisitivos. — É muita gentileza da senhora.

— Sem problema. — Ela me dá um olhar brilhante. — Não querendo interferir, querida, mas sabe, você poderia lavar suas blusas de algodão *muito* bem em casa e economizar todo esse dinheiro.

Olho-a inexpressiva. Se eu fizesse isso teria de secá-las. E passar a ferro.

— E por acaso notei que uma delas voltou com um botão faltando — acrescenta. — A de listras rosa e brancas.

— Ah, certo. Bom... tudo bem. Vou mandá-la de volta. Eles não vão cobrar.

— Você mesma pode pregar um botão, querida! — diz a Sra. Farley, parecendo chocada. — Não vai demorar dois minutos. Você deve ter algum botão de sobra em sua caixa de costura, não é?

Minha o quê?

— Não tenho uma caixa de costura — explico o mais educadamente que posso. — Realmente *não* sei costurar.

— Você sabe pregar um simples botão, sem dúvida! — exclama ela.

— Não — respondo meio irritada com a expressão da mulher. — Mas não tem problema. Vou mandar de volta à lavanderia.

A Sra. Farley fica pasma.

— Você realmente não sabe pregar um botão? Sua mãe nunca ensinou?

Contenho um riso ao pensar na minha mãe pregando um botão.

— É... não. Não ensinou.

— No meu tempo — a Sra. Farley balança a cabeça — todas as moças bem educadas aprendiam a pregar botão, cerzir meia e virar um colarinho.

Nada disso significa nada para mim. *Virar um colarinho.* É pura algaravia.

— Bem, no meu tempo, não — respondo educadamente. — Aprendemos a estudar para as provas e conseguir uma carreira que valha a pena. Aprendemos a ter opiniões. Aprendemos a usar o *cérebro* — não resisto a acrescentar.

A Sra. Farley me olha de cima a baixo durante alguns instantes.

— É uma pena — diz finalmente e me dá um tapinha simpático no braço.

Estou tentando manter a calma, mas as tensões do dia vão crescendo por dentro. Trabalhei durante horas. Tive um aniversário inexistente, estou morta de cansaço e com fome... e agora essa velha está me mandando pregar um *botão*?

— Não é uma pena — digo tensa.

— Tudo bem, querida — responde a Sra. Farley em tom apaziguador e atravessa o corredor até o seu apartamento.

De algum modo isso me irrita ainda mais.

— Por que é uma pena? — pergunto saindo pela porta. — Por quê? Certo, talvez eu não saiba pregar um botão. Mas sei reestruturar um acordo financeiro e economizar trinta milhões de libras para o meu cliente. É isso que sei fazer.

A Sra. Farley me olha de sua porta. No mínimo parece ter mais pena do que antes.

— É uma pena — repete como se não tivesse me ouvido. — Boa-noite, querida. — Ela fecha a porta e eu emito um ruído de exasperação.

— A senhora já ouviu *falar* do feminismo? — grito junto à sua porta.

Mas não há resposta.

Irritada volto ao meu apartamento, fecho a porta e pego o telefone. Aperto o botão de memória com o número da pizzaria a lenha do bairro e peço o de sempre: uma capricciosa e um saco de fritas Kettle. Sirvo uma taça de vinho da garrafa que está na geladeira, volto à sala e ligo a TV.

Uma *caixa de costura*. O que mais ela acha que eu deveria ter? Um par de agulhas de tricô? Um tear?

Afundo no sofá com o controle remoto e fico mudando de canal, olhando vagamente as imagens. Noticiário... um filme francês... um documentário sobre animais...

Espera aí. Paro de zapear, largo o controle e me acomodo de volta nas almofadas.

Os Waltons.

Conforto definitivo para a visão. Exatamente o que eu necessitava.

É uma cena final. A família está reunida em volta da mesa; vovó faz a oração de agradecimento.

Tomo um gole de vinho e me sinto começando a relaxar. Sempre amei secretamente *Os Waltons*, desde que era criança. Costumava ficar sentada no escuro quando todo mundo estava fora de casa e fingia morar também na Montanha Walton.

E agora é a última cena de todas; a que eu sempre espero; a casa dos Waltons está escura. Luzes se apagando; grilos cricrilando. John Boy falando em off. Uma enorme casa cheia de gente. Abraço os joelhos e olho cheia de desejos para a tela enquanto a música familiar vai encerrando.

— Boa-noite, Elizabeth!

— Boa-noite, vovó — respondo em voz alta. Não há ninguém para ouvir, mesmo.

— Boa-noite, Mary Ellen!

— Boa-noite, John Boy — digo em uníssono com Mary Ellen.

— Boa-noite.

— Noite.

— Noite.

Quatro

Acordo com o coração martelando, meio de pé, tateando atrás de uma caneta e dizendo em voz alta:

— O quê? O quê?

E é praticamente assim que sempre acordo. Acho que é coisa de família, ou algo do tipo. Todos temos sono nervoso. No Natal passado, na casa de mamãe, me esgueirei à cozinha mais ou menos às três da madrugada, para tomar água — e encontrei mamãe de roupão lendo um relatório do tribunal e Daniel engolindo um Xanax enquanto verificava o Hang Seng na TV.

Entro no banheiro e olho meu reflexo pálido. É isso. Todo o trabalho, todos os estudos, todas as noites em claro... foi tudo para este dia.

Sócia. Ou não sócia.

Ah, meu Deus, pára com isso. Não pense nisso. Vou à cozinha e abro a geladeira. Droga. Estou sem leite.

E café.

Preciso arranjar uma empresa de entrega de comida. E um leiteiro. Pego uma esferográfica e rabisco "47. Entrega de comida/leiteiro?" no fim da minha lista de "COISAS A FAZER".

Minha lista de "COISAS A FAZER" está escrita num pedaço de papel pregado à parede e é útil para lembrar de coisas que pretendo fazer. Agora está ficando um pouco amarelada — e a tinta no topo da lista ficou tão fraca que mal consigo ler. Mas é um bom modo de me manter organizada.

Realmente deveria riscar algumas anotações do início, ocorre-me. Quero dizer, a lista original data de quando me mudei para o apartamento, há três anos. Já devo ter feito algumas dessas coisas. Pego uma caneta e espio as primeiras anotações desbotadas.

1. Arranjar leiteiro.
2. Entrega de comida — organizar?
3. Como se liga o forno?

Ah. Certo.

Bem, realmente *vou* organizar esse negócio de entrega de comida. No fim de semana. E vou entender o forno. Vou ler o manual e tudo.

Olho rapidamente as anotações mais novas, com cerca de dois anos.

16. Encontrar leiteiro.
17. Convidar amigos?
18. Arranjar um hobby?

O negócio é que *pretendo* convidar uns amigos. E arranjar um hobby. Quando o trabalho estiver menos atolado.

Olho anotações menos antigas ainda — talvez com um ano — onde a tinta continua azul.

41. Sair de férias?
42. Dar jantar?
43. LEITEIRO??

Olho a lista com ligeira frustração. Como posso não ter feito *nada* da minha lista? Irritada largo a caneta e acendo o fogo da chaleira, resistindo à tentação de picar a lista.

A chaleira ferve e eu faço uma xícara de um estranho chá de ervas que um cliente me deu. Pego uma maçã na tigela de frutas e descubro que está mofada. Com um tremor, jogo todo o lote no lixo e mordisco uns salgadinhos de pacote.

A verdade é que não estou preocupada com a lista. Só há uma coisa que me preocupa.

Quando chego ao escritório estou decidida a não admitir que este é um dia especial. Só vou ficar de cabeça baixa e fazer meu trabalho.

Mas enquanto subo pelo elevador três pessoas murmuram "Boa sorte". Depois vou pelo corredor — e um cara do departamento de impostos me segura pelo ombro.

— Toda a sorte, Samantha.

Como ele sabe meu nome?

Vou rapidamente para a minha sala e fecho a porta, tentando ignorar o fato de que através da parte de vidro posso ver pessoas conversando no corredor e olhando para mim.

Realmente não deveria ter vindo hoje. Deveria ter fingindo uma doença com risco de vida.

De qualquer modo, está tudo bem. Vou começar a trabalhar, como em qualquer outro dia. Abro a pasta do Ketterman, encontro o lugar onde parei e começo a ler um documento sobre uma transferência de ações feita há cinco anos.

— Samantha?

Levanto a cabeça. Guy está junto à porta segurando dois cafés. Coloca um na minha mesa.

— Oi — diz ele. — Como vai?

— Ótima — respondo virando uma página com gesto profissional. — Estou ótima. Só... normal. Na verdade, não sei por que toda essa agitação.

A expressão divertida de Guy está me irritando ligeiramente. Viro outra página para provar meu argumento — e de algum modo derrubo toda a pilha no chão.

Graças a Deus pelos clipes de papel.

Com o rosto vermelho, recupero a pasta do chão, enfio todos os papéis de volta e tomo um gole de café.

— Ahã. — Guy assente com seriedade. — Bom, é uma coisa boa você não estar nervosa, sobressaltada nem nada.

— É — digo recusando-me a ficar de pé. — Não é?

— Vejo você mais tarde. — Ele ergue o copo de café como se estivesse fazendo um brinde, depois sai. Olho o relógio.

Só oito e cinqüenta e três. Não sei se consigo suportar isso.

*

De algum modo agüento a parte da manhã. Acabo com a pasta do Ketterman e começo meu relatório. Estou na metade do terceiro parágrafo quando Guy aparece à porta de novo.

— Oi — digo sem levantar a cabeça. — Estou bem, certo? E não soube de nada.

Guy não responde.

Por fim levanto a cabeça. Ele está bem na frente da mesa, só me olhando, com a expressão mais estranha que já vi. É como uma mistura de afeto, orgulho e empolgação, tudo espremido junto sob uma cara de jogador de pôquer.

— Eu não deveria fazer isso — murmura ele. Em seguida se inclina mais perto. — Você conseguiu, Samantha. É sócia. Vai saber oficialmente dentro de uma hora.

Um calor incandescente e ofuscante atravessa o meu peito. Por um instante não consigo respirar.

Consegui. *Consegui.*

— Você não soube por mim, OK? — O rosto de Guy se franze brevemente num sorriso. — Muito bem.

— Obrigada... — consigo dizer.

— Vejo você mais tarde. Para dar os parabéns direito. — Ele se vira e vai andando, e sou deixada olhando para o computador, sem enxergar.

Sou sócia.

Ah, meu Deus. *Ah, meu Deus.* Ah, meu DEUS!

Pego um espelho de mão e olho meu reflexo empolgado. As bochechas estão de um rosa luminoso. Sinto uma ânsia terrível de saltar de pé e gritar "ISSO!" Quero dançar e gritar. Como vou sobreviver uma hora? Como posso ficar aqui sentada calmamente? Não posso me concentrar no relatório para o Ketterman.

Levanto-me e vou até meu arquivo, só para fazer alguma coisa. Abro umas gavetas ao acaso e fecho de novo. Então, quando giro, noto a mesa atulhada de papéis e pastas, com uma pilha de livros se equilibrando precária no terminal de computador.

Ketterman está certo. É uma desgraça. Não parece mesa de sócia.

Vou arrumar. Este é um modo perfeito de passar uma hora. 12h06 às 13h06: Administração do escritório. Até temos um código para isso na planilha de computador.

Tinha esquecido como desprezo e odeio arrumar.

Todo tipo de coisa está aparecendo enquanto reviro a bagunça na mesa. Cartas de empresas... contratos que precisam ser preenchidos... convites antigos... memorandos... um panfleto sobre Pilates... um CD que comprei há três meses e pensei que havia perdido... o cartão de natal do Arnold, do ano passado, mostrando-o numa fantasia de rena peluda... sorrio ao ver aquilo, e coloco na pilha de "coisas que precisam de um lugar".

Há placas, também — as peças de acrílico gravadas e montadas que recebemos no fim de um grande negócio... ah, meu Deus, meia barra de chocolate que obviamente não acabei de comer em algum momento. Jogo no lixo e me viro suspirando para outra pilha de papéis.

Eles não deveriam nos dar mesas tão grandes. Não acredito na quantidade de coisas que há aqui.

Sócia!, dispara em minha mente como fogos de artifício brilhantes. *SÓCIA!*

Pára com isso, ordeno séria. Concentre-se na tarefa atual. Enquanto pego um velho exemplar de *O Advogado* e me pergunto por quê, diabos, estava guardando-o, alguns documentos presos com clipe caem no chão. Estendo a mão para eles e passo os olhos pela primeira página, já estendendo a mão para a próxima coisa. É um memorando. Do Arnold.

Ref. Third Union Bank.
Por favor encontre debênture anexa para a Glazerbrooks Ltd. Por favor levar para registro na Companies House.

Olho sem grande interesse. O Third Union Bank é cliente de Arnold e só lidei com eles uma vez. O negócio é um empréstimo de cinquenta milhões de libras para a Glazerbrooks e só preciso registrá-lo dentro de 21 dias na Companies House. É só outro dos trabalhos mundanos que os sócios vivem jogando na minha mesa. Bom, chega disso, penso com um jorro de determinação. Acho que vou delegar isso a outra pessoa, agora mesmo. Olho automaticamente a data.

E olho de novo. Está datada de 26 de maio.

Há cinco semanas? Não pode estar certo.

Perplexa, folheio rapidamente os papéis para ver se é um erro de digitação. *Tem* de ser um erro de digitação. Mas a data é consistente em todo o documento. 26 de maio.

26 de maio?

Sento-me congelada, olhando o documento. Essa coisa está na minha mesa há *cinco semanas*?

Mas... não pode. Quero dizer... não podia. Isso significa...

Significa que perdi o prazo.

Engulo em seco. Devo estar lendo errado, ou sei lá o quê. Não posso ter cometido um erro tão básico. Não posso ter deixado de registrar um empréstimo antes do prazo. Sempre registro os empréstimos antes do prazo.

Fecho os olhos, tentando me acalmar. Devo estar entendendo mal. É a empolgação de ser sócia. Deu *tilt* no meu cérebro. Certo. Vamos olhar de novo, com cuidado.

Abro os olhos e espio o memorando — mas diz exatamente a mesma coisa de antes. Comparecer ao registro. Datado de 26 de maio, em preto no branco. O que significa que expus nosso cliente a um empréstimo sem seguro. O que significa que cometi praticamente o erro mais elementar que um advogado pode cometer.

Minha alegria se foi. Sinto uma espécie de gelo na coluna. Estou tentando desesperadamente lembrar se Arnold me disse alguma coisa sobre o negócio. Nem lembro de ele tê-lo mencionado. Mas... por que mencionaria? É um simples contrato de empréstimo. O tipo de coisa que fazemos dormindo. Ele deve ter presumido que cumpri suas instruções. Deve ter confiado em mim.

Ah, Meu Deus.

Folheio as páginas de novo, mais depressa, procurando desesperadamente alguma saída. Alguma cláusula que me faça exclamar "Ah, *claro!*", aliviada. Mas não existe. Enquanto seguro o documento fico tonta. Como isso pode ter acontecido? Será que ao menos notei isso? Será que empurrei de lado, pretendendo fazer mais tarde? Não lembro. Não consigo *lembrar*, droga.

O que vou fazer? Uma onda de pânico me acerta enquanto penso nas conseqüências. O Third Union Bank emprestou cinqüenta milhões de libras à Glazerbrooks. Sem que o contrato seja registrado, esse empréstimo — esse empréstimo multimilionário — não tem seguro. Se a Glazerbrooks falisse amanhã o Third Union Bank iria para o final da fila de credores. E provavelmente acabaria sem nada.

— Samantha! — diz Maggie junto à porta, e pulo um quilômetro de altura. Instintivamente planto a mão sobre o memorando, mesmo que ela não esteja olhando; mesmo que não perceba o significado, de qualquer modo.

— Acabei de saber! — diz ela num sussurro teatral.
— Guy deixou escapar! Parabéns!

— Ah... obrigada! — De algum modo forço os lábios num sorriso.

— Estou indo pegar uma xícara de chá. Quer uma?
— Seria... ótimo. Obrigada.

Maggie desaparece e eu enterro a cabeça nas mãos. Estou tentando manter a calma, mas por dentro há um grande poço de terror. Preciso encarar isso. Cometi um erro.

Cometi um erro.

O que vou fazer? Todo o meu corpo está retesado de medo, não consigo pensar direito...

E de repente as palavras que Guy disse ontem ressoam em meus ouvidos, e sinto um jorro quase doloroso de alívio. *Um erro não é um erro a não ser que não possa ser consertado.*

É. O importante é que posso consertar. Ainda posso registrar um empréstimo.

Será torturante.

Terei de dizer ao banco o que fiz — e à Glazerbrooks — e ao Arnold — e ao Ketterman. Terei de preparar novos documentos. E, pior de tudo, terei de viver com todo mundo sabendo que cometi o tipo de erro mais idiota, insensato que um estagiário pode fazer.

Isso pode significar o fim da participação como sócia, penso, e por um instante fico enjoada.

Mas não há outra opção. Preciso consertar a coisa.

Rapidamente entro no site da Companies House e faço uma busca sobre a Glazerbrooks. Desde que nenhum outro empréstimo tenha sido registrado nesse meio tempo, tudo dará no mesmo...

Olho a página, incrédula.

Não.

Não pode ser.

Um empréstimo de 50 milhões de libras foi registrado na semana passada por uma companhia chamada BLLC Holdings. Nosso cliente foi jogado para a fila dos credores.

Minha mente está entrando em confusão total. Isso não é bom. Preciso falar com alguém rapidamente. Preciso fazer algo a respeito disso agora, antes que outras cobranças sejam feitas. Tenho de... contar ao Arnold.

Mas a simples idéia me paralisa de horror.

Não posso. Não posso simplesmente sair e anunciar que cometi o erro mais básico e elementar e que coloquei em risco 50 milhões de libras do nosso cliente. O que vou fazer é... começar a resolver a bagunça antes, antes de contar a alguém. Pôr em ação a limitação de danos. É. Vou ligar primeiro para o banco. Quanto mais cedo eles souberem, melhor.

— Samantha?

— O quê? — praticamente pulo fora da cadeira.

— Você está nervosa hoje! — Maggie ri e vem para a mesa com uma xícara de chá. — Sentindo-se no topo do mundo? — E pisca para mim.

Por um instante honestamente não faço idéia do que ela está falando. Meu mundo se reduziu a mim, meu erro e o que farei a respeito.

— Ah! Certo! É! — tento rir de volta e disfarçadamente enxugo as mãos úmidas num lenço de papel.

— Aposto que você ainda não saiu do barato! — Ela se encosta no arquivo. — Tenho champanha na geladeira, tudo preparado.

— É... fantástico! Na verdade, Maggie, preciso mesmo continuar...

— Ah. — Ela parece magoada. — Bem, tudo certo. Vou deixar você.

Quando ela sai posso ver a indignação na postura de seus ombros. Provavelmente me considera uma vaca. Mas cada minuto é mais um minuto de risco. Preciso ligar para o banco. Imediatamente.

Examino a ficha de contrato anexa e encontro o nome e o número do cara do Third Union. Charles Conway.

É para ele que preciso ligar. Este é o homem cujo dia terei de perturbar admitindo que fiz um estrago total. Com mãos trêmulas pego o telefone. Sinto como se estivesse me preparando para mergulhar num pântano nauseabundo cheio de sanguessugas.

Por alguns instantes fico parada, olhando o teclado. Obrigando-me a fazer a ligação. Finalmente estendo a mão e digito o número. Quanto o telefone toca, meu coração começa a martelar.

— Charles Conway.

— Oi! — digo tentando manter a voz firme. — É Samantha Sweet, da Carter Spink. Acho que não nos conhecemos.

— Oi, Samantha. — Ele parece bastante amigável.

— Em que posso ajudar?

— Eu estava ligando para falar de... uma questão técnica. É sobre... — Mal consigo dizer. — A Glazerbrooks.

— Ah, você ficou sabendo — diz Charles Conway.

— As notícias correm depressa.

A sala parece encolher. Seguro o fone com mais força.

— Fiquei sabendo... o quê? — Minha voz está mais aguda do que eu gostaria. — Não soube de nada.

— Ah! Presumi que era por isso que você estava ligando. — Ele faz uma pausa e posso ouvi-lo ordenando que alguém procure a porcaria no Google. — É, ligaram para a cobrança hoje. Aquela última tentativa de se salvarem obviamente não deu certo...

Ele ainda está falando, mas não consigo escutar. Estou tonta. Manchas pretas dançam na frente dos meus olhos.

A Glazerbrooks vai falir. Agora nunca vão fazer a nova documentação. Nem em um milhão de anos.

Não poderei registrar o empréstimo.

Não posso consertar.

Perdi cinqüenta milhões de libras do Third Union Bank.

Parece que estou alucinando. Quero murmurar qualquer coisa, em pânico. Quero largar o telefone e correr. Bem depressa.

A voz de Charles Conway subitamente acerta minha consciência.

— Por acaso foi bom você ter telefonado. — Posso ouvi-lo digitando num teclado ao fundo, totalmente despreocupado. — Talvez seja bom verificar novamente o seguro do empréstimo.

Por alguns instantes não consigo falar.

— Sim — digo finalmente, com a voz rouca. Desligo o telefone, tremendo. Acho que vou vomitar.

Fodi tudo.
Fodi a tal ponto que não posso...
Nem posso...
Mal sabendo o que faço, empurro a cadeira para trás.
Tenho de sair. Para longe.

Cinco

Caminho pela recepção no piloto automático. Saio à rua ensolarada e apinhada na hora do almoço, um pé na frente do outro, simplesmente outra funcionária de escritório andando.

Só que não sou igual. Perdi cinqüenta milhões de libras de um cliente.

Cinqüenta milhões. É como um tambor na cabeça.

Não entendo como isso aconteceu. Não entendo. Minha mente fica revirando. Revirando e revirando, obsessivamente. Como posso não ter visto... como posso ter deixado de ver...

Nem vi o documento. Nem o registrei sequer por um instante. Deve ter sido posto na minha mesa e depois coberto com outra coisa. Uma pasta, uma pilha de contratos, um copo de café.

Um erro. Um equívoco. O único erro que já cometi. Quero acordar e descobrir que tudo é um pesadelo, aconteceu num filme, aconteceu com outra pessoa. É uma história que estou ouvindo no pub, boquiaberta, agradecendo aos meus deuses da sorte por não ter sido eu...

Mas fui eu. Sou eu. Minha carreira acabou. A última pessoa na Carter Spink que cometeu um erro assim foi Ted Stephens em 1983, que perdeu dez milhões de libras de um cliente. Foi demitido no ato.

E eu perdi cinco vezes mais.

Minha respiração está ficando mais curta; minha cabeça está tonta; sinto como se estivesse sendo esmagada. Acho que estou tendo um ataque de pânico. Sento-me num banco e espero até me sentir melhor.

Certo. Não estou me sentindo melhor. Estou me sentindo pior.

De repente dou um pulo horrorizada quando o celular vibra no bolso. Tiro e olho o identificador de chamadas. É o Guy.

Não posso falar com ele. Não posso falar com ninguém. Agora, não.

Um instante depois o telefone me diz que foi deixada uma mensagem. Levanto o aparelho ao ouvido e aperto "1" para escutar

— Samantha! — Guy parece jovial. — Aonde você foi? Estamos todos esperando com o champanha para fazer o grande anúncio da sociedade!

Sociedade. Quase quero explodir em lágrimas. Mas... não posso. É grande demais para isso. Enfio o telefone no bolso e me levanto de novo. Começo a andar cada vez mais depressa, serpenteando entre os pedestres, ignorando os olhares estranhos que atraio. Minha cabeça está martelando e não faço idéia de para onde vou. Mas não consigo parar.

Ando pelo que parece ser horas, num atordoamento, os pés se movendo às cegas pela calçada. O sol bate forte e o chão está poeirento, e depois de um tempo a cabeça começa a latejar. Num determinado ponto meu celular começa a vibrar de novo, mas o ignoro.

Por fim, quando as pernas começam a doer, diminuo a velocidade e paro. Minha boca está seca; estou totalmente desidratada. Preciso de água. Levanto a cabeça tentando me orientar. De algum modo, pareço ter chegado à estação de Paddington, imagine só.

Entorpecida, viro os passos em direção à porta e entro. O saguão está ruidoso e apinhado de viajantes. As luzes fluorescentes, o ar-condicionado e os anúncios estrondeantes me fazem encolher. Enquanto vou até um quiosque que vende água, o celular vibra de novo. Tiro e olho a tela. Tenho 15 telefonemas não atendidos e outro recado do Guy. Ele o deixou há uns vinte minutos.

Hesito, o coração batendo de nervosismo, depois aperto o "1" para ouvir.

— Meu Deus, Samantha, o que *aconteceu*?

Ele não parece mais jovial, parece totalmente estressado. Sinto pontadas de pavor por todo o corpo.

— Nós sabemos — está dizendo ele. — Certo? Sabemos sobre o Third Union Bank. Charles Conway ligou. Então Ketterman encontrou a papelada na sua mesa. Você tem de voltar ao escritório. Agora. Ligue de volta.

Ele desliga, mas não me mexo. Estou paralisada de medo.

Eles sabem. Todos sabem.

As manchas pretas dançam na frente dos meus olhos de novo. A náusea ondula por dentro de mim. Todos os funcionários da Carter Spink sabem que fiz besteira.

As pessoas devem estar ligando umas para as outras. Mandando e-mails com a novidade, numa alegria horrorizada. *Você soube...?*

Enquanto estou aqui parada, algo atrai o canto do meu olhar. Um rosto familiar quase invisível em meio à multidão. Viro a cabeça e franzo os olhos para o sujeito, tentando situá-lo — então sinto uma nova pontada de horror.

É Greg Parker, um dos sócios principais. Está andando sozinho pelo saguão, com seu terno caro, segurando o celular. As sobrancelhas estão franzidas juntas e ele parece preocupado.

— Então onde ela *está*? — sua voz atravessa o espaço da estação.

O pânico me acerta como um raio. Preciso sair de seu campo de visão. Tenho de me esconder. Agora. Enfio-me atrás de uma mulher enorme com capa de chuva bege e tento me encolher para ficar escondida. Mas ela fica se mexendo e eu preciso me mexer com ela.

— Quer alguma coisa? Você é uma pedinte? — Ela se vira de repente e me lança um olhar cheio de suspeitas.

— Não! — respondo chocada. — Eu... é...

Não posso dizer "Estou me escondendo atrás de você."

— Bom, me deixe em paz! — Ela faz um muxoxo e parte em direção ao Costa Coffee. Meu coração martela no peito. Estou totalmente exposta no meio do saguão. Greg Parker parou de andar. Está a uns cinqüenta metros, ainda falando ao telefone.

Se eu me mexer ele me verá. Se eu ficar parada... ele me verá.

De repente o quadro eletrônico de Partidas se atualiza com informações novas. Um grupo de pessoas que estava olhando para ele pega as bolsas e jornais e vai para a plataforma nove.

Sem pensar duas vezes me junto à multidão. Estou escondida no meio delas enquanto passamos pelas barreiras abertas, rumo à plataforma nove. Entro no trem com o resto das pessoas, andando rapidamente pelo vagão até onde consigo.

O trem sai da estação e eu afundo numa poltrona, diante de uma família em que todos usam camiseta do zoológico de Londres. Eles sorriem para mim — e de algum modo consigo sorrir de volta. Sinto-me totalmente, absolutamente irreal.

— Lanches? — Um velho empurrando um carrinho aparece no vagão e sorri para mim. — Sanduíches quentes e frios, chás e cafés, refrigerantes, bebidas alcoólicas?

— O último, por favor. — Tento não parecer desesperada demais. — Um duplo. De... qualquer coisa.

Ninguém vem conferir minha passagem. Ninguém me incomoda. O trem parece ser algum tipo de expresso. Subúrbios se transformam em campos e o trem continua sacolejando. Tomei três garrafinhas de gim misturado com suco de laranja, suco de tomate e uma bebida de iogurte com chocolate. O pedaço de pavor gelado no estômago derreteu. Sinto-me estranhamente distanciada de tudo.

Cometi o maior erro da minha carreira. Possivelmente perdi o emprego. Nunca serei sócia.

Um erro idiota.

A família do zoológico de Londres abriu pacotes de batatas fritas, me ofereceu uma e me convidou a participar do jogo de palavras cruzadas. A mãe até perguntou se eu estava viajando a negócios ou lazer.

Não consegui dar uma resposta.

Meu ritmo cardíaco se reduziu gradualmente, mas sinto uma dor de cabeça horrível, latejante. Estou sentada com uma das mãos sobre um olho, tentando bloquear a luz.

— Senhoras e senhores... — O condutor está anunciando pelo alto-falante. — Infelizmente... serviços na via férrea... transporte alternativo...

Não consigo acompanhar o que ele diz. Nem sei para onde estou indo. Só vou esperar a próxima parada, sair do trem e partir daí.

— Não é assim que se escreve "passa" — está dizendo a mãe do zoológico de Londres a um dos filhos, quando o trem começa subitamente a diminuir a velocidade. Levanto os olhos e vejo que está parando numa estação. Lower Ebury. Todo mundo vai juntando suas coisas e saindo.

Como um autômato me levanto também. Sigo a família do zoológico de Londres para fora do trem e da estação; e olho em volta. Estou diante de uma minúscula estação campestre com um pub chamado The Bell do outro lado da estrada. A estrada faz uma curva nas duas direções, e vislumbro campos à distância. Há um ônibus na beira da pista e todos os passageiros do trem estão se empilhando nele.

A mãe do zoológico de Londres se virou e sinaliza para mim.

— Precisa vir por aqui — diz solícita. — Se você quer o ônibus para Gloucester. A estação grande, sabe?

A idéia de entrar num ônibus me dá vontade de vomitar. Não quero o ônibus para lugar nenhum. Só quero um analgésico. Parece que meu crânio vai se rachar.

— É... não, obrigada. Estou bem aqui, obrigada. — Sorrio o mais convincente que posso; e antes que ela consiga dizer outra coisa começo a andar pela estrada, para longe do ônibus.

Não tenho idéia de onde estou. Nenhuma.

Dentro do bolso o telefone vibra subitamente. Pego-o. É Guy. De novo. Deve ser a décima terceira vez que telefona. E toda vez deixa um recado dizendo para ligar de volta; perguntando se peguei seus e-mails.

Não peguei nenhum e-mail dele. Estava tão pirada que deixei o BlackBerry na mesa. Só tenho o celular. Ele vibra de novo e eu o olho por alguns instantes. Então, com o estômago apertado de nervosismo, levanto-o ao ouvido e aperto o botão de atender.

— Oi. — Minha voz está rouca. — Sou... sou eu.

— Samantha! — A voz incrédula dele explode pela linha. — É *você*? Onde você *está*?

— Não sei. Tive de sair. Eu... entrei em choque...

— Samantha. Não sei se você pegou os recados. Mas... — Ele hesita. — Todo mundo sabe.

— Sei. — Encosto-me num muro meio desmoronado e fecho os olhos com força, tentando bloquear a dor. — Eu sei.

— Como isso *aconteceu*? — Ele parece tão chocado quanto eu. — Como, diabos, você cometeu um erro simples assim? Quero dizer, meu Deus, Samantha...

— Não sei — digo entorpecida. — Simplesmente... não vi. Foi um erro.

— Você nunca comete erros!

— Bem, agora cometo! — Sinto lágrimas subindo e pisco ferozmente para contê-las. — O que... o que aconteceu?

— O negócio não está bom. — Ele expira. — Ketterman está tendo conversas sobre contenção de danos com os advogados da Glazerbrooks e falando com o banco... e os seguradores, claro.

Os seguradores. Os seguradores de perdas e danos da firma. Subitamente sou apanhada por uma esperança quase hilariante. Se os seguradores pagassem sem criar confusão, talvez as coisas não ficassem tão ruins quanto pensei.

Mas ao mesmo tempo que sinto o ânimo crescer sei que sou como um viajante desesperado vendo a miragem através da névoa. Os seguradores jamais pagam a quantia inteira. Algumas vezes não pagam nada. Algumas vezes pagam mas aumentam os prêmios para níveis inviáveis.

— O que os seguradores disseram? — Engulo em seco. — Eles vão...

— Ainda não disseram nada.

— Certo. — Enxugo o rosto suado, esforçando-me para fazer a próxima pergunta. — E quanto a... mim?

Guy fica quieto.

Enquanto o significado disso me acerta sinto-me balançando como se fosse desmaiar. Aí está a resposta. Abro os olhos e vejo dois meninos de bicicleta, me olhando.

— Acabou, não foi? — Estou tentando parecer calma mas a voz oscila fora de controle. — Minha carreira acabou.

— Eu... não sei. Escute, Samantha, você está abalada. É natural. Mas não pode se esconder. Tem de voltar.

— Não posso. — Minha voz cresce, cheia de perturbação. — Não posso encarar ninguém.

— Samantha, seja racional!

— Não posso fazer isso! Não posso! Preciso de um tempo...

— Saman... — Fecho o telefone.

Sinto que vou desmaiar. Minha cabeça está explodindo. Preciso arranjar um pouco d'água. Mas o pub parece fechado e não estou vendo nenhuma loja.

Sigo cambaleante pela estrada até que chego a dois altos pilares esculpidos, decorados com leões. Uma casa. Vou tocar a campainha e pedir um analgésico e um copo d'água. E perguntar se há algum hotel por perto.

Empurro o portão de ferro fundido e vou pelo caminho de cascalho até a pesada porta de carvalho. É uma casa bem grandiosa, feita de pedra cor de mel, com empenas íngremes, altas chaminés e dois Porsches na entrada. Levanto a mão e puxo a corrente da campainha.

Silêncio. Fico ali parada um tempo, mas toda a casa parece morta. Já vou desistir e voltar pelo caminho quando de repente a porta se abre.

Diante de mim está uma mulher de cabelo louro, fixado com laquê, indo até os ombros e brincos compridos, balançando. Usa bastante maquiagem, calças compridas de seda num estranho tom de pêssego, um cigarro numa das mãos e um coquetel na outra.

— Olá. — Ela dá uma tragada no cigarro e me olha com alguma suspeita. — Você é da agência?

Seis

Não faço idéia do que essa mulher está falando. Minha cabeça dói demais. Mal posso olhá-la, quanto mais absorver o que ela está dizendo.

— Você está bem? — Ela me olha. — Que aparência terrível!

— Estou com uma tremenda dor de cabeça — consigo dizer. — Será que eu poderia tomar um copo d'água?

— Claro! Entre! — Ela balança o cigarro na minha cara e me chama para um saguão enorme, impressionante, com teto em cúpula. — Você vai querer ver a casa, de qualquer modo. *Eddie?* — Sua voz aumenta até um grito agudo. — Eddie, tem outra aqui! Sou Trish Geiger — acrescenta para mim. — Pode me chamar de Sra. Geiger. Venha por aqui...

Ela me leva para uma luxuosa cozinha com madeira de bordo e experimenta algumas gavetas, aparentemente ao acaso, antes de gritar: "Ahá!" e pegar uma caixa de plástico. Abre e revela uns cinqüenta frascos e maços de cartelas de comprimidos, e começa a procurar com as unhas pintadas.

— Tenho Aspirina... paracetamol... ibuprofeno... valium *muito* fraco... — A mulher estende uma lívida pílula vermelha. — Esta é dos Estados Unidos — diz animada. — É ilegal neste país.

— Ah... ótimo. A senhora tem... um monte de analgésicos.

— Ah, nesta casa adoramos comprimidos — diz ela me dando um olhar súbito e bastante intenso. — Adoramos. *Eddie!* — Em seguida me entrega três tabletes verdes e, depois de algumas tentativas, localiza um armário cheio de copos. — Cá estamos. Vão acabar com qualquer dor de cabeça. — Em seguida pega água gelada na geladeira. — Beba isto.

— Obrigada — respondo, engolindo os comprimidos com esforço. — Muito obrigada. Minha cabeça está doendo demais. Mal consigo pensar direito.

— Seu inglês é muito bom. — Ela me dá um olhar de perto, avaliando. — Muito bom mesmo.

— Ah — respondo sem jeito. — Certo. Bem, eu sou inglesa. Esse... a senhora sabe, é provavelmente o motivo...

— Você é *inglesa*? — Trish Geiger parece galvanizada pela notícia. — Bom! Venha sentar-se. Eles vão fazer efeito num minuto. Se não fizerem eu lhe dou mais.

Ela me tira da cozinha e voltamos pelo corredor.

— Esta é a sala de estar — diz parando junto a uma porta. Sinaliza para a sala enorme, grandiosa, largando cinzas no tapete. — Como você verá, há muito que passar aspirador... espanar... polir a prataria... — Ela me olha cheia de expectativa.

— Certo. — Confirmo com a cabeça. Não faço idéia do motivo pelo qual essa mulher está me falando de seu trabalho doméstico, mas ela parece esperar uma resposta.

— Esta mesa é linda — digo finalmente, indicando um brilhante aparador de mogno.

— Precisa ser polida. — Seus olhos se estreitam. — Regularmente. Eu noto essas coisas.

— Claro — assinto de novo, bestificada.

— Venha aqui — diz ela guiando-me através de outra sala enorme e grandiosa e entrando numa estufa arejada, cercada de vidro, mobiliada com opulentas espreguiçadeiras de teca, plantas frondosas e uma bandeja de bebidas bem abastecida.

— Eddie! Venha cá! — Ela bate no vidro e eu ergo os olhos, vendo um homem com calças de golfe caminhando pelo gramado impecável. É bronzeado e tem aparência abastada, provavelmente com pouco menos de 50 anos.

Trish provavelmente também está à beira dos 50, acho, vislumbrando seus pés-de-galinha quando ela se vira de costas para a janela. Mas algo me diz que ela afirmaria ter 39, nem um dia a mais.

— Lindo jardim — digo.

— Ah. — Seus olhos passam sobre o jardineiro sem muito interesse. — É, nosso jardineiro é muito bom. Tem todo tipo de idéias. Agora sente-se! — Ela balança as mãos e, sentindo-me um tanto sem jeito, sento-me num sofá. Trish se deixa afundar numa poltrona de vime do outro lado e termina de beber seu coquetel.

— Você sabe fazer um bom bloody mary? — pergunta abruptamente.

Encaro-a, perplexa.

— Não faz mal. — Ela dá uma tragada no cigarro.

— Posso ensinar.

Pode *o quê*?

— Como está sua cabeça? — pergunta ela e vai em frente antes que eu possa responder: — Melhor? Ah, aí está o Eddie!

— Olá! — A porta se abre e o Sr. Geiger entra na estufa. Não parece tão impressionante de perto quanto caminhando pelo gramado. Os olhos estão meio injetados e ele tem o início de uma barriga de cerveja.

— Eddie Geiger — diz ele estendendo a mão jovialmente. — Dono da casa.

— Eddie, esta é... — Trish me olha, surpresa. — Qual é o seu nome?

— Samantha — explico. — Desculpe incomodar vocês, mas eu estava com uma dor de cabeça terrível...

— Dei a Samantha um daqueles analgésicos de venda controlada — interrompe Trish.

— Boa escolha. — Eddie abre uma garrafa de uísque e se serve. — Você deveria experimentar os comprimidos vermelhos. São letais!

— Ah... certo.

— Não literalmente, claro! — Ele dá uma gargalhada súbita, curta. — Não estamos tentando envenená-la!

— Eddie! — Trish lhe dá um tapa com um chacoalhar de pulseiras. — Não assuste a garota!

Os dois se viram para me examinar. De algum modo sinto que esperam uma resposta.

— Muito obrigada, realmente. — Consigo dar um meio sorriso. — Vocês foram muito gentis, deixando que eu invadisse seu fim de tarde.

— O inglês dela é bom, não é? — Eddie levanta as sobrancelhas para Trish.

— Ela é inglesa! — diz Trish em triunfo, como se tivesse tirado um coelho de uma cartola. — Compreende tudo que eu digo!

Realmente não estou entendendo alguma coisa. Será que eu *pareço* estrangeira?

— Vamos fazer o circuito pela casa? — Eddie se vira para Trish.

Meu coração afunda. As pessoas que fazem circuito da casa com visitas deveriam ser abolidas. A idéia de me arrastar atrás deles tentando encontrar coisas diferentes para dizer sobre cada cômodo é insuportável. Só quero ficar aqui sentada esperando os comprimidos fazerem efeito.

— Realmente não é necessário — começo. — Tenho certeza que é absolutamente linda...

— Claro que é necessário! — Trish apaga o cigarro. — Venha.

Enquanto me levanto minha cabeça parece nadar, e preciso me agarrar à iúca para ficar firme. A dor de cabeça está começando a diminuir, mas me sinto tonta e meio estranhamente distanciada da realidade. Tudo isso parece um sonho.

Certo, essa mulher não pode ter vida. Só parece interessada no trabalho doméstico. Enquanto seguimos por um cômodo esplêndido depois do outro fica apontando coisas que precisam ser espanadas de modo especial e mostrando onde o aspirador é guardado. Agora está falando da máquina de lavar, imagine só.

— Parece... muito... eficiente — digo, já que ela parece esperar um elogio.

— Nós gostamos de roupas de cama trocadas *toda* semana. Bem passadas a ferro, claro. — Ela me lança um olhar incisivo.

— Claro — assinto tentando esconder a perplexidade. — Boa idéia.

— Agora lá em cima! — Ela sai da cozinha.

Ah, meu Deus. Tem mais?

— Você é de Londres, Samantha? — pergunta Eddie Geiger enquanto subimos a escada.

— Isso mesmo.

— E tem um trabalho em tempo integral lá?

Ele só está perguntando para ser educado — mas por alguns instantes não consigo me obrigar a responder. Eu tenho um trabalho?

— Tinha — digo finalmente. — Para ser honesta... não sei qual é minha situação no momento.

— Quantas horas você trabalhava? — Trish gira como se estivesse subitamente interessada na conversa.

— Todas — dou de ombros. — Estou acostumada a trabalhar o dia inteiro e entrar pela noite. Virar a noite, algumas vezes.

Os Geiger parecem absolutamente pasmos com essa revelação. As pessoas não fazem idéia de como é a vida de um advogado.

— Você costumava *virar a noite*? — Trish parece estupefata. — Sozinha?

— Eu e o resto da equipe. Quem fosse necessário.

— Então você vem de... um local grande?

— Um dos maiores de Londres — confirmo com a cabeça.

Trish e Eddie estão lançando olhares um para o outro. Realmente são estranhíssimos.

— Bem, acho que vai gostar de saber que somos *muito* mais tranqüilos! — Trish dá um risinho. — Este é o quarto principal... o segundo quarto...

Enquanto caminhamos pelo corredor ela abre e fecha portas e me mostra camas de dossel e cortinas feitas à mão, até que minha cabeça gira mais ainda. Não sei o que havia naqueles comprimidos, mas estou me sentindo mais esquisita a cada minuto.

— O quarto verde... Como você deve saber, não temos filhos nem bichos de estimação... Você fuma? — pergunta Trish subitamente, inalando a fumaça do seu cigarro.

— Ah... não. Obrigada.

— Não que a gente se incomode.

Descemos um pequeno lance de escada e tento me firmar na parede, que parece se afastar num emaranhado de flores estampadas.

— Você está bem? — Eddie me segura quando estou para despencar no chão.

— Acho que aqueles analgésicos eram meio fortes — murmuro.

— Eles *são* meio malignos. — Trish me olha, pensativa. — Você não bebeu *álcool* hoje, bebeu?

— Ah... bem, sim...

— Aaah. — Ela faz uma careta. — Bom, tudo bem, desde que você não comece a ter *alucinações*. Então precisaríamos ligar para um médico. E... aqui estamos! — continua ela e abre a última porta com um floreio. — Os aposentos dos empregados.

Todos os cômodos desta casa são enormes. Este é mais ou menos do tamanho do meu apartamento, com paredes claras, janelas com acabamento em pedra dando para o jardim. Tem a cama mais simples que vi nesta casa, vasta, quadrada e arrumada com lençóis impecáveis.

Luto contra uma ânsia súbita, quase avassaladora, de cair nela, acomodar a cabeça e afundar no esquecimento.

— Linda — digo educadamente. — É um quarto estupendo.

— Bom! — Eddie bate palmas. — Bem, Samantha, eu diria que você conseguiu o emprego!

Olho-o através do atordoamento.

Emprego? Que emprego?

— Eddie! — reage Trish. — Você não pode simplesmente oferecer o emprego a ela! Não terminamos a entrevista!

Entrevista?

Será que perdi alguma coisa?

— Nem fizemos a descrição completa do trabalho! — Trish continua pegando pesado com Eddie. — Não falamos de nenhum detalhe!

— Bem, fale dos detalhes, então! — retruca Eddie. Trish lhe atira um olhar de fúria e pigarreia.

— Então, Samantha — diz em tom formal — seu papel como empregada doméstica em tempo integral implicará...

— Perdão? — encaro-a.

Trish estala a língua exasperada.

— Seu papel como empregada doméstica em tempo integral — diz mais lentamente — implicará fazer toda a limpeza, lavar as roupas e cozinhar. Vai usar uniforme, manter uma postura cortês e respeitar...

Meu papel como...

Essas pessoas acham que estou me candidatando a ser *empregada doméstica?*

Por um momento fico pasma demais para falar.

— ... alimentação e moradia — está dizendo Trish — e quatro semanas de férias por ano.

— Qual é o salário? — pergunta Eddie com interesse. — Vamos pagar mais do que à última garota?

Por um momento acho que Trish vai assassiná-lo no ato.

— Com licença, Samantha! — Antes mesmo que eu possa abrir a boca ela arrastou Eddie para fora do quarto e bate a porta. Em seguida segue-se uma discussão furiosa em voz baixa.

Olho o quarto ao redor, tentando juntar os pensamentos.

Eles acham que sou empregada doméstica. Empregada doméstica! Isso é ridículo. Preciso esclarecer. Tenho de explicar o mal-entendido.

Outra onda de tontura me engolfa e eu me sento na cama. Então, antes que possa me impedir, deito-me na colcha branca e fresca e fecho os olhos. É como afundar numa nuvem.

Não quero me levantar. Não quero me levantar desta cama. É um porto seguro.

Foi um dia longo. Um pesadelo de dia longo, exaustivo e doloroso. Só quero que acabe.

— Samantha, sinto muito por isso. — Abro os olhos e luto para ver Trish entrando de novo seguida por Eddie com o rosto cor-de-rosa. — Antes de continuarmos, você tem alguma pergunta sobre o trabalho?

Encaro-a de volta com a cabeça girando como um carrossel.

Este é o momento em que preciso explicar que houve um equívoco. Que não sou empregada doméstica, sou advogada.

Mas nada sai da minha boca.

Não quero ir embora. Quero deitar nesta cama e cair no esquecimento.

Eu poderia ficar esta noite aqui, é a idéia que explode no meu cérebro. *Só uma noite. Poderia resolver o equívoco amanhã.*

— Ah... seria possível começar esta noite? — ouço-me dizendo.

— Não vejo por que não... — começa Eddie.

— Não vamos pôr o carro na frente dos bois — interrompe Trish rispidamente. — Temos *um bocado* de candidatas promissoras para este trabalho, Samantha. Várias muito impressionantes. Uma garota tem até diploma de culinária *cordon bleu*, da França!

Ela traga o cigarro, dando-me um olhar objetivo. E algo dentro de mim se enrijece como um reflexo automático. Não consigo evitar. É maior do que eu, maior até do que meu desejo de despencar na cama branca e macia.

Será que ela está sugerindo...

Será que está dando a entender que eu poderia não *conseguir* esse emprego?

Olho Trish em silêncio por alguns instantes. Em algum lugar, no fundo de meu estado de choque embriagado, sinto um minúsculo clarão da velha Samantha retornando. Sinto minha ambição entranhada levantando a cabeça e farejando o ar. Enrolando as mangas e cuspindo nas mãos. Sou capaz de derrotar uma garota formada em culinária *cordon bleu* francesa.

Nunca fracassei numa entrevista na vida.

Não vou começar agora.

— Então. —Trish olha sua lista. — Você é experiente em todas as formas de lavanderia?

— Ganhei um prêmio de lavanderia na escola — respondo com um movimento modesto de cabeça. — Foi o que realmente me fez entrar nessa carreira.

— Meu Deus! — Trish está pasma. — E estudou *cordon bleu*?

— Estudei com Michel de la Roux de la Blanc. — Faço uma pausa séria. — O nome dele obviamente fala por si.

— Sem dúvida! — diz Trish olhando insegura para Eddie.

Estamos sentados na estufa de novo. Trish dispara uma série de perguntas que parecem ter vindo de um panfleto "Como Contratar sua Empregada Doméstica". E vou respondendo a todas elas com confiança total.

No fundo do cérebro ouço uma vozinha gritando: "O que você está fazendo? Samantha, que diabo você está FAZENDO?

Mas não ouço. Não quero ouvir. De algum modo, consegui bloquear a vida real, o equívoco, minha carreira arruinada, todo o pesadelo de um dia... tudo no mundo, menos esta entrevista. Minha cabeça continua girando e sinto que posso naufragar a qualquer momento — mas por dentro há um pequeno núcleo concentrado de determinação. *Vou conseguir esse emprego*.

— Poderia nos dar uma amostra de menu? — Trish acende outro cigarro. — Para um jantar formal, digamos?

Comida... comida impressionante...

De repente me lembro do Maxim's da noite anterior. O menu de lembrança de aniversário.

— Preciso consultar minhas anotações. — Abro a bolsa e disfarçadamente examino o menu do Maxim's. — Para um jantar formal, eu serviria... bem... foie gras tostado com cobertura vidrada de abricó... cordeiro com hamus apimentado... seguido por suflé de chocolate e hortelã com dois tipos de sorvete feitos em casa.

Tome *isso*, garota do cordon bleu.

— Bom! — Trish parece perplexa. — Devo dizer que é muito impressionante.

— Maravilhoso! — Eddie parece estar salivando. — Foie gras tostado! Poderia fazer um pouco para nós agora?

Trish olha-o irritada.

— Presumo que você tenha alguma referência, não é, Samantha?

Referência?

— Nós *precisaremos* de uma referência. — Trish começa a franzir a testa.

— Quem pode dar referências minhas é Lady Freya Edgerly — digo numa inspiração súbita.

— *Lady* Edgerly? — As sobrancelhas de Trish se levantam e um tom rosado começa a subir lentamente pelo seu pescoço.

— Estive ligada a Lorde e Lady Edgerly durante muitos anos. Sei que Lady Edgerly vai falar a meu favor.

Trish e Eddie estão me encarando boquiabertos. Talvez eu deva acrescentar algum detalhe doméstico.

— Uma família adorável — enfeito. — Era um trabalho ótimo, manter limpa a mansão. E... polir as tiaras de Lady Edgerly.

Merda. Dei um passo longe demais com as tiaras.

Mas, para minha perplexidade, nenhuma nota de suspeita atravessa o rosto de nenhum dos dois.

— Você cozinhava para eles, é? — pergunta Eddie. — Café-da-manhã e assim por diante?

— Naturalmente. Lorde Edgerly gostava muito de meu prato especial, ovos Benedict. — Tomo um gole d'água.

Posso ver Trish fazendo o que claramente imagina que sejam expressões cifradas para Eddie, que está disfarçadamente assentindo de volta. É como se tivessem "Vamos Ficar Com Ela" tatuado na testa.

— Uma última coisa. — Trish dá uma tragada funda no cigarro. — Você vai atender ao telefone quando o Sr. Geiger e eu estivermos fora. Nossa imagem na sociedade é muito importante. Por favor, demonstre como fará isso. — Ela assente para um telefone numa mesinha ali perto.

Não podem estar falando sério. Só que... acho que estão.

— Você deve dizer "Boa-tarde; residência dos Geigers" — instiga Eddie.

Levanto-me obedientemente. Ignorando do melhor modo possível a cabeça tonta, vou até lá e pego o aparelho.

— Boa-tarde — digo na minha voz mais charmosa e mais perfeita de escola de elite — Residência dos Geigers. Em que posso ajudar?

Parece que todos os natais de Eddie e Trish chegaram ao mesmo tempo.

Sete

Acordo na manhã seguinte com um teto desconhecido, liso e branco acima de mim. Olho-o por alguns instantes, perplexa, depois levanto a cabeça um pouco. Os lençóis fazem um som estranho, farfalhante, quando me mexo. O que está acontecendo? Meus lençóis não fazem esse som.

Mas claro. São os lençóis dos Geigers.

Afundo confortavelmente de volta nos travesseiros — até que outro pensamento me assalta.

Quem são os Geigers?

Franzo o rosto tentando lembrar. Sinto como se estivesse com ressaca e ainda bêbada ao mesmo tempo. Trechos do dia de ontem estão nítidos na minha mente, em meio a uma névoa densa. Não sei direito o que é real e o que é sonho. Vim de trem... é... tinha dor de cabeça... Estação de Paddington... saí do escritório...

Ah, meu Deus. Ah, por favor, não.

Com um jorro enjoativo todo o pesadelo volta ao cérebro. Sinto como se alguém tivesse me dado um soco no plexo solar. O memorando. O Third Union Bank. Cinqüenta milhões de libras. A pergunta a Guy, se eu ainda tinha um emprego.

O silêncio dele.

Fico deitada imóvel por um tempo, deixando a coisa se assentar de novo. Minha carreira está despedaçada. Não tenho chance de virar sócia. Provavelmente não tenho emprego. Tudo que eu conhecia acabou.

Por fim empurro as cobertas e saio da cama sentindo-me fraca e atordoada. Percebo subitamente que não comi nada ontem, a não ser os poucos salgadinhos do pacote, de manhã.

Nesta hora, ontem, eu estava na minha cozinha, preparando-me para ir trabalhar, abençoadamente sem saber o que aconteceria. Em outro mundo — num universo paralelo a este — eu estaria acordando hoje como sócia da Carter Spink. Estaria rodeada de mensagens de parabéns. Minha vida estaria completa.

Fecho os olhos com força, tentando escapar dos pensamentos que começam a flutuar na mente. Pensamentos enjoativos, do tipo "se ao menos". Se tivesse visto o memorando antes... Se tivesse uma mesa mais arrumada... Se Arnold não tivesse me dado aquele trabalho...

Mas não adianta. Ignorando a cabeça latejante, vou até a janela. O que aconteceu, aconteceu. Tudo que posso fazer é enfrentar. Enquanto olho para o jardim sinto-me absolutamente irreal. Até este momento toda a minha vida era mapeada hora a hora. Através de exames, estágios nas férias, os degraus da escada da carreira... Achava que sabia exatamente para onde eu estava indo.

E agora encontro-me num quarto estranho, no meio do campo. Com minha carreira em ruínas.

Além disso... há outra coisa. Algo me incomoda. Uma última peça do quebra-cabeça ainda falta no meu cérebro atordoado. Vai chegar num minuto.

Encosto a testa no vidro fresco e tranqüilizante e olho um homem no horizonte longínquo andando com seu cachorro. Talvez as coisas possam ser salvas. Talvez não sejam tão ruins como imaginei. Será que Guy *disse* que eu perdi o emprego? Preciso ligar para ele e descobrir até que ponto a coisa está ruim. Respiro fundo e passo as mãos pelos cabelos emaranhados. Meu Deus, ontem enlouqueci. Quando penso no modo como agi, fugindo do escritório, pulando num trem... estava mesmo em outro planeta. Se não fosse a compreensão dos Geigers...

Meu fluxo de pensamento pára abruptamente.

Os Geigers.

Alguma coisa sobre os Geigers. Alguma coisa que não estou lembrando... alguma coisa que dispara uma pequena campainha de alarme..

Viro-me e focalizo um vestido azul pendurado na porta do guarda-roupa. Algum tipo de uniforme, com debruns. Por que haveria um...

A campainha de alarme está ficando mais alta. Está começando a chacoalhar loucamente. Tudo volta como uma espécie de sonho terrível, bêbado.

Peguei um emprego de doméstica?

Por um instante não consigo me mexer. Ah, Jesus. O que fiz? O que *fiz?*

Meu coração começa a pular enquanto avalio a situação pela primeira vez. Estou na casa de um casal estranho sob argumentos totalmente falsos. Dormi na cama deles. Estou usando uma velha camiseta de Trish. Eles até me deram uma escova de dentes quando inventei uma história de "mala roubada no trem". A última coisa que me lembro, de antes de ter apagado, foi ter ouvido Trish cantando vantagem ao telefone. "Ela é inglesa! É, fala inglês perfeitamente! *Super* garota. Estudou *cordon bleu*!

Preciso dizer que era tudo mentira.

Há uma batida na porta do quarto e eu pulo, apavorada.

— Samantha? Posso entrar?

— Ah! É... sim!

A porta se abre e Trish aparece usando roupa de ginástica, rosa-clara, com logotipo em strass. Está totalmente maquiada e usa um perfume muito forte que já está me fazendo engasgar.

— Fiz uma xícara de chá para você — diz ela entregando-a com um sorriso formal. — O Sr. Geiger e eu gostaríamos que se sentisse muito bem-vinda em nossa casa.

— Ah! — engulo em seco nervosamente. — Obrigada.

Sra. Geiger, há algo que preciso dizer. Não sou empregada doméstica.

De algum modo as palavras não se formam na minha boca.

Os olhos de Trish se estreitaram como se já estivesse se arrependendo do gesto amigável.

— Não pense que receberá isso todo dia, claro! Mas como não estava se sentindo bem ontem à noite... —

Ela bate no relógio. — Agora é melhor se vestir. Nós a esperamos lá em baixo dentro de dez minutos. Via de regra, só tomamos um café-da-manhã leve. Torrada, café e alguma outra coisinha. Depois podemos falar das outras refeições do dia.

— É... certo — respondo debilmente.

Ela fecha a porta e eu pouso o chá. Ah, merda. O que vou fazer? O quê? O quê?

Certo. Calma. Priorize. Preciso ligar para o escritório. Descobrir exatamente até que ponto a situação é ruim. Com um espasmo de apreensão enfio a mão na bolsa procurando o celular.

A tela está apagada. A bateria deve ter acabado.

Olho-o em frustração. Ontem eu devia estar tão desligada que esqueci de carregar. Pego o carregador, ligo na parede e conecto o telefone. Imediatamente ele começa a se carregar.

Espero o sinal aparecer... mas não aparece. Não há sinal, porcaria.

Sinto uma pontada de pânico. Como vou ligar para o escritório? Como vou fazer *qualquer coisa*? Não posso existir sem meu celular.

De repente me lembro de ter passado por um telefone no patamar da escada. Estava numa mesa junto a uma pequena janela saliente. Talvez eu pudesse usá-lo. Abro a porta do quarto e olho para o corredor. Não há ninguém por perto. Curiosamente vou até a janela e levanto o aparelho. O tom de discagem ressoa calmo em meu ouvido. Respiro fundo — e digito o número da linha direta do Arnold. Ainda não são nove horas, mas ele estará lá.

— Escritório de Arnold Saville — atende a voz alegre de Lara, a secretária dele.

— Lara — digo nervosa. — É Samantha. Samantha Sweet.

— *Samantha?* — Lara parece tão aparvalhada que eu estremeço. — Ah, meu Deus! O que aconteceu? Onde você está? Todo mundo ficou... — Ela se contém.

— Eu... no momento estou fora de Londres. Posso falar com Arnold?

— Claro. Ele está aqui. — Ela desaparece brevemente da linha.

— Samantha — a voz amigável e segura de Arnold eclode na linha. — Minha garota. Você se meteu em apuros, não foi?

Só Arnold poderia descrever a perda de cinqüenta milhões de dólares de um cliente como "apuro". Apesar de tudo, um minúsculo meio sorriso aparece nos meus lábios. Posso visualizá-lo com seu colete e as sobrancelhas lanosas se juntando.

— Eu sei — digo tentando imitar seu tom calmo. — É... não é legal.

— Sinto-me obrigado a dizer que sua partida intempestiva ontem não ajudou nada.

— Eu sei. Sinto muito. Simplesmente entrei em pânico.

— É compreensível. No entanto você deixou uma boa bagunça para trás.

Por baixo do verniz alegre de Arnold posso detectar níveis desconhecidos de tensão. Arnold nunca fica tenso. As coisas devem estar realmente ruins. Quero cair no chão em frangalhos, gritando "sinto muito!", mas isso não ajudaria ninguém. Já fui pouco profissional o bastante.

— Então... qual é a situação atual? — Tento parecer composta. — Há algo que os credores possam fazer?

— Acho improvável. Eles dizem que estão com as mãos amarradas.

— Certo. — É como uma marretada no estômago. Então é isso. Os cinqüenta milhões foram perdidos de vez. — E a seguradora da firma?

— Esse é o próximo passo, claro. O dinheiro acabará sendo recebido, tenho certeza. Mas não sem complicações. Como acho que você poderá avaliar.

— Sei — sussurro.

Por alguns instantes nenhum de nós fala. Não há boas notícias. Não há um raio de esperança. Estou ferrada, fim da história.

— Arnold — digo com a voz trêmula. — Não faço idéia de como fui cometer um erro tão... *estúpido*. Não entendo como aconteceu. Nem me lembro de ter visto o memorando na minha mesa...

— Onde você está agora? — interrompe Arnold.

— Estou... — Olho desamparada pela janela. — Para ser honesta, nem sei exatamente onde estou. Mas posso ir para aí. Vou voltar agora. — Minhas palavras saem aos borbotões. — Vou pegar o primeiro trem... Serão apenas algumas horas.

— Não acho uma boa idéia. — Há uma nova tensão na voz de Arnold, que me faz parar.
— Eu... eu fui demitida?
— Isso ainda não foi abordado. — Ele parece irritado. — Houve questões um pouco mais prementes a considerar, Samantha.
— Claro. — Sinto o sangue jorrando de volta dentro da cabeça. — Sinto muito. Eu só... — Minha garganta está ficando apertada. Fecho os olhos tentando manter o controle. — Estive na Carter Spink durante toda a minha vida profissional. Tudo que eu sempre, sempre quis foi...
Nem posso dizer.
— Samantha, sei que você é uma advogada muito talentosa. — Arnold suspira. — Ninguém tem nenhuma dúvida disso.
— Mas cometi um erro.
Posso ouvir estalos minúsculos na linha; minha própria pulsação batendo nos ouvidos.
— Samantha, farei tudo o que puder — diz ele finalmente. — Posso dizer que foi marcada uma reunião para esta manhã, para discutir seu destino.
— E você acha que não devo ir? — Mordo o lábio.
— Isso pode fazer mais mal do que bem, no momento. Fique onde está. Deixe o resto comigo. — Arnold hesita, a voz meio carrancuda. — Farei o máximo que puder, Samantha. Prometo.
— Estarei esperando — digo rapidamente. — Muito obrigada. — Mas ele já desligou. Lentamente pouso o telefone.

Nunca me senti tão impotente na vida. Tenho uma visão súbita de todos eles sentados sérios ao redor de uma mesa de reuniões. Arnold. Ketterman. Talvez até o Guy. Decidindo se vão me dar um tempo.

Tenho de pensar positivo. Ainda há uma chance. Se Arnold estiver do meu lado, outros também estarão...

— *Super* garota.

Pulo ao som da voz de Trish se aproximando.

— Bem, é claro que vou verificar as referências dela, mas Gillian, eu sou *muito* boa avaliadora de caráter. Não sou enganada com facilidade...

Trish vira a esquina segurando um celular junto ao ouvido, e rapidamente me afasto do telefone.

— Samantha! — diz ela, surpresa. — O que está fazendo? Ainda não se vestiu? Ande logo! — Ela se afasta de novo e volto rapidamente ao quarto. Fecho a porta e me olho no espelho.

De repente me sinto um pouco mal.

Na verdade me sinto muito mal. Como os Geigers vão reagir quando eu contar que sou uma fraude completa? Que não sou empregada doméstica nem estudei *cordon bleu*, que só queria um lugar para passar a noite?

Tenho uma imagem súbita dos dois me expulsando furiosamente da casa. Sentindo-se totalmente usados. Talvez até chamem a polícia. Mandem me prender. Ah, meu Deus. Isso pode ficar bem feio.

Mas, puxa, não tenho outra opção. Não é como se eu pudesse...

Poderia?

Pego o uniforme azul e passo os dedos por ele, com a mente girando e girando.

Eles foram bem gentis me aceitando. E no momento não estou fazendo nenhuma outra coisa. Não tenho aonde ir. Talvez fazer um pouco de trabalho doméstico até afaste minha mente dos problemas...

Abruptamente tomo uma decisão.

Vou fazer isso durante uma manhã. Não pode ser tão difícil. Vou fazer a torrada, tirar o pó dos ornamentos ou sei lá o quê. Vou pensar nisso como um pequeno agradecimento a eles. Então, assim que tiver notícias do Arnold, arranjo uma desculpa convincente para sair. E os Geigers nunca vão saber que eu não era empregada de verdade.

Rapidamente visto o uniforme e passo um pente nos cabelos. Depois me olho no espelho.

— Bom dia, Sra. Geiger — digo para o reflexo. — E... é... como quer que eu tire a poeira da sala de estar?

Tudo bem. Vai dar certo.

Enquanto desço a escada os Geigers estão parados embaixo, me olhando. Nunca me senti mais sem graça na vida.

Sou uma empregada doméstica. Tenho de me comportar como uma empregada.

— Bem-vinda, Samantha! — diz Eddie quando chego ao saguão. — Dormiu bem?

— Muito bem, obrigada, Sr. Geiger — respondo com recato.

— Isso é bom! — Eddie balança para trás e para a frente nas solas dos pés. Parece um pouquinho sem jeito.

De fato os dois parecem sem jeito. Por baixo da maquiagem, dos bronzeados, das roupas caras, parece haver uma leve sugestão de incerteza nos Geigers.

Vou até um banco e ajeito uma almofada, tentando parecer que sei o que faço.

— Você deve estar querendo conhecer sua nova cozinha! — diz Trish toda animada.

— Claro! — respondo com sorriso confiante. — Estou ansiosa por isso!

É só uma cozinha. É só uma manhã. Posso fazer isso.

Trish vai na frente, entrando na enorme cozinha forrada de madeira, e desta vez olho ao redor com mais atenção, tentando captar os detalhes. Há um negócio enorme, parecido com um fogão, engastado na bancada de granito à minha esquerda. Dois fornos embutidos na parede. Para todo lugar aonde olho vejo brilhantes aparelhos cromados ligados a tomadas. Fileiras de panelas e utensílios de todo tipo estão penduradas no alto, numa mixórdia de aço inoxidável.

Não tenho a mínima idéia do que é qualquer coisa daquelas.

— Você vai querer arrumar do seu jeito, claro — diz Trish sinalizando ao redor. — Mude o que quiser. Ponha no jeito. Você é a profissional!

Os dois estão me olhando cheios de expectativa.

— Sem dúvida — digo em tom cheio de eficiência. — Obviamente tenho meus próprios... é... sistemas. Aquilo não deveria estar ali, por exemplo. — Aponto aleatoriamente para algum aparelho. — Terei de mudar de local.

— Verdade? — Trish parece fascinada. — Por quê?

Há um silêncio momentâneo. Até Eddie parece interessado.

— Teoria... culinária... ergonômica — improviso. — Então, gostariam de torradas para o café-da-manhã? — acrescento rapidamente.

— Torradas para nós dois — diz Trish. — E café com leite desnatado.

— Já vai sair. — Sorrio sentindo um ligeiro alívio.

Sei fazer torrada. Assim que deduzir qual dessas coisas é uma torradeira.

— Então, já levo para vocês num momento — continuo tentando expulsá-los. — Gostariam de comer na sala de jantar?

Há um pequeno ruído no corredor.

— Deve ser o jornal — diz Trish. — Sim, pode servir o café-da-manhã na sala de jantar, Samantha. — Ela sai rapidamente, mas Eddie se demora na cozinha.

— Sabe, mudei de idéia. — Ele dá um sorriso jovial. — Esqueça a torrada, Samantha. Comerei seus famosos Ovos Benedict. Ontem à noite você aguçou meu apetite.

Ontem à noite? O que eu disse ontem...

Ah, meu Deus. Ovos Benedict. Meu famoso prato especial amado por Lorde Edgerly.

O que eu estava *pensando*?

— Tem... certeza de que é isso que quer? — consigo dizer em voz apertada.

— Eu não perderia seu prato especial! — Eddie coça a barriga num gesto de apreciação. — É meu desjejum predileto. Os melhores Ovos Benedict que já comi foi no Carlyle, em Nova York, mas aposto que os seus são ainda melhores!

— Não sei! — De algum modo consigo dar um sorriso luminoso.

Por que, diabos, eu disse que sabia fazer Ovos Benedict? Tudo bem... fique calma. Deve ser bem simples. Ovos e... alguma coisa.

Eddie se encosta na bancada de granito com olhar cheio de expectativa. Tenho uma suspeita maligna de que ele está esperando que eu comece a cozinhar. Com hesitação pego uma panela brilhante que estava pendurada, no momento em que Trish entra com o jornal. Ela me olha com enorme curiosidade.

— Como vai usar a panela de cozinhar aspargos no vapor, Samantha?

Merda.

— Só queria... examinar. É. — Assinto rapidamente, como se a panela tivesse confirmado minhas suspeitas, e penduro-a cuidadosamente de novo.

Estou me sentindo cada vez mais quente. Não tenho sequer idéia de como começar. Quebro os ovos? Cozinho? Jogo-os na parede?

— Aqui estão os ovos. — Eddie põe uma caixa enorme na bancada e levanta a tampa. — Imagino que haja bastante!

Olho a fileira de ovos marrons, sentindo-me um pouco tonta. O que acho que estou fazendo? Não sei fazer Ovos Benedict, porcaria. Não sei fazer o café-da-manhã desse pessoal. Terei de me entregar.

Viro-me e respiro fundo.

— Sr. Geiger... Sra. Geiger...

— *Ovos?* — A voz de Trish interrompe a minha. — Eddie, você não pode comer ovos! Lembre-se do que o médico disse! — Ela me olha com os olhos estreitados. — O que ele lhe pediu, Samantha? Ovos cozidos?

— É... o Sr. Geiger pediu Ovos Benedict. Mas o negócio é...

— Você não vai comer Ovos Benedict! — Trish praticamente berra com Eddie. — É cheio de colesterol!

— Eu como o que quiser! — protesta Eddie.

— O médico fez um plano de dieta para ele. — Trish está tragando furiosamente o cigarro. — Eddie já comeu uma tigela de flocos de milho hoje!

— Eu estava com fome! — diz Eddie na defensiva.

— Você comeu um bolinho de chocolate!

Trish ofega como se ele tivesse lhe dado um soco. Pequenas manchas vermelhas aparecem em suas bochechas. Por alguns instantes ela parece incapaz de falar.

— Cada um de nós vai tomar uma xícara de café, Samantha — anuncia ela finalmente, com voz digna. — Pode servir na sala de estar. Use a louça cor-de-rosa. Venha, Eddie. — E ela o arrasta para fora antes que eu possa dizer qualquer coisa.

Enquanto olho a cozinha vazia ao redor não sei se quero rir ou chorar. Isso é ridículo. Não posso continuar com essa charada. Preciso contar a verdade. Agora. Saio decididamente da cozinha para o corredor. Então paro atrás da porta fechada da sala de estar ouço a voz aguda e indistinta de Trish dando uma bronca furiosa em Eddie, entrecortada pelos resmungos defensivos dele.

Recuo depressa para a cozinha e ligo o fogo da chaleira. Deve ser mais fácil simplesmente fazer o café.

Dez minutos depois arrumei uma bandeja de prata com um bule de café cor-de-rosa, xícaras cor-de-rosa, leiteira, açúcar e um pequeno buquê de flores cor-de-rosa que peguei num cesto pendurado do lado de fora da janela da cozinha. Estou bastante orgulhosa, mesmo que seja eu que diga.

Chego perto da porta da sala de estar, ponho a bandeja na mesa do corredor e bato cautelosamente.

— Entre! — grita Trish.

Quando entro ela está sentada numa poltrona perto da janela, segurando uma revista num ângulo bastante artificial. Eddie está do outro lado da sala, examinando uma escultura em madeira.

— Obrigada, Samantha. — Trish inclina a cabeça graciosamente enquanto sirvo o café. — É só isso por enquanto.

Sinto-me como se tivesse entrado numa estranha peça de Merchant Ivory, só que os figurinos são roupa de ioga cor-de-rosa e suéter de golfe.

— É... muito bem, senhora — digo representando o meu papel. Então, sem intenção, faço uma reverência.

Há uma pausa hesitante. Os dois Geigers simplesmente me olham aparvalhados.

— Samantha, você acabou de... fazer uma *reverência*? — pergunta Trish finalmente.

Olho-os de volta, congelada.

O que eu estava pensando? Por que fiz uma reverência? Ela vai achar que estou de sacanagem. Empregadas domésticas não fazem reverência, caramba. Isso aqui não é o seriado Gosford Park.

Eles ainda estão me encarando boquiabertos. Preciso dizer alguma coisa.

— Os Edgerly gostavam que eu fizesse reverências. — Meu rosto está todo pinicando. — Acabou virando hábito. Desculpe, senhora, não farei de novo.

A cabeça de Trish está se inclinando cada vez mais, os olhos completamente franzidos. Está me olhando fixamente como se quisesse me decifrar.

Ela deve perceber que sou uma fraude, *deve*.

— Gosto disso — pronuncia por fim e inclina a cabeça, satisfeita. — É, gosto. Você pode fazer reverências aqui também.

O quê?

Posso fazer *o quê*?

Este é o século XXI. E uma mulher chamada Trish está me pedindo para fazer reverências?

Respiro fundo para protestar, depois fecho a boca de novo. Não importa. Não é real. Posso fazer reverências por uma manhã.

Oito

Assim que saio da sala subo a escada correndo, vou pelo corredor até o quarto e verifico o celular. Mas só está carregado pela metade e não faço idéia de onde vou encontrar um sinal. Se Trish conseguiu, devo conseguir também. Qual será a operadora dela?

— Samantha?

A voz de Trish emerge do térreo.

— Samantha? — Ela parece irritada. Agora posso ouvir seus passos subindo a escada.

— Senhora? — Vou depressa pelo corredor.

— Aí está você! — Ela franze a testa ligeiramente. — Faça a gentileza de *não* desaparecer para o seu quarto enquanto está de serviço. Não quero ter de ficar gritando por você desse jeito.

— É... sim, Sra. Geiger — digo. Quando chegamos ao corredor meu estômago dá uma cambalhota. Atrás de Trish vejo o *The Times* sobre a mesa. Está aberto na página de economia e uma manchete diz GLAZERBROOKS CHAMA CREDORES.

Meus olhos percorrem o texto enquanto Trish começa a remexer numa gigantesca bolsa Chanel branca —

mas não vejo qualquer menção à Carter Spink. Graças a Deus. O departamento de RP deve ter conseguido esconder a história.

— Onde estão minhas chaves? — Trish parece aflita. — Onde *estão*? — Ela remexe mais um pouco e mais violentamente dentro da bolsa Chanel. Um batom dourado sai voando pelo ar e cai aos meus pés. — Por que as coisas *desaparecem*?

Pego o batom e entrego a ela.

— Lembra-se de onde as perdeu, Sra. Geiger?

— Eu não *perdi*. — Ela inala profundamente. — Foram roubadas. É óbvio. Teremos de trocar todas as fechaduras. Nossas identidades serão tomadas. — Ela segura a cabeça. — É isso que esses fraudadores fazem, você sabe. Saiu um artigo enorme sobre isso no *Mail*...

— São essas? — De repente notei um chaveiro Tiffany brilhando no parapeito da janela. Pego o molho de chaves e estendo.

— É! — Trish está absolutamente pasma. — É, são elas! Samantha, você é maravilhosa. *Como* encontrou?

— Não foi problema. — Dou de ombros com modéstia.

— Bem! Estou muito impressionada! — Ela me dá uma olhadela significativa. — Contarei ao Sr. Geiger.

— Sim, senhora — digo tentando injetar na voz o tom exato de gratidão avassaladora. — Obrigada.

— O Sr. Geiger e eu vamos sair num minuto — continua ela, pegando um spray de perfume e se borrifando. — Por favor, prepare um sanduíche leve para almoçarmos à uma hora, e faça a limpeza do andar de baixo. Mais tarde falaremos sobre o jantar. — Ela gira. — Devo dizer que ficamos os dois muito impressionados com seu menu de foie gras tostado.

— Ah... é... que bom!

Tudo bem. Na hora do jantar já terei ido embora.

— *Agora*. — Trish dá uma última batidinha no cabelo. — Venha um momentinho à sala de estar, Samantha.

Acompanho-a à sala e vamos até a lareira.

— Antes de eu sair e você começar a limpar o pó aqui — diz Trish —, queria lhe mostrar o arranjo dos ornamentos. — Ela indica uma fileira de bibelôs de louça no aparador. — Isso pode ser difícil de lembrar. Por algum motivo, o pessoal da limpeza nunca entende. De modo que, por gentileza, *preste atenção*.

Obedientemente viro-me para o aparador da lareira.

— É muito importante, Samantha, que esses cachorrinhos de louça estejam virados um para o outro. — Trish aponta para um par de King Charles spaniels. — Está vendo? Eles não ficam virados para fora. Ficam virados *um para o outro*.

— Um para o outro — ecôo assentindo. — Sim. Sei.

— E os pastores estão virados ligeiramente *para fora*. Está vendo. Eles estão virados *para fora*.

Ela fala devagar e com clareza, como se eu tivesse o QI de uma criança de 3 anos burrinha.

— Para fora — repito obedientemente.

— Entendeu isso? — Trish me olha com atenção. — Vejamos. Para que lado os cachorrinhos de louça ficam virados? — Ela ergue um braço para bloquear minha visão do aparador.

Não acredito. Trish está me testando.

— Os cachorros de louça — insiste ela. — Para que lado?

Ah, meu Deus, não resisto.

— É... — pondero intensamente por alguns instantes. — Ficam virados... para fora?

— *Um para o outro!* — grita Trish exasperada. — Ficam virados *um para o outro!*

— Ah, certo — digo em tom de desculpas. — É. Desculpe. Agora entendi.

Trish fechou os olhos e está encostando dois dedos na testa, como se o estresse de empregados estúpidos fosse demais para suportar.

— Não faz mal — diz finalmente. — Vamos tentar de novo amanhã.

— Vou levar a bandeja de café — sugiro humildemente. Ao pegá-la olho de novo meu relógio. Dez e doze. Será que já começaram a reunião?

Esta manhã vai ser insuportável.

Às onze e meia estou em frangalhos de nervosismo. Meu celular foi carregado e finalmente encontrei um sinal na cozinha, mas não tocou. E não há recados. Verifiquei a cada minuto.

Enchi a lavadora de pratos e, depois de umas cinqüenta tentativas, consegui ligar. E tirei o pó dos cães de louça com um lenço de papel. Afora isso, o que fiz foi praticamente apenas andar de um lado para o outro na cozinha.

Desisti quase imediatamente dos "sanduíches leves para o almoço". Demorei horas serrando dois pães — e acabei com dez enormes fatias bambas, cada qual mais torta que a outra, pousadas num mar de migalhas. Sabe Deus o que fiz de errado. Deve haver algo estranho com a faca.

Tudo o que posso dizer é: graças a Deus pelas *Páginas amarelas* e os serviços de entrega. E ao American Express. Só vai me custar 45 libras e 50 centavos dar a Trish e Eddie um "almoço de sanduíches finos" da Catswold Caterers. Eu teria pagado o dobro. Para ser honesta, provavelmente pagaria dez vezes mais.

Agora só estou sentada numa cadeira, e aperto com força o celular no bolso.

Mentalizando desesperadamente para ele tocar.

Ao mesmo tempo absolutamente aterrorizada com a idéia de que ele pode tocar.

De repente não suporto mais a tensão. Preciso de algo para aliviá-la. *Qualquer coisa*. Abro a porta da enorme geladeira dos Geigers e tiro uma garrafa de vinho branco. Sirvo uma taça e tomo um gole enorme, desesperado. Já vou tomar outra quando sinto uma pinicada na nuca.

Como se... estivesse sendo observada.

Giro e quase salto fora da pele. Há um homem à porta da cozinha.

É alto, forte e profundamente bronzeado, com olhos azuis intensos. Seu cabelo ondulado é de um castanho dourado com pontas descoradas. Está usando jeans velhos, camiseta amarrotada e as botas mais enlameadas que já vi.

Seus olhos passam em dúvida sobre as dez fatias tortas e molengas de pão e depois vão até minha taça de vinho.

— Oi — diz finalmente. — Você é a nova cozinheira *cordon bleu*?

— Ah... sou! Sem dúvida! — Aliso meu uniforme. — Sou a nova empregada, Samantha. Olá.

— Eu sou Nathaniel. — Ele estende a mão e, depois de uma pausa, aperto-a. Sua pele é tão dura e áspera que pareço estar apertando um pedaço de casca de árvore. — Cuido dos jardins e da horta dos Geigers. Você vai querer conversar comigo sobre verduras.

Olho-o incerta. Por que eu iria querer falar com ele sobre verduras?

Enquanto ele se encosta no portal e cruza os braços, não consigo deixar de ver como seus antebraços são enormes e fortes. Nunca *vi* um homem com braços assim. Não na vida real.

— Posso fornecer praticamente qualquer coisa — continua ele. — De acordo com a estação, claro. É só avisar o que você quer.

— Ah, *verduras* — digo percebendo subitamente o que ele quer dizer. — Para cozinhar. Ah... sim. Vou querer algumas. Com certeza.

— Eles disseram que você estudou com um chefe que tem estrelas no *Michelin*, não é? — Nathaniel franze ligeiramente a testa. — Não sei que tipo de coisa chique você usa, mas farei o máximo que puder. — Ele pega um pequeno caderno manchado de lama e um lápis. — Que tipo de brássica você gosta de usar?

Brássica?

O que é brássica?

Deve ser algum tipo de verdura. Reviro a mente num frenesi mas só consigo ver imagens de braços balançando numa coreografia insana.

— Preciso consultar meus menus — digo finalmente com um gesto profissional de cabeça. — Mais tarde falo com você sobre isso.

— Mas, em termos gerais. — Ele ergue os olhos. — Qual você usa mais? Para eu saber o que plantar.

Ah, meu Deus. Não me arrisco a dizer o nome de uma única verdura para o caso de entender totalmente errado.

— Eu uso... de todo tipo, realmente. — Dou-lhe um sorriso aéreo. — Você saber como é, com as brássicas. Algumas vezes a gente está no clima para uma... algumas vezes para outra!

Realmente não sei até que ponto isso pareceu convincente. Nathaniel parece pasmo.

— Estou para encomendar sementes de alho-poró — diz lentamente. — Que variedade você prefere? Albinstar ou Bleu de Solaise?

Encaro-o de volta com o rosto pinicando. Não captei nada disso.

— A... é... a primeira — digo finalmente. — Tem qualidades muito... saborosas.

Nathaniel guarda seu caderno e me examina por um momento. Sua atenção vai de novo até o copo de vinho. Não sei se gosto de sua expressão.

— Eu já ia colocar este vinho num molho — digo rapidamente. Com ar casual, pego uma panela pendurada, coloco no fogão e derramo o vinho dentro. Jogo um pouco de sal, depois pego uma colher de pau e mexo.

Então lanço um olhar para Nathaniel. Ele só está me olhando com algo próximo da incredulidade.

— Onde você disse que estudou? — pergunta.

Sinto uma pontada de alarme. Esse cara não é idiota.

— Na... escola *cordon bleu*. — Minhas bochechas estão ficando bem quentes. Jogo mais sal no vinho e mexo rapidamente.

— Você não acendeu o fogo — observa Nathaniel.

— É um molho frio — respondo sem levantar a cabeça. Continuo mexendo por um minuto e depois largo a colher de pau. — Pronto. Agora vou deixar isso para... marinar.

Por fim levanto os olhos. Nathaniel continua encostado no portal, me observando calmamente. Há em seus olhos azuis uma expressão que faz minha garganta apertar.

Ele sabe.

Ele sabe que sou uma fraude.

Por favor, não conte aos Geigers, transmito em silêncio para ele. *Por favor. Eu vou embora logo.*

— Samantha? — A cabeça de Trish aparece na porta e levo um susto, nervosa. — Ah, você conheceu o Nathaniel! Ele lhe contou sobre a horta?

— Ah... sim. — Não consigo olhar para ele. — Contou.

— *Maravilhoso!* — ela dá uma tragada no cigarro. — Bem, o Sr. Geiger e eu já voltamos e vamos querer os sanduíches em vinte minutos.

Sinto um choque. Vinte minutos. Mas não passa de meio-dia e dez. O pessoal da entrega só chega à uma hora.

— Gostariam de uma bebida antes? — sugiro desesperadamente.

— Não, obrigada! — diz ela. — Só os sanduíches. Na verdade estamos bem famintos, de modo que, se você puder se apressar com eles...

— Certo. — Engulo em seco. — Sem problema!

Automaticamente faço uma reverência enquanto Trish desaparece e escuto uma espécie de som fungado, vindo de Nathaniel.

— Você faz reverência — disse ele.

— É, faço reverência — digo em tom desafiador. — Alguma coisa errada com isso?

Os olhos de Nathaniel pousam de novo nas fatias destrambelhadas de pão sobre a tábua.

— Isso é o almoço? — pergunta ele.

— Não, não é o almoço! — reajo ruborizada. — E, por favor, poderia sair da minha cozinha? Preciso de espaço livre para trabalhar.

Ele ergue as sobrancelhas.

— Vejo você por aí, então. Boa sorte com o molho. — Ele assente na direção da panela com vinho.

Enquanto Nathaniel fecha a porta da cozinha pego o celular e ligo para o serviço de bufê. Mas sou atendida pela secretária eletrônica.

— Oi — digo ofegante, depois do bip. — Eu pedi uns sanduíches antes. Bom, preciso deles *agora*. Assim que vocês puderem. Obrigada.

No momento em que pouso o telefone percebo que é inútil. O pessoal da entrega nunca vai chegar a tempo. Os Geigers estão esperando.

A determinação cresce por dentro de mim.

Certo. Consigo fazer isso. Consigo fazer uns sanduíches.

Rapidamente pego as duas fatias menos tortas do pão. Pego a faca de pão e começo a cortar as crostas até que restem quadrados de uns três centímetros, mas apresentáveis. Há um prato com manteiga na bancada e eu pego um pouco com uma faca. Enquanto a espalho sobre a primeira fatia o pão se parte em dois pedaços.

Merda.

Vou emendar. Ninguém notará.

Abro a porta de um armário e freneticamente procuro em meio a potes de mostarda... molho de hortelã... geléia de morango. Sanduíches de geléia, é isso. Um clássico inglês. Rapidamente cubro um pedaço de pão com geléia, espalho mais um pouco de manteiga no outro e junto os dois. Então recuo e olho.

É um desastre total. A geléia está escorrendo pelas rachaduras. Ainda não está completamente quadrado.

Nunca vi um sanduíche mais repugnante na vida.

Não posso servir isso aos Geigers.

Lentamente pouso a faca, derrotada. Então é isso. Hora de me demitir. Olho aquela bagunça melada e sinto um estranho desapontamento comigo mesma. Era de pensar que eu duraria ao menos uma manhã.

Uma batida me tira do devaneio. Giro e vejo uma garota com uma faixa de veludo azul no cabelo, olhando pela janela da cozinha.

— Oi — grita ela. — Você pediu sanduíches para vinte pessoas?

Tudo acontece depressa demais. Num minuto estou parada olhando aquela meleca de geléia e migalhas. No outro, duas garotas com aventais verdes entram na cozinha com prato depois de prato cheios de sanduíches feitos profissionalmente.

Sanduíches impecáveis, de pão branco e preto, empilhados em belas pirâmides, enfeitados com maços de ervas e fatias de limão. Têm até bandeirinhas escritas à mão descrevendo os recheios.

Atum, hortelã e pepino. Salmão defumado, queijo cremoso e caviar. Frango tailandês com mostarda brava.

— Desculpe a confusão de números — diz a garota com faixa no cabelo enquanto eu assino o recibo. Nós não costumamos receber pedidos de sanduíches para apenas duas pessoas...

— Tudo bem! — digo indo em direção à porta. — Verdade. Está ótimo. Simplesmente ponham no meu cartão.

A porta finalmente se fecha e olho a cozinha ao redor, totalmente atordoada. Nunca *vi* tantos sanduíches. Há pratos em toda parte. Em cada superfície. Tive até de colocar uns no fogão.

— Samantha? — ouço Trish se aproximando.

— Ah... espere aí! — Vou correndo até a porta, tentando bloquear sua visão.

— Já passa de uma e cinco — ouço-a dizendo um tanto incisivamente. — E eu pedi *claramente*...

A voz de Trish vai sumindo quando ela chega à porta da cozinha e todo o seu rosto se afrouxa, atônito. Viro-me e acompanho seu olhar enquanto ela examina os intermináveis pratos de sanduíches.

— Meu Deus! — Por fim Trish encontra a voz. — Isto é... isto é muito impressionante!

— Eu não sabia direito que recheios vocês preferiam — digo. — Obviamente da próxima vez não farei tantos...

— Bem! — Trish parece totalmente perdida. Pega uma das bandeirinhas e lê em voz alta. — Carne mal passada, alface e rábano picante. — Ela ergue os olhos, atônita. — Não compro carne há semanas! Onde você encontrou?

— Ah... no freezer?

Olhei no freezer antes. A quantidade de comida atulhada nele provavelmente daria para alimentar um pequeno país africano por uma semana.

— Claro! — Trish estala a língua. — Você é mesmo esperta!

— Vou colocar uma seleção deles num prato para vocês — sugiro. — E levar para a estufa.

— *Ma*ravilhoso. Nathaniel! — Trish bate na janela da cozinha. — Venha comer um sanduíche!

Paro imediatamente. Não. Ele de novo, não.

— Não queremos desperdiçá-los, afinal. — Ela arqueia as sobrancelhas. — Se tenho alguma crítica, Samantha, é que você foi *um pouco* pródiga demais. Não que sejamos *pobres* — acrescenta subitamente. — Não é *isso*.

— É... não, senhora.

— Não gosto de falar de dinheiro, Samantha — Trish baixa a voz um pouco. — É muito vulgar. No entanto...

— Sra. Geiger?

Nathaniel apareceu de novo à porta da cozinha, segurando uma pá enlameada.

— Coma um dos deliciosos sanduíches de Samantha! — exclama Trish, indicando a cozinha ao redor. — Olhe só! Ela não é esperta?

Há um silêncio total enquanto Nathaniel examina os montes intermináveis de sanduíches. Não consigo me obrigar a encará-lo. Meu rosto está formigando. Acho que posso perder o contato com a sanidade. Estou numa cozinha no meio de lugar nenhum. Com uniforme de náilon azul. Bancando uma empregada doméstica que pode fazer sanduíches magicamente, a partir do nada.

— Extraordinário — diz Nathaniel depois de um tempo.

Por fim me arrisco a levantar os olhos. Ele está me olhando, a testa profundamente franzida como se realmente não me entendesse.

— Você não demorou muito — comenta com uma ligeira pergunta na voz.

— Sou bem rápida quando quero. — Dou-lhe um sorriso afável.

— Samantha é maravilhosa! — diz Trish mordendo cobiçosamente um sanduíche. — E que trabalhadora limpa! Olhe esta cozinha imaculada!

— Curso de *cordon bleu* — digo com modéstia.

— Ah! — Trish enfiou outro sanduíche na boca e está quase desmaiando. — Esse frango tailandês é divino.

Disfarçadamente pego um na pilha e mordo.

Diabo, como isso é bom! Mesmo sendo eu que diga.

Às duas e meia a cozinha está vazia. Trish e Eddie devoraram mais de metade dos sanduíches e agora saíram. Nathaniel voltou à horta. Estou andando de um lado para o outro, segurando uma colher, olhando o relógio a cada trinta segundos.

Arnold vai ligar logo. Já faz horas.

Não consigo pensar em mais nada. Minha mente se estreitou até virar um túnel de pista única e só me importo com o que há no fim.

Olho pela janela, para um pequeno pássaro marrom bicando no chão, depois me viro e afundo numa cadeira, olhando a mesa, passando a unha do polegar obsessivamente pelo veio fino da madeira polida.

Cometi um erro. Um. As pessoas têm direito de cometer um erro na vida. Está nas regras.

Ou talvez não. Simplesmente não sei.

De repente sinto o celular vibrando e todo o meu peito explode num medo doloroso. Pego o telefone no bolso do uniforme com a mão subitamente trêmula.

O identificador de chamadas diz que é o Guy. Respiro fundo e aperto o OK.

— Oi, Guy? — Tento falar com confiança, mas minha voz parece minúscula e apavorada aos meus próprios ouvidos.

— Samantha? É você? — A voz de Guy sai numa torrente ansiosa. — Onde, *diabos*, você está? Por que não está aqui? Não recebeu meus e-mails?

— Não trouxe meu BlackBerry — digo consternada. — Por que você não ligou?

— Eu tentei! Você não atendia. Então estive em reuniões, mas mandei e-mails a manhã inteira... Samantha, onde, diabos, você está? Deveria estar aqui no escritório! E não se escondendo, pelo amor de Deus!

Um choque enorme reverbera no meu corpo. Escondendo?

— Mas... mas Arnold disse para eu não ir! Disse que seria melhor! Disse para eu ficar longe e que ele faria o possível...

— Você tem alguma idéia de como isso *parece*? — Guy me interrompe. — Primeiro você pira, depois some. As pessoas estão dizendo que você está descontrolada, que teve um colapso... há um boato de que você saiu do país...

Quando a verdade me acerta, sinto um pânico quente e sufocante. Não acredito em como agi errado nessa situação. Não acredito em como fui estúpida. O que ainda estou fazendo nesta cozinha, a quilômetros de Londres?

— Diga que estou indo agora mesmo — gaguejo. — Diga a Ketterman que estarei aí imediatamente... vou pegar um trem...

— Pode ser tarde demais — Guy parece pesado e relutante. — Samantha, todo tipo de histórias está circulando.

— Histórias? — Meu coração martela com tanta força que mal consigo dizer a palavra. — Que... que histórias?

Não consigo absorver tudo isso. Sinto como se meu carro tivesse saído subitamente da estrada e eu não conseguisse controlá-lo. Achava que vinha fazendo a coisa certa, ficando aqui, deixando Arnold atuar em minha defesa.

— Aparentemente disseram que você não é digna de confiança — diz Guy finalmente. — Que esta não é a primeira vez. Que você cometeu erros antes.

— *Erros?* — Salto de pé, a voz aguda como se eu tivesse sido escaldada. — Quem está dizendo isso? Nunca cometi erro nenhum! O que eles estão falando?

— Não sei. Não estive na reunião. Samantha, pense com cuidado. Você cometeu algum outro erro?

Pensar cuidadosamente?

Olho o celular chocada e incrédula. Ele não acredita em mim?

— Nunca cometi nenhum erro — digo tentando e não conseguindo manter a voz no tom normal. — Nenhum. Nunca! Sou uma boa advogada. Sou uma *boa* advogada. — Para minha consternação percebo que tenho lágrimas escorrendo pelas bochechas. — Sou firme! Você *sabe* disso, Guy.

Há um silenciozinho tenso.

O não-dito está ali entre nós. Como uma convicção. Cometi um erro.

— Guy, não sei como não vi a documentação da Glazerbrooks. — Minhas palavras rolam cada vez mais rápidas. — Não sei como isso aconteceu. Não faz nenhum sentido. Sei que minha mesa é desarrumada mas tenho meus métodos, pelo amor de Deus. Não deixo passar coisas assim. Simplesmente não...

— Samantha, calma.

— Como posso me acalmar? — quase grito. — Esta é a minha vida. A minha *vida*. Não tenho nada além! — Enxugo as lágrimas das bochechas. — Não vou perder isso. Estou indo. Agora.

Desligo o telefone e fico de pé, borbulhando de pânico. Deveria ter voltado. Deveria ter voltado imediatamente, e não perdido tempo aqui. Não sei a que horas os trens saem mas não me importo. Preciso sair daqui.

Pego um pedaço de papel e um lápis e rabisco.

Cara Sra. Geiger.

Infelizmente preciso me demitir do cargo de empregada doméstica. Ainda que, durante esse tempo, eu tenha gostado...

Qual é. Não tenho tempo para escrever mais, preciso ir agora. Pouso o papel na mesa e vou para a porta. Então paro.

Não posso deixar a carta inacabada no meio de uma frase. Isso vai me incomodar pelo resto do dia.

Ainda que, durante esse tempo, eu tenha gostado de estar com vocês, sinto que preciso de um novo desafio. Muito obrigada pela gentileza.

Sinceramente,

Samantha Sweet

Pouso o lápis e empurro a cadeira para trás com ruído. Quando chego à porta o celular vibra de novo.

Guy, penso instantaneamente. Pego-o e já estou abrindo quando vejo o identificador de chamadas. Não é o Guy. É Ketterman.

Algo frio parece agarrar minha coluna. Enquanto olho o nome dele sinto um medo verdadeiro, como nunca senti antes. Um medo infantil, de pesadelo. Cada instinto do meu corpo está dizendo para não atender.

Mas é tarde demais. O telefone já está aberto. Lentamente levo-o ao ouvido.

— Alô.

— Samantha. Aqui é John Ketterman.

— Certo. — Minha voz está áspera de nervosismo. — Olá.

Há uma longa pausa. Sei que este é meu momento de falar. Mas estou paralisada de terror; minha garganta parece cheia de algodão. Nenhuma palavra parece adequada. Todo mundo sabe o quanto Ketterman despreza pedidos de desculpas e explicações.

— Samantha, estou ligando para dizer que seu contrato com a Carter Spink foi encerrado.

Sinto todo o sangue sumir do rosto.

— Uma carta está a caminho, dando os motivos. — Seu tom é distante e formal. — Negligência grosseira agravada por seu comportamento pouco profissional subseqüente. Seu informe de rendimentos lhe será enviado. Seu passe foi anulado. Espero não vê-la de novo no escritório da Carter Spink.

Ele está indo depressa demais. Isso tudo está acontecendo depressa demais.

— Por favor, não... — Minha voz sai num jorro de desespero. — Por favor, me dê outra chance. Eu cometi um erro. Um.

— Os advogados da Carter Spink não cometem erros, Samantha. Nem fogem de seus erros.

— Eu sei que foi errado fugir. Sei. — Estou tremendo toda. — Mas foi um tremendo choque. Eu não estava pensando direito...

— Você manchou a reputação da firma e a sua. — A voz de Ketterman fica aguda como se ele também estivesse achando isso difícil. — Você perdeu cinqüenta milhões de libras de um cliente devido à sua negligência. E depois se evadiu sem explicação. Samantha, certamente você não poderia esperar outro resultado.

Há um longo silêncio. Minha testa está apoiada com força na mão. Tento ficar concentrada em respirar. A cozinha está girando ao redor e luto para recuperar o fôlego. Inspirar e expirar.

— Não — eu suspiro, por fim.

Ketterman começa um discurso preparado sobre consultar o departamento de recursos humanos, mas eu não escuto. O cômodo está girando em torno de mim e eu luto para respirar.

Acabou. Toda a minha carreira. Tudo pelo que trabalhei desde que tinha 12 anos. Tudo se foi. Tudo está arruinado. Em 24 horas.

Por fim percebo que Ketterman desapareceu da linha. Levanto-me e cambaleio até a geladeira brilhante. Estou de um cinza esverdeado no reflexo. Meus olhos são enormes buracos ardentes.

Não sei o que fazer. Não sei onde começar.

Por longo tempo só fico parada, olhando meu rosto até que ele não já faz mais sentido, até que as feições ficam turvas e se movem.

Fui demitida. A expressão ecoa na minha mente. *Fui demitida*. Poderia ir para o auxílio desemprego. A idéia lança uma fungada dolorosa pelo nariz. Imagino-me com os homens do filme *Ou tudo ou nada*. Na fila do desemprego, movendo os quadris para trás e para a frente ao som de "Hot Stuff".

De repente ouço o som de uma chave na porta da frente. Meus olhos entram em foco e me afasto da geladeira.

Não posso ser encontrada assim. Não posso encarar nenhuma sondagem; nem simpatia. Caso contrário, acho que simplesmente vou desmoronar em soluços e nunca mais parar.

Distraidamente pego um pano e começo a passá-lo em círculos sem sentido sobre a mesa. Então vejo o bilhete que escrevi para Trish, ainda ali. Pego-o, amasso e jogo no lixo. Mais tarde. Faço isso mais tarde. Sinto que mal consigo falar neste momento, quanto mais fazer um discurso de demissão convincente.

— Aí está você! — Trish entra na cozinha tropeçando em seus tamancos de salto alto, segurando três enormes sacos de compras. — Samantha! — Ela pára ao me ver. — Você está bem? A dor de cabeça voltou?

— Eu... estou bem. — Minha voz treme um pouco. — Obrigada.

— Você está *pavorosa*. Minha nossa! Tome mais uns comprimidos!

— Verdade...

— Ande! Também vou tomar uns, por que não? — acrescenta alegre. — Agora sente-se, vou preparar uma xícara de chá para *você*!

Ela deixa os sacos de compras, acende o fogo para a chaleira e depois procura os analgésicos verdes.

— É desses que você gosta, não é?

— Ah, eu preferiria uma aspirina — digo depressa. — Se não tiver problema.

— Tem certeza? — Ela me serve um copo d'água e me entrega duas aspirinas. — Agora fique aí sentada. Relaxe. Nem *pense* em fazer mais nada! Até a hora do jantar — acrescenta como uma idéia de última hora.

— A senhora é muito gentil — consigo dizer.

Enquanto pronuncio as palavras tenho a leve percepção de que são verdadeiras. A gentileza de Trish pode ser tendenciosa, mas é real.

— Aí está. — Trish pousa uma xícara de chá e me examina por alguns instantes. — Você está com *saudade de casa*? — Ela parece triunfante, como se tivesse resolvido o mistério. — Nossa empregada filipina ficava bem triste de tempos em tempos, mas eu costumava lhe dizer: Anime-se, Manuela! — Trish faz uma pausa, pensativa. — Então descobri que o nome dela era Paula. Extraordinário.

— Não estou com saudade de casa — digo, tomando o chá.

Minha mente bate como asas de borboleta. O que vou fazer?

Ir para casa.

Mas a idéia de voltar àquele apartamento, com Ketterman morando dois andares acima, me deixa enjoada. Não posso encará-lo. Não posso fazer isso.

Ligar para o Guy. Ele vai me receber como hóspede. Eles têm aquela casa enorme em Islington com um monte de quartos livres. Já passei uma noite lá. Depois vou... vender meu apartamento. Encontrar um emprego.

Que emprego?

— Isso vai animar você. — A voz de Trish interrompe meus pensamentos. Ela dá um tapinha nos sacos de compras, com uma alegria contida. — Depois de seu desempenho *espantoso* no almoço... Andei fazendo compras. E tenho uma surpresa! Isto vai fazer valer o seu dia!

— Uma surpresa? — Levanto os olhos, perplexa. Trish começa a tirar pacotes de dentro da sacola.
— Foie gras... grão-de-bico... quarto de cordeiro...
— Ela põe com dificuldade um pedaço de carne sobre a mesa e me olha cheia de expectativa. Então estala a língua diante de minha expressão perplexa. — São *ingredientes!* Para o seu menu de festa! Vamos comer às oito, está bem?

Nove

Vai ficar tudo bem.

Se eu disser isso bastante para mim mesma, deve ser verdade.

Sei que preciso ligar para o Guy. Abri o telefone várias vezes para fazer isso. Mas a cada vez a humilhação me impediu. Mesmo ele sendo meu amigo; mesmo sendo a pessoa mais próxima de mim na companhia. Eu é que fui demitida. Eu é que estou em desgraça. E ele não.

Por fim me empertigo na cadeira e esfrego as bochechas, tentando recuperar o ânimo. Ora. É o *Guy*. Ele vai querer notícias minhas. Vai querer ajudar. Abro o telefone e ligo para a sua linha direta. Um instante depois escuto passos no piso de madeira do corredor.

Trish.

Fecho o telefone num gesto imperceptível, enfio no bolso e pego um maço de brócolis.

— Como está indo? — pergunta ela. — Fazendo progresso?

Quando entra na cozinha ela parece meio surpresa ao me ver ainda sentada no mesmo local onde me deixou.

— Tudo bem?

— Só estou... avaliando os ingredientes — improviso. — Sentindo-os.

Nesse momento outra loura aparece à porta, perto de Trish. Está usando óculos com strass na cabeça e me olha com interesse ávido.

— Sou Petula — anuncia. — Como vai?

— Petula acaba de comer um dos seus sanduíches — explica Trish. — Achou *maravilhoso*.

— E ouvi falar do foie gras com cobertura vidrada de abricó! — Petula ergue as sobrancelhas. — Muito impressionante!

— Samantha é capaz de cozinhar qualquer coisa! — alardeia Trish, rósea de orgulho. — Estudou com Michel de la Roux de la Blanc! O próprio mestre!

— Então como, exatamente, você vai fazer a cobertura do foie gras, Samantha? — pergunta Petula com interesse.

A cozinha fica silenciosa. As duas estão esperadas, boquiabertas.

— Bem. — Pigarreio várias vezes. — Acho que vou usar o... método usual. A palavra "vidrada" obviamente vem da natureza transparente da... é... do acabamento... e complementa o... gras. Foie — emendo. — *Du* gras. A... mistura dos sabores.

Não estou fazendo absolutamente nenhum sentido, mas nem Trish nem Petula parecem ter notado. Na verdade ambas parecem totalmente impressionadas.

— Onde, afinal, você a encontrou? — pergunta Petula a Trish, com o que ela imagina claramente que seja um tom discreto. — Minha empregada é *imprestável*. Não sabe cozinhar e não entende uma palavra do que eu digo.

— Ela apareceu vinda do nada! — murmura Trish de volta, ainda ruborizada de prazer. — *Cordon bleu*! Inglesa! Não pudemos acreditar!

As duas me olham como se eu fosse algum animal raro com chifres brotando da cabeça.

Não suporto mais isso.

— Posso fazer um pouco de chá e levar para as senhoras na estufa? — pergunto desesperada.

— Não, vamos sair para fazer as unhas — diz Trish. — Vejo você mais tarde, Samantha.

Há uma pausa cheia de expectativa. De repente percebo que Trish está esperando minha reverência. Começo a pinicar inteira, de embaraço. Por que fiz uma reverência. *Por que* fiz uma reverência?

— Muito bem, Sra. Geiger. — Baixo a cabeça e faço uma mesura sem jeito. Quando espio para cima, os olhos de Petula estão arregalados.

Assim que as duas saem ouço Petula sibilando.

— Ela faz *reverência*? Ela faz *reverência* para você?

— É um simples sinal de respeito — ouço Trish respondendo com ar de superioridade. — Mas muito eficaz. Sabe, Petula, você realmente deveria tentar com sua empregada...

Ah, meu Deus. O que eu comecei?

Espero até que o som de saltos batendo desapareça por completo. Então, indo até a despensa, por segurança, abro o telefone e aperto a tecla para repetir o número do Guy. Depois de três toques ele atende.

— Samantha. — Ele parece contido. — Oi. Você...

— Tudo bem, Guy. — Fecho os olhos com força, brevemente. — Falei com Ketterman. Eu sei.

— Ah, meu Deus, Samantha. — Ela expira com força. — Lamento tanto isso ter acontecido! Lamento *tanto*...

Não suporto sua piedade. Se ele falar mais alguma coisa posso cair no berreiro.

— Tudo bem — digo interrompendo-o. — Verdade. Não vamos falar disso. Só vamos... olhar para a frente. Tenho de recolocar a vida nos trilhos.

— Meu Deus, você é concentrada! — Há uma nota de admiração em sua voz. — Não deixa que nada a abale, não é?

Tiro o cabelo do rosto. Está seco, maltratado e cheio de pontas duplas.

— Só preciso... continuar com a vida. De algum modo consigo manter a voz firme. — Preciso voltar a Londres. Mas não posso ir para casa. Ketterman comprou um apartamento no meu prédio. Ele *mora* lá.

— É, ouvi falar nisso. — Posso ouvir a repugnância na voz de Guy. — Que azar!

— Simplesmente não posso encará-lo, Guy. — Sinto a ameaça de lágrimas outra vez e me obrigo a respirar fundo. — Então... eu estava pensando. Será que eu poderia ficar na sua casa um tempo? Só uns dias?

Há um silêncio. Eu não estava esperando silêncio.

— Samantha, eu adoraria ajudar — diz Guy finalmente. — Mas terei de verificar com Charlotte.
— Claro — concordo meio abalada.
— Só fique na linha um segundo. Vou ligar para ela.

No instante seguinte sou posta em espera. Fico sentada esperando, ouvindo a musiquinha de cravo, tentando não me sentir frustrada. Era pouco razoável esperar que ele concordasse imediatamente. Claro que tem de resolver primeiro com a namorada.

Por fim Guy volta à linha.

— Samantha, não sei se vai ser possível.

Sinto uma pancada de incredulidade.

— Certo. — Tento sorrir; parecer natural; como se isso não fosse grande coisa. — Bem, não faz mal. Não importa.

— Charlote está muito ocupada neste momento... nós estamos fazendo obras nos quartos... de modo que não é um bom momento...

Ele parece hesitante, como se quisesse desligar. E de repente percebo. Não tem a ver com Charlotte. É só uma grande desculpa. Ele não quer ficar perto de mim. É como se minha desgraça fosse contagiosa; como se a carreira dele pudesse ser prejudicada também.

Ontem eu era sua melhor amiga. Ontem, quando estava para virar sócia, ele se pendurava na minha mesa cheio de sorrisos e gracinhas. E hoje não quer saber.

Sei que deveria ficar quieta, manter a dignidade, mas simplesmente não consigo me conter.

— Você não quer ser associado a mim, não é? — digo bruscamente.

— Samantha! — Sua voz está na defensiva. — Não seja ridícula.

— Ainda sou a mesma *pessoa*. Achava que você era meu amigo, Guy.

— E sou seu amigo! Mas você não pode esperar que eu... eu preciso pensar em Charlotte... nós não temos tanto espaço assim... Olhe, ligue para mim daqui a uns dois dias, talvez possamos nos encontrar para uma bebida...

— Realmente, não se preocupe. — Tento controlar a voz. — Desculpe ter incomodado você.

— Espera! — exclama ele. — Não desligue! O que vai fazer?

— Ah, Guy. — Consigo dar um risinho. — Como se você realmente se importasse.

Desligo o telefone, tonta de incredulidade. Tudo mudou. Ou talvez ele não tenha mudado. Talvez Guy tenha sido sempre assim e eu simplesmente nunca tenha percebido.

Olho a tela minúscula do telefone, respirando fundo, vendo os segundos passar. Imaginando o que farei em seguida. Quando ele subitamente vibra na minha mão, quase pulo fora da pele. *Tennyson*, está dizendo a tela.

Mamãe.

Sinto um aperto de apreensão por dentro. Acho que ela soube. Creio que eu devia saber que isso viria. Eu poderia ficar hospedada com ela, ocorre-me. Que estranho. Nem pensei nisso antes. Abro o telefone e respiro fundo.

— Oi, mãe.

— Samantha. — Sua voz rasga meu ouvido sem preâmbulo. — Quanto tempo você deixaria passar, exatamente, antes de me falar de sua derrocada? Tenho de saber sobre a desgraça da minha própria filha numa *piada pela internet*. — Ela pronuncia as palavras com repulsa.
— Uma piada pela internet? — ecôo debilmente. — Como assim?
— Você não sabia? Parece que em alguns círculos jurídicos a nova expressão para cinqüenta milhões de libras é "uma Samantha". Acredite, não achei engraçado.
— Mamãe, sinto muito...
— Pelo menos a história foi contida dentro do meio jurídico. Falei com a Carter Spink e eles garantiram que a coisa não vai mais longe. Você deveria agradecer.
— Eu... acho que sim.
— Onde você está? — Ela interrompe minhas palavras hesitantes. — Onde você está agora?
Numa despensa rodeada por caixas de cereal.
— Estou... na casa de uma pessoa. Fora de Londres.
— E quais são seus planos?
— Não sei. — Esfrego o rosto. — Preciso... me concentrar. Encontrar um emprego.
— Um emprego — diz ela cheia de escárnio. — Acha que alguma firma de advocacia importante vai tocar em você agora?
Encolho-me diante de seu tom.
— Eu... não sei. Mamãe, acabo de saber que fui demitida. Não posso simplesmente...
— Pode. Felizmente eu agi por você.

Ela *agiu* por mim?

— O que você...

— Liguei para todo mundo que me deve favores. Não foi fácil. Mas o sócio principal da Fortescues vai recebê-la amanhã às dez horas.

Olho o telefone, incrédula.

— Você marcou uma entrevista de emprego para mim?

— Presumindo que tudo dê certo, você vai entrar num nível adjunto elevado. — Sua voz é ríspida. — Está recebendo esta chance como um favor pessoal a mim. Como pode imaginar, há... reservas. Portanto, se quiser progredir, Samantha, terá de ter bom desempenho. Terá de dar a esse emprego todas as horas do dia.

— Certo. — Fecho os olhos com os pensamentos em redemoinho. Tenho uma entrevista de emprego. Um recomeço. É a solução para o meu pesadelo.

Por que não me sinto mais aliviada? Mais feliz?

— Terá de dar mais do que deu na Carter Spink — continua mamãe no meu ouvido. — Nada de vadiagem. Nada de complacência. Terá de se provar *em dobro*. Entende?

— Sim — digo automaticamente.

Mais horas. Mais trabalho. Mais noites em claro.

É quase como se os blocos de concreto estivessem sendo postos em cima de mim outra vez. Cada vez mais. Cada vez mais pesados.

— Quero dizer, não — ouço-me dizendo. — Não. Não quero isso. Não quero. Não posso... é demais...

As palavras saem da minha boca sozinhas. Eu não estava planejando; nem mesmo as pensei antes. Mas agora que estão no ar parecem de algum modo... verdadeiras.

— *Perdão?* — A voz de mamãe soa afiada. — Samantha, o que, diabos, você disse?

— Não sei. — Estou fazendo massagem na testa, tentando entender minha própria confusão. — Eu estava pensando... que poderia dar um tempo, talvez.

— Um tempo acabaria com sua carreira no direito. — Sua voz estala, definitiva. — *Acabaria* com ela.

— Eu poderia fazer outra coisa.

— Você não duraria mais de dois minutos em nenhuma outra coisa! — Ela parece cheia de afronta. — Samantha, você é uma *advogada*. Formou-se como *advogada*.

— Há outras coisas no mundo, além de ser advogada! — grito cheia de irritação.

Há um silêncio maligno.

— Samantha, se você está tendo algum tipo de colapso nervoso...

— Não! — Minha voz se eleva, perturbada. — Só porque estou questionando minha vida não significa que tenho um colapso! Nunca *pedi* para você me arranjar outro emprego. Não sei o que quero. Preciso de um tempo para... pensar.

— Você irá àquela entrevista de emprego, Samantha. — A voz de mamãe parece um chicote. — Estará lá amanhã às dez horas.

— Não!

— Diga onde você está! Vou mandar um carro agora mesmo.

— Não! Me deixe em paz.

Desligo o telefone, saio da despensa e quase selvagemente jogo-o na mesa. Meu rosto está queimando. Lágrimas se comprimem, quentes, atrás dos olhos. O telefone começa a vibrar com fúria na mesa, mas eu o ignoro. Não vou atender. Não vou falar com ninguém. Vou tomar uma bebida. E depois vou preparar a porcaria desse jantar.

Jogo um pouco de vinho numa taça e tomo vários goles. Depois vou até a pilha de ingredientes crus que esperam na mesa.

Posso cozinhar. Posso cozinhar esse negócio. Mesmo que tudo o mais na minha vida se arruíne, posso fazer isso. Tenho cérebro, sou capaz de deduzir.

Sem demora rasgo o plástico que cobre o cordeiro. Isso pode ir pro forno. Em algum tipo de bandeja. Simples. E o grão-de-bico pode ir para lá também. Depois eu o amasso para o hamus.

Abro um armário e tiro um monte de brilhantes bandejas e tabuleiros de assar, escolho um tabuleiro e espalho os grãos-de-bico em cima. Alguns quicam e caem no chão, mas não me importo. Pego uma garrafa de óleo no balcão e derramo um pouco em cima. Já estou me sentindo uma cozinheira.

Enfio o tabuleiro no forno e ligo no máximo. Depois jogo o cordeiro num prato oval e enfio no forno também.

Até agora, tudo certo. Só preciso folhear todos os livros de receita de Trish e encontrar instruções para foie gras tostado com cobertura vidrada de abricó.

Certo, não havia nenhuma receita de foie gras tostado com cobertura vidrada de abricó. O mais próximo que achei é uma de flã de abricó e framboesa. Talvez eu possa alterá-la.

— Misture manteiga e farinha até ficar quebradiço — leio.

Para começar, isso não faz sentido. Quebradiço? A partir de manteiga e farinha?

Olho a página sem enxergar, com a mente num tumulto. Acabo de estragar o que poderia ser minha única oportunidade de recomeço. Nem entendo por que fiz isso. Sou advogada. É isso que *sou*. O que mais vou fazer? O que aconteceu comigo?

Ah, meu Deus. Por que tem fumaça saindo do forno?

Às sete horas ainda estou cozinhando.

Pelo menos acho que é isso que estou fazendo. Os dois fornos rugem de calor. Panelas borbulham no fogão. A batedeira elétrica zumbe. Queimei a mão direita duas vezes, tirando coisas do forno. Oito livros de receitas estão abertos pela cozinha, um deles encharcado com óleo derramado e outro com clara de ovo. Tenho massa no rosto, suo tremendamente e tento de vez em quando passar a mão sob a água fria.

Estou assim há três horas. E ainda não fiz nada que pudesse ser comido. Até agora descartei um suflê de chocolate desmoronado, duas panelas de cebolas queimadas e uma frigideira com abricós grudados que me deixou enjoada só de olhar.

Não consigo entender o que está errado. Não tive *tempo* de deduzir o que está errado. Não há âmbito para análise. Toda vez que acontece um desastre eu simplesmente jogo fora e recomeço.

Enquanto isso, os Geigers não fazem idéia. Estão tomando xerez na sala de estar. Acham que tudo vai esplendidamente. Trish tentou entrar na cozinha há cerca de meia hora mas consegui impedir.

Em menos de uma hora ela e Eddie vão estar sentados à mesa esperando uma refeição de gourmet. Sacudindo os guardanapos com antecipação; servindo-se de água mineral.

Uma espécie de histeria frenética me dominou. Sei que não posso fazer isso. Mas de algum modo também não consigo desistir. Fico pensando que um milagre vai acontecer. Que vou resolver tudo. Que vou conseguir de algum modo...

Ah, meu Deus, o molho está borbulhando fora da panela.

Fecho a porta do forno, pego uma colher e começo a mexê-lo. Parece uma água marrom, repulsiva e cheia de caroços. Freneticamente começo a procurar nos armários algo para jogar dentro. Farinha. Farinha de milho. Algo do tipo. Isto aqui vai servir. Pego um potinho e sacudo quantidades vigorosas do pó branco, depois enxugo o suor da testa. Certo. E agora?

De repente me lembro das claras de ovos, ainda chacoalhando no liquidificador. Pego o livro de receitas, passando o dedo pela página. Mudei a sobremesa para um pavlova depois que, por acaso, encontrei a frase num livro de receitas: "Merengues são fáceis de fazer."

Até agora, tudo bem. E depois? "Colocar a mistura de merengue dura num grande círculo sobre a forma untada com papel.

Olho para a minha tigela. Mistura de merengue *dura*? A minha está líquida.

Tem de estar certo, digo a mim mesma febrilmente. Tem de estar. Segui as instruções. Talvez esteja mais grossa do que parece. Talvez assim que eu comece a derramar vai ficar dura, devido a alguma estranha lei da física culinária.

Lentamente começo a derramá-la no tabuleiro.

Não fica dura. Espalha-se num lago de gosma branca e começa a pingar do tabuleiro no chão, em poças enormes.

Algo me diz que isso não vai fazer um Pavlova de Chocolate Branco para oito.

Um bocado da mistura cai no meu pé e dou um grito frustrado. Sinto-me à beira das lágrimas. Por que não deu certo? Segui a porcaria da receita e tudo. Uma fúria contida está crescendo por dentro de mim: raiva de mim mesma, de minhas claras de ovo defeituosas de merda, dos livros de culinária, dos cozinheiros, de comida... E acima de tudo de quem escreveu que os merengues eram "muito fáceis de fazer".

— Não são! — ouço-me gritando. — Não são mesmo! — Jogo o livro do outro lado da cozinha, onde ele se choca contra a porta.

— Que diabo... — exclama uma voz masculina, cheia de surpresa.

No instante seguinte a porta se abre e Nathaniel está ali parado, com as pernas parecendo troncos de árvore nos jeans, o cabelo brilhando ao sol do fim de tarde. Há uma mochila em seu ombro; ele parece estar indo para casa.

— Tudo bem?

— Tudo — digo abalada. — Tudo bem. Obrigada. Muito obrigada. — Dispenso-o com a mão, mas ele não se move.

— Ouvi falar que você está preparando um jantar gourmet esta noite — diz ele devagar, olhando a bagunça ao redor.

— É. Isso mesmo. Só estou na... é... no estágio mais complexo do... ah... — olho para o fogão e dou um grito involuntário. — Merda! O molho!

Não sei o que aconteceu. Bolhas marrons se expandem da minha panela de molho, espalhando-se por todo o fogão e escorrendo pelas laterais até o piso. Parece a história da panela mágica que não pára de fazer mingau.

— Tire isso do fogo, pelo amor de Deus! — exclama Nathaniel. Ele agarra a panela e a coloca longe. — Que diabo tem nisso aí?

— Nada! Só os ingredientes usuais...

Nathaniel notou o potinho na bancada. Pega-o e olha incrédulo. —
Fermento? Você coloca fermento no molho? Foi isso que ensinaram na... — ele para e fareja o ar. — Espera aí. Tem alguma coisa queimando?

Olho desamparada enquanto ele abre o forno de baixo, pega uma luva de cozinha com gesto hábil e tira um tabuleiro coberto com o que parecem pequenas balas de espingarda pretas.

Meus grãos-de-bico. Esqueci totalmente deles.

— O que *isso* deveria ser? — pergunta Nathaniel incrédulo. — Cocô de coelho?

— São grãos-de-bico — retruco. Minhas bochechas estão em chamas mas levanto o queixo, tentando recuperar algum tipo de dignidade. — Borrifei com azeite e coloquei no forno para... derreter.

Nathaniel me encara.

— *Derreter?*

— Amolecer — conserto depressa.

Nathaniel pousa a bandeja e cruza os braços.

— Você sabe *alguma coisa* de cozinha?

Antes que eu possa responder soa o BANG mais estrondoso no microondas.

— Ah, meu Deus! — grito aterrorizada. — Ah, meu *Deus*! O que foi isso?

Nathaniel está olhando pela porta de vidro.

— O que, diabos, estava ali? Alguma coisa explodiu.

Minha mente dispara frenética. O que, diabos, coloquei no microondas? Tudo está turvo.

— Os ovos! — lembro de repente. — Eu estava cozinhando os ovos para os canapés.

— No *microondas?* — protesta ele.

— Para ganhar tempo! — praticamente grito de volta. — Eu estava sendo eficiente.

Nathaniel arranca a tomada do microondas da parede e se vira, com o rosto incrédulo.

— Você não sabe chongas de cozinha! É tudo um blefe! Você não é empregada doméstica. Não sei que diabos está armando, mas...

— Não estou armando nada! — respondo em choque.

— Os Geigers são gente boa. — Ele me encara fixamente. — Não vou deixar que sejam explorados.

De súbito Nathaniel parece realmente agressivo. Ah, meu Deus. O que ele acha? Que sou algum tipo de trambiqueira?

— Olha... por favor. — Esfrego o rosto suado. — Não estou tentando prejudicar ninguém. Certo, não sei cozinhar. Mas vim parar aqui por causa de... um mal-entendido.

— Um mal-entendido? — Ele franze a testa cheio de suspeitas.

— É — digo um pouco mais incisivamente do que pretendia. Afundo numa cadeira e massageio a parte inferior das costas, que está doendo. — Eu estava fugindo de... uma coisa. Precisava de um lugar para passar a noite. Os Geigers presumiram que eu era uma empregada doméstica. E na manhã seguinte me senti péssima. Pensei em fazer o serviço durante uma manhã. Mas não estou planejando ficar. E não vou pegar nenhum dinheiro deles, se é isso que você está pensando.

Há silêncio. Por fim levanto a cabeça. Nathaniel está encostado na bancada, os braços enormes cruzados. A testa franzida e cautelosa se aliviou um pouco. Ele enfia a mão na mochila e pega uma garrafa de cerveja. Oferece e eu balanço a cabeça.

— De quê você estava fugindo? — pergunta ele, abrindo a garrafa.

Sinto um aperto doloroso por dentro. Não posso lhe contar toda a história pavorosa.

— Foi... uma situação. — Baixo a cabeça.

Ele toma um gole de cerveja.

— Um relacionamento ruim?

Por um momento fico em silêncio. Penso em todos os anos que passei na Carter Spink. Todas as horas que lhes dei; tudo que sacrifiquei. Acabado com um telefonema de três minutos.

— É — digo lentamente. — Um relacionamento ruim.

— Há quanto tempo você estava nele?

— Sete anos. — Para meu horror, sinto lágrimas escorrendo pelos cantos dos olhos. Não faço idéia de onde elas vieram. — Ah, desculpe. — Engulo em seco. — Foi um dia muito estressante.

Nathaniel rasga um pedaço de toalha de papel do rolo preso à parede ao seu lado e me entrega.

— Se era um relacionamento ruim, você saiu dele — diz com calma. — Não há sentido em permanecer. Não há sentido em olhar para trás.

— Você está certo. — Enxugo os olhos. — É. Só preciso decidir o que vou fazer da vida. Não posso ficar aqui. — Estendo a mão para a garrafa de creme de menta que deveria entrar no suflê de chocolate com hortelã, derramo um pouco num conveniente copinho para ovo e tomo um gole.

— Os Geigers são bons patrões — diz Nathaniel com um minúsculo dar de ombros. — Você poderia pegar coisa pior.

— É. — Consigo um meio sorriso. — Infelizmente não sei cozinhar.

Ele pousa a garrafa de cerveja e enxuga a boca. Suas mãos foram lavadas, mas ainda consigo ver traços de terra entranhados ao redor das unhas; nas costuras da pele curtida pelo clima.

— Eu poderia falar com minha mãe. Ela sabe cozinhar. Poderia lhe ensinar o básico.

Olho-o atônita, quase rindo.

— Você acha que eu poderia *ficar*? Achei que eu era uma trambiqueira. — Balanço a cabeça, encolhendo-me diante do gosto do creme de menta. — Preciso ir embora.

— É uma pena. — Ele dá de ombros. — Seria bom ter por perto alguém que fala inglês. E que faz sanduíches tão fantásticos — acrescenta na maior cara de pau.

Não evito um sorriso de volta.

— Entrega em domicílio.

— Ah. Fiquei imaginando.

Uma leve batida na porta faz os dois olharmos para cima.

— Samantha? — A voz de Trish lá fora é baixa e ansiosa. — Está ouvindo?

— Ah... estou. — Grito de volta, com a voz meio estrangulada.

— Não se preocupe. Não vou entrar. Não quero atrapalhar nada! Você provavelmente está num estágio muito *crucial*.

— Mais ou...

Atraio o olhar de Nathaniel e uma súbita onda de histeria me atravessa.

— Eu só queria perguntar — continua Trish — se você vai servir algum tipo de sorvete entre os pratos.

Olho para Nathaniel. Seus ombros estão se sacudindo com riso silencioso. Não consigo evitar que uma pequena fungadela escape. Aperto a mão sobre a boca desesperadamente, tentando recuperar o controle.

— Samantha?

— Ah... não — consigo dizer finalmente. — Não haverá nenhum sorvete.

Nathaniel pegou uma das minhas panelas com cebolas queimadas. Faz mímica de pegar uma colherada e comer. *Delícia*, diz ele sem som. Lágrimas estão escorrendo dos meus olhos. Estou quase asfixiando, tentando ficar quieta.

— Bem! Vejo você depois!

Trish se afasta com os saltos altos fazendo barulho e eu desmorono num riso desamparado. Nunca ri tanto na vida. Minha costelas doem; estou tossindo; quase sinto que vou vomitar.

Por fim consigo me acalmar de algum modo, enxugo os olhos e assôo o nariz que está escorrendo. Nathaniel parou de rir também e olha a cozinha detonada ao redor.

— Sério — diz ele —, o que você vai fazer com relação a isso? Eles estão esperando um jantar elegante.

— Eu sei. — Sinto uma nova onda de histeria e luto contra. — Sei que estão. Só terei de... pensar em alguma coisa.

Há silêncio na cozinha. Posso ver Nathaniel olhando com curiosidade as poças brancas de merengue no chão.

— Certo. — Exalo com um ligeiro tremor e empurro o cabelo úmido para trás. — Vou resgatar a situação.

— Você vai resgatar a situação. — Ele parece incrédulo.

— Na verdade, acho que isso pode resolver os problemas de todo mundo. — Levanto-me e começo a jogar pacotes no lixo. — Primeiro tenho de limpar a cozinha um pouco...

— Vou ajudar. — Nathaniel se levanta. — Isto eu tenho que ver.

Juntos esvaziamos potes, panelas e sacolas no lixo. Esfrego todas as superfícies sujas ao mesmo tempo que Nathaniel passa pano no merengue.

— Há quanto tempo você trabalha aqui? — pergunto enquanto ele lava o pano na pia.

— Três anos. Eu trabalhava para o pessoal que morava aqui antes dos Geigers, os Ellis. Então Trish e Eddie chegaram, há uns dois anos, e me mantiveram.

Assimilo isso.

— Por que os Ellis se mudaram? É uma casa tão linda!

— Os Geigers fizeram uma oferta que eles não poderiam recusar. — A boca de Nathaniel está se retorcendo com... seria *diversão*?

— O quê? — pergunto intrigada. — O que aconteceu?

— Bem... — Ele larga o pano. — Foi bem cômico. A casa foi usada como locação para um drama de época da BBC. Duas semanas depois de o programa ir ao ar, Trish e Eddie chegaram à porta balançando um cheque. Tinham visto a casa pela TV, decidiram que a queriam e procuraram até achar.

— Uau. — Eu rio. — Então presumivelmente eles pagaram acima do valor de mercado.

— Deus sabe quanto pagaram. Os Ellis nunca diriam.

— Sabe como os Geigers ganharam todo o dinheiro que têm? — Sei que estou sendo xereta, mas é bom falar da vida de outra pessoa por um momento. Esquecer da minha.

— Eles construíram uma empresa de transporte rodoviário a partir do nada e depois venderam. Ganharam uma boa grana. — Ele começa a limpar a última poça de merengue.

— E você? Antes dos Ellis? — Jogo no lixo os abricós grudados, com um tremor.

— Estava trabalhando na Marchant House. É uma casa senhorial perto de Oxford. Antes disso, universidade.

— Universidade? — pergunto com as orelhas em pé. — Não sabia...

Paro, ruborizando. Estava para dizer: "Não sabia que os jardineiros cursavam universidade."

— Fiz ciências naturais. — Nathaniel me olha com uma expressão que me faz pensar que ele sabia exatamente o que eu estava pensando.

Abro a boca para perguntar onde e quando ele cursou a universidade — depois, pensando bem, fecho-a e levanto a tampa da lixeira. Não quero começar a entrar em detalhes, chegando à estrada do "Será que temos algum conhecido em comum?". Neste momento posso muito bem ficar sem lembrar das particularidades da minha vida.

Por fim a cozinha parece um pouco mais normal. Pego o copinho de ovo, tomo o resto do creme de menta e respiro fundo.

— Certo. Hora do show.

— Boa sorte. — Nathaniel ergue as sobrancelhas.

Abro a porta da cozinha e vejo Trish e Eddie esperando no saguão, segurando os copos de xerez.

— Ah, Samantha! Tudo pronto? — O rosto de Trish está todo iluminado de antecipação e sinto uma enorme pontada de culpa pelo que vou fazer.

Mas não consigo ver outro caminho.

Respiro fundo e faço minha melhor cara de "dar má notícia a um cliente".

— Sr. e Sra. Geiger. — Olho de um rosto para o outro, certificando-me de que tenho sua atenção. — Estou arrasada.

Fecho os olhos e balanço a cabeça.

— Arrasada? — ecoa Trish, nervosa.
— Fiz o melhor que pude. — Abro os olhos. — Mas infelizmente não posso trabalhar com o seu equipamento. O jantar que criei não estava à altura dos meus padrões profissionais. Não poderia permitir que saísse da cozinha. Claro que reembolsarei todos os seus gastos e entregarei meu pedido de demissão. Partirei de manhã.

Pronto. Feito. Sem baixas fatais.

Não consigo deixar de olhar para Nathaniel, parado junto à porta da cozinha. Ele balança a cabeça com um sorriso minúsculo e sinaliza com o polegar para cima.

— *Partirá?* — Trish me encara consternada, com os olhos azuis praticamente saltando das órbitas. — Você não pode partir. É a melhor empregada que já tivemos! Eddie, *faça* alguma coisa.

— Sra. Geiger, depois do desempenho desta noite, acho que não tenho escolha — digo. — Para ser franca, o jantar estava impossível de ser comido.

— Não foi sua culpa! — reage ela com ênfase louca. — Foi *nossa* culpa! Vamos encomendar imediatamente um novo equipamento.

— Mas...

— Apenas faça uma lista do que você precisa. Não poupe gastos! E vamos aumentar seu salário! — De repente ela é apanhada por uma nova idéia. — Quanto você quer? Diga o seu preço!

Essa conversa realmente não está acontecendo como eu queria.

— Bem... nós não chegamos a discutir salário... — Baixo a cabeça meio sem graça.
— *Eddie!* — Trish gira para ele com ar selvagem. — Isso é culpa *sua*! Samantha vai embora porque você não quer pagar o suficiente!
— Eu não disse isso... — começo desamparada.
— E ela precisa de novas panelas. Do melhor lugar. — Trish enfia o cotovelo nas costelas de Eddie e murmura: — Diga alguma coisa!
— Ah... Samantha. — Eddie pigarreia sem jeito. — Ficaríamos muito felizes se você pensasse em permanecer conosco. Adoramos o seu desempenho e, quaisquer que sejam suas expectativas salariais... aceitaremos. — Trish o cutuca nas costelas de novo. — Pagaremos mais ainda.
— E plano de saúde — acrescenta Trish.
Os dois estão me olhando com uma espécie de esperança ansiosa.
Olho para Nathaniel, que inclina a cabeça como se dissesse "por que não?".
A sensação mais estranha está me dominando. Três pessoas. Todas dizendo que me querem, no espaço de dez minutos.
Eu poderia ficar. É simples.
Não sei cozinhar, lembra uma vozinha. *Não sei fazer limpeza. Não sou empregada doméstica.*
Mas poderia aprender. Poderia aprender tudo isso.
O silêncio está crescendo em tensão. Até Nathaniel me olha atentamente, da porta.

— Bem... tudo certo. — Sinto um sorriso me vindo aos lábios. — Certo, se vocês querem... eu fico.

Mais tarde, naquela noite, depois de todos termos jantado comida chinesa para viagem, pego meu celular, ligo para o escritório da minha mãe e espero até ser atendida pela secretária eletrônica.

— Está tudo bem, mamãe — digo. — Não precisa pedir nenhum favor para mim. Tenho um emprego. — E desligo.

É como se um cordão umbilical fosse cortado.

Sinto-me livre.

Dez

A única coisa é que agora tenho de ser mesmo uma empregada doméstica.

Na manhã seguinte ponho o relógio para despertar cedo e chego à cozinha antes das sete, com avental. O jardim está enevoado e não há sons, a não ser dois pássaros tagarelando no gramado. Sinto como se fosse a única pessoa acordada no mundo.

O mais silenciosamente que posso limpo a lavadora de pratos e guardo tudo nos armários. Ajeito as cadeiras sob a mesa. Faço café. Depois olho as brilhantes bancadas de granito ao redor.

Meu domínio.

Não parece meu domínio. Parece a cozinha apavorante de outra pessoa.

Então... o que faço agora? Sinto-me toda pinicando, só de estar ali. Deveria estar ocupada. Meu olhar pousa num antigo exemplar da *Economist* na prateleira de revistas perto da mesa e folheio-a. Folheio e começo a ler uma interessante matéria sobre controles monetários internacionais, bebericando o café.

Então, ao ouvir um som vindo do andar de cima, guardo-a rapidamente de novo. Empregadas não costumam ler artigos sobre controles monetários internacionais. Eu deveria estar fazendo alguma coisa, geléia, por exemplo.

Só que já há um armário cheio de geléia. E, de qualquer modo, não sei fazer.

O que mais? O que as empregadas *fazem* o dia inteiro? Enquanto examino a cozinha de novo ela me parece perfeitamente limpa. Poderia preparar o café-da-manhã, ocorre-me. Mas só quando souber o que eles querem.

Então, de repente, lembro da manhã da véspera. Trish me preparou uma xícara de chá.

Talvez hoje eu devesse fazer uma xícara de chá para *ela*! Talvez os dois estejam esperando lá em cima, batendo com os dedos impacientemente, dizendo "Onde está a porcaria do chá?"

Rapidamente fervo a água e faço um bule de chá. Ponho numa bandeja com xícaras e pires e, depois de pensar um momento, acrescento uns dois biscoitos. Depois vou para cima, sigo pelo corredor silencioso até o quarto de Trish e Eddie... e paro diante da porta.

E agora?

E se eles estiverem dormindo e eu os acordar?

Vou bater baixinho, decido. É. Uma batida curta, discreta, de empregada.

Levanto a mão para bater — mas a bandeja é pesada demais para ficar numa das mãos e há um tilintar alarmante quando o negócio todo começa a se inclinar de lado. Horrorizada, agarro-a antes que o bule escorregue para fora. Suando, ponho tudo no chão, levanto a mão e bato bem baixinho, depois pego a bandeja de novo.

Não há resposta. O que faço agora?

Hesitando, bato de novo.

— Eddie! Pára com isso! — A voz de Trish se filtra levemente pela porta.

Ah, meu Deus. Por que eles não escutam?

Estou toda quente. Esta bandeja é pesada para cacete. Não posso ficar a manhã inteira do lado de fora do quarto deles, com o chá. Será que devo me retirar?

Já vou me virar e sair de fininho. Então a determinação me domina. Não. Não seja tão molenga. Fiz o chá e vou servir. Ou pelo menos vou oferecer. Eles podem muito bem me dispensar.

Seguro a bandeja com força e bato com o canto dela na porta. Eles *têm* de ouvir isso.

Depois de um instante a voz de Trish se eleva.

— Entre!

Sinto um jorro de alívio. Tudo bem. Eles estão me esperando. Eu sabia que estariam. De algum modo viro a maçaneta enquanto equilibro a bandeja apoiada na porta. Empurro-a e entro no quarto.

Trish olha da cama, onde está esparramada nos travesseiros, sozinha. Usa uma camisola de seda, tem o cabelo desgrenhado e a maquiagem manchada nos olhos. Por um momento parece espantada ao me ver.

— Samantha — diz rapidamente. — O que você quer? Está tudo bem?

Tenho uma sensação imediata, horrível, de que fiz a coisa errada. Meu olhar não se afasta do dela, mas a visão periférica começa a registrar alguns detalhes no quarto. Vejo um livro chamado *Prazer sensual* no chão. E uma garrafa de óleo de massagem com cheiro de almíscar. E...

Um exemplar muito manuseado de *A alegria do sexo*. Bem perto da cama. Aberto no "Estilo turco".

Certo. Então eles não estavam esperando o chá.

Engulo em seco tentando manter a compostura, fingindo desesperadamente que não vi nada.

— Eu... trouxe uma xícara de chá — digo com a voz estalando de nervosismo. — Achei que vocês... gostariam.

Não olhe o *A alegria do sexo*. Fique com os olhos *levantados*.

O rosto de Trish relaxa.

— Samantha! Você é um tesouro! Ponha aí! — Ela balança o braço vagamente para a mesinha de cabeceira.

Estou começando a ir para ela quando a porta do banheiro se abre e Eddie sai, nu a não ser por uma cueca samba-canção apertada demais, mostrando o peito espantosamente peludo.

Meu Deus.

Não sei como consegui não jogar a bandeja toda no chão.

— Eu... sinto muito — gaguejo recuando. — Não sabia...

— Não seja boba! *Entre!* — exclama Trish toda alegre, agora parecendo completamente reconciliada com o fato de eu estar em seu quarto. — Não somos *puritanos*.

OK, mas estou desejando que eles fossem. Cautelosamente vou em direção à cama, passando por cima de um sutiã de renda cor de malva. Acho um lugar para a bandeja na mesinha-de-cabeceira de Trish empurrando para o lado uma foto dela com Eddie numa banheira de hidromassagem, erguendo taças de champanha.

Sirvo o chá o mais depressa que posso e entrego uma xícara para cada um. Não consigo encarar Eddie. Em que outro emprego você vê o chefe pelado?

Apenas uma outra ocupação me vem à mente. E que não é muito encorajadora.

— Bem... vou indo — murmuro de cabeça baixa.

— Não saia tão depressa! — Trish toma um gole de chá com prazer. — Hum. Já que estamos aqui, eu queria bater um papinho! Ver em que *pé* estamos.

— É... certo. — Sua camisola está se abrindo e posso ver a borda do mamilo. Rapidamente desvio o olhar e me pego olhando o cara barbudo do *A alegria do sexo* se contorcendo.

Sem querer, tenho uma visão súbita de Trish e Eddie exatamente naquela posição.

Não. Pára com isso.

Sinto o rosto chamejando de embaraço. Que tipo de esquisitice surreal é essa, eu parada no quarto de duas pessoas, praticamente estranhas para mim, praticamente *vendo* como eles fazem sexo? E os dois não parecem nem remotamente incomodados.

E então me ocorre. Claro. Sou empregada. Não conto.

— Então, tudo certo, Samantha? — Trish pousa sua xícara e me dá um olhar concentrado. — Estabeleceu sua rotina? Tudo sob controle?

— Sem dúvida. — Procuro uma expressão que pareça competente. — Estou bastante... montada na situação. — Aaargh. — Quero dizer... com a mão na massa. *Aaaargh.*
— Bom! — exclama ela. — Eu sabia! Você não precisa de orientação o tempo todo! Sabe se virar numa casa!
— Pois é!
Trish sorri de volta e toma um gole de chá.
— Imagino que vá lavar a roupa hoje.
Lavar a roupa. Eu nem tinha pensado em lavar a roupa.
— Só que eu gostaria que você trocasse os lençóis quando fizesse as camas — acrescenta ela.
Fizesse as camas?
Isso também não tinha me ocorrido.
Sinto uma pontada de ligeiro pânico. Não somente não estou nem de longe "montada na situação" como não tenho a menor idéia do que é "a situação".
— Obviamente tenho minha própria... ah... rotina estabelecida — digo tentando parecer casual. — Mas poderia ser bom se a senhora me fizesse uma lista das tarefas.
— Ah. — Trish parece um pouco irritada. — Bem, se você realmente acha que precisa.
— E eu, Samantha, devo examinar seus termos e condições mais tarde — diz Eddie. Ele está parado diante do espelho, segurando um haltere. — Informar em quê você se meteu. — Ele dá um risinho, depois, com um ligeiro grunhido, levanta o peso acima da cabeça. Sua

barriga está ondulando com o esforço. E não de um modo bom.

— Então... vou continuar com... as coisas. — Começo a recuar para a porta, os olhos fixos no chão.

— Vejo você depois, no café-da-manhã. — Trish me dá um acenozinho animado, da cama. — Tchau, tchau!

Não consigo acompanhar as mudanças de humor de Trish. Parece que saltamos direto do patroa-empregada para o "pessoas curtindo um cruzeiro juntas".

— É... então tchau! — digo imitando seu tom alegre. Faço uma reverência, passo de novo por cima do sutiã e saio do quarto o mais rápido que posso.

O café-da-manhã é quase um pesadelo. Faço três tentativas fracassadas antes de perceber como se deve cortar uma toranja ao meio. Elas deveriam ser feitas de modo mais óbvio. Poderiam desenhar linhas de orientação ao redor, ou ter perfurações, ou algo do tipo. Enquanto isso o leite para o café derramou — e quando mergulho a cafeteira, o café explode para tudo que é canto. Por sorte Trish e Eddie estão tão ocupados discutindo aonde vão no próximo feriado que não parecem notar o que acontece na cozinha. Nem ouvem meus gritos.

Do lado positivo, realmente acho que estou começando a entender a torradeira.

Quando eles terminaram, empilho os pratos sujos na lavadora e estou tentando desesperadamente lembrar como fiz com que ela funcionasse ontem, quando Trish entra na cozinha.

— Samantha, o Sr. Geiger gostaria de vê-la no escritório — diz ela. — Para falar do salário e das condições. Não o faça esperar!
— É... muito bem, senhora. — Faço uma reverência, depois aliso o uniforme e saio ao corredor. Chego à porta do escritório de Eddie e bato duas vezes.
— Entre! — diz uma voz jovial. Quando entro, Eddie está sentado atrás da mesa: uma coisa enorme, de mogno e couro trabalhado, com um laptop de aparência cara. Está totalmente vestido, graças a Deus, com calça marrom e camisa esporte, e todo o cômodo cheira a loção após-barba.
— Ah, Samantha. Pronta para nossa reuniãozinha? — Eddie sinaliza para uma cadeira de encosto reto e eu me sento. — Aqui estamos! Os documentos que você estava esperando!
Com ar de importância ele me entrega uma pasta de papel onde está escrito CONTRATO DE SERVIÇOS DOMÉSTICOS. Abro e encontrou uma folha de rosto em papel-pergaminho creme impresso para parecer pergaminho antigo. Com letras ornamentadas, de estilo medieval, estão as palavras

CONTRATO DE TRABALHO
Entre Samantha Sweet e
o Sr. e a Sra. Edward Geiger
firmado neste 2º dia de julho do ano
dois mil e quatro de Nosso Senhor

— Uau — digo surpresa. — Um... advogado redigiu isso?

Não imagino nenhum advogado que conheço redigindo um contrato em letras estilo Disney-medieval. Quanto mais imprimindo num pergaminho de mentirinha.

— Não precisei de advogado. — Eddie dá um riso de quem sabe das coisas. — Não faço esse jogo. Eles cobram os olhos da cara só por um pouquinho de latim metido a besta. Acredite, Samantha, essas coisas são bastante simples se você tiver meio cérebro. — Ele me dá uma piscadela.

— Tenho certeza que o senhor está certo — digo finalmente. Viro a folha de rosto e passo os olhos pelas cláusulas impressas.

Ah, meu Deus. O que *é* esse palavreado? Preciso morder o lábio enquanto capto expressões aqui e ali.

... Samantha Sweet (a ser conhecida daqui em diante como a QUERELANTE)...

A querelante? Ele ao menos sabe o que é uma querelante?

... Pari passu, não obstante a provisão de serviços culinários, de modo que deverá, prima facie, incluir no entanto não excluir tira-gostos leves e bebidas...

Meus lábios estão apertados. Não devo rir.

De conformidade com o acima posto, ipso facto, todas as partes manterão os direitos acima mencionados para além de qualquer dúvida razoável.

O quê? *O quê?*

O negócio todo é um absurdo total. Um pouco de jargão jurídico soldado em expressões sem sentido supostamente impressionantes. Examino o resto da página, desesperadamente mantendo o rosto impávido, tentando pensar numa resposta adequada.

— Bom, sei que parece amedrontador! — diz Eddie, interpretando mal o meu silêncio. — Mas não se intimide com todas essas palavras compridas. Na verdade, é bem simples! Você teve chance de olhar o salário?

Meu olhar salta para a quantia citada em negrito embaixo de "Salário Semanal". É ligeiramente menos do que eu cobrava por hora como advogada.

— Parece extremamente generoso — digo depois de uma pausa. — Muito obrigada, senhor.

— Há alguma coisa que você não entende? — Ele sorri jovialmente. — Basta dizer!

Por onde começo?

— Ah... esta parte. — Aponto para a *Cláusula 7: Horas*. — Isso significa que tenho todo o fim de semana de folga? Toda semana?

— Claro. — Eddie parece surpreso. — Não esperaríamos que você trabalhasse nos seus fins de semana! A não ser que seja uma ocasião especial, caso em que pagaremos mais... você verá na Cláusula 9...

Não estou escutando. Todo fim-de-semana livre. Não consigo absorver a idéia. Acho que não tenho um fim de semana totalmente livre desde que estava com uns 12 anos.

— Fantástico. — Levanto os olhos, incapaz de parar de sorrir. — Muito obrigada!

— Seus patrões anteriores não lhe davam os fins de semana de folga? — Eddie parece perplexo.

— Bem, não — digo sinceramente. — Na verdade, não.

— Parecem escravocratas! Você vai descobrir que somos muito mais razoáveis! — Ele sorri. — Bom, vou deixá-la a sós por um tempo, para ler o contrato, antes de assinar.

— Já li tudo... — paro quando Eddie ergue a mão, reprovando.

— Samantha, Samantha, Samantha — diz como se fosse um tio carinhoso, balançando a cabeça. Vou lhe dar uma pequena dica que servirá para toda a vida: sempre leia os documentos jurídicos com *muito cuidado*.

Encaro-o por alguns instantes, com o nariz pinicando pelo esforço de manter a cara de pau.

— Sim, senhor — digo finalmente. — Tentarei lembrar isso.

Quando Eddie desaparece da sala, olho de novo o contrato, revirando os olhos. Pego um lápis e automaticamente começo a corrigir o texto, refazendo as frases, cortando e acrescentando dúvidas à margem.

Então, abruptamente, paro.

Que diabo estou fazendo?

Pego uma borracha e apago rapidamente todas as emendas. Apanho uma esferográfica e vou até o fim da página, onde uma coruja de desenho animado, com roupa de juiz, aponta para a linha pontilhada.

Nome: Samantha Sweet
Ocupação:

Hesito um momento. Depois ponho "Empregada doméstica".

Enquanto escrevo as palavras tenho um rápido clarão de incredulidade. Estou realmente fazendo isso. Estou realmente aceitando esse trabalho, a quilômetros de minha vida anterior em todos os sentidos. E ninguém sabe.

Tenho uma visão súbita do rosto da minha mãe, da expressão que ela faria se soubesse onde eu estou agora mesmo... se pudesse me ver no uniforme... Ela iria *pirar*. Quase me sinto tentada a ligar para ela e contar o que estou fazendo.

Mas não. E não tenho tempo para pensar nisso. Preciso lavar a roupa.

Tenho de fazer duas viagens para levar toda a roupa suja até a lavanderia. Largo os cestos atulhados no chão de ladrilhos e olho a máquina de lavar de alta tecnologia. Isso deve ser bem simples.

Não sou exatamente experiente nessa área. Em casa mando tudo, a não ser a roupa de baixo, para a lavanderia a seco. Mas isso não significa que *não possa* fazer. É só uma questão de usar o cérebro. Experimentalmente abro a porta da máquina e no mesmo instante um mostrador eletrônico começa a piscar para mim. LAVAR? LAVAR?

Fico imediatamente incomodada. *Obviamente* quero que você lave, sinto vontade de responder cheia de irritação. Só me dê a chance de colocar a porcaria das roupas dentro.

Respiro fundo. Fique calma. Uma coisa de cada vez. Primeiro passo: encher a máquina. Pego um punhado de roupas — e paro.

Não. Primeiro passo: separar as roupas. Satisfeita comigo mesma por ter pensado nisso, começo a separar a roupa suja em pilhas no chão, consultando as etiquetas.

Brancas 40.

Brancas 90.

Lavar pelo avesso.

Lavar cores separadas.

Lavar com cuidado.

Lavar com MUITO CUIDADO.

No fim do primeiro cesto estou totalmente perplexa. Fiz umas vinte pilhas diferentes no chão, a maioria consistindo em apenas um item. Isso é ridículo. Não posso fazer vinte lavagens. Vai demorar a semana inteira.

O que eu deveria fazer? Como vou entender tudo isso? A frustração está crescendo por dentro. E um ligeiro pânico. Estou aqui há quinze minutos e nem comecei.

Certo... vamos simplesmente ser racionais. Pessoas lavam roupa todo dia, em todo o mundo. Não pode ser tão difícil. Só terei de misturar um pouco as peças.

Pego um punhado de roupas no chão e enfio no tambor. Depois abro um armário próximo e me pego olhando toda uma variedade de sabões em pó. Qual? Minha mente está cheia de palavras familiares, dos anúncios de TV. *Brancos impecáveis. Mais branco que branco. Não-biológico. Máquinas de lavar duram mais com Calgon.*

Não quero que esta máquina dure mais. Só quero que lave a porcaria das roupas.

Por fim pego uma caixa coberta de imagens de camisetas brancas, jogo um pouco de pó na pequena bandeja da parte de cima e um pouco no tambor, só para garantir. Fecho a porta com firmeza. E agora?

LAVAR? A máquina continua piscando para mim. LAVAR?

— É... sim! — digo. — Lave. — E aperto um botão ao acaso.

ENTRAR PROGRAMA?, pisca ela de volta.

Programa?

Meus olhos saltam de um lado para o outro em busca de pistas e vejo um manual enfiado atrás de um frasco de spray. Pego e começo a folhear.

A opção de meia carga para pequenas quantidades de roupa só é disponível para os programas de pré-lavagem A3 a E2 e os programas de super enxágüe G2 a L7, não incluindo o H4.

O quê?

Qual é! Tenho diploma de Cambridge. Conheço latim, pelo amor de Deus. Posso deduzir isso. Viro outra página.

Os programas E5 e F1 excluem o ciclo de centrifugação A NÃO SER que o botão "S" seja apertado por cinco segundos antes de começar OU dez segundos durante o programa, no caso do E4 (não lã).

Não dá. Minha prova sobre litígio corporativo internacional era um milhão de vezes mais fácil do que isso. Certo, vamos esquecer o manual. Vamos só usar o bom senso. Aperto rapidamente o teclado com meu melhor estilo empregada competente.

PROGRAMA K3? — pisca a máquina para mim. PROGRAMA K3?

Não gosto da idéia de programa K3. Parece sinistro. Como a face de um penhasco ou uma trama secreta do governo.

— Não — digo em voz alta, cutucando a máquina. — Quero outra coisa.

VOCÊ ESCOLHEU O PROGRAMA K3, pisca ela de volta.

— Mas eu não quero o programa K3! — digo consternada. — Me dá outra coisa! — estou apertando todos os botões, mas ela me ignora. Ouço água entrando na máquina e uma luz verde se acende.

K3 COMEÇANDO, pisca a tela. PROGRAMA PARA TAPEÇARIA PESADA.

Pesada? *Tapeçaria?*

— Pára com isso — digo baixinho e começo a apertar todos os botões. — Pára! — chuto a máquina em desespero. — *Pára!*

— Está tudo bem? — diz a voz de Trish na cozinha e eu salto para longe da máquina, alisando o cabelo.

— É... está! Está! — prego um sorriso profissional no rosto quando ela aparece à porta. — Só estou... lavando umas roupas.

— Muito bem. — Ela me estende uma camisa listada. — Bom, o Sr. Geiger precisa que você pregue um botão nesta camisa, por favor.

— Sem dúvida! — Pego a camisa, engolindo em seco disfarçadamente.

— E aqui está a sua lista de tarefas! — Ela me entrega uma folha. — Não está completa, claro, mas deve servir para você *começar*...

Enquanto percorro a lista interminável com os olhos, sinto-me um pouco tonta.

Fazer as camas... varrer e limpar os degraus da frente... arranjar flores... polir todos os espelhos... organizar os armários... lavar roupa... limpar banheiros diariamente...

— Bom, não há nada aqui que possa lhe causar problema, há? — pergunta Trish.

— Ah... não! — minha voz está meio estrangulada. — Não, deve ficar tudo bem!

— Mas *primeiro* cuide de passar a roupa — continua ela com firmeza. — Há muita, como você deve ter visto. Ela tende a se acumular... — Por algum motivo Trish está olhando para cima. Com uma ligeira premonição acompanho seu olhar. Lá, acima de nós, há uma montanha de camisas amarrotadas penduradas num secador de madeira. Pelo menos trinta.

Enquanto olho para elas, fico meio bamba. Não sei passar camisa. Nunca usei um ferro na vida. O que vou fazer?

— Espero que você faça isso o quanto antes! — diz ela toda animada. — A tábua de passar está logo ali — acrescenta com um movimento de cabeça.

— Ah, obrigada! — consigo dizer.

O importante é parecer convincente. Vou pegar a tábua de passar roupa, esperar até ela sair... depois bolar um novo plano.

Estendo a mão para a tábua de passar, tentando parecer casual como se fizesse isso o tempo todo. Puxo rapidamente uma das pernas de metal mas ela não se mexe. Tento outra, sem sorte. Estou puxando cada vez com mais força até ficar quente de tanto esforço, mas a porcaria não se mexe. Como devo abri-la?

— Tem uma trava! — diz Trish me olhando surpresa. — Embaixo.

— Ah, claro! — Dou-lhe um sorriso e depois tateio desesperada, sondando e apertando, até que, sem aviso, a coisa toda se expande num triângulo deslizante sobre pernas. Em seguida escapa da minha mão e rapidamente baixa até uns sessenta centímetros de altura, onde se trava.

— Certo! — dou um riso sem graça. — Só vou... ajustar isso, então.

Levanto a tábua e tento deslizar as pernas — mas elas não se mexem. Minhas bochechas estão queimando enquanto tento interminavelmente ajeitar a tábua, virando de um lado para o outro. *Como essa porra funciona?*

— Na verdade, pensando bem — digo casualmente —, gosto de uma tábua de passar baixinha. Vou deixar assim.

— Você não pode passar aí *embaixo*! — diz Trish com um riso atônito. — É só puxar a alavanca! Precisa de um puxão forte... vou mostrar.

Ela pega a tábua comigo e em dois movimentos ajustou exatamente na altura certa.

— Acho que você usava um modelo diferente — acrescenta com sabedoria enquanto ela se trava de novo.

— Cada uma tem seus truquezinhos.

— Sem dúvida! — digo agarrando-me com alívio a essa desculpa. — Claro! Estou muito mais acostumada a trabalhar com uma... uma... Nimbus 2000.

Trish me olha, surpresa.

— Essa não é a vassoura do Harry Potter?

Porra.

Eu sabia que tinha ouvido em algum lugar.

— É. É — digo finalmente, com o rosto em chamas. — E também uma conhecida marca de tábua de passar roupa. Na verdade, acho que o nome da vassoura foi dado... ah... *por causa* da tábua de passar.

— Verdade? — Trish parece fascinada. — Eu não sabia! — Para meu horror, ela se apóia cheia de expectativa na porta e acende um cigarro. — Não se incomode comigo! — acrescenta com a voz abafada. — Vá em frente!

Ir em frente?

— Ali está o ferro — acrescenta com um gesto. — Atrás de você.

— Ah... ótimo! Obrigada! — Pego o ferro e ligo na tomada, o mais lentamente possível, com o coração batendo de pânico. Não posso fazer isso. Preciso de uma saída. Mas não consigo pensar em nenhuma. Meu cérebro está totalmente vazio.

— Acho que o ferro já está bem quente! — diz Trish, solícita.

— Certo! — Dou-lhe um sorriso rápido.

Não tenho escolha. Precisarei começar a passar. Pego uma camisa no alto e abro-a desajeitadamente na tábua de passar roupa, tentando ganhar tempo. Nem sei por onde começar.

— O Sr. Geiger não gosta dos colarinhos engomados demais — observa Trish.

O quê demais? Meus olhos giram loucamente e pousam num frasco com rótulo Goma Spray.

— Certo! — Engulo em seco tentando esconder o pânico. — Bom, provavelmente... chegarei ao estágio de engomar... num minuto...

Incapaz de acreditar no que estou fazendo, pego o ferro. É muito mais pesado do que imaginei e emite uma nuvem aterrorizante de vapor. Muito cautelosamente começo a baixá-lo para o tecido de algodão. Não faço idéia de que parte da camisa estou visando. Acho que meus olhos devem estar fechados.

De repente há um tilintar na cozinha. O telefone. Graças a Deus... graças a Deus... graças a Deus...

— Ah, quem é? — pergunta Trish franzindo a testa.
— Desculpe, Samantha. Preciso atender...

— Tudo bem! — Minha voz sai esganiçada. — Sem problema! Só vou continuar...

Assim que Trish sai da lavanderia pouso o ferro com um estrondo e enterro a cabeça nas mãos. Devo estar louca. Isso não vai dar certo. Não sirvo como empregada doméstica. O ferro solta vapor na minha cara e dou um pequeno grito de susto. Desligo-o e desmorono encostada à parede. São apenas 9h20 e já sou uma ruína total.

E eu pensava que ser advogada era estressante.

ONZE

Quando Trish volta para a cozinha estou um pouco mais composta. Consigo fazer isso. Claro que consigo. Não é física quântica. É *trabalho doméstico*.

— Samantha, infelizmente teremos de *abandoná-la* durante esse dia — diz Trish parecendo preocupada. — O Sr. Geiger saiu para jogar golfe e eu vou ver o Mercedes novo de uma amiga *muito* querida. Você vai ficar bem, sozinha?

— Vou! — digo tentando não parecer muito jubilosa. — Não se preocupe comigo. Verdade. Só vou continuar com as coisas...

— Já terminou de passar a roupa? — Ela olha para a lavanderia, impressionada.

Terminei? O que ela acha que eu sou, a Mulher Maravilha?

— Na verdade pensei em deixar isso para depois e atacar o resto da casa — digo tentando parecer à vontade. — É a minha rotina normal.

— Sem dúvida. — Ela assente com vigor. — Como achar melhor. Bom, não estarei aqui para responder a nenhuma pergunta, mas Nathaniel estará! — Ela sinaliza pela porta. — Você já conheceu o Nathaniel, não é?

— Ah — digo quando ele entra usando jeans rasgados e o cabelo desgrenhado. — Ah... sim. Oi, de novo.

Isso é meio estranho. Vê-lo agora, depois de todos os dramas de ontem à noite. Enquanto ele me encara há um sorriso levíssimo em sua boca.

— Oi — diz ele. — Como vão as coisas?

— Fantásticas! — digo em tom tranqüilo. — Bem mesmo.

— Nathaniel sabe de *tudo* sobre esta casa — diz Trish, que está passando batom. — De modo que, se você não conseguir encontrar alguma coisa... se precisar saber como destrancar uma porta ou sei lá o quê... ele é o seu homem.

— Não vou esquecer disso — respondo. — Obrigada.

— Mas, Nathaniel, não quero você *perturbando* Samantha — acrescenta ela, dando-lhe um olhar severo. — Obviamente ela tem sua própria rotina estabelecida.

— Obviamente — diz Nathaniel assentindo sério. Quando Trish se vira ele me lança um olhar divertido e sinto que meu rosto fica vermelho.

O que isso deve significar? Como ele sabe que eu não tenho rotina? Só porque não sei cozinhar, não significa que não saiba fazer *nada*.

— Então você vai ficar bem? — Trish pega sua bolsa. — Encontrou todo o material de limpeza?

— Ah... — Olho ao redor, em dúvida.

— Na lavanderia! — Ela desaparece um momento, depois volta segurando uma enorme bacia azul cheia de produtos de limpeza e larga na mesa. — Pronto! E não esqueça suas Marigolds! — acrescenta animada.

Minhas o quê?

— Luvas de borracha — diz Nathaniel. Em seguida pega um enorme par de luvas na bacia e me entrega com uma ligeira reverência.

— Sim, obrigada. — digo com dignidade. — Eu sabia disso.

Nunca na vida usei um par de luvas de borracha. Tentando não me encolher de repulsa, calço-as lentamente.

Ah, meu Deus. Nunca senti nada tão peguento, borrachento e... *repulsivo*. Tenho de usar isso o *dia inteiro*?

— Tchauzinhoooo! — grita Trish no corredor. E a porta da frente se fecha com um estrondo.

— Certo! — digo. — Bem... vamos lá.

Espero Nathaniel sair, mas ele se encosta na mesa e me olha interrogativamente.

— Você tem alguma idéia de como limpar uma casa?

Estou começando a me sentir insultada. *Pareço* alguém que não sabe limpar uma casa?

— Claro que sei limpar uma casa — reviro os olhos.

— Só que contei à minha mãe sobre você ontem à noite. — Ele dá um sorriso súbito, como se lembrasse da conversa, e eu o olho cheio de suspeitas. O que ele contou? — De qualquer modo — Nathaniel levanta a cabeça — ela está disposta a ensinar você a cozinhar. E eu disse que você provavelmente precisa de orientação na limpeza também...

— Não preciso de orientação na limpeza! — retruco. — Limpei casas um monte de vezes. Na verdade, preciso começar.

— Não se incomode comigo. — Nathaniel dá de ombros.

Vou lhe mostrar. Com um jeito profissional, pego uma lata na bacia e borrifo o spray na bancada. Pronto. Quem disse que não sei o que estou fazendo?

— Então você já limpou um monte de casas — diz Nathaniel me olhando.

— É. Milhões.

O spray se solidificou em pequenas gotículas cinza cristalinas. Esfrego-as rapidamente com um pano — mas elas não saem. Merda.

Olho mais atentamente a lata. "NÃO USAR EM GRANITO". *Merda.*

— De qualquer modo — digo pousando rapidamente o pano para esconder as gotículas — você está no meu caminho. — Pego um espanador de penas na bacia azul e começo a espanar migalhas da mesa da cozinha.

— Vou deixar você, então — diz Nathaniel com a boca se repuxando de novo. Ele olha para o espanador.

— Você não usa uma escova e uma pá de lixo para isso?

Olho insegura para o espanador de penas. O que há de errado com ele? De qualquer modo, o que esse cara é, o policial da limpeza?

— Tenho meus métodos — digo levantando o queixo. — Obrigada.

— Certo. — Ele ri. — Vejo você.

Não vou deixá-lo me abalar. Sou perfeitamente capaz de limpar esta casa. Só preciso... de um plano. É. Uma planilha, como no trabalho.

Assim que Nathaniel sai, pego uma caneta e um pedaço de papel e começo a fazer uma lista para o dia. Tenho uma imagem de mim mesma indo suavemente de tarefa em tarefa, escova numa das mãos, espanador na outra, pondo tudo em ordem. Como Mary Poppins.

9h30 a 9h36   Fazer as camas
9h36 a 9h42   Tirar roupa da máquina e colocar na secadora.
9h42 às 10h   Limpar banheiros

Chego ao fim e leio com um novo jorro de otimismo. Assim está melhor. Assim é mais do meu estilo. Nesse ritmo devo acabar facilmente antes da hora do almoço.

9h36 Puta merda. Não consigo arrumar essa cama. Por que esse lençol não fica liso?

9h42 E por que fazem colchões tão *pesados*?

9h54 Isso é tortura pura. Meus braços nunca doeram tanto em toda a vida. Os cobertores pesam uma tonelada, os lençóis não ficam retos e não faço idéia de como acertar a porcaria dos cantos. Como as camareiras fazem isso? Como?

10h30 Finalmente. Uma hora inteira de trabalho duro e fiz exatamente uma cama. Já estou muito atrasada. Mas não faz mal. É só ir em frente. Roupa lavada em seguida.

10h36 Por favor, não.

Mal posso olhar. É um desastre total. Tudo na máquina de lavar ficou cor-de-rosa. Absolutamente tudo.

O que *aconteceu*?

Com dedos trêmulos pego um cardigã de caxemira úmido. Era creme quando coloquei. Agora tem um tom doentio de algodão-doce. Eu sabia que o K3 era má notícia. *Sabia...*

Fique calma. Deve haver uma solução, deve haver. Meu olhar começa a saltar freneticamente sobre latas de produtos empilhados nas prateleiras. Tira-manchas... removedor. Tem de haver um remédio... só preciso pensar...

10h42 Certo, tenho a resposta. Pode não funcionar totalmente — mas é a melhor chance.

11h Acabo de gastar 852 libras substituindo todas as roupas da máquina do modo mais próximo possível. O departamento de compras pessoais da Harrods foi muito solícito e mandará todas amanhã, por Encomenda Expressa. Só peço a Deus que Trish e Eddie não percebam que seu guarda-roupa se regenerou por magia.

Agora só preciso me livrar de todas as roupas cor-de-rosa. E fazer o resto da lista.

11h06 E... ah. Passar roupa. O que vou fazer com relação a isso?

11h12 Certo. Olhei no jornal local e tenho solução. Uma garota do povoado vai pegar a roupa, passar durante a noite a três libras por camisa e pregar o botão de Eddie.

Até agora esse emprego me custou quase mil libras. E não é nem meio-dia.

11h42 Estou me saindo bem. Estou me saindo bem. Estou com o aspirador ligado. Estou deslizando numa boa...

Merda. O que foi isso? O que acabou de subir pelo aspirador? Por que está fazendo esse barulho arranhado?

Será que eu *quebrei*?

11h48 Quanto custa um aspirador?

12h24 Minhas pernas sentem uma agonia total. Estive ajoelhada em ladrilhos duros, limpando o banheiro, durante o que pareceu horas. Há pequenas marcas elevadas onde os ladrilhos se cravaram nos meus joelhos, estou morrendo de calor e os produtos de limpeza me fazem tossir. Só quero descansar. Mas preciso ir em frente. Não posso parar nem um momento. Estou atrasada *demais*...

12h30 O que há de errado com essa garrafa de água sanitária? Para que lado o bico está apontando, afinal? Estou girando-o, confusa, espiando as setas no plástico... por que não sai nada? Certo, vou apertar com muita, muita força...

Merda. Quase acerto meu olho.

12h32 Puta que pariu. O que isso fez com meu CABELO?

Às três horas estou absolutamente arrasada. Só cheguei à metade da lista e não consigo me imaginar jamais chegando ao fim. Não sei como as pessoas limpam casas. É o trabalho mais duro que já fiz em toda a vida.

Não estou indo suavemente de tarefa em tarefa como Mary Poppins. Vou saltando de trabalho inacabado para trabalho inacabado como uma galinha sem cabeça. Neste momento estou de pé numa cadeira limpando o espelho da sala de estar. Mas é como uma espécie de pesadelo. Quanto mais esfrego, mais manchado fica.

Fico me olhando no espelho. Jamais estive mais desgrenhada na vida. O cabelo está espetado feito louco, com uma enorme e grostesca tira de louro esverdeado onde espirrei a água sanitária. O rosto está vermelho brilhante, as mãos cor-de-rosa e ardentes de tanto esfregar e os olhos estão injetados.

Por que não fica limpo? Por quê?

— Fica limpo! — grito, praticamente soluçando de frustração. — Fica limpo, sua porcaria de... sua porcaria de...

— Samantha.

Paro de esfregar abruptamente e vejo Nathaniel parado junto à porta, olhando o vidro manchado.

— Você tentou vinagre?

— *Vinagre?* — Encaro-o cheio de suspeitas.

— Ele corta a oleosidade. É bom para vidros.

— Ah. Certo. — Pouso o pano, tentando recuperar a compostura. — É, eu sabia.

Nathaniel balança a cabeça.

— Não sabia não.

Olho seu rosto inflexível. Não há sentido em continuar fingindo. Ele sabe que nunca limpei uma casa na vida.

— Está certo — admito finalmente. — Não sabia.

Enquanto desço da cadeira me sinto tonta de fadiga. Seguro o console da lareira por um instante, tentando manter a cabeça ereta.

— Você devia parar um pouco — diz Nathaniel com firmeza. — Esteve fazendo isso o dia inteiro, eu vi. Você almoçou?

— Não tive tempo.

Afundo numa cadeira, sentindo-me de repente exausta demais para me mover. Cada músculo do corpo dói, inclusive alguns que eu nunca soube que tinha. Sinto que corri uma maratona. Ou atravessei a nado o Canal da Mancha E ainda não lustrei as madeiras nem bati os tapetes.

— É... mais difícil do que eu pensava — digo finalmente. — Muito mais difícil.

— Ahã. — Ele confirma com a cabeça, me olhando mais de perto. — O que aconteceu com seu cabelo?

— Água sanitária — respondo rapidamente. — Limpando o vaso sanitário.

Ele dá um riso fungado, mas não levanto a cabeça. Para ser honesta, não estou nem aí.

— Você é trabalhadora. Isso tenho de admitir. E a coisa vai ficar mais fácil...

— Não posso fazer isso. — As palavras saem antes que eu possa impedir. — Não posso fazer esse trabalho. Eu não... tenho jeito.

— Claro que pode. — Ele remexe em sua mochila e pega uma lata de Coca. — Tome isso. Não se pode trabalhar sem combustível.

— Obrigada. — Abro a lata e tomo um gole, e é a coisa mais deliciosa que já provei. Tomo outro gole cobiçoso, e outro.

— A oferta continua de pé — acrescenta ele depois de uma pausa. — Minha mãe pode lhe dar aulas, se você quiser.

— Verdade? — Enxugo a boca, empurro para trás o cabelo suado e olho para ele. — Ela... faria isso?

— Minha mãe gosta de um desafio. — Nathaniel dá um pequeno sorriso. — Vai lhe ensinar como se virar numa cozinha. E qualquer outra coisa que você precise saber. — Ele olha enigmaticamente para o espelho manchado.

Sinto um súbito calor de humilhação e desvio o olhar. Não quero ser inútil. Não quero precisar de aulas. Essa não sou eu. Quero ser capaz de fazer sozinha, sem pedir ajuda a ninguém.

Mas tenho de cair na real. A verdade é que preciso de ajuda.

Afora qualquer coisa, se continuar como hoje estarei falida em duas semanas.

Viro-me para Nathaniel.

— Seria fantástico — digo com humildade. — Agradeço de verdade.

Doze

Acordo no sábado com o coração martelando e salto de pé, a mente disparada com tudo que preciso fazer...

E então ela pára, como um carro cantando pneus na freada. Por um momento não consigo me mexer. Depois, hesitante, afundo de novo na cama, dominada pela sensação mais estranha, mais extraordinária que já experimentei.

Não tenho nada a fazer.

Nenhum contrato para revisar, nenhum e-mail para responder, nenhuma reunião de emergência no escritório. Nada.

Franzo a testa tentando lembrar a última vez em que não tive nada para fazer. Mas não sei se consigo. Parece que *nunca* fiquei sem nada para fazer desde que tinha uns 7 anos. Saio da cama, vou à janela e olho o céu azul translúcido do início da manhã, tentando entender a situação. É meu dia de folga. Ninguém tem controle sobre mim. Ninguém pode me chamar e exigir minha presença. Este tempo é meu. *Meu próprio tempo.*

Parada junto à janela, contemplando este fato, começo a sentir uma coisa esquisita por dentro. Leve e meio tonta, como um balão de hélio, estou livre. Um sorriso de empolgação se espalha no meu rosto quando encontro os olhos do meu reflexo no vidro. Pela primeira vez na vida posso fazer o que quiser.

Olho a hora — e são apenas 7h15. O dia inteiro se estende diante de mim como uma folha de papel em branco. O que vou fazer? Por onde *começo*? Sinto uma bolha nova, de júbilo, crescendo por dentro, até que sinto vontade de rir alto.

Já estou esboçando uma planilha para o dia, na cabeça. Esqueça os segmentos de seis minutos. Esqueça a pressa. Vou começar a medir o tempo em *horas*. Uma hora para deleitar-me no banho e me vestir. Uma hora para me demorar no café da manhã. Uma hora lendo o jornal, de cabo a rabo. Terei a manhã mais preguiçosa, mais indolente e mais desfrutável que já tive na vida adulta.

Quando entro no banheiro posso sentir os músculos se repuxando de dor em todo o corpo. Músculos que nem mesmo jamais soube que possuía. Realmente deveriam vender o serviço de empregada doméstica como malhação. Encho a banheira com água quente e jogo um pouco do óleo de banho de Trish, depois entro na água perfumada e me deito toda feliz.

Delicioso. Vou ficar aqui durante horas, horas e horas.

Fecho os olhos, deixando a água bater nos ombros, e deixo o tempo passar em grandes vastidões. Acho que até caio no sono um pouco. Nunca passei tanto tempo no banho em toda a vida.

Por fim abro os olhos, pego uma toalha e saio de novo. Quando estou começando a me enxugar, pego o relógio, só por curiosidade.

Sete e meia.

O quê?

Foram apenas quinze minutos?

Sinto um relâmpago de perplexidade. Como, afinal, só gastei quinze minutos? Fico parada, pingando, indecisa por um momento, imaginando se devo retornar e fazer tudo de novo, mais lentamente.

Mas não. Seria esquisito demais. Não importa. E daí se tomei banho depressa demais? Só vou garantir que demorarei adequadamente no café da manhã. Vou realmente *aproveitar*.

Pelo menos tenho roupas para vestir. Trish me levou ontem à noite a um shopping center a alguns quilômetros de distância. Para que eu pudesse comprar roupa de baixo, bermudas e vestidos de verão. Disse que me deixaria fazer isso — depois acabou dando uma de chefe e escolhendo tudo para mim... e de algum modo acabei sem uma única peça preta.

Cautelosamente coloco um vestidinho cor-de-rosa e um par de sandálias, e me olho. Nunca usei rosa, antes. Mas, para minha perplexidade, a aparência não é muito ruim! Afora a mancha enorme de água sanitária no cabelo. Terei de fazer alguma coisa a respeito.

Enquanto vou pelo corredor, não há qualquer som vindo do quarto dos Geigers. Passo em silêncio pela porta, sentindo-me subitamente sem graça. Vai ser meio estranho estar na casa deles durante todo o fim de semana, sem ter o que fazer. É melhor sair, mais tarde. Ficar fora do caminho deles.

A cozinha está silenciosa e reluzente como sempre, mas começa a parecer um pouquinho menos intimidante. Sei me virar com a chaleira e a torradeira, no mínimo, e encontrei todo um lote de geléias na despensa. Comerei torrada com geléia de laranja e gengibre e tomarei uma bela xícara de café. E vou ler o jornal de cabo a rabo. Isso vai me levar até mais ou menos as 11h e então poderei pensar no que fazer.

Encontro um exemplar do *The Times* no capacho e o levo de volta à cozinha no momento em que a torrada está pulando.

Isso é que é vida.

Sento-me perto da janela mastigando torrada, bebericando o café e folheando o jornal preguiçosamente. Por fim, depois de devorar três fatias, duas xícaras de café e todas as seções de sábado, me espreguiço com um grande bocejo e olho o relógio.

Não acredito. São apenas 7h56.

O que há de errado comigo? Eu deveria demorar *horas* no café-da-manhã. Deveria estar sentada aqui durante toda a manhã. E não terminar tudo em vinte minutos contados.

Certo... não faz mal. Não vamos nos estressar com isso. Vou vagabundear de algum outro modo.

Ponho na lavadora a louça que usei e limpo as migalhas de torrada. Depois sento-me à mesa de novo e olho em volta. Imagino o que farei em seguida. É cedo demais para sair.

Abruptamente percebo que estou batendo com as unhas na mesa. Paro e olho minhas mãos por um momento. Isso é ridículo. Tenho meu primeiro dia de folga verdadeiro em cerca de dez anos. Deveria estar *relaxada*. Qual é! Certamente posso pensar em alguma coisa legal para fazer.

O que as pessoas fazem nos dias de folga? Minha mente repassa uma série de imagens da TV. Poderia fazer outra xícara de café? Mas já tomei duas. Não estou com vontade de tomar outra. Poderia ler o jornal de novo? Mas tenho memória quase fotográfica. De modo que reler as coisas é meio inútil.

Meu olhar vai até o jardim lá fora, onde um esquilo está empoleirado numa coluna de pedra, espiando em volta com olhos brilhantes. Talvez eu vá lá fora. Curtir o jardim, a vida natural e o orvalho da manhã. Boa idéia.

Só que o problema do orvalho matinal é que ele molha os nossos pés. Enquanto vou pela grama úmida, já estou desejando não ter calçado as sandálias abertas. Ou que tivesse esperado até mais tarde para o passeio.

O jardim é muito maior do que eu avaliava. Caminho pelo gramado até uma cerca-viva ornamental onde tudo parece acabar, mas percebo que há toda uma seção do outro lado, com um pomar no fim e uma espécie de jardim murado à esquerda.

É um jardim estupendo. Até eu percebo isso. As flores são vívidas sem ser espalhafatosas, cada muro é coberto com alguma trepadeira linda, e enquanto caminho para o pomar vejo pequenas peras douradas penduradas nos galhos das árvores. Acho que nunca tinha visto uma pêra de verdade crescendo numa árvore.

Caminho por entre as árvores frutíferas até um enorme trecho quadrado de terra marrom com plantas crescendo em fileiras organizadas. Devem ser as verduras. Cutuco uma delas cautelosamente com o pé. Pode ser uma alface ou um repolho. Ou as folhas de alguma coisa que cresce debaixo da terra, talvez.

Para ser honesta, poderia ser um alienígena. Não faço idéia.

Caminho mais um pouco, depois me sento num banco de madeira coberto de musgo e olho um arbusto próximo coberto de flores brancas. Hum. Bonitas.

E agora? O que as pessoas *fazem* em seus jardins?

Acho que deveria ter alguma coisa para ler. Ou deveria estar ligando para alguém. Meus dedos sentem comichão para se mexer. Olho o relógio. Ainda são apenas oito e dezesseis. Ah, meu Deus.

Qual é!, não posso desistir ainda. Só vou ficar aqui sentada um pouco e curtir a paz. Recosto-me, fico confortável no banco e olho um passarinho bicando o chão ali perto, por um tempo.

Depois olho o relógio de novo. Oito e dezessete.

Não posso fazer isso.

Não posso não fazer nada o dia inteiro. Isso vai me deixar louca. Tenho de sair e comprar outro jornal no povoado. Se eles tiverem *Guerra e paz*, vou comprar também. Levanto-me e estou começando a voltar rapidamente pelo gramado quando um bip no meu bolso me faz parar.

É o celular. Recebeu uma mensagem de texto. Alguém acabou de me mandar um recado no início de uma manhã de sábado. Pego o celular e olho para ele, sentindo-me tensa. Não tive nenhum contato com o mundo exterior por mais de um dia.

Sei que há outras mensagens no telefone — mas não li nenhuma. Sei que há recados na caixa postal — mas não ouvi nenhum. Não quero saber. Estou bloqueando tudo.

Ponho a mão no celular, dizendo a mim mesma para guardá-lo. Mas agora a curiosidade foi espicaçada. Alguém me mandou um recado há alguns segundos. Alguém, em algum lugar, segurou um celular e digitou um recado para mim. Tenho uma visão súbita do Guy, com sua calça de sarja e a camisa azul de usar nos dias de folga. Sentado à mesa, franzindo a testa enquanto digita.

Pedindo desculpas.

Contando alguma novidade. Algum tipo de situação que eu não poderia ter adivinhado ontem...

Não posso evitar. Apesar de tudo sinto uma súbita pontada de esperança. Parada ali no gramado matutino, sinto meu ser mental sendo arrastado deste jardim, de volta a Londres, de volta ao escritório. Um dia inteiro se passou lá, sem mim. Muita coisa pode acontecer em vinte e quatro horas. Coisas podem mudar. Tudo pode ter ficado positivo, de algum modo.

Ou... pode ter ficado ainda pior. Eles estão me processando.

A tensão cresce por dentro. Estou apertando o celular com força cada vez maior. Preciso saber. Seja bom ou ruim. Abro o telefone e encontro a mensagem. É de um número que não reconheço.

Quem? Quem, afinal, está me mandando um recado? Sentindo um certo enjôo, aperto OK para ler.

oi samantha, é o nathaniel,

Nathaniel?
Nathaniel?
Meu alívio é tão gigantesco que rio alto. Claro! Eu lhe dei o número do celular ontem, para a mãe dele. Leio o resto do recado.

se estiver interessada, mamãe pode começar aulas de culinária hoje. nat.

Aulas de culinária. Sinto uma fagulha de deleite. É isso. O modo perfeito de preencher o dia. Aperto o botão para responder e digito rapidamente:

adoraria. obrigada. sam.

Envio a mensagem com um pequeno sorriso. Isso é divertido. Um minuto ou dois mais tarde o telefone solta outro bip.

que horas? 11 é muito cedo? nat.

Olho o relógio. Ainda faltam duas horas e meia para as 11h.

Duas horas e meia sem nada a fazer a não ser ler o jornal e evitar Trish e Eddie. Aperto o botão de responder.

pode ser 10? sam.

Às cinco para as dez estou pronta no saguão. Parece que a casa da mãe de Nathaniel é difícil de achar, por isso o plano é nos encontrarmos aqui e ele vai comigo. Quando verifico meu reflexo no espelho do banheiro, estremeço. A mancha de água sanitária está mais óbvia do que nunca. Empurro o cabelo para trás e para a frente algumas vezes — mas não consigo escondê-la. Talvez pudesse andar com a mão casualmente na cabeça, como se estivesse pensando. Tento algumas poses casuais diante do espelho.

— Sua cabeça está bem?

Giro chocada e vejo Nathaniel junto à porta aberta, usando camisa xadrez e jeans.

— Ah... ótima — digo, com a mão ainda grudada à cabeça. — Eu só estava...

Ah, não adianta. Baixo a mão e Nathaniel olha a faixa descorada por um momento.

— Está legal — diz ele. — Como um texugo.

— Um *texugo*? — respondo afrontada. — Não estou parecendo um texugo.

Olho o espelho para me tranqüilizar rapidamente. Não. Não estou.

— Os texugos são criaturas lindas — diz Nathaniel dando de ombros. — Eu preferiria me parecer com um texugo a me parecer com um arminho.

Espera aí. Desde quando minha opção está entre um texugo e um arminho? Nem sei como entramos nessa conversa.

— Talvez a gente devesse ir — digo com dignidade. Pego a bolsa e dou uma última olhada no espelho enquanto vou para a porta.

Certo. Talvez eu esteja meio parecida com um texugo.

O verão já esquenta lá fora, e enquanto seguimos pelo caminho de cascalho respiro fundo com prazer. Há algum tipo gostoso de cheiro floral, que definitivamente reconheço...

— Madressilva e jasmim! — exclamo num reconhecimento súbito. Tenho em casa o óleo de banho Jo Malone.

— Madressilva no muro. — Nat aponta para um emaranhado de flores de um amarelo-claro na velha pedra dourada. — Plantei há um ano.

Olho com interesse para as flores delicadas. As madressilvas são assim?

— Mas não há jasmim por aqui — diz ele com curiosidade. — Você está sentindo cheiro?

— Ah... — abro os braços vagamente. — Talvez não.

Acho que não vou mencionar o óleo de banho Jo Malone neste momento. Ou, de fato, em momento nenhum.

Quando saímos da entrada de veículos percebo que é a primeira vez que saio da propriedade dos Geigers desde que cheguei — a não ser pelas compras com Trish, quando estava ocupada demais escarafunchando o CD de Celine Dion dela para notar o ambiente ao meu redor. Nathaniel virou à esquerda e está caminhando com facilidade pela rua — mas não consigo me mexer. Vejo a paisagem à frente, de queixo caído. O povoado é absolutamente *estupendo*.

Não fazia idéia.

Olho ao redor, absorvendo as velhas paredes de pedra cor de mel. As fileiras de chalés antigos com tetos muito inclinados. O riozinho ladeado de salgueiros. Mais adiante está o pub que eu havia notado na primeira noite, decorado com cestos pendurados. Dá para ouvir o som distante de cascos de cavalos. Nada incomoda. Tudo é suave, brando e parece que está aqui há centenas de anos.

— Samantha?

Nathaniel finalmente notou que estou parada.

— Desculpe — corro para encontrá-lo. — Só que é um lugar tão lindo! Eu não tinha notado.

— É legal. — Posso ouvir o tom de orgulho em sua voz. — Recebe muitos turistas, mas... — Ele dá de ombros.

— Eu não fazia idéia! — Continuamos andando pela rua mas não consigo deixar de ficar espiando ao redor, arregalada. — Olha o rio! Olha a *igrejinha*!

Sinto-me como uma criança descobrindo um brinquedo novo. Praticamente nunca estive no interior da Inglaterra. Sempre ficamos em Londres ou íamos para o estrangeiro. Estive na Toscana mais vezes do que me lembro, e uma vez passei seis meses em Nova York, quando mamãe fez um trabalho temporário lá. Mas nunca na vida estive nos Cotswolds.

Atravessamos o rio por uma antiga ponte de pedra, em arco. No topo paro para olhar os patos e cisnes.

— É simplesmente estupendo. — Eu expiro. — Absolutamente lindo.

— Você não viu nada disso quando chegou? — Nathaniel me olha, achando divertido. — Simplesmente apareceu numa bolha?

Penso naquela jornada em pânico, atordoada, desesperada. Saindo do trem com a cabeça latejando, a visão turva.

— Mais ou menos — digo finalmente. — Na verdade não notei enquanto andava.

Nós dois ficamos olhando dois cisnes nadar regiamente por baixo da pontezinha. Depois olho o relógio. Já são dez e cinco.

— Vamos indo — digo com um pequeno susto. — Sua mãe deve estar esperando.

— Não há pressa — grita Nathaniel enquanto acelero descendo pelo outro lado da ponte. — Temos o dia inteiro. — Ele desce pela ponte e se junta a mim. — Tudo bem. Pode ir mais devagar.

Nathaniel começa a andar pela rua e eu me junto a ele, tentando acompanhar seu ritmo relaxado. Mas não estou acostumada. Estou acostumada a andar depressa em calçadas apinhadas, abrindo caminho, empurrando e dando cotoveladas.

— Então, você cresceu aqui? — pergunto tentando reduzir a velocidade das pernas até um ritmo de passeio.

— Sim. — Ele vira numa pequena rua de paralelepípedos à esquerda. — Voltei quando meu pai ficou doente. Então ele morreu e eu tive de resolver as coisas. Cuidar da minha mãe. Tem sido duro para ela. As finanças estavam uma confusão... tudo estava uma confusão.

— Sinto muito — digo sem jeito. — Você tem mais alguém na família?

— Meu irmão Jake. Ele voltou durante uma semana. — Nathaniel hesita. — É dono de uma empresa. Muito bem-sucedido.

Sua voz é tranqüila como sempre, mas posso detectar um fio de... alguma coisa. Talvez eu não deva perguntar mais sobre sua família.

— Bom, eu *moraria* aqui — digo com entusiasmo.

Nathaniel me dá um olhar ligeiramente estranho.

— Você mora aqui — lembra ele.

Sinto uma pontada de surpresa. Acho que está certo. Tecnicamente, moro.

Caminho alguns passos, tentando processar esse novo pensamento. Nunca morei em nenhum lugar além de Londres, afora os três anos em Cambridge. É isso o que sou. É isso o que eu... era.

Mas a velha eu já está parecendo mais distante. Quando penso em mim, até mesmo na semana passada, é como se estivesse me vendo através de um papel de seda.

Tudo que um dia valorizei foi destruído. E ainda me sinto ferida. Mas ao mesmo tempo... me sinto mais viva com possibilidades do que nunca. Minhas costelas se expandem enquanto respiro o ar do campo e de repente sinto uma onda de otimismo: quase euforia. Num impulso, paro perto de uma árvore enorme e olho os galhos cheios de verde.

— Há um lindo poema de Walt Whitman sobre um carvalho. — Levanto a mão e acaricio a casca fria e áspera. — "Vi na Louisiana um carvalho crescendo. Erguia-se sozinho e o musgo pendia dos galhos."

Olho para Nathaniel, meio esperando que ele pareça impressionado.

— Isso é uma bétula — diz ele assentindo para a árvore.

Ah. Certo.

Não sei nenhum poema sobre bétulas.

— Aqui estamos. — Nathaniel abre um portão de ferro e indica para eu subir por um caminho de pedras até um pequeno chalé com cortinas de flores azuis nas janelas. — Venha conhecer sua professora de culinária.

A mãe de Nathaniel não é nem um pouco como eu esperava. Estava visualizando alguma aconchegante personagem como a Sra. Tiggywinkle, com cabelos grisalhos num coque e óculos meia-taça. Em vez disso olho uma mulher magra com rosto vívido e bonito. Seus olhos são de um azul luminoso, com o início de rugas finíssimas ao redor. O cabelo meio grisalho cai em tranças dos dois lados do rosto. Está usando avental sobre jeans, camiseta e alpercatas, e mexe vigorosamente algum tipo de massa.

— Mãe. — Nathaniel ri e me empurra para a cozinha. — Aqui está ela. Esta é Samantha. Samantha.. minha mãe. Iris.

— Samantha. Bem-vinda. — Iris ergue a cabeça e posso vê-la me avaliando, da cabeça aos pés, enquanto bate a massa. — Só me deixe terminar isto.

Nathaniel sinaliza para eu me sentar, e cautelosamente ocupo uma cadeira. A cozinha fica nos fundos da casa e é cheia de luz e sol. Flores em jarros de cerâmica estão em toda parte. Há um antigo fogão, uma mesa de madeira sem verniz e uma meia-porta aberta para o exterior. Enquanto me pergunto se deveria estar puxando conversa, uma galinha entra e começa a ciscar no chão.

— Ah, uma galinha! — exclamo antes que eu possa me conter.

— É, uma galinha. — Posso ver Iris me olhando com diversão marota. — Nunca viu uma galinha antes?

Só no balcão gelado da Waitrose. A galinha vem bicando na direção dos meus pés com sandálias abertas e eu os puxo rapidamente para baixo da cadeira, tentando parecer que pretendia fazer isso de qualquer modo.

— Pronto. — Iris pega a massa, molda-a com eficiência numa forma redonda num tabuleiro, abre a pesada porta do forno e coloca dentro. Em seguida lava as mãos farinhentas na pia e se vira para mim.

— Então você quer aprender a cozinhar. — Seu tom é amigável mas profissional. Sinto que esta é uma mulher que não desperdiça palavras.

— Sim. — Sorrio. — Por favor.

— Coisas chiques tipo *cordon bleu* — entoa Nathaniel, que está encostado no fogão.

— E quanto você já cozinhou na vida? — Iris enxuga as mãos numa toalha xadrez. — Nathaniel disse que nada. Não pode ser verdade. — Ela dobra a toalha e me sorri pela primeira vez. — O que você sabe fazer? Qual é o seu básico?

Seu intenso olhar azul me deixa meio nervosa. Reviro o cérebro tentando pensar em alguma coisa que sei fazer.

— Bem... eu sei... sei fazer... é... torrada. — Digo. — Torrada seria o meu básico.

— *Torrada?* — Ela parece pasma. — Só torrada?

— E torrada de pão-de-minuto — acrescento rapidamente. — Torrada de bolinhos... qualquer coisa que vá numa torradeira...

— Mas e *cozinhar?* — Ela dobra a toalha numa barra de aço no fogão e me olha mais atentamente. — E quanto a... uma omelete? Sem dúvida você sabe fazer omelete.

Engulo em seco.

— Na verdade, não.

A expressão de Iris é tão incrédula que sinto as bochechas em chamas.

— Nunca fiz economia doméstica na escola — explico. — Nunca aprendi a fazer refeições.

— Mas sua mãe, certamente... ou sua avó... — Ela pára quando balanço a cabeça. — *Ninguém?*

Mordo o lábio. Iris expira com força, como se absorvesse a situação pela primeira vez.

— Então você não sabe cozinhar nada. E o que prometeu fazer para os Geigers?

Ah, meu Deus.
— Trish queria menus para uma semana. Então eu... bem... dei um, parecido com isto. — Sem graça, pego o menu do Maxim's amarrotado na bolsa e entrego.

— Cordeiro assado com cebolas miúdas *assemblé* com *fondant* de batatas e crosta de queijo de cabra, acompanhado por purê de espinafre com cardamomo — lê ela em voz alta, com voz incrédula.

Ouço uma fungadela e vejo Nathaniel tendo um ataque de riso.

— Era só isso que eu tinha! — exclamo na defensiva. — O que iria dizer: iscas de peixe com fritas?

— "Assemblé" é só frescura. — Iris ainda está olhando o papel. — Isso é uma torta de carne metida a besta. Podemos ensiná-la a fazer. E a truta assada com amêndoas é bastante simples... — Ela vai passando o dedo pela página e depois ergue os olhos, com a testa franzida. — Posso lhe ensinar a fazer esses pratos, Samantha. Mas não vai ser fácil, se você realmente nunca cozinhou antes. — Ela olha para Nathaniel. — Não sei bem...

Quando vejo sua expressão sinto uma pontada de alarme. Por favor, não diga que vai recuar.

— Eu aprendo depressa. — Inclino-me à frente. — E vou trabalhar duro. Farei o que for necessário. Quero, quero realmente fazer isso.

Olho-a séria, tentando passar a mensagem. *Por favor. Preciso disso.*

— Certo — diz Iris finalmente. — Vamos fazer você cozinhar.

Ela abre um armário para pegar uma balança e eu aproveito a oportunidade para enfiar a mão na bolsa e pegar um bloco e uma caneta. Quando Iris se vira e me vê, parece achar curioso.

— Para quê é isso? — Ela sacode a cabeça na direção do bloco.

— Para tomar notas — explico. Anoto a data e "Lição de Culinária nº 1", sublinho e levanto os olhos. Iris está balançando a cabeça lentamente.

— Samantha, você não vai tomar notas. Cozinhar não tem a ver com escrever. Tem a ver com provar. Sentir. Tocar. Cheirar.

— Certo. — Assinto com ar inteligente.

Devo lembrar isso. Rapidamente tiro a tampa da caneta e anoto: "Cozinhar = provar, cheirar, sentir etc." Tampo a caneta de novo e levanto os olhos. Iris está me examinando com incredulidade.

— Provar — diz ela tirando a caneta e o papel das minhas mãos. — Não escrever. Você precisa usar seus sentidos. Seus instintos.

Ela ergue a tampa de uma panela em fervura baixa no fogão e enfia uma colher dentro.

— Prove isto.

Cautelosamente ponho a colher na boca.

— Molho — digo imediatamente. — Delicioso! — acrescento educadamente.

Iris balança a cabeça.

— Não diga o que você acha que é. Diga que gosto você sente.

Encaro-a perplexa. Sem dúvida é uma pergunta capciosa.

— Sinto gosto de... molho.

A expressão dela não muda. Está esperando outra coisa.

— É... carne? — experimento.

— O que mais?

Minha mente está vazia. Não consigo pensar em mais nada. Quero dizer: é molho. O que mais a gente diz sobre molho?

— Prove de novo. — Iris está implacável. — Precisa se esforçar mais.

Meu rosto está ficando quente enquanto luto em busca de palavras. Sinto-me a criança burra do fundo da sala que não sabe a tabuada de dois.

— Carne... água... — Tento desesperadamente pensar no que mais entra nos molhos. — Farinha! — digo numa inspiração súbita.

— Samantha, não pense em identificar o gosto. Só diga qual é a sensação. — Iris estende a colher pela terceira vez. — Prove de novo. E desta vez feche os olhos.

Fechar os olhos?

— Certo. — Ponho uma colherada na boca e fecho os olhos obedientemente.

— Agora. Que gosto você sente? — A voz de Iris está no meu ouvido. — Concentre-se nos sabores. Em nada mais.

Os olhos fechados com força, bloqueio todo o resto e concentro toda a atenção na boca. Só tenho consciência do líquido quente e salgado na boca. *Sal.* Este é um sabor. E doce... e... há outro gosto enquanto engulo...

É quase como cores aparecendo. Primeiro as luminosas e óbvias, depois as mais suaves que a gente quase deixa de notar...

— Tem gosto de sal e carne... — digo lentamente, sem abrir os olhos. — E de algo doce... e... quase frutoso? Como cerejas?

Abro os olhos me sentindo meio desorientada. Iris está me examinando com atenção. Atrás dela noto subitamente Nathaniel, também observando. Ao vê-los fico meio sem graça. Percebo que provar molho de olhos fechados é uma coisa bastante íntima. Não sei se quero alguém me olhando.

Iris parece entender.

— Nathaniel — diz ela depressa —, vamos precisar de ingredientes para todos esses pratos. — Ela escreve uma longa lista e entrega a ele. — Vá correndo pegar para nós, querido.

Enquanto ele sai da cozinha ela me olha com um leve sorriso nos lábios.

— Foi muito melhor.

— Santa macarronada, Batman, ela conseguiu? — digo cheia de esperança, e Iris inclina a cabeça para trás, rindo.

— Ainda não, querida, nem de longe. Aqui, ponha isso. — Iris me entrega um avental de listras vermelhas e brancas e eu o amarro em volta do corpo, meio sem jeito.

— É muita gentileza sua me ajudar — digo hesitando enquanto ela pega cebolas miúdas e algum legume laranja que não reconheço. — Agradeço mesmo.

— Gosto de um desafio. — Seus olhos brilham. — Fico entediada. Nathaniel faz tudo para mim. Demais, algumas vezes.

— Mas mesmo assim. Você nem me conhecia...

— Gostei de como ele falou de você. — Iris puxa uma pesada tábua de cortar. — Nathaniel contou como você saiu da encrenca na outra noite. Para isso é preciso de um bocado de espírito.

— Eu precisava fazer alguma coisa. — Dou-lhe um sorriso sem graça.

— E em resultado eles lhe ofereceram aumento de salário. Maravilhoso. — Quando ela sorri, rugas finas aparecem em volta dos olhos como fogos de artifício. — Trish Geiger é uma mulher muito tola.

— Eu gosto de Trish — digo sentindo uma pontada de lealdade.

— Eu também. — Iris assente. — Ela apóia muito o Nathaniel. Mas você deve ter notado que ela tem pouco cérebro, ou nenhum. — Iris parece tão casual que sinto vontade de rir. Fico olhando enquanto ela põe uma gigantesca panela brilhante no fogão, depois se vira e me olha, de braços cruzados. — Então você os enganou completamente.

— É. — Sorrio. — Eles não fazem idéia de quem sou.

— E quem é você?

Sua pergunta me pega totalmente de surpresa. Abro a boca mas nenhuma palavra sai.

— Seu nome é realmente Samantha?
— É! — digo chocada.
— Isso foi meio grosseiro. — Iris levanta a mão, admitindo. — Mas uma garota chega numa cidadezinha, vinda de lugar nenhum, e pega um emprego que é incapaz de fazer... — Ela pára como se escolhesse as palavras. — Nathaniel disse que você saiu de um relacionamento ruim.
— É — murmuro de cabeça baixa. Sinto o olhar esperto de Iris me avaliando.
— Não quer falar sobre isso, não é?
— Na verdade, não. Não. Não quero.
Quando levanto os olhos há um fio de compreensão no olhar dela.
— Por mim, tudo bem. — Iris pega uma faca. — Agora vamos começar. Enrole as mangas, prenda o cabelo e lave as mãos. Vou lhe ensinar a cortar uma cebola.

Passamos o fim de semana inteiro cozinhando.
Aprendo a fatiar uma cebola fininha, virar do outro lado e produzir cubos minúsculos. Aprendo a cortar ervas com uma lâmina redonda. Aprendo a esfregar farinha e moer gengibre para colocar em pedaços de carne, depois pôr numa panela quentíssima de ferro fundido. Aprendo que as massas têm de ser feitas com mãos rápidas e frias, perto de uma janela aberta. Aprendo o truque de descascar feijão-fradinho em água fervente antes de fazê-los sauté na manteiga.
Há uma semana eu nem sabia o que significava sauté.
Entre um aprendizado e outro, sento-me na escada dos fundos com Iris, olhando as galinhas ciscarem na terra

e tomando café fresco acompanhado por um bolinho de abóbora ou um sanduíche de queijo salgado com alface em pão feito em casa.

— Coma e desfrute — diz Iris a cada vez, entregando minha parte, depois balança a cabeça consternada quando começo a comer. — Não tão depressa. Demore! *Sinta o gosto* da comida!

Na tarde de domingo, sob a orientação calma de Iris, faço frango assado com recheio de sálvia e cebolas, brócolis ao vapor, cenoura com perfume de cominho e batatas assadas. Quando tiro a enorme assadeira de dentro do forno, paro um momento e deixo o ar quente, com cheiro de frango, subir acima de mim. Nunca senti um cheiro mais caseiro na vida. O frango está dourado; a pele crocante, rachada, pintalgada com a pimenta que moí antes; os sucos ainda borbulhando na assadeira.

— Hora do molho — grita Iris do outro lado da cozinha. — Tire o frango e ponha no prato... e cubra. Precisamos mantê-lo quente... Agora incline a assadeira. Está vendo esses glóbulos de gordura flutuando na superfície? Precisa tirar isso com a colher.

Enquanto fala, ela está terminando a cobertura de uma torta de ameixa. Bota alguns pedacinhos de manteiga e coloca no forno, depois, sem interrupção, pega um pano e enxuga a superfície. Fiquei observando-a o dia inteiro, movendo-se com rapidez e precisão pela cozinha, provando enquanto anda, totalmente no controle. Não há sentimento de pânico. Tudo acontece como deveria.

— Isso mesmo. — Ela está do meu lado, olhando enquanto mexo o molho. — Continue... vai engrossar num minuto...

Não acredito que estou fazendo molho. *Fazendo molho.*

E — como tudo o mais nesta cozinha — está dando certo. Os ingredientes obedecem. A mistura dos sucos do frango, caldo e farinha, de algum modo está se transformando num líquido suave e perfumado.

— Muito bem! — diz Iris. — Agora ponha nesta bela jarra quente... tire qualquer pedacinho flutuante... viu como foi fácil?

— Acho que você é mágica — digo na bucha. — Por isso, tudo funciona aqui. Você é uma bruxa da cozinha.

— Uma bruxa da cozinha! — Ela dá um risinho. — Gosto disso. Agora venha. Tire o avental. Hora de curtir o que fizemos. — Ela tira o avental e estende a mão para a minha. — Nathaniel, terminou de arrumar a mesa?

Nathaniel esteve entrando e saindo da cozinha durante todo o fim de semana e eu fiquei acostumada com sua presença. De fato, estive tão concentrada em cozinhar que mal o notei. Agora ele está arrumando a mesa de madeira com um jogo americano feito de junco, velhos talheres com cabo de osso e guardanapos de xadrez clarinho.

— Vinho para as cozinheiras — diz Iris, pegando uma garrafa na geladeira e abrindo-a. Serve-me uma taça e sinaliza para a mesa. — Sente-se, Samantha. Você fez muito, por um fim de semana. Deve estar morta.

— Estou bem! — respondo automaticamente. Mas quando me afundo na cadeira mais próxima percebo como estou exausta. Fecho os olhos e me sinto relaxar pela primeira vez nesse dia. Meus braços e as costas estão doendo de tanto cortar e misturar. Meus sentidos foram bombardeados com cheiros, sabores e novas sensações.

— Não caia no sono! — A voz de Iris me arranca de volta ao presente. — Esta é a sua recompensa! Nathaniel, amor, ponha o frango assado de Samantha ali. Você pode trinchar.

Abro os olhos e vejo Nathaniel levando a bandeja com o frango assado. Quando o vejo de novo, todo dourado, crocante e suculento, sinto um novo brilho de orgulho. Meu primeiro frango assado. Quase quero tirar uma foto.

— Não diga que você *fez* isso! — exclama Nathaniel incrédulo.

Ah, ha, ha. Ele sabe muito bem que fiz. Mas não evito sorrir de volta.

— Foi só uma coisinha que eu improvisei... — Dou de ombros, descuidadamente. — Como nós, chefes *cordon bleu*, fazemos.

Nathaniel trincha o frango com facilidade hábil e Iris serve os legumes. Quando todos estamos servidos ela se senta e levanta a taça.

— A você, Samantha. Você se saiu esplendidamente.

— Obrigada. — Sorrio e estou para tomar um gole de vinho quando percebo que os outros dois não se mexem.

— E ao Ben — acrescenta Iris baixinho.

— Nos domingos sempre lembramos do meu pai — explica Nathaniel.
— Ah. — Hesito, depois levanto minha taça.
— Agora. — Os olhos de Iris brilham e ela pousa a taça. — O momento da verdade. — Ela pega um pedaço de frango e olho-a mastigar. Tento esconder o nervosismo.
— Muito bom. — Iris balança a cabeça finalmente. — Muito bom mesmo.
Não consigo evitar um riso se espalhando no rosto.
— Verdade? Está bom?
Iris ergue a taça para mim.
— Santa batata frita, Batman. Ela sabe fazer frango assado, pelo menos.

Estou sentada à luz do fim de tarde, não falando muito, mas comendo e ouvindo a conversa dos outros dois. Contam histórias de Eddie e Trish, de quando eles tentaram comprar a igreja local e transformá-la numa pousada, e não consigo deixar de rir. Nathaniel delineia seus planos para o jardim dos Geigers e desenha um esboço da avenida de limeiras que criou na Marchant House. Quando se anima, desenha cada vez mais rapidamente, e suas mãos quase fazem sumir o toco de lápis que está usando. Iris percebe que olho com admiração e aponta para uma aquarela do lago do povoado, pendurada na parede.
— Ben fez aquilo. — E assente na direção de Nathaniel.
— Ele puxou ao pai.

A atmosfera é tão relaxada e tranqüila, muito diferente de qualquer refeição na minha casa. Não há ninguém ao telefone. Ninguém está correndo para ir a outro lugar. Eu poderia ficar sentada aqui a noite inteira.

Quando a refeição finalmente vai chegando ao fim eu pigarreio.

— Iris, só queria agradecer de novo.

— Eu gostei. — Iris come uma colherada de torta de ameixa. — Sempre gostei de ficar mandando nas pessoas.

— Mas verdade: estou agradecida demais. Não sei o que teria feito sem você.

— No próximo fim de semana faremos lasanha. E nhoque! — Iris toma um gole de vinho e enxuga a boca com o guardanapo. — Teremos um fim de semana italiano.

— No *próximo* fim de semana? — Encaro-a. — Mas...

— Você não acha que acabou, acha? — Ela uiva de tanto gargalhar. — Eu só comecei com você!

— Mas... não posso ocupar todos os seus fins de semana...

— Ainda não lhe dei o diploma — diz ela com aspereza alegre. — Portanto você não tem opção. Agora, com o quê mais você precisa de ajuda? Faxina? Lavagem de roupa?

Sinto uma pontada de embaraço. Ela sabe claramente da confusão em que me meti ontem.

— Não sei bem como usar a máquina de lavar — admito enfim.

— Vamos resolver isso. — Ela assente. — Vou aparecer na casa quando eles estiverem fora e dar uma olhada.

— E não sei pregar botões...

— Botões. — Iris pega um pedaço de papel e um lápis e anota, ainda mastigando. — Sabe fazer bainha?

— Ah...

— Fazer bainha. — Rabisca ela. — E passar? — Ela ergue os olhos, subitamente alerta. — Você deve ter tido de passar. Como se saiu dessa?

— Estou mandando a roupa para Stacey Nicholson — confesso. — No povoado. Ela cobra três libras por camisa.

— Stacey Nicholson? — Iris pousa o lápis. — Aquela pirralha?

— No anúncio ela dizia que era uma lavadeira experiente.

— Ela tem 15 anos! — Iris empurra a cadeira para trás, parecendo galvanizada. — Samantha, você *não* vai pagar a Stacey Nicholson para passar roupa. Vai aprender a fazer sozinha.

— Mas eu nunca...

— Vou ensinar. Qualquer um pode passar roupa. — Ela entra numa saleta ao lado, puxa uma velha tábua de passar roupa coberta com tecido florido e ajeita-a, depois me chama. — O que você precisa passar?

— Principalmente as camisas do Sr. Geiger — digo, juntando-me nervosa a ela perto da tábua.

— Certo. — Ela liga um ferro e vira o botão. — Quente, para algodão. Espere o ferro esquentar. Não há sentido em começar enquanto não estiver na temperatura certa. Agora vou lhe mostrar o modo certo de atacar uma camisa...

Iris revira uma pilha de roupa limpa na saleta, franzindo a testa.

— Camisas... camisas... Nathaniel, tire a camisa um momento.

Fico rígida. Quando olho Nathaniel vejo que ele se enrijeceu também.

— Mamãe! — ele dá uma risada sem jeito.

— Ah, não seja ridículo, querido — diz Iris impaciente. — Você pode tirar a camisa um momento. Ninguém está sem graça. Você não está sem graça, está, Samantha?

— Ah... — Minha voz sai meio granulosa. — Ah... não, claro que não...

— Bom, aqui é o vapor. — Ela aperta um botão no ferro e um jato de vapor salta no ar. — Sempre verifique se o compartimento de vapor tem água... Nathaniel! Estou esperando!

Através do vapor vejo Nathaniel desabotoando lentamente a camisa. Capto um vislumbre de pele lisa e bronzeada e baixo rapidamente o olhar.

Não sejamos adolescentes. E daí se ele está tirando a camisa? Não é grande coisa.

Ele joga a camisa para a mãe, que pega-a habilmente. Meus olhos estão estudadamente baixos. Não vou olhar para ele.

Não vou olhar para ele.

— Comece com o colarinho... — Iris está alisando a camisa na tábua de passar. — Bom, não precisa apertar com força. — Ela guia minha mão enquanto o ferro desliza pelo tecido. — Mantenha um toque suave...

Isso é ridículo. Sou uma mulher adulta, madura. Posso olhar um homem sem camisa sem cair aos pedaços. O que vou fazer é... só dar uma espiadinha casual. É. E tirar isso da cabeça.

— Agora a pala. — Iris vira a camisa na tábua e começo a apertar de novo. — Muito bem... Agora os punhos...

Levanto a camisa para virá-la — e ao fazer isso, acidentalmente-de-propósito levanto os olhos.

Santo Deus.

Não sei se o negócio de tirar da cabeça vai funcionar, afinal.

— Samantha! — Iris pega o ferro na minha mão. — Está queimando a camisa!

— Ah! — Volto a mim. — Desculpe. Eu... perdi a concentração.

— Suas bochechas parecem muito vermelhas. — Iris põe a mão curiosa no meu rosto. — Você está bem, querida?

— Deve ser o... é... o vapor. — Começo a passar outra vez, com o rosto parecendo uma fornalha.

Iris começa a me instruir de novo, mas não ouço sequer uma palavra. Enquanto movo o ferro às cegas para trás e para a frente estou pensando obsessivamente em a) Nathaniel, b) Nathaniel sem camisa, c) se Nathaniel tem namorada.

Por fim sacudo a camisa passada com perfeição, com todos os vincos no lugar certo.

— Muito bem! — diz Iris, aplaudindo. — Depois de um pouco de prática você poderá fazer isso em quatro minutos no máximo.

— Parece ótimo! — Nathaniel sorri estendendo a mão. — Obrigado.

— Tudo bem! — Consigo dar um guincho esganiçado, e rapidamente desvio olhar de novo, com o coração martelando.

Fantástico. Fantástico mesmo. Bastou uma olhada no seu corpo e estou com uma paixonite completa.

Honestamente eu achava que era uma pessoa um pouco mais profunda do que isso.

Treze

Ele não tem namorada.

Consegui arrancar essa informação de Trish ontem à noite, com o pretexto de perguntar sobre todos os vizinhos. Parece que houve uma garota em Gloucester — mas isso acabou há meses. O caminho está livre. Só preciso de uma estratégia.

Enquanto tomo banho e me visto na manhã seguinte, estou totalmente fixa nos pensamentos em Nathaniel. Sei que reverti ao comportamento de uma adolescente de 14 anos; que vou estar rabiscando "Samantha ama Nathaniel" com um coraçãozinho servindo de pingo do i. Mas não me importo. Afinal de contas, ser uma profissional madura e de alto nível não estava dando muito certo para mim.

Escovo o cabelo olhando para os campos verdes cobertos de névoa e sinto uma leveza inexplicável no coração. Não tenho motivo para estar tão feliz. No papel, tudo continua catastrófico. Minha carreira decolada acabou. Minha família não tem idéia de onde estou. Estou ganhando uma fração do que ganhava antes, num trabalho que implica pegar no chão a roupa de baixo suja dos outros.

No entanto não consigo deixar de cantarolar enquanto arrumo minha cama.

Minha vida mudou e estou mudando com ela. É como se a velha Samantha convencional e monocromática tivesse se desbotado até virar uma boneca de papel. Joguei-a na água e ela está se dissolvendo até o nada. E em seu lugar há uma nova eu. Uma eu com possibilidades.

Nunca corri atrás de homem antes. Mas, afinal, até ontem eu nunca havia assado um frango. Se posso fazer isso, posso convidar um homem para sair, não é? A velha Samantha teria ficado sentada esperando a abordagem. Bem, a nova Samantha, não. Já vi os programas de namoro na TV, conheço as regras. Tudo tem a ver com olhares, linguagem corporal e conversa cheia de flerte.

Vou ao espelho e, pela primeira vez desde que cheguei, examino minha aparência com um olhar honesto e inabalável.

Imediatamente me arrependo. A ignorância era melhor.

Para começar, *como* alguém pode parecer bonita num uniforme de náilon azul? Pego um cinto, prendo na cintura e puxo o uniforme até que a parte de baixo esteja uns dez centímetros mais curta, como usávamos na escola.

— Oi — digo ao meu reflexo, e casualmente jogo o cabelo para trás. — Oi, Nathaniel. Oi, Nat.

Agora só preciso de um monte de delineador preto mal aplicado e estarei de volta ao meu eu de 14 anos em todos os detalhes.

Pego a bolsa de maquiagem e passo uns dez minutos aplicando e tirando maquiagem, até conseguir algo que pareça natural e sutil, mas definido. Ou então que pareça que gastei dez minutos. Não faço idéia.

Agora vamos à linguagem corporal. Franzo a testa tentando lembrar as regras da TV. Se uma mulher se sentir atraída por um homem, suas pupilas se dilatam. Além disso, vai inconscientemente se inclinar adiante, rir das piadas dele e expor os pulsos e as palmas das mãos.

Experimentalmente me inclino para o reflexo, estendendo as mãos ao mesmo tempo.

Estou parecendo Jesus.

Tento acrescentar um riso de flerte.

— Ha, ha, ha! — Exclamo em voz alta. — Você me mata de rir!

Agora pareço um Jesus alegre.

Realmente não sei se isso vai melhorar minhas chances.

Vou para baixo, puxo as cortinas, deixando entrar o sol brilhante da manhã, e pego a correspondência no capacho. Estou folheando a *Revista de Propriedades dos Cotswolds* para ver quando custa uma casa por aqui, quando a campainha toca. Um cara de uniforme, segurando uma prancheta, está parado do lado de fora, com um furgão na entrada de veículos.

— Entrega da Equipamentos Chefe de Cozinha Profissional — diz ele. — Onde devo pôr as caixas?

— Ah, certo — digo apreensiva. — Na cozinha, por favor. Obrigada.

Equipamentos do Chefe de Cozinha Profissional. Acho que deve ser para mim, a Chefe Profissional. Eu meio que esperava que isso só chegasse daqui a alguns dias.

— O que é esse furgão, Samantha? — grita Trish, descendo a escada vestida com roupão e sandálias altas. — Flores?

— É o equipamento de cozinha que a senhora encomendou para mim! — De algum modo consigo um tom entusiasmado.

— Ah, *bom*! Finalmente. — Trish sorri de orelha a orelha. — Agora você vai poder nos atordoar com sua culinária! Esta noite será brema do mar com legumes à julienne, não é?

— É... sim! — engulo em seco. — Acho que é.

— Cuidado com as costas!

Pulamos de lado enquanto dois entregadores passam com caixas empilhadas nos braços. Sigo-os até a cozinha e olho a pilha crescente, incrédula. Quanta coisa os Geigers encomendaram, afinal?

— Bom, nós lhe compramos *tudo* — diz Trish, como se lesse minha mente. — Ande! Pode abrir! Tenho certeza que você mal pode esperar!

Pego uma faca e começo a abrir a primeira caixa, enquanto Trish rasga o plástico de outra com suas unhas de navalha. Da profusão de pedacinhos de isopor e plástico-bolha tiro uma... coisa brilhante, de aço inoxidável. Olho rapidamente a etiqueta na lateral da caixa. *Forma Savarin*.

— Uma forma savarin! — Exclamo. — Que maravilhoso. Exatamente o que eu queria.

— Nós só compramos *oito* dessas — diz Trish preocupada. — Basta?

— Ah... — Olho para aquela coisa, perplexa. — Deve ser suficiente.

— Agora as caçarolas. — Trish abriu uma caixa com brilhantes panelas de alumínio e estende uma para mim, cheia de expectativa. — Disseram que estas são as de melhor qualidade. Você concorda? Como chefe diplomada?

Olho a panela. É nova e brilhante. Só poderia dizer praticamente isso.

— Vamos dar uma olhada — digo tentando parecer profissional. Seguro a panela com jeito avaliador, depois levanto-a, passo o dedo pela borda e, para completar, bato na superfície com a unha. — Sim, esta é uma panela de boa qualidade — digo finalmente. — A senhora escolheu bem.

— Ah, *que bom!* — Trish ri de orelha a orelha, mergulhando em outra caixa. — E olhe *isso!* — Ela espalha espuma revelando uma geringonça de forma estranha, com cabo de madeira. — Eu nunca *vi* um negócio desse! O que é, Samantha?

Olho para aquilo em silêncio. O que será, em nome de Deus? Parece um cruzamento entre uma peneira, um ralador e um batedor. Olho rapidamente a caixa em busca de pistas, mas a etiqueta foi arrancada.

— O que é? — pergunta Trish de novo.

Qual é! Sou uma chefe diplomada. Obviamente sei o que é isso.

— Isto é usado para uma técnica culinária altamente especializada — digo finalmente. — Altamente especializada.

— O que você *faz* com isso? — Trish está olhando boquiaberta. — Mostre! — Ela empurra o cabo na minha direção.

— Bem. — Pego a coisa com ela. — É meio que... misturar... um movimento circular... manter o punho leve... — bato o ar rapidamente algumas vezes. — Mais ou menos assim. É difícil mostrar direito sem as... ah... as trufas.

Trufas? De onde isso veio?

— Na próxima vez em que for usar eu lhe mostro — acrescento, e rapidamente coloco na bancada.

— Ah, faça isso! — Trish parece deliciada. — Então, como se chama?

— Eu sempre conheci isso como um... batedor de trufas — digo finalmente. — Mas pode ter outro nome também. Quer uma xícara de café? — acrescento depressa. — E mais tarde desempacoto tudo.

Acendo o fogo da chaleira, pego o bule de café e olho pela janela. Nathaniel está caminhando pelo gramado.

Ah, meu Deus. Alerta total de paixonite. Paixonite completa, cem por cento adolescente e antiquada.

Não consigo afastar o olhar dele. A luz do sol está batendo nas pontas de seu cabelo castanho-amarelado e ele está usando jeans velhos, desbotados. Enquanto olho ele pega um enorme saco de alguma coisa, gira-o com facilidade e joga em algo que pode ser uma pilha de adubo.

Minha mente se enche de súbito com uma fantasia em que ele me pega do mesmo modo. Girando-me facilmente nos braços grandes e fortes. Quero dizer, não posso ser *muito* mais pesada do que um saco de batatas...

— Então, como foi seu fim de semana, Samantha? — Trish interrompe meus pensamentos. — Nós praticamente não a vimos! Foi à cidade?

— Fui à casa do Nathaniel — respondo sem pensar.

— Nathaniel? — Trish parece pasma. — O *jardineiro*? Por quê?

Percebo imediatamente meu erro gigantesco. Não posso dizer exatamente "Para ter aulas de culinária". Encaro-a idiotamente por alguns segundos, tentando inventar um motivo instantâneo, convincente.

— Só... para dizer olá, na verdade... — respondo por fim, sabendo que não sou convincente. E também que minhas bochechas estão ficando vermelhas.

De repente o rosto de Trish salta para a compreensão e seus olhos se arregalam muito, do tamanho de pratos.

— Ah, *sei* — diz ela. — Que *lindo!*

— Não! — respondo depressa. — Não é... Honestamente...

— Não se preocupe! — Trish me interrompe com ênfase. — Não vou dizer uma *palavra*. Sou a discrição em pessoa. — Ela encosta o dedo nos lábios. — Pode contar comigo.

Antes que eu possa dizer qualquer coisa ela pega seu

café e sai da cozinha. Sento-me em meio ao material de culinária e das caixas e fico mexendo com o batedor de trufas.

Essa foi mal. Mas acho que não importa. Desde que ela não diga nada inadequado a Nathaniel.

Então percebo que estou sendo idiota. *Claro* que ela vai dizer alguma coisa inadequada ao Nathaniel. Vai fazer alguma insinuação pretensamente sutil. E então quem sabe o que ele vai pensar? Pode ser realmente embaraçoso. Pode arruinar tudo.

Devo deixar a situação clara para ele. Dizer que Trish me entendeu mal e que não tenho paixonite por ele nem nada.

Ao mesmo tempo, obviamente, deixando claro que tenho.

Obrigo-me a esperar até ter feito o café-da-manhã para Trish e Eddie, guardado o novo equipamento de cozinha, misturado um pouco de azeite e suco de limão e colocado dentro os filés de brema do mar para esta noite, exatamente como Iris ensinou.

Então levanto o uniforme um pouco mais, coloco um pouco mais de delineador para dar sorte e saio ao jardim, segurando um cesto que achei na despensa. Se Trish quiser saber o que estou fazendo, estou colhendo ervas para cozinhar.

Depois de caminhar pelo jardim por um tempo encontro Nathaniel no pomar atrás do muro antigo, sobre uma escada, amarrando uma corda numa árvore. Enquanto vou até ele começo de súbito a me sentir ridiculamente nervosa. Minha boca está seca — e será que minhas pernas acabaram de *bambear*?

Meu Deus, é de pensar que eu teria alguma postura. É de esperar que o fato de ser advogada por sete anos teria me preparado um pouco melhor. Ignorando os tremores do melhor modo possível, vou até a escada, jogo o cabelo para trás e sorrio para ele, tentando não franzir os olhos sob o sol.

— Oi!

— Oi. — Nathaniel sorri para baixo. — Como vão as coisas?

— Ótimas, obrigada! Muito melhor. Por enquanto nenhum desastre...

Há uma pausa. Subitamente percebo que estou olhando com um pouco de intensidade demasiada para suas mãos apertando a corda.

— Eu estava querendo um pouco de... alecrim. — Indico meu cesto. — Você tem?

— Claro. Vou cortar um pouco. — Ele pula da escada e começamos a andar até a horta de temperos.

Está totalmente silencioso aqui, longe da casa, exceto por um ou outro inseto zumbindo e o som do cascalho pisado no caminho. Tento pensar em algo leve e fácil para dizer, mas meu cérebro está vazio.

— Está quente — consigo dizer por fim.

Fantástico.

— Ahã. — Nathaniel assente e passa com facilidade por cima do muro de pedras entrando na horta de temperos. Tento acompanhá-lo com um salto leve e prendo o pé no muro. Ai.

— Tudo bem? — Nathaniel se vira.

— Ótimo! — Eu rio, mesmo que meu pé esteja latejando em agonia. — Ah... lindos temperos! — Indico a horta ao redor, em admiração genuína. É organizada numa forma hexagonal, com pequenos caminhos entre cada seção. — Você fez tudo isso? É incrível.

— Obrigado. Estou satisfeito com ela. — Nathaniel sorri. — Pronto. Aí está o seu alecrim.

Ele pega uma tesoura num negócio de couro parecido com um coldre e começa a cortar um arbusto verde escuro e espinhento.

Meu coração começa a martelar. Tenho de dizer o que vim dizer.

— Então... ah... é bem esquisito — começo com o máximo de leveza que posso, apertando as folhas perfumadas de um arbusto farto. — Mas parece que Trish teve uma idéia errada a nosso respeito! Parece que ela acha que nós... Você sabe.

— Ah. — Ele assente, com o rosto virado.

— O que obviamente... é ridículo! — acrescento com outro riso.

— Ahã. — Ele corta mais alguns galhos de alecrim e os estende. — Basta para você?

— Na verdade eu gostaria de mais um pouco — digo e ele se vira de novo para o arbusto. — Então... não é ridículo? — acrescento desesperada, tentando instigá-lo a dar uma resposta de verdade.

— Bem, claro. — Por fim Nathaniel me olha direito, com a testa bronzeada franzida. — Você não vai querer se meter em nada, durante um tempo. Principalmente depois de um relacionamento ruim.

Olho-o inexpressiva. O que, afinal...?

Ah, é. Meu relacionamento ruim.

— Certo — digo depois de uma pausa. — É, isso. Droga.

Por que inventei um relacionamento ruim? O que estava *pensando*?

— Aqui está o seu alecrim. — Nathaniel põe um maço perfumado nos meus braços. — Mais alguma coisa?

— Ah... sim! — digo rapidamente. — Pode me dar um pouco de hortelã?

Olho enquanto ele anda com cuidado por sobre as fileiras de temperos até onde a hortelã cresce em grandes vasos de pedra.

— Na verdade... — Obrigo-me a parecer despreocupada. — Na verdade, o relacionamento não foi *tão* ruim. Na verdade acho que praticamente já superei.

Nathaniel ergue a cabeça, abrigando os olhos do sol.

— Você superou um relacionamento de sete anos em uma semana?

Agora que ele coloca desse modo, parece meio implausível. Remexo depressa na mente.

— Tenho grandes reservas de resistência — digo por fim. — Sou como... látex.

— Látex — ecoa ele, com a expressão ilegível.

Será que látex foi uma escolha ruim de palavra? Não. Ora, látex é sensual.

Nathaniel acrescenta a hortelã ao alecrim que está nos meus braços. Parece que tenta me avaliar.

— Mamãe disse... — Ele pára, sem jeito.

— O quê? — pergunto meio sem fôlego. Será que os dois conversaram sobre mim?

— Mamãe ficou pensando se você... sofreu maus-tratos. — Ele olha para longe. — Você é tão tensa e encrespada!

— Não sou tensa e encrespada! — retruco imediatamente.

Talvez isso tenha sido meio tenso e encrespado.

— Sou naturalmente encrespada — explico. — Mas não fui maltratada nem nada disso. Só que... sempre me senti... presa.

A palavra sai, me surpreendendo.

Tenho um clarão da minha vida na Carter Spink. Praticamente morando no escritório em algumas semanas. Sempre levando pilhas de trabalho para casa. Respondendo a e-mails a cada hora. Talvez eu me sentisse meio presa.

— Mas agora estou bem. — Balanço o cabelo para trás. — Pronta para ir em frente... e começar um novo relacionamento... ou algo mais casual... tanto faz...

Uma transa de uma noite serviria...

Olho-o, esforçando-me ao máximo para dilatar as pupilas e levanto casualmente a mão até a orelha, só para garantir. Há um silêncio imóvel, tenso, rompido apenas pelo zumbido dos insetos.

— Você provavelmente não deveria se apressar para uma coisa nova — diz Nathaniel. Ele se afasta sem me encarar e começa a examinar as folhas de um arbusto.

Há uma falta de jeito em suas costas. Sinto que estou corando enquanto percebo isso. Ele está me dispensando de leve. Não quer nada comigo.

Aargh. Isso é medonho. Aqui estou, com a parte de baixo do jaleco repuxada e o delineador, fazendo toda a linguagem corporal que conheço, basicamente me *oferecendo* a ele... E ele está tentando dizer que não se interessa.

Fico mortificada. Preciso sair daqui. De perto dele.

— Está certo — digo sem graça. — É... cedo demais para pensar em algo assim. Na verdade seria uma idéia terrível. Só vou me concentrar no emprego novo. Em cozinhar e... e... assim por diante. Preciso ir. Obrigada pelos temperos.

— Quando quiser — diz Nathaniel.

— É. Bem. Vejo você.

Apertando o maço de ervas com mais força, giro nos calcanhares, passo por cima da mureta, desta vez conseguindo não bater com o pé, e volto pelo caminho de cascalho até a casa.

Estou *mais do que* sem graça. Isso é que é a nova Samantha!

É a última vez que vou atrás de um homem. A última. Minha estratégia original de esperar educadamente, ser ignorada e depois dispensada em troca de outra era um milhão de vezes melhor.

*

De qualquer modo, não me importo. Na verdade é melhor. Porque *preciso* me concentrar no trabalho. Assim que volto para casa ajeito a tábua de passar roupa, ligo o ferro, sintonizo o rádio e faço uma xícara de café forte. Este vai ser meu foco de agora em diante. Fazer minhas tarefas do dia. E não alguma paixonite ridícula pelo jardineiro. Sou paga para realizar um trabalho e vou realizá-lo.

No meio da manhã passei dez camisas, coloquei um bocado de roupa na máquina de lavar, e espanei a estufa. Na hora do almoço, espanei e passei aspirador de pó em todos os cômodos do andar de baixo e poli todos os espelhos com vinagre. Na hora do chá, coloquei mais um bocado de roupa na máquina, piquei os legumes no processador de alimentos, medi o arroz natural para ser cozido no vapor e preparei cuidadosamente quatro embalagens de massa pronta para minhas tortinhas de frutas, como Iris ensinou.

Às dezenove horas joguei fora um lote de massa queimada, assei mais quatro, cobri com morangos e terminei com geléia de abricó esquentada. Fritei os legumes picados em azeite e óleo, até ficarem macios. Debulhei o feijão-fradinho. Coloquei a brema do mar no forno. Também tomei uns bons goles de vermute que eram para a couve-flor, mas tudo bem.

Meu rosto está completamente vermelho e o coração bate rápido, e me movo pela cozinha numa espécie de realidade acelerada... mas acho que me sinto bem. De fato, quase me sinto empolgada. Aqui estou, preparando uma refeição sozinha... e praticamente montada na situação! Afora o fiasco do cogumelo. Mas eles estão em segurança no lixo.

Arrumei a mesa de jantar com a melhor louça que encontrei e pus velas nos candelabros de prata. Tenho uma garrafa de Prosecco esperando na geladeira e esquentei os pratos que estão esperando no forno. E coloquei o CD de canções de amor de Enrique Iglesias, que Trish adora, no aparelho de som. Sinto como se estivesse dando meu primeiro jantar.

Com um tremor agradável na barriga, aliso o avental, abro a porta da cozinha e chamo:

— Sra. Geiger? Sra. Geiger?

O que preciso é de um gongo enorme.

— Sra. Geiger? — tento de novo.

Não há absolutamente qualquer resposta. Era de pensar que eles estivessem espreitando perto da cozinha a essa hora. Volto para a cozinha, pego um garfo e bato num copo, com força.

Nada. Onde eles *estão*?

Investigo os cômodos do térreo, mas estão todos vazios. Cautelosamente começo a avançar escada acima.

Talvez estejam num momento *Alegria do sexo*. Talvez eu devesse recuar.

— Ah... Sra. Geiger? — grito hesitante. — O jantar está servido.

Ouço vozes no fim do corredor enquanto dou mais alguns passos.

— Sra. Geiger?

De repente uma porta se abre com violência.

— *Para que serve* o dinheiro? — A voz de Trish vem esganiçada pelo ar. — Diga!

— Não preciso lhe dizer para que serve o dinheiro! — grita Eddie de volta. — Nunca precisei!

— Se você entendesse *alguma coisa*...

— Eu entendo! — Eddie parece apopléctico. — Não diga que não entendo!

Ceeeerto. Então provavelmente não é um momento *Alegria do sexo*. Começo a recuar em silêncio na ponta dos pés... mas é tarde demais.

— E *Portugal*? — berra Trish. — Lembra *daquilo*? — Ela sai do quarto num redemoinho de cor-de-rosa e pára ao me ver.

— Ah... o jantar está pronto — murmuro, os olhos fixos no tapete. — Senhora.

— Se você mencionar a *porcaria* de Portugal mais uma vez... — Eddie sai marchando do quarto.

— Eddie! — Trish o interrompe violentamente, depois faz um minúsculo gesto de cabeça na minha direção. — *Pas devant*.

— O quê? — pergunta Eddie com um muxoxo.

— *Pas devant les*... *les*... — Ela gira as mãos, como se tentasse conjurar a palavra que falta.

— *Domestiques*? — sugiro, sem jeito.

Trish me lança um olhar inexpressivo, depois se recompõe com dignidade.

— Estarei no meu quarto.

— O quarto também é meu, droga! — diz Eddie furiosamente, mas a porta já se fechou com estrondo.

— Ah... eu fiz o jantar... — consigo dizer, mas Eddie vai até a escada, me ignorando.

Sinto um jorro de consternação. Se a brema do mar não for comida logo, vai ficar toda murcha.

— Sra. Geiger? — Bato na porta. — Estou preocupada, o jantar pode estragar...

— E daí? — diz sua voz abafada. — Não estou com clima para comer.

Olho a porta, incrédula. Passei a droga do dia inteiro cozinhando para eles. Está tudo pronto. As velas acesas, os pratos no forno. Eles não podem simplesmente não comer.

— Vocês *têm* de comer! — grito. E Eddie pára na metade da escada. A porta do quarto se abre e Trish olha para fora, atônita.

— O quê? — diz ela.

Certo. Vamos com cuidado.

— Todo mundo precisa comer — improviso. — É uma necessidade humana. Então por que não discutir suas diferenças durante uma refeição? Ou adiá-las! Tomem uma taça de vinho, relaxem e concordem em não falar de... ah... Portugal.

Quando digo a palavra sinto pêlos se eriçando nos dois.

— Não fui eu que mencionei — rosna Eddie. — Achei que o assunto estava encerrado.

— Só mencionei porque você foi tão *insensível*... — A voz de Trish está subindo e ela afasta uma lágrima súbita dos olhos. — Como acha que *eu* me sinto, sendo sua... esposa troféu?

Troféu?
Preciso não rir.
— Trish. — Para minha perplexidade, Eddie está subindo a escada o mais rápido que sua pança permite. — *Nunca* diga isso. — Ele segura seus ombros e a olha com ferocidade nos olhos. — Nós sempre fomos parceiros. Você sabe. Desde Sydenham.
Primeiro Portugal. Agora Sydenham. Um dia terei de sentar com Trish e uma garrafa de vinho e arrancar dela toda a sua história de vida.
— Eu sei — sussurra Trish.
Ela está olhando Eddie como se ninguém mais existisse, e de repente sinto uma pequena pontada. Eles realmente se amam. Posso ver o antagonismo se dissolvendo devagar. É como testemunhar uma reação química num tubo de ensaio.
— Vamos comer — diz Eddie finalmente. — Samantha estava certa. Deveríamos ter uma bela refeição juntos. Sentar e conversar.
Ele me olha e eu sorrio de volta com alívio. Graças a Deus. A brema do mar ainda deve estar praticamente OK... só preciso colocar o molho numa jarra...
— Certo, vamos. — Trish funga. — Samantha, nós vamos jantar fora hoje.
Meu sorriso congela no rosto. O quê?
— Não se preocupe em cozinhar para nós — intervém Eddie, dando-me um tapinha jovial. — Pode ter a noite de folga!
O quê?

— Mas... eu cozinhei! — digo rapidamente. — Está pronto!

— Ah. Bem, não faz mal. — Trish faz um gesto vago. — Coma você.

Não. Não. Eles não podem fazer isso comigo.

— Mas está tudo pronto para vocês lá embaixo! Peixe assado... e legumes à julienne...

— Aonde vamos? — pergunta Trish a Eddie, não ouvindo uma palavra. — Vamos tentar o Mill House?

Enquanto fico ali parada, numa estupefação, ela desaparece no quarto, seguida por Eddie. A porta se fecha e sou deixada no corredor.

Meu jantar está arruinado.

Quando eles partiram à toda no Porsche de Eddie, vou à sala de jantar e lentamente retiro tudo. Guardo as taças de cristal, dobro os guardanapos e sopro as velas. Depois volto à cozinha e olho um momento para todos os meus pratos, arrumados e prontos para a ação. Meu molho, ainda borbulhando no fogo. Minhas guarnições de limão fatiado. Eu estava tão orgulhosa de tudo!

De qualquer modo, não há nada que eu possa fazer.

Minhas bremas do mar parecem sentir pena de si mesmas, mas coloco uma num prato e me sirvo de uma taça de vinho. Sento-me à mesa, corto um pedaço e levo à boca. Então pouso a faca e o garfo, sem provar. Não estou com fome.

Um dia inteiro desperdiçado. E amanhã terei de fazer tudo de novo. A idéia me dá vontade de afundar a cabeça nos braços e jamais levantá-la outra vez.

O que estou fazendo aqui?

Quero dizer, realmente. O que estou fazendo? Por que não saio agora e pego um trem de volta a Londres?

Enquanto estou ali, frouxa, percebo uma batida fraca na porta aberta. Levanto a cabeça e vejo Nathaniel encostado no portal, segurando sua mochila. Sinto um clarão de embaraço, quando lembro do encontro da manhã. Sem intenção, giro a cadeira ligeiramente para o outro lado e cruzo os braços.

— Oi — digo com um dar de ombros do tipo "se acha que estou interessada em você, está *muito* enganado".

— Pensei em dar uma passada e ver se você precisava de alguma ajuda. — Seu olhar percorre a cozinha, os pratos de comida intocada. — O que aconteceu?

— Eles não comeram. Saíram para jantar fora.

Nathaniel me olha por um momento, depois fecha os olhos brevemente e balança a cabeça.

— Depois de você passar o dia inteiro cozinhando para eles?

— A comida é deles. A casa é deles. Podem fazer o que quiserem.

Estou tentando parecer despreocupada e casual. Mas ainda posso sentir o desapontamento, pesado dentro de mim. Nathaniel pousa a mochila, vem até o fogão e inspeciona a brema do mar.

— Parece bom.

— Parece peixe cozido demais e frio — corrijo.

— Meu predileto. — Ele ri, mas não estou com clima para sorrir de volta.

— Então coma um pouco. — Indico o prato. — Ninguém mais vai comer.

— Bem, então é uma pena desperdiçar. — Ele se serve de tudo, fazendo um monte altíssimo no prato, depois se serve de uma taça de vinho e senta-se diante de mim.

Por um momento nenhum de nós fala. Nem estou olhando para ele.

— A você — Nathaniel levanta a taça. — Parabéns.

— É, tá bom.

— Sério, Samantha. — Ele espera com paciência até que afasto o olhar do chão. — Quer eles tenham comido ou não, isto é um verdadeiro feito. Quero dizer, puxa! — Sua boca se retorce bem-humorada. — Lembra-se do último jantar que você preparou nesta cozinha?

Dou um sorriso relutante.

— Quer dizer, o cordeiro do juízo final.

— Os *grãos-de-bico*. Nunca vou esquecer deles. — Nathaniel pega um pedaço de peixe, balançando a cabeça com incredulidade. — Isso está bom, por sinal.

Uma imagem me vem: aquelas minúsculas bolotas pretas; eu correndo num caos frenético; o merengue pingando no chão... e apesar de tudo quero rir. Desde então já aprendi muito.

— Bem, claro, eu teria me saído bem naquela noite se você não tivesse insistido em me *ajudar* — digo com ar superior. — Eu estava com tudo sob controle até que você entrou no caminho.

Nathaniel pousa o garfo, ainda mastigando. Por alguns instantes só me olha, os olhos azuis franzidos com alguma coisa — diversão, talvez. Sinto a quentura reveladora subindo às bochechas, e quando olho para baixo noto que minhas mãos estão pousadas na mesa, com as palmas para cima.

E estou inclinada para a frente, percebo num terror súbito. Minhas pupilas provavelmente estão com meio quilômetro de tamanho, também. Não ficaria mais claro se eu escrevesse na testa "estou a fim de você" com uma hidrográfica.

Levo as mãos rapidamente ao colo, sento-me empertigada e adoto uma expressão pétrea. Não superei a mortificação desta manhã. De fato, poderia aproveitar a oportunidade para dizer alguma coisa.

— Então... — começo, no instante em que Nathaneial começa a falar também.

— Diga. — Ele faz um gesto na minha direção e pega outro pedaço de peixe. — Você primeiro.

— Bem. — Pigarreio. — Depois de nossa... conversa hoje cedo, eu só ia dizer que você está certo quanto aos relacionamentos. Obviamente ainda não estou pronta para nada novo. Nem mesmo interessada. De jeito nenhum.

Pronto. Falei. Não estou totalmente certa de até que ponto fui convincente, mas pelo menos salvei um pouco a dignidade.

— O que você ia dizer? — pergunto colocando mais vinho em sua taça.

— Ia convidar você para sair — diz Nathaniel, e quase inundo a mesa com vinho.

Ia o quê?

O negócio das mãos *deu certo*?

— Mas não se preocupe. — Ele toma um gole de vinho. — Eu entendo.

Recuando. Preciso recuar, muito, muito depressa. Mas com sutileza, para que ele não *note* que estou recuando.

Ah, dane-se, simplesmente vou ser incoerente. Sou mulher, tenho o direito de ser.

— Nathaniel — obrigo-me a dizer com calma. — Eu adoraria sair com você.

— Bom. — Ele parece imperturbável. — Que tal na sexta à noite?

— Perfeito.

Quando rio de volta percebo subitamente que estou com fome. Puxo meu prato com brema do mar, pego a faca e o garfo e começo a comer.

Quatorze

Chego à manhã de sexta-feira sem qualquer calamidade maior. Pelo menos nenhuma de que os Geigers tomem notícia.

Houve o desastre do risoto de legumes na terça — mas graças a Deus consegui um substituto de última hora vindo do bufê de entregas. Houve uma camisola pêssego que, pensando bem, deveria ter sido passada com ferro mais frio. Houve o vaso de Dartington que quebrei enquanto tentava tirar a poeira com o acessório do aspirador de pó. Mas ninguém parece notar que ele sumiu, por enquanto. E o novo deve chegar amanhã.

Até agora esta semana só me custou duzentas libras, o que é um avanço enorme com relação à outra. Talvez eu até comece a ter lucro daqui a um tempo.

Estou pendurando as cuecas molhadas de Eddie na lavanderia, evitando olhá-las, do melhor modo que posso, quando ouço Trish me chamar.

— Samantha! Onde você *está*? — Não parece satisfeita e sinto um aperto por dentro. O que ela descobriu? — Não *posso* permitir que você continue andando por aí assim. — Trish chega à porta da lavanderia balançando a cabeça vigorosamente.

— Perdão? — espio-a.
— Seu *cabelo*. — Ela faz uma careta.
— Ah, certo. — Toco a parte descolorida, fazendo uma careta. — Pensei em dar um jeito neste fim de semana...
— Você vai dar um jeito agora — interrompe ela. — Minha *super* cabeleireira está aqui.
— Agora? — Encaro-a. — Mas... Preciso passar o aspirador.
— Não vou deixar você andando por aí feito uma bruxa. Pode compensar as horas depois. E vou descontar do seu salário. Venha. Annabel está esperando.
Acho que não tenho escolha. Jogo o resto das cuecas de Eddie na bancada e a acompanho escada acima.
— Bom, eu estava pensando em falar do meu cardigã de caxemira — acrescenta Trish séria quando chegamos ao topo. — O creme, sabe?
Merda. Merda. Ela descobriu que eu o substituí. Claro que descobriu. Eu deveria saber que ela não seria tão idiota...
— Não sei o que você fez com ele. — Trish sopra uma nuvem de fumaça e abre a porta do quarto. — Mas está *maravilhoso*. Aquela manchinha de tinta na bainha desapareceu completamente! Parece novo!
— Certo. — Dou um sorriso de alívio. — Bem... faz parte do serviço!
Acompanho Trish entrando no quarto, onde uma mulher magra com enorme cabeleira loura, jeans brancos e cinto de corrente dourada está arrumando uma cadeira no meio do cômodo.

— Olá! — Ela ergue os olhos, cigarro na mão, e percebo que deve ter uns sessenta anos. — Samantha! Ouvi falar *tudo* sobre você.

Sua voz é grave, a boca franzida com rugas de tanto tragar cigarro, e a maquiagem parece ter sido soldada na pele. É basicamente Trish, 15 anos depois. Adianta-se, examina meu cabelo e se encolhe.

— O que foi isso? Tentou fazer uma mecha? Ela dá uma gargalhada rouca da própria piada.

— Foi um... acidente com água sanitária.

— Acidente! — Ela passa os dedos pelo meu cabelo, estalando a língua. — Bom, não pode ficar desta cor. É melhor fazermos um belo louro. Você não se incomoda de ficar loura, não é, querida?

Loura?

— Nunca fui loura — digo alarmada. — Realmente não sei...

— Você tem a cor de pele certa para isso. — Ela está escovando meu cabelo.

— Bem, desde que não seja louro *demais* — digo depressa. — Não... você sabe, aquele louro platinado falso, de vagabunda...

Paro ao notar que as duas outras mulheres no quarto têm louro platinado falso, de vagabunda.

— Ou... ah... — engulo em seco, incapaz de levantar a cabeça. — Como você quiser. Verdade.

Sento-me na cadeira, enrolo uma toalha nos ombros e tento não me encolher enquanto Annabel coloca uma pasta de cheiro químico na minha cabeça e faz camadas do que parecem ser milhares de pedaços de folha de alumínio.

Loura. Cabelo amarelo. Barbies.

Ah, meu Deus. O que estou *fazendo*?

— Acho que foi um erro — digo abruptamente, tentando sair da cadeira. — Acho que não sou uma loura natural...

— Relaxa! — Anabel aperta meus ombros, obrigando-me a voltar ao assento, e põe uma revista na minha mão. Atrás, Trish está abrindo uma garrafa de champanha. — Você vai ficar linda. Uma garota bonita como você deveria *fazer* alguma coisa com o cabelo. Agora leia nossos signos.

— Signos? — digo perplexa.

— Horóscopo! — Annabel estala a língua. — Não é muito esperta, não é? — acrescenta baixo para Trish.

— É meio burrinha — murmura Trish um tanto discretamente. — Mas é *maravilhosa* para lavar roupas.

Então isso é que é ser uma mulher com lazer. Ficar sentada com folha de alumínio no cabelo, tomando Buck's Fizz e lendo revistas. Não leio nenhuma revista além de *O Advogado* desde que tinha uns 13 anos. Normalmente passo o tempo no cabeleireiro digitando e-mails ou lendo contratos.

Mas não consigo relaxar e curtir. Estou me sentindo cada vez mais apreensiva enquanto leio "Dez Maneiras de Saber se seu Biquíni é Pequeno Demais". Quando chego aos "Romances da Vida Real" e Annabel está secando meu cabelo, todo o meu corpo está retesado de medo.

Não posso ser loura. Simplesmente não é quem sou.

— Pronto! — Annabel dá um último sopro com o secador e o desliga. Há um silêncio. Não consigo abrir os olhos.

— *Muito* melhor! — diz Trish, aprovando.

Abro lentamente um olho. Depois o outro.

Meu cabelo não está louro.

É caramelo. Um caramelo quente com riscas de mel e fios finíssimos de ouro aqui e ali. Enquanto mexo a cabeça ele reluz.

Engulo em seco algumas vezes, tentando manter o controle. Quase acho que vou chorar.

— Você não acreditou em mim, não foi? — Annabel levanta as sobrancelhas no espelho, com um sorriso satisfeito nos lábios. — Achou que eu não sabia o que estava fazendo.

Ela é capaz de ler meus pensamentos tão obviamente, que fico abestalhada.

— Está maravilhoso — digo encontrando a voz. — Eu... Muito obrigada.

Estou em transe diante do reflexo. Não consigo afastar os olhos de meu novo eu, reluzente, caramelo, mel. Pareço viva. Pareço *colorida*.

Nunca voltarei à aparência de antes. Nunca.

Meu prazer não se desbota. Mesmo quando estou lá embaixo de novo empurrando o aspirador pela sala de estar. Sinto-me totalmente preocupada com o cabelo novo. Quando passo por qualquer superfície brilhante paro para me admirar e balanço o cabelo para ele cascatear numa chuva de caramelo.

Aspirador embaixo do tapete. *Clic*. Aspirador embaixo da mesinha de centro. *Clic. Clic.*

Nunca me ocorreu tingir o cabelo antes. O que mais andei perdendo?

— Ah, Samantha. — Ergo a cabeça e vejo Eddie entrando na sala, usando paletó e gravata. — Tenho uma reunião na sala de jantar. Gostaria que você fizesse café e levasse para nós.

— Sim, senhor. — Faço uma reverência. — Quantos são?

— Quatro no total. E uns biscoitos. Tira-gostos. Qualquer coisa.

— Claro.

Ele parece animado e com o rosto vermelho. Imagino o que será esta reunião. Quando vou para a cozinha olho com curiosidade pela janela da frente e vejo um Mercedes Série 5 estacionado na entrada, perto de um BMW conversível.

Hum. Provavelmente não é o vigário local.

Faço um bule de café, ponho numa bandeja, acrescento um prato de biscoitos e alguns bolinhos que comprei para o chá. Depois vou à sala de jantar e bato na porta.

— Entre!

Empurro a porta e vejo Eddie sentado com três homens de terno ao redor da mesa de jantar, com papéis à frente.

— Seu café — murmuro cheia de deferência.

— Obrigado, Samantha. — As bochechas de Eddie estão luzindo. — Poderia servir?

Pouso a bandeja no aparador e distribuo as xícaras. Enquanto faço isso não posso deixar de olhar os papéis — e imediatamente reconheço que são contratos.

— Ah... puro ou com leite? — pergunto ao primeiro homem.

— Puro, por favor. — Ele nem levanta a cabeça.

Enquanto sirvo o café, dou outra olhada casual. Parece algum tipo de investimento em propriedades. Será que Eddie está botando dinheiro em alguma coisa?

— Biscoito? — ofereço.

— Já sou doce o bastante. — O sujeito mostra os dentes num riso e eu sorrio de volta, educada. Que babaca!

— E então, Eddie. Você entende esse ponto agora? — Um homem de gravata roxa está falando numa voz macia e preocupada. — É bem claro quando a gente decifra o jargão.

Sinto uma lâmina de reconhecimento quando ele fala. Não que conheça seu rosto, mas conheço pessoas assim. Trabalhei com elas por sete anos. E sei instintivamente que o sujeito não está nem aí se Eddie entende.

— Sim! — Eddie dá um riso jovial. — É, tenho certeza que sim. — Ele olha o contrato, inseguro, depois pousa-o.

— Estamos tão preocupados com a segurança quanto você — diz o sujeito de gravata roxa, com um sorriso.

— Quando se trata de dinheiro, quem não se preocupa? — completa o primeiro.

Certo. O que, exatamente, está acontecendo aqui?

Enquanto vou ao próximo sujeito e sirvo seu café, o contrato fica claramente visível e passo os olhos por ele com velocidade treinada. É uma sociedade de incorporação imobiliária. Os dois lados colocando dinheiro... empreendimento imobiliário... até agora, tudo no padrão...

Então vejo algo que me faz congelar, chocada. Está escrito com muito cuidado, numa pequena cláusula de aparência inócua no fim da página. Numa linha ela compromete Eddie a cobrir qualquer rombo. Sem reciprocidade, pelo que posso ver.

Se as coisas derem errado Eddie terá de pagar a conta. Será que ele *sabe*?

Estou totalmente pasma. Minha ânsia de pegar o contrato e rasgá-lo é quase avassaladora. Se fosse na Carter Spink esses caras não durariam dois minutos. Não somente eu jogaria o contrato fora como recomendaria ao meu cliente que...

— Samantha! — Recuo bruscamente à realidade e vejo Eddie franzindo a testa para mim e indicando o prato de biscoito.

Não estou na Carter Spink. Estou com uniforme de empregada doméstica e tenho de servir o café.

— Biscoito de chocolate? — De algum modo me obrigo a um tom educado enquanto ofereço o prato ao cara de cabelos escuros. — Ou um bolinho?

Ele simplesmente pega um sem notar minha presença e vou até Eddie, pensando depressa. Preciso alertá-lo de algum modo.

— Então. Chega de conversa. A aventura começa.
— O sujeito de gravata roxa está desatarraxando a tampa de uma elegante caneta tinteiro. — Depois de você.
— Ele a entrega a Eddie.

Ele vai assinar? *Agora*?

— Demore o quanto quiser — acrescenta o homem com um sorriso de dentes perfeitos. — Se quiser ler de novo.

Sinto um jorro de fúria súbita contra esses caras, com seus carros elegantes, gravatas roxas e vozes macias. Não vão roubar meu chefe. Não deixarei isso acontecer. Quando a caneta de Eddie encosta no papel eu me inclino.

— Sr. Geiger — digo com urgência. — Posso falar com o senhor um minuto, por favor? Em particular?

Eddie levanta a cabeça, chateado.

— Samantha! — diz ele com um humor pesado. — Estou no meio de um negócio importante. Importante pelo menos para mim! — Ele olha ao redor da mesa e os três homens riem com ar de puxa-sacos.

— É muito urgente — digo. — Não vai demorar.
— Samantha...
— Por favor, Sr. Geiger. *Preciso* falar com o senhor.

Por fim Eddie solta o ar, exasperado, e pousa a caneta.

— Certo. — Ele se levanta, leva-me para fora da sala e pergunta bruscamente: — O que é?

Encaro-o feito uma idiota. Agora que o tirei não faço idéia de como puxar o assunto. O que posso dizer?

Sr. Geier, eu recomendaria que olhasse de novo a cláusula 14.

Sr. Geiger, seus interesses não estão suficientemente protegidos.

É impossível. Não posso dizer nada. Quem vai aceitar conselho jurídico de uma doméstica?

A mão dele está na maçaneta. É minha última chance.

— O senhor pegou açúcar? — digo de repente.

— *O quê?* — Eddie me olha boquiaberto.

— Eu não lembrei — murmuro. — E não queria atrair atenção para o seu consumo de açúcar em público.

— Sim, peguei um cubo — diz Eddie, irritado. — Só isso?

— Bem... há outra coisa. Parece que o senhor vai assinar uns papéis lá.

— Isso mesmo. — Ele franze a testa. — Papéis particulares.

— Claro! — Engulo em seco. — Eu estava imaginando se o senhor tinha um advogado. Isso... é... me passou pela mente. Lembro que o senhor me disse para sempre ter muito cuidado com documentos.

Olho nos olhos dele, desejando que a mensagem chegue ao lugar certo. *Consulte um advogado, seu idiota.*

Eddie dá um riso jovial.

— É muita amabilidade sua, Samantha. Mas não precisa se preocupar. Não sou bobo. — Ele abre a porta e volta para dentro. — Onde estávamos, senhores?

Olho consternada enquanto ele pega a caneta de novo. Não posso fazê-lo parar. O idiota vai ser enganado.

Mas não se eu impedir.

— Seu café, Sr. Geiger... — murmuro entrando rapidamente na sala. Pego o bule, começo a servir e acidentalmente-de-propósito derramo na mesa.

— Aaargh!

— Meu Deus!

Há um tumulto completo enquanto o café se espalha num lago marrom-escuro sobre a mesa, encharcando os papéis e pingando no chão.

— Os contratos! — grita o homem de gravata roxa, irritado. — Sua idiota!

— Sinto muito, realmente — digo na minha voz mais abalada. — Sinto muito, sinto muito. O bule simplesmente... escorregou. — Começo a enxugar o café com uma toalha de papel, certificando-me de que ele se espalhe no resto da papelada.

— Temos cópias? — pergunta um dos homens, e eu congelo.

— Estavam todas na porcaria da mesa — diz o sujeito de cabelo escuro, exasperado. — Temos de mandar imprimir de novo.

— Sabe, já que vocês vão imprimir mais cópias, gostaria que imprimissem uma a mais, se não se importam. — Eddie pigarreia. — Acho que vou repassar ao meu advogado para dar uma olhada. Só para garantir.

Todos os homens trocam olhares. Sinto a consternação crescendo.

— Claro — diz o homem de gravata roxa, depois de uma pausa longa. — Sem problema.

Ah! Algo me diz que esse negócio talvez não seja feito, afinal de contas.

— Seu paletó, senhor? — Entrego-o com um sorriso. — E, de novo, sinto muitíssimo.

O bom da formação como advogado é que ela *realmente* nos ensina a mentir.

Também ensina a aceitar as broncas do patrão. O que é bem prático porque assim que Trish fica sabendo o que fiz sou obrigada a ficar na cozinha por vinte minutos enquanto ela anda de um lado para o outro, arengando.

— O Sr. Geiger está fazendo um negócio muito importante! — Ela inala furiosamente o cigarro, com o cabelo recém-tingido sacudindo nos ombros. — Essa reunião era crucial!

— Lamento muito, senhora — digo com os olhos baixos.

— Sei que você não entende essas coisas, Samantha. — Os olhos dela giram na minha direção. — Mas há muito dinheiro em jogo! Dinheiro do qual você provavelmente nem faz idéia.

Fique calma. Fique humilde.

— Muito dinheiro — repete Trish, com ar impressionante.

Ela está *morrendo de vontade* de contar mais. Posso ver a ânsia de se mostrar e a ânsia de permanecer discreta lutando em seu rosto.

— Uma quantia de *sete dígitos* — diz finalmente.
— Minha nossa. — Faço o máximo para parecer espantada.
— Nós temos sido muito bons com você, Samantha. Fizemos *todos* os esforços. — Sua voz lateja de ressentimento. — E esperamos que você faça todos os esforços em troca.
— Sinto muito — digo pela milionésima vez.
Trish me lança um olhar insatisfeito.
— Bem, espero muito mais cuidado esta noite.
— Esta noite? — ecôo perplexa.
— No jantar. — Trish levanta os olhos para o céu.
— Mas eu tenho esta noite de folga — digo alarmada. — A senhora disse que estava tudo bem, que eu poderia deixar um jantar frio...
Trish claramente esqueceu tudo sobre nossa conversa.
— Bem — diz ela com ar de intriga —, isso foi antes de você *jogar café* nos nossos convidados. Isso foi antes de passar toda a manhã sentada fazendo o cabelo.
O quê? Isso é tão injusto que nem consigo achar resposta.
— Francamente, Samantha, espero um pouco mais. Você ficará esta noite e servirá o jantar. — Ela me lança um olhar duro, pega uma revista e sai da cozinha.
Olho-a, com uma resignação familiar e pesada se esgueirando sobre mim. Isso aconteceu vezes demais, estou acostumada. Terei de cancelar meu encontro com Nathaniel. Outro encontro... outro cancelamento...
E então meus pensamentos param. Não estou mais na Carter Spink. Não preciso aceitar isso.

Saio da cozinha e encontro Trish na sala de estar.

— Sra. Geiger — digo com o máximo de ênfase que posso. — Lamento sobre o café e farei todos os esforços para melhorar. Mas preciso desta noite de folga. Assumi compromissos... e vou cumpri-los. Vou sair às sete conforme planejei.

Meu coração está batendo rápido quando termino. Nunca me impus assim na vida. Se algum dia falasse desse jeito na Carter Spink seria carne morta.

Por um momento Trish fica lívida. Depois, para minha perplexidade, dá um estalo irritado com a língua e vira uma página.

— Certo. Muito bem. Se é *tão* importante...

— É. — Engulo em seco. — É importante. Minha vida pessoal é importante.

Enquanto digo as palavras sinto-me animada. Quase quero falar mais uma coisa a Trish. Algo sobre prioridades, sobre equilíbrio...

Mas Trish já está concentrada no artigo sobre "A Dieta do Vinho Tinto — Como Ela Pode Funcionar Para Você". Não sei se ela gostaria de ser perturbada.

Quinze

Às sete horas daquela noite o humor de Trish se transformou de modo espantoso. Ou talvez não tão espantoso. Chego ao corredor de baixo e vejo-a saindo da sala de estar com um copo de coquetel, olhos injetados e rosto vermelho.

— Então! — diz benevolente. — Você vai sair com Nathaniel esta noite.

— Isso mesmo. — Olho-me no espelho. Escolhi uma roupa bem informal. Jeans, uma blusa simples, sandálias. Cabelo novo brilhante. Clic.

— Ele é um rapaz muito atraente. — Trish me olha com ar interrogativo por cima do copo. — Muito *musculoso*.

— É... é. Acho que sim.

— É isso que você vai usar? Ela passa os olhos pela minha roupa. — Não é muito chamativa, não acha? Deixe-me emprestar alguma coisa.

— Não me incomodo em não ser chamativa — começo, sentindo algum receio, mas Trish já desapareceu escada acima. Alguns instantes depois reaparece segurando uma caixa de bijuterias.

— Aqui estamos. Você precisa de um pouco de *brilho*.
— Pega um prendedor de cabelo, de strass, em forma de cavalo marinho. — Comprei em Monte Carlo!
— É... lindo! — digo olhando-o horrorizada. Antes que possa impedir, ela puxa meu cabelo de lado e o prende. E me olha, avaliando. — Não... acho que você precisa de uma coisa *maior*. Aqui. — Ela pega um grande besouro cheio de pedras e prende no meu cabelo. — *Pronto*. Está vendo como a esmeralda ressalta seus olhos?

Olho meu reflexo, sem fala. Não posso sair com um besouro brilhante na cabeça.

— E isso é muito chique! — Agora está pendurando uma corrente dourada na minha cintura. — Deixe-me pendurar os pingentes na...

Pingentes?

— Sra. Geiger... — começo, aturdida, enquanto Eddie sai do escritório.

— Acabei de pegar o orçamento para o banheiro — diz ele a Trish.

— Esse elefante cheio de brilho não é *lindíssimo*? — diz Trish, prendendo-o no cinto dourado. — E o sapo!

— Por favor — digo desesperada. — Não sei se preciso de nenhum elefante...

— Sete mil — Eddie me interrompe. — Parece bem razoável. Mais o imposto de valor agregado.

— Bem, quanto é o imposto? — pergunta Trish, remexendo na caixa. — Onde está aquele macaco?

Estou me sentindo uma árvore de natal. Ela vai colocando cada vez mais penduricalhos no cinto, para não mencionar o besouro. E Nathaniel chegará a qualquer momento... e vai me *ver*...

— Não sei! — retruca Eddie impaciente. — Quanto são dezessete e meio por cento de sete mil?

— Mil duzentos e vinte e cinco — respondo distraída.

Há um silêncio perplexo.

Merda. Isso foi um erro.

Levanto os olhos e vejo Trish e Eddie me espiando arregalados.

— Ah... sei lá — digo com um riso distraído. — Só tentei adivinhar. Então... tem mais algum pingente?

Nenhum dos dois me dá a mínima importância. Os olhos de Eddie estão fixos no papel que ele segura. Muito devagar ergue os olhos com a boca se mexendo estranhamente.

— Ela está certa — diz com voz estrangulada. — Está totalmente certa. É a resposta correta. — Ele bate no papel. — Está aqui!

— Ela está *certa*? — Trish inala com força. — Mas como...

— Você viu. — A voz de Eddie cresce até um guincho ridículo. — Ela fez de cabeça!

Os dois giram para me olhar de novo.

— Ela é *autista*? — Trish parece fora de si.

Ah, pelo amor de Deus. *Rain Man* tem de responder a muita coisa, se você me perguntar.

— Não sou autista! — respondo. — Só... sou boa com números. Não é grande coisa...

Para meu alívio gigantesco a campainha toca e vou atender. Nathaniel está parado à porta, parecendo um pouco mais elegante do que o usual, com jeans marrons e camisa verde.

— Oi — digo rapidamente. — Vamos.

— Espera! — Eddie bloqueia meu caminho. — Mocinha, talvez você seja muito mais inteligente do que imagina.

Ah, não.

— O que está acontecendo? — pergunta Nathaniel.

— Ela é um gênio da matemática! — diz Trish loucamente. — E nós descobrimos! É simplesmente extraordinário!

Lanço um olhar agonizado para Nathaniel, do tipo "ela está falando bobagem".

— Qual é sua formação escolar, Samantha? — pergunta Eddie. — Além de culinária.

Ah, meu Deus. O que eu disse na entrevista? Honestamente não lembro.

— Eu... estudei... é... aqui e ali. — Abro as mãos vagamente. — O senhor sabe...

— São as escolas de hoje. — Trish traga o cigarro com força. — Tony Blair deveria levar um *tiro*.

— Samantha — diz Eddie, cheio de si. — Vou cuidar da sua educação. E se você estiver preparada para trabalhar duro, veja bem, duro, tenho certeza que podemos lhe conseguir algumas qualificações.

Não. A coisa está piorando.

— Realmente não quero nenhuma qualificação, senhor — murmuro olhando para o chão. — Estou feliz como sou. Mas mesmo assim, obrigada.

— Não aceitarei um não como resposta! — insiste Eddie.

— Seja mais ambiciosa, Samantha! — diz Trish com paixão súbita, segurando meu braço. — Dê a si mesma uma chance na vida! Tente alcançar as estrelas!

Enquanto olho de um rosto a outro, não consigo deixar de me sentir tocada. Eles só querem o melhor para mim.

— Ah... bem... talvez. — Disfarçadamente me livro de todas as criaturas de bijuteria e coloco de volta na caixa. Depois olho para Nathaniel, que estava esperando pacientemente à porta. — Vamos?

— Então, o que foi aquilo? — pergunta Nathaniel enquanto começamos a andar pela rua do povoado. O ar é suave e quente, e meu cabelo novo está balançando leve, e a cada passo vejo os dedos dos pés, pintados com o esmalte rosa de Trish. — Você é um gênio da matemática?

— Não! — Não consigo deixar de rir. — Claro que não!

— Qual *é* sua formação, então?

— Ah... você não quer saber. — Dou-lhe um sorriso de descarte. — É muito chato.

— Não acredito nem um minuto. — Seu tom é leve mas insistente. — Você tinha uma carreira? Antes de vir para cá?

Dou alguns passos sem falar nada, os olhos no chão, tentando pensar no que dizer. Sinto os olhos de Nathaniel em mim, mas giro a cabeça, afastando-me do seu exame.

— Não quer falar nisso — diz ele finalmente.
— É... é difícil.
Nathaniel expira mais forte.
— Você sofreu muito?
Ah, meu Deus, ele ainda acha que sou uma esposa que sofreu abusos.
— Não! Não é isso. — Passo as mãos pelo cabelo. — É só... uma longa história.
Nathaniel dá de ombros.
— Temos a noite toda.
Quando encontro seu olhar firme sinto um puxão súbito, como se tivesse um anzol no peito. Quero contar a ele. Quero tirar todo esse fardo. Quem eu sou, o que aconteceu, como foi difícil. Dentre todas as pessoas, eu poderia confiar nele. Ele não contaria a ninguém. Entenderia. Manteria o segredo.
— Então. — Ele pára na rua com os polegares nos bolsos. — Vai me contar quem você é?
— Talvez — digo finalmente e me pego sorrindo. Nathaniel sorri de volta, os olhos se franzindo com uma facilidade lenta, deliciosa.
— Mas agora não. — Olho a rua dourada do povoado ao redor. — É uma noite linda demais para estragar com uma história de desastre e infortúnio. Conto mais tarde.
Vamos andando, passando por um antigo muro de pedras coberto por uma confusão de roseiras. Enquanto respiro o perfume delicioso sinto uma leveza súbita; quase euforia. A rua está pintalgada de suaves luzes no-

turnas e os últimos raios do sol são quentes nos meus ombros.

— Belo cabelo, por sinal — diz ele.

— Ah, obrigada. — Dou um sorriso despreocupado. — Na verdade não é nada. — *Clic*.

Atravessamos a ponte e paramos para olhar o rio. Galinhas d'água mergulham para pegar algas e o sol parece poças de âmbar na água. Um casal de turistas tira fotos um do outro e sinto um brilho de orgulho. Não estou visitando este lugar lindo, sinto vontade de informar. Eu *moro* aqui.

— Então, aonde vamos? — pergunto quando começamos a andar de novo.

— Ao pub. Tudo bem?

— Perfeito!

Enquanto nos aproximamos do The Bell vejo um pequeno grupo de pessoas do lado de fora: algumas paradas perto da porta; outras sentadas às mesas de madeira.

— O que eles estão fazendo? — pergunto perplexa.

— Esperando. O proprietário está atrasado.

— Ah. — Olho ao redor mas todas as mesas já estão ocupadas. — Bem, não faz mal. Podemos nos sentar aqui.

Empoleiro-me num velho barril — mas Nathaniel já foi para a porta do pub.

E... é esquisito. Todo mundo está se afastando para deixá-lo passar. Olho atônita quando ele enfia a mão no

bolso e pega um grande molho de chaves, depois espia ao redor e me vê.
— Venha — chama com um riso. — Hora de abrir.

Nathaniel é dono de um pub?
— Você é dono de um pub? — pergunto quando a confusão inicial da noite se acalma.

Estive olhando pasma durante 15 minutos enquanto Nathaniel servia cerveja, conversava com os clientes, dava instruções aos funcionários do bar e se certificava de que todo mundo estivesse feliz. Agora que a confusão inicial acabou, ele veio até onde estou empoleirada num banco de bar com um copo de vinho.

— Três pubs — corrige ele. — E não sou só eu. É o negócio da nossa família. O Bell, o Swan, lá em Bingley, e o Two Foxes.

— Uau. Mas... é tão movimentado! — Olho o pub ao redor. Cada cadeira parece ocupada, com pessoas se derramando para fora, no quintal minúsculo e na frente. O ruído de conversas é tremendo. — Como você consegue fazer isso e ser jardineiro?

— Certo, vou entregar o jogo. — Nathaniel levanta as mãos. — Não costumo servir com freqüência. Temos funcionários ótimos. Mas achei que seria divertido, esta noite.

— Então você não é realmente um jardineiro!

— Sou realmente um jardineiro. — Ele baixa a cabeça brevemente, ajeitando um descanso de chope. — Isto aqui são... negócios.

Há o mesmo tom de antes em sua voz. Como se eu tivesse pisado em alguma coisa sensível. Olho para outro lado — e minha atenção é captada pela foto de um homem de meia-idade na parede. Ele tem o queixo forte e os olhos azuis de Nathaniel, e as mesmas rugas ao redor dos olhos quando sorri.

— É o seu pai? — pergunto curiosa. — Parece maravilhoso.

— Ele era a vida e a alma. — Seus olhos se suavizam. — Todo mundo aqui o amava. — Ele toma um grande gole de cerveja e pousa o copo. — Mas escute. Não precisamos ficar aqui. Se você prefere ir a outro lugar, algum local mais elegante...

Olho o pub movimentado. A música toca acima do ruído de conversas e risos. Um grupo de fregueses se cumprimenta junto ao balcão com insultos animados. Dois turistas americanos idosos, com camisetas de Stratford, estão sendo orientados sobre cervejas locais por um barman com cabelos ruivos e olhos brilhantes. Do outro lado do salão teve início um jogo de dardos. Não me lembro da última vez em que estive numa atmosfera tão tranqüila e amigável.

— Vamos ficar. E eu vou ajudar! — Saio da banqueta e vou para trás do balcão.

— Já tirou cerveja antes? — Nathaniel me acompanha, achando divertido.

— Não — digo pegando um copo e colocando sob uma das torneiras. — Mas posso aprender.

— Certo. — Nathaniel rodeia o bar. — Incline o copo assim... agora puxe.

Puxo a torneira e um jorro de espuma é cuspido.
— Droga!
— Devagar... — Ele passa os braços em volta de mim, guiando minhas mãos. — Assim está melhor...

Hum, isso é legal. Ele está me dizendo alguma coisa, mas não ouço uma palavra. Estou numa névoa de felicidade, envolvida por seus braços fortes. Acho que vou fingir que sou lenta em aprender a tirar cerveja. Talvez possamos ficar assim a noite inteira.

— Sabe — começo virando a cabeça para ele. E então paro quando meus olhos focalizam alguma coisa. Há uma antiga placa de madeira na parede, declarando "Nada de Botas Enlameadas, Por Favor" e "Nada de Roupas de Trabalho". Embaixo, outro aviso foi pregado. É escrito em papel já amarelado, com tinta de hidrográfica desbotada — e diz: NADA DE ADVOGADOS.

Olho aquilo, perplexa. Nada de advogados?
Estou lendo direito?

— Pronto. — Nathaniel ergue o copo cheio com um líquido âmbar e brilhante. — Sua primeira cerveja.

— É... fantástico! — digo. Obrigo-me a fazer uma pausa natural e depois sinalizo casualmente para o aviso.
— O que é isso?

— Não sirvo a advogados — responde ele com um meneio.

— Nathaniel! Venha aqui! — grita alguém na outra ponta do balcão e ele estala a língua, irritado.

— Só vou demorar um momento. — Em seguida toca a minha mão e se afasta. Imediatamente tomo um gole enorme de vinho. Ele não serve a advogados. Por que ele não serve a advogados?

Certo... fique calma, ordeno-me com firmeza. É uma *piada*. Obviamente é uma piada. Todo mundo odeia advogados, assim como todo mundo odeia corretores de imóveis e cobradores de impostos. É um fato aceito na vida.

Mas nem todos colocam avisos em seus pubs, colocam?

Enquanto estou ali sentada o barman ruivo chega perto de onde estou e pega um pouco de gelo no tanque.

— Oi — diz ele estendendo a mão. — Sou Eamonn.

— Samantha. — Aperto-a sorrindo. — Estou com o Nathaniel.

— Ele disse. — Os olhos do barman brilham. — Bem-vinda a Lower Ebury.

Enquanto o observo servindo, subitamente percebo que esse cara deve saber alguma coisa sobre o aviso.

— Escute — digo despreocupadamente quando ele volta. — Aquele aviso sobre advogados. É uma piada, não é?

— Na verdade, não — responde Eamonn, alegre. — Nathaniel não suporta advogados.

— Certo! — De algum modo consigo continuar sorrindo. — Ah... por quê?

— Desde que o pai dele morreu. — Eamonn põe no balcão um caixote com caixas de suco de laranja e eu vou até meu banco para vê-lo direito.

— Por quê? O que aconteceu?

— Houve um processo judicial entre ele e o conselho municipal. — Eamonn pára de trabalhar. — Nathaniel disse que o processo não deveria ter começado, mas os advogados convenceram Ben a fazer isso. Ele não estava bem de saúde e ficou cada vez mais estressado com aquilo, não conseguia pensar em mais nada. Então teve um ataque cardíaco.

— Meu Deus, que medonho — digo horrorizada. — E Nathaniel culpou os advogados?

— Ele acha que o processo nunca deveria ter sido aberto. — Eammon volta a levantar caixotes. — A pior coisa foi que, depois que Ben morreu, eles tiveram de vender um dos pubs. Para pagar as custas do processo.

Estou totalmente perplexa. Olho Nathaniel do outro lado do balcão, ouvindo um sujeito, com a testa muito franzida.

— O último advogado que entrou neste pub... — Eamonn se inclina num gesto conspiratório por cima do balcão. — Nathaniel deu um soco nele.

— Deu um *soco*? — Minha voz sai como um guincho petrificado.

— Foi no dia do enterro do pai. — Eamonn baixa a voz. — Um dos advogados do pai dele entrou aqui e Nathaniel deu um soco nele. Agora a gente provoca ele por causa disso.

O barman se vira para servir alguém e eu tomo outro gole de vinho, com o coração martelando de nervosismo.

Não vamos pirar de vez. Então ele não gosta de advogados. Isso não significa *eu*. Claro que não. Ainda posso ser honesta com ele. Ainda posso contar sobre meu passado. Ele não vai ficar contra mim. Certamente.

Mas e se ficar?

E se me der um soco?

— Desculpe. — De repente Nathaniel chegou diante de mim, o rosto caloroso e amigável. — Você está bem?

— Ótima! — digo animada demais. — Adorando.

— Ei, Nathaniel! — diz Eamonn, lavando um copo. Ele pisca para mim. — De quê você chama cinco mil advogados no fundo do oceano?

— Um começo! — As palavras pulam da minha boca antes mesmo que eu possa impedir. — Todos deveriam... apodrecer. Ir embora. Para o inferno.

Há um silêncio surpreso. Posso ver Eamonn e Nathaniel se entreolhando com sobrancelhas erguidas.

Certo. Mudar de assunto. Agora.

— Então! É... — Rapidamente me viro para um grupo parado perto do balcão. — Posso servir alguém?

No fim da noite tirei umas quarenta cervejas. Comi um prato de bacalhau com batata frita e meio prato de pegajoso pudim de caramelo — e derrotei Nathaniel nos dardos, diante de aplausos e gritos de todo mundo que olhava.

— Você disse que nunca tinha jogado! — diz ele incrédulo quando acerto meu duplo oito, da vitória.

— Não tinha — digo inocente. Não preciso mencionar que fiz arco e flecha na escola durante cinco anos.

Por fim Nathaniel avisa que é o último pedido, com um ressoante toque do sino, e uma boa hora depois os últimos retardatários vão para a porta, cada um parando para se despedir enquanto sai.

— Tchau.

— Saúde, Nathaniel.

Estive olhando o pessoal sair do pub — e, afora os turistas, todos se despediram de Nathaniel. Ele deve conhecer absolutamente todo mundo nesta cidade.

— Nós limpamos isso — diz Eamonn com firmeza enquanto Nathaniel começa a pegar copos, cinco de cada vez. — Dê isso aqui. Você vai querer curtir o resto da noite.

— Bem... certo. — Nathaniel lhe dá um tapa nas costas. — Obrigado, Eamonn. — Ele me olha. — Pronta para ir?

Quase com relutância desço da banqueta.

— Foi uma noite incrível — digo a Eamonn. — Foi ótimo conhecer você.

— Foi ótimo conhecer você também. — Ele ri. — Mande sua fatura.

Rio de volta, ainda animada com a atmosfera; com minha vitória nos dardos; com a satisfação de ter passado a noite *fazendo* alguma coisa. Nunca tinha tido uma noite assim.

Ninguém em Londres jamais me levou para um encontro num pub — quanto mais para o outro lado do balcão. Na minha primeira noite com Jacob ele me levou para ver *Les Sylphides* no Covent Garden e saiu depois de vinte minutos para atender a um telefonema dos Estados Unidos e não voltou. Disse no dia seguinte que ficou tão enrolado num ponto de lei de contrato comercial que esqueceu que eu estava lá.

E o pior foi que, em vez de dizer "Seu sacana!" e lhe dar um soco eu perguntei qual era o ponto de lei de contrato comercial.

Depois do calor regado a cerveja no pub, a noite de verão está fresca e calma. Enquanto começamos a andar ouço o riso leve dos que saíram do pub, mais à frente, e um carro sendo ligado ao longe. Não há lâmpadas nas ruas; a única luz vem de uma grande lua cheia e das janelas dos chalés com cortinas.

— Você curtiu? — Nathaniel parece meio ansioso. — Eu não pretendia que a gente ficasse lá a noite toda...

— Adorei, adorei realmente — digo entusiasmada. — É um pub fantástico. E nem consigo pensar em como é amigável. O modo como todo mundo conhece você! E o espírito do povoado. Todo mundo se importa com os outros. Dá para ver.

— Como você sabe disso? — Nathaniel parece achar divertido.

— Pelo modo como todo mundo dá tapinhas nas costas dos outros — explico. — Como, se alguém estivesse com problema, todo mundo iria se juntar em volta, de um modo caloroso. Dá para ver.

Ouço Nathaniel conter um riso.

— Ano passado ganhamos o prêmio de Cidade mais Calorosa — diz ele.

— Pode rir — retruco. — Mas em Londres ninguém

é caloroso. Se você cair morto na rua eles simplesmente o empurram na sarjeta. Depois de esvaziar sua carteira e roubar sua identidade. Isso não aconteceria aqui, não é?

— Bem, não. — Nathaniel faz uma pausa, pensativo. — Se você morrer aqui, todo o povoado se junta ao redor da cama e canta o lamento do povoado.

Minha boca se retorce num sorriso.

— Eu sabia. Jogando pétalas de flores?

— Naturalmente. — Ele confirma com a cabeça. — E fazendo bonequinhas de milho cerimoniais.

Caminhamos em silêncio por alguns instantes. Um pequeno animal atravessa a rua correndo, pára e nos olha com dois minúsculos faróis amarelos, depois vai rapidamente para a cerca viva.

— Como é o lamento? — pergunto.

— Mais ou menos assim. — Nathaniel pigarreia e canta em voz monótona, grave e triste. — Ah, não. Ele se foi.

Sinto um riso explosivo por dentro, que, de algum modo consigo conter.

— E se for mulher?

— Bem observado. Então cantamos um lamento diferente. — Ele respira fundo e canta de novo, exatamente no mesmo tom sem melodia: — Ah, não. Ela se foi.

Minha barriga está apertada na tentativa de não rir.

— Bem, não temos lamentos em Londres — digo.
— Nós vamos em frente. Somos ótimos em nos mover, os londrinos. Somos ótimos em ficar adiante.

— Eu conheço os londrinos. — Nathaniel parece esquisito. — Morei em Londres um tempo.

Encaro-o boquiaberta ao luar. Nathaniel morou em Londres? Tento, e não consigo, visualizá-lo pendurado no suporte do metrô, lendo o jornal.

— Sério? — digo finalmente e ele confirma com a cabeça.

— E odiei. Sério.

— Mas o que... por que...

— Fui garçom no ano antes de ir para a universidade. Meu apartamento ficava na frente de um supermercado vinte e quatro horas. Ficava iluminado a noite inteira com umas tiras fluorescentes muito fortes. E o barulho... — Ele se encolhe. — Em dez meses que morei lá, nunca tive um instante de escuridão total e silêncio total. Nunca ouvi um pássaro. Nunca vi as estrelas.

Instintivamente inclino a cabeça para olhar o límpido céu noturno. Devagar, enquanto os olhos se ajustam à escuridão, as minúsculas cabeças de alfinete começam a aparecer sobre ele, formando redemoinhos e padrões que nem consigo começar a decifrar. Ele está certo. Também nunca vi as estrelas em Londres.

— E você? — A voz dele me traz de volta à terra.

— Como assim?

— Você ia me contar sua história. Como veio parar aqui.

— Ah. — Sinto um espasmo de nervosismo. — É, certo. Ia mesmo. Ainda que ele mal consiga me ver no escuro, minha mente trabalha do melhor modo possível depois de três copos de vinho.

Preciso dizer alguma coisa. Talvez consiga manter no mínimo. Dizer a verdade sem mencionar a parte de ser advogada.

— Bem — digo finalmente. — Eu estava em Londres. Num... num...

— Relacionamento — instiga ele.

— É... é. — Engulo em seco. — Bem. As coisas deram errado. Entrei num trem... e vim parar aqui.

Há um silêncio cheio de expectativa.

— É isso — acrescento.

— É *isso*? — Nathaniel parece incrédulo. — Essa é a longa história?

Ah, meu Deus.

— Olha. — Viro-me para olhá-lo ao luar, com o coração martelando. — Eu sei que ia contar mais. Mas os detalhes são realmente importantes? Importa o que eu fazia... ou era? O ponto é que estou aqui. E acabo de ter a melhor noite da minha vida. De toda a vida.

Dá para ver que ele quer me questionar; chega a abrir a boca. Então sua expressão cede e ele se vira sem dizer o que era.

Sinto um aperto de desespero. Talvez tenha arruinado tudo. Talvez devesse contar a verdade. Ou inventar alguma história tortuosa sobre algum namorado maligno.

Voltamos a caminhar pela noite, sem falar. O ombro de Nathaniel roça no meu. Então sinto sua mão. Seus dedos roçam nos meus casualmente a princípio, como se por acidente — depois, devagar, se entrelaçam nos meus.

Sinto uma tensão por dentro à medida que todo o corpo reage, mas de algum modo consigo não prender o fôlego. Nenhum de nós diz uma palavra. Não há som, a não ser nossos passos na rua e uma coruja distante piando. A mão de Nathaniel está firme em volta da minha. Sinto os calos ásperos de sua pele; o polegar roçando sobre o meu.

Ainda assim nenhum de nós falou. Não sei se *consigo* falar.

Paramos na entrada de veículos dos Geigers. Ele me olha em silêncio, a expressão quase grave. Sinto a respiração ficando mais densa; travando-se intermitentemente. Não me importa se é óbvio que eu o quero.

De qualquer modo, nunca fui muito boa com regras.

Ele solta minha mão e passa as duas mãos pela minha cintura. Agora está me puxando lentamente. Fecho os olhos, preparando-me.

— Pelo amor de Deus! — diz uma voz inconfundível. — Você não vai *beijá-la*?

Pulo e abro os olhos. Nathaniel está igualmente chocado e dá um passo para longe automaticamente. Giro e — para meu horror absoluto, Trish está se inclinando para fora de uma janela do andar de cima, segurando um cigarro e olhando direto para nós.

— Não sou *puritana*, vocês sabem — diz Trish. — Podem se beijar!

Lanço adagas furiosas contra ela. Será que nunca ouviu a palavra "privacidade"?

— Andem! — A brasa de seu cigarro brilha enquanto ela o balança. — Não se incomodem comigo!

Não me incomodar com ela? Sinto muito, mas não vou fazer isso tendo Trish como espectadora. Olho insegura para Nathaniel, que parece tão sem graça quanto eu.

— Será que deveríamos... — paro, sem saber o que vou sugerir.

— Não está uma linda noite de verão? — acrescenta Trish, como se batesse papo.

— Linda — grita Nathaniel de volta, educadamente.

Encaro-o e de súbito sinto um riso incontrolável subindo por dentro. Isso é desastroso. O clima se quebrou por completo.

— Ah... obrigada por uma noite fantástica — digo tentando manter o rosto impávido. — Eu me diverti muito.

— Eu também. — Os olhos dele estão de um tom quase índigo nas sombras, sua boca retorcida com diversão. — Então. Vamos conceder o barato da Sra. Geiger? Ou deixá-la num insuportável frenesi de frustração?

Os dois olhamos para Trish, ainda inclinada avidamente pela janela. Como se fizéssemos parte de um espetáculo e a qualquer momento eu fosse dançar com Nathaniel.

— Ah... Acho que ela provavelmente merece o insuportável frenesi de frustração — digo com um sorriso minúsculo.

— Então, vejo você amanhã?

— Estarei na casa da sua mãe às dez horas.

— Vejo você, então.

Nathaniel estende a mão e mal roçamos as pontas dos dedos antes de ele se virar e ir embora. Olho-o desaparecer no escuro, depois me viro de cabeça baixa e vou até a casa; todo o meu corpo ainda está pulsando.

É bom cortar o barato de Trish. Mas e quanto ao *meu* insuportável frenesi de frustração?

Dezesseis

No dia seguinte sou acordada por Trish batendo com força na minha porta.

— Samantha! Preciso falar com você! Agora!

Não são nem oito horas de uma manhã de sábado. Onde é o incêndio?

— Está bem! — grito sonolenta. — Espere um segundo!

Saio cambaleando da cama, a cabeça cheia com lembranças deliciosas de ontem à noite. A mão de Nathaniel na minha... Os braços de Nathaniel me envolvendo...

— Sim, Sra. Geiger? — Abro a porta e vejo Trish parada, de roupão, o rosto vermelho e os olhos injetados. Ela põe a mão sobre o telefone sem fio que está segurando.

— Samantha. — Seus olhos estão mais estreitos do que nunca e há um estranho tom de triunfo em sua voz. — Você mentiu para mim, não foi?

Sinto um clarão incandescente de choque e meu estômago cai no pé. Como ela... como ela pôde...

— Não mentiu? — Ela me lança um olhar penetrante. — Tenho certeza que sabe do que estou falando.

Minha mente corre frenética por todas as mentiras que contei a Trish, até chegar a "sou empregada doméstica". Pode ser qualquer coisa. Pode ser algo pequeno e insignificante. Ou ela pode ter descoberto tudo.

— Não sei a quê a senhora está se referindo — digo em voz gutural. — Senhora.

— Bem. — Trish vem até mim, farfalhando seu roupão de seda. — Como pode imaginar, estou *muito* chateada por você nunca ter me contado que fez *paella* para o embaixador espanhol.

Minha boca se escancara. O embaixador o quê?

— Outro dia eu lhe perguntei se tinha cozinhado para alguma pessoa notável. — Trish arqueia a sobrancelha em reprovação. — Você nem *mencionou* o banquete para trezentas pessoas na Mansion House.

O quê? Ela perdeu o juízo?

Certo, será que Trish tem sido bipolar todo esse tempo? Isso explicaria muita coisa.

— Sra. Geiger — digo um tanto nervosa —, gostaria de se sentar?

— Não, obrigada! — responde ela cheia de irritação. — Ainda estou ao telefone com Lady Edgerly.

O chão parece balançar embaixo de mim. *Freya está ao telefone?*

— Lady Edgerly... — Trish ergue o telefone ao ouvido. — A senhora está certa, ela é despretensiosa *demais...* — E ergue os olhos. — Lady Edgerly gostaria de trocar uma palavra com você.

Trish me entrega o telefone e, numa névoa de incredulidade, levo-o ao ouvido.

— Alô?

— Samantha? — A voz rouca e familiar de Freya irrompe no meu ouvido como um mar de estalos. — Você está bem? Que *diabos* está acontecendo?

— Estou... bem! — Olho para Trish, que continua parada a aproximadamente dois metros. — Só vou... a algum lugar um pouco mais...

Ignorando os olhos de laser de Trish, retiro-me para o quarto e fecho a porta com força. Então levo o telefone ao ouvido de novo.

— Estou bem! — Sinto um jorro de alegria por estar falando com Freya de novo. — É incrível falar com você!

— Que diabo está acontecendo? — pergunta ela de novo. — Recebi um recado que não fazia sentido! Você é *empregada doméstica*? Isso é alguma confusão?

— Não. — Olho para a porta, depois entro no banheiro e ligo o ventilador. — Sou uma empregada doméstica em tempo integral — digo em voz mais baixa. — Deixei o emprego na Carter Spink.

— Você *se demitiu*? — pergunta Freya incrédula. — Assim, sem mais nem menos?

— Não me demiti. Fui... mandada embora. Cometi um erro e eles me demitiram.

Ainda é difícil dizer. Ou mesmo pensar.

— Você foi mandada embora por causa de um simples *erro*? — Freya parece ultrajada. — Jesus Cristo, essa gente...

— Não foi um simples erro — interrompo-a no meio do fluxo. — Foi um erro grande, importante. De qualquer modo, foi isso que aconteceu. E decidi fazer alguma coisa diferente. Virar empregada doméstica por um tempo.

— Decidiu virar empregada doméstica — ecoa Freya devagar. — Samantha, você perdeu totalmente a cabeça?

— Por que não? — digo na defensiva. — Você é que dizia que eu devia dar um tempo.

— Mas *empregada doméstica?* Você não sabe cozinhar!

— Bom, sei.

— Quero dizer, você *realmente* não sabe cozinhar! — Agora ela está rindo. — Já vi você cozinhando. E sua faxina inexistente.

— Eu sei! — Uma onda de histeria me domina. — No início foi um certo pesadelo. Mas estou meio... aprendendo. Você ficaria surpresa.

— Você tem de usar avental?

— Tenho um uniforme de náilon medonho... — Agora estou fungando de riso. — E chamo os dois de senhora... e senhor... e faço reverências...

— Samantha, isso é insano — diz Freya entre engasgos de riso. — Absolutamente insano. Você não pode ficar aí. Vou resgatá-la. Vou voltar de avião amanhã...

— Não! — respondo com mais veemência do que pretendia. — Não! Eu... estou me divertindo. Está tudo bem.

Há um silêncio cheio de suspeitas do outro lado da linha. Droga. Freya me conhece bem demais.

— Com um homem? — A voz provocadora chega finalmente.
— Talvez. — Sinto um riso involuntário chegar ao meu rosto. — É.
— Detalhes?
— Ainda está começando. Mas ele... você sabe. É legal. — Rio idiota para meu próprio reflexo no espelho do banheiro.
— Bem, mesmo assim. Você sabe que só estou a um telefonema de distância. Pode ficar na nossa casa...
— Obrigada, Freya. — Sinto uma pontada de afeto por ela.
— Sem problema. Samantha?
— Sim? — Há um longo silêncio até eu achar que a linha pode ter sido cortada.
— E a advocacia? — diz Freya por fim. — E ser sócia? Sei que peguei no seu pé por causa disso. Mas era o seu sonho. E vai simplesmente abandonar?
Sinto uma pontada de tristeza profunda, enterrada.
— Aquele sonho acabou — digo rapidamente. — Sócios não cometem erros de cinqüenta milhões de libras.
— *Cinqüenta milhões de libras?*
— É.
— Meu Deus. — Ela ofega, parecendo chocada. — Eu não fazia idéia. Não consigo imaginar como você suportou tudo isso...
— Está tudo bem — interrompo-a. — Superei. Verdade.
Freya suspira.

— Sabe, tive a sensação de que alguma coisa estava acontecendo. Tentei mandar um e-mail para você pelo site da Carter Spink. Mas sua página havia sumido.

— Verdade? — Sinto uma pontada pequena e estranha por dentro.

— Então pensei... — Ela pára, e posso ouvir algum tipo de tumulto ao fundo. — Ah, merda. Nosso transporte chegou. Escute, ligo para você logo...

— Espera! — digo ansiosa. — Antes de desligar, Freya, por que, *diabos*, você falou a Trish sobre o embaixador espanhol? E a Mansion House?

— Ah, isso. — Ela dá um risinho. — Bom, ela ficou fazendo perguntas, por isso achei melhor inventar alguma coisa. Falei que você sabe dobrar guardanapos na forma de uma cena do Lago dos Cisnes... e fazer esculturas de gelo... e que uma vez David Linley pediu sua receita de canudinhos de queijo...

— Freya... — fecho os olhos.

— Na verdade inventei um monte de coisas. Ela adorou! Tenho de ir, querida. Amo você.

— Amo você também.

O telefone fica mudo e eu permaneço imóvel por um momento, com o banheiro subitamente silencioso sem a voz rouca de Freya em meio ao clamor de fundo da Índia.

Olho o relógio. Nove e quarenta e cinco. Só tenho tempo de dar uma olhada.

Três minutos depois estou sentada à mesa de Eddie, batendo os dedos enquanto espero que a conexão com a internet funcione. Perguntei a Trish se poderia mandar um e-mail para Lady Edgerly. Ela se mostrou solícita em abrir o escritório para mim e ficar esperando atrás da cadeira. Até que pedi educadamente para ela sair.

A página de Eddie se abre e imediatamente digito www.carterspink.com.

Quando o familiar logotipo roxo aparece e descreve um círculo de 360 graus na tela, sinto todas as velhas tensões retornando, como folhas subindo do fundo de um poço. Respiro fundo, clico rapidamente e passo pela introdução, indo direto a Advogados. A lista surge — e Freya está certa. Os nomes vão direto de Snell a Taylor. Sem Sweet.

Eu expiro, dizendo a mim mesma para ser racional. Claro que eles me tiraram. Fui demitida, o que mais eu esperava? Essa era minha velha vida e não estou mais preocupada com ela. Deveria simplesmente fechar o computador, ir para a casa de Iris e esquecer disso. É o que eu deveria fazer.

Em vez disso me pego usando o mouse e digitando "Samantha Sweet" na caixa de buscas. "Sem resultados" surge alguns instantes depois, e fico olhando, pasma.

Sem resultado? Em nenhum lugar de todo o *site*? Mas... e na seção de mídia? Ou Arquivos de Notícias?

Rapidamente clico na caixa de Contratos Feitos e procuro "Euro-Sal, fusão, DanCo". Foi um grande negócio feito no ano passado e eu cuidei das finanças. O relatório aparece na tela, com o cabeçalho "Carter Spink orienta fusão de 20 bilhões de libras". Meus olhos percorrem o texto familiar. "A equipe da Carter Spink foi liderada em Londres por Andold Saville, com os advogados Guy Ashby e Jane Smilington."

Paro incrédula, depois volto e leio o texto com mais cuidado, procurando as palavras que faltam — deveria estar escrito "e Samantha Sweet". Mas as palavras não estão lá. Não estou lá. Rapidamente clico em outro negócio feito, a aquisição da Conlon. *Sei* que estou neste relatório. Já li, pelo amor de Deus. Eu estava na equipe, tenho uma lápide para provar.

Mas também não sou mencionada aqui.

Meu coração martela enquanto vou de um negócio a outro, recuando um ano. Dois anos. Cinco anos. Eles me apagaram. Alguém repassou meticulosamente todo o site e retirou meu nome. Fui apagada de todos os negócios em que me envolvi. É como se nunca tivesse existido.

Respiro fundo, tentando ficar calma. Mas a raiva está borbulhando, quente e forte. Como eles ousam mudar a história? Como ousam me apagar? Eu lhes dei sete anos da minha *vida*. Não podem simplesmente me bloquear do lado de fora; fingir que nunca sequer estive na folha de pagamento.

Então um novo pensamento me acerta. Por que se incomodaram em fazer isso? Outras pessoas saíram da firma e não foram completamente apagadas. Por que sou um embaraço tão grande? Olho a tela em silêncio por um momento. Depois, lentamente, digito www.google.com e coloco "Samantha Sweet" na caixa. Acrescento "advogada" para garantir, e aperto enter.

Um instante depois a tela se enche de texto. Enquanto examino os itens sinto como se tivesse sido acertada na cabeça.

> ... o desastre de **Samantha Sweet**...
> ... descoberta, **Samantha Sweet** desapareceu sem dar notícias, deixando os colegas...
> ... ouviu falar de **Samantha Sweet**...
> ... piadas sobre **Samantha Sweet**. Como você chama um advogado que...
> ... **Samantha Sweet** foi demitida da Carter Spink...

Um depois de outro. Sites de advogados, serviços de notícias jurídicas, blogs de estudantes de direito. É como se todo o mundo jurídico estivesse falando de mim pelas costas. Atordoada, clico na página seguinte — e há ainda mais. E na próxima página, e na próxima.

Sinto-me como se estivesse examinando uma ponte desmoronada. Olhando os danos; percebendo pela primeira vez como a devastação é ruim.

Nunca posso voltar.

Eu sabia.

Mas acho que não *sabia* de verdade. Não no fundo do estômago. Não onde é importante.

Sinto uma umidade na bochecha e pulo de pé, fechando todas as páginas; limpando o histórico, para o caso de Eddie ficar curioso. Desligo o computador e olho a sala silenciosa ao redor. É aqui que estou. Não lá. Aquela parte da minha vida acabou.

*

O chalé de Iris está idílico como sempre quando corro até a porta da frente, sem fôlego. Na verdade, ainda mais idílico agora, com um ganso andando com suas gansas.

— Olá. — Ela ergue a cabeça sorrindo, sentada com uma xícara de chá. — Você parece apressada.

— Só queria chegar a tempo. — Olho o jardim ao redor mas não vejo sinal de Nathaniel.

— Nathaniel teve de ir consertar um vazamento num dos pubs — diz Iris, como se lesse meu pensamento. — Mas vai voltar depois. Enquanto isso vamos fazer pão.

— Ótimo! — Acompanho-a até a cozinha e ponho o mesmo avental listrado da outra vez.

— Já comecei — diz Iris indo até uma tigela grande e à moda antiga sobre a mesa. — Fermento, água quente, manteiga derretida e farinha. Misture tudo e você terá a massa. Agora vai amassar.

— Certo — digo de novo, olhando a massa com expressão vazia.

Ela me lança um olhar curioso.

— Você está bem, Samantha? Parece... meio desligada.

— Estou bem. — Tento sorrir. — Desculpe.

Ela está certa. Não pareço ligada. Ande. Concentre-se.

— Conheço pessoas que têm máquinas para fazer isso — diz ela, jogando a massa na mesa. — Mas é assim que fazemos do modo antigo. Nunca existirá um gosto melhor.

Ela aperta a massa algumas vezes.

— Está vendo? Dobre, vire um quarto de volta. Precisa usar um pouco de energia.

Cautelosamente mergulho as mãos na massa macia e tento imitar o que ela estava fazendo.

— É isso — diz Iris olhando atentamente. — Pegue um ritmo e realmente *trabalhe* a massa. Fazer pão é muito bom para aliviar o estresse — acrescenta com ar maroto. — Finja que está batendo em todos os seus piores inimigos.

— Farei isso! — consigo responder num tom animado.

Mas há um nó de tensão no meu peito, que não diminui enquanto amasso o pão. Na verdade, quanto mais dobro e viro a massa, pior aquilo fica. Não consigo impedir que a mente volte ao site. Não consigo impedir o fogo de injustiça dentro do peito.

Fiz coisas boas para aquela firma. Ganhei clientes. Negociei acordos. Não era um zero à esquerda.

Não era um *zero à esquerda*.

— Quanto mais você trabalhar a massa, melhor o pão ficará — diz Iris, vindo à mesa com um sorriso. — Pode sentir como ela está ficando elástica nas mãos?

Olho a massa nos dedos, mas não consigo me conectar com ela. Não consigo sentir o que Iris está falando. Meus sentidos não estão ligados. Minha mente está deslizando como um pássaro sobre gelo.

Começo a amassar de novo, com mais força do que antes, tentando capturar a sensação. Quero encontrar o contentamento que tive na última vez, aqui; aquele sentimento de simplicidade e pé no chão. Mas fico perdendo o ritmo; xingando de frustração quando os dedos grudam na massa. Meus braços estão doendo; o rosto, suando. E o tumulto por dentro de mim só vai ficando pior.

Como ousaram me apagar? Eu era uma boa advogada. *Eu era uma boa advogada, cacete.*

— Quer descansar? — Iris vem e toca o meu ombro. — É um trabalho duro quando a gente não está acostumada.

— Qual é o sentido? — As palavras disparam antes que eu possa impedir. — Quero dizer, qual é o sentido de tudo isso? Fazer pão. A gente faz e come. E depois ele vai embora.

Paro abruptamente, sem saber o que me deu. Minha respiração está curta e entrecortada. Não me sinto totalmente no controle de mim mesma.

Iris me olha atentamente.

— Você poderia dizer o mesmo com relação a toda comida — observa gentilmente. — Ou da vida em si.

— Exato. — Esfrego a testa com o avental. — Exato.

Não sei o que estou falando. Por que estou brigando com Iris? Preciso me acalmar. Mas sinto a agitação fermentando por dentro.

— Acho que chega de amassar — diz ela, pegando a massa comigo e batendo-a até ficar redonda.

— E agora? — pergunto tentando falar mais normalmente. — Devo pôr no forno?

— Ainda não. — Ela coloca a massa de volta na tigela e coloca em cima do fogão. — Agora esperamos.

— Esperamos? — Encaro-a. — Como assim, esperamos?

— Esperamos. — Ela coloca uma toalha de pratos em cima da tigela. — Meia hora deve bastar. Vou fazer uma xícara de chá.

— Mas... o *que* estamos esperando?

— Que o fermento cresça e faça sua mágica na massa. — Ela sorri. — Por baixo daquela toalha um pequeno milagre está acontecendo.

Olho a tigela, tentando pensar em milagres. Mas não está funcionando. Não consigo me sentir calma nem serena. Meu corpo está retesado demais; cada nervo salta de tensão. Eu costumava controlar meu tempo até cada minuto. Cada segundo. E agora devo esperar o fermento? Devo ficar aqui, de avental, esperando um... *fungo*?

— Desculpe — ouço-me dizendo. — Não consigo fazer isso. — Vou para a porta da cozinha e saio para o jardim.

— O quê? — Iris vem atrás, enxugando as mãos no avental. — Querida, o que há de errado?

— Não consigo fazer isso! — Viro-me para ela. — Não consigo... simplesmente ficar sentada com paciência, esperando que o fermento faça seu número.

— Por que não?

— Por que é uma tremenda perda de tempo! — Seguro a cabeça, frustrada. — É uma tremenda perda de tempo. Tudo isso!

— O que você acha que deveríamos estar fazendo, então? — pergunta ela com interesse.

— Alguma coisa... *importante*. Certo? — Vou até a macieira e volto, incapaz de ficar parada. — Alguma coisa construtiva.

Olho para Iris, mas ela não parece ofendida. Em vez disso parece se divertir.

— O que é mais construtivo do que fazer pão?

Ah, meu *Deus*. Sinto uma ânsia de gritar. Está tudo bem para ela, com suas galinhas, seu avental e nenhuma carreira destroçada na internet.

— Você não entende nada — digo à beira das lágrimas. — Desculpe, mas não entende. Olha... eu vou embora.

— Não vá. — A voz de Iris é surpreendentemente firme. No momento seguinte está à minha frente, pondo as mãos nos meus ombros, me olhando com os olhos azuis penetrantes.

— Samantha, você teve um trauma — diz em voz gentil. — E isso a afetou muito profundamente...

— Eu *não tive* um trauma! — Giro para longe, fora de seu alcance. — Simplesmente... não consigo fazer isso, Iris. Não posso fingir que sou isso. Não sou padeira, certo? *Não sou* uma rainha do lar. — Olho o quintal ao redor, desesperada, como se procurasse alguma pista. — Não sei mais quem sou. Não faço a mínima idéia.

Uma única lágrima escorre pelo meu rosto e eu a enxugo com força. Não vou chorar na frente de Iris.

— Não sei quem sou. — Eu expiro com mais calma. — Nem qual é meu objetivo... nem para onde vou na vida. Nem nada.

Minha energia se foi e afundo na grama seca. Alguns instantes depois Iris vem e se agacha ao meu lado.

— Não importa — diz ela em voz suave. — Não se critique por não saber todas as respostas. Nem sempre sabemos quem somos. Não é preciso ter o quadro geral, nem saber para onde estamos indo. Algumas vezes basta saber o que vamos fazer em seguida.

Por um tempo não digo nada. Deixo suas palavras correrem pela minha cabeça, como água fria numa dor de cabeça.

— E o que vou fazer em seguida? — digo finalmente, dando de ombros desamparada.

— Vai me ajudar a debulhar favas para o almoço. — Ela parece tão casual que não consigo evitar um meio sorriso.

Acompanho Iris humildemente para dentro de casa, pego uma grande tigela de favas e começo a debulhar, como ela me mostra. Cascas num cesto no chão. Grãos na bacia. De novo, de novo e de novo.

Fico um pouco mais calma à medida que mergulho na tarefa. Eu nem sabia que as favas vinham em vagens assim.

Para ser honesta, toda a minha experiência com favas foi pegá-las num pacote coberto de plástico na Waitrose, colocar na geladeira, tirar uma semana depois do prazo de validade se esgotar e jogar no lixo.

Mas isto é a coisa de verdade. É assim que elas são, arrancadas do solo. Ou... colhidas nos galhos. Sei lá.

Cada vez que abro uma é como encontrar uma fileira de jóias verde-claras. E quando ponho uma na boca, é como...

Ah, certo. Precisa ser cozida.

Eca.

Quando terminei com as favas amassamos o pão de novo. Moldamos, colocamos em formas e depois temos de esperar mais meia hora para crescer de novo. Mas, de algum modo, desta vez não me incomodo. Fico sentada à mesa com Iris, tirando cabinhos de morangos e ouvindo o rádio até que é hora de colocar as formas de pão no forno. Então Iris enche uma bandeja com queixo, salada de feijão, biscoitos e morangos e levamos para fora, para uma mesa arrumada à sombra de uma árvore.

— Pronto — diz ela, colocando um pouco de chá gelado numa jarra de vidro. — Está melhor?

— Sim. Obrigada — digo sem jeito. — Desculpe o que fiz antes. Eu só...

— Samantha, está tudo bem. — Ela me olha brevemente, enquanto corta o queijo. — Não precisa se desculpar.

— Mas preciso sim. — Respiro fundo. — Agradeço de verdade, Iris. Você tem sido tão gentil... e Nathaniel...

— Ouvi dizer que ele levou você ao pub.

— Foi incrível! — digo entusiasmada. — Você deve sentir tanto orgulho de ter isso na família!

Iris assente.

— Aqueles pubs são dos Blewetts há gerações. — Ela

se senta e nos serve de salada de feijão temperada com azeite e salpicada de ervas. Pego um bocado — e é absolutamente deliciosa.

— Deve ter sido difícil quando seu marido morreu — digo cautelosamente.

— Tudo ficou numa tremenda confusão. — Iris parece casual. Uma galinha vem até a mesa e ela a espanta. — Houve dificuldades financeiras, eu não estava bem. Se não fosse Nathaniel poderíamos ter perdido os pubs. Ele garantiu que voltassem aos trilhos. Pela memória do pai. — Os olhos de Iris se nublam um pouco e ela hesita, com o garfo a caminho da boca. — A gente nunca sabe o que vai acontecer, por mais que planeje. Mas você já sabe disso.

— Sempre pensei que minha vida seria de um determinado jeito — digo olhando o prato. — Tinha tudo mapeado.

— Mas não aconteceu assim?

Por alguns segundos não posso responder. Estou me lembrando do momento eu que soube que ia virar sócia. Aquele instante de júbilo não diluído, ofuscante. Quando pensei que minha vida finalmente havia se encaixado; quando achei que tudo estava perfeito.

— Não — digo tentando manter a voz firme. — Não aconteceu assim.

Iris está me espiando com olhos tão claros, simpáticos, que quase acho que ela pode ler minha mente.

— Não seja dura demais com você, querida — diz ela. — Todo mundo passa por um naufrágio.

Não imagino Iris jamais passando por um naufrágio. Ela parece tão calma e controlada!

— Ah, eu naufraguei — diz ela, lendo minha expressão. — Depois que Benjamin se foi. Foi súbito demais. Tudo que pensei que tinha sumiu de uma hora para a outra.

— Então... o que você... — abro as mãos, desamparada.

— Encontrei outro caminho. Mas demorou. — Por um momento ela sustenta meu olhar, depois olha o relógio. — Por falar nisso, vou fazer um café. E ver como aquele pão vai indo.

Levanto-me para acompanhá-la, mas ela me obriga a me sentar de novo.

— Sente-se. Fique. Relaxe.

Fico sentada ali, à luz manchada do sol, tomando o chá gelado, tentando relaxar. Mas as emoções continuam nadando rapidamente ao meu redor como peixes inquietos.

Outro caminho.

Mas não conheço nenhum outro caminho. Não tenho idéia do que estou fazendo; não tenho idéia de qual é o quadro geral. Sinto que a luz se foi e estou tateando o caminho, um passo de cada vez. E só sei que não posso voltar ao que era.

Fecho os olhos com força, tentando limpar o pensamento. Não deveria ter olhado o site. Não deveria ter lido os comentários. Agora aquele é um mundo diferente.

— Estenda os braços, Samantha. — A voz de Iris está subitamente atrás de mim. — Não abra os olhos. Ande.

Não tenho idéia do que ela vai fazer, mas fecho os olhos e estendo os braços. No momento seguinte sinto algo quente sendo posto neles. Um cheiro fermentado está subindo. Abro os olhos e vejo um pão nos meus braços.

Olho-o numa incredulidade total. Parece pão de verdade. Pão de verdade como o que a gente vê numa vitrine de padaria. Gordo, rechonchudo e de um marrom dourado, com leve estrias e uma crosta na parte de cima, quase em flocos. O cheiro é tão delicioso que sinto água na boca.

— Diga que isso não é nada — insiste Iris apertando meu braço. — Você é que fez, querida. E deveria ter orgulho de si mesma.

Não posso responder. Alguma coisa quente entala minha garganta enquanto seguro o pão morno. Eu fiz esse pão. Eu fiz, eu, Samantha Sweet, que nem era capaz de esquentar um pacote de sopa no microondas. Que abriu mão de sete anos da vida para acabar com nada, para ser apagada da existência. Que não tem mais idéia de quem ela é.

Fiz um pão. Neste momento sinto como se fosse a única coisa que tenho para me segurar.

Para meu horror uma lágrima rola subitamente pela bochecha, seguida por outra. Isso é ridículo. Preciso me segurar.

— Parece bom — diz a voz tranqüila de Nathaniel atrás de mim, e giro em choque. Ele está parado perto de Iris, o cabelo luzindo ao sol.

— Oi — digo sem graça. — Achei que você estava... consertando um cano ou algo assim.

— Ainda estou. — Ele assente. — Só vim dar um pulo em casa.

— Vou tirar os outros pães — diz Iris, dando um tapinha no meu ombro, e desaparece pelo gramado em direção à casa.

Levanto-me e olho Nathaniel por cima do pão. Só a visão dele acrescenta todo tipo de emoções à mistura: mais peixes nadando ao redor do meu corpo.

Se bem que, agora que penso nisso, são principalmente variedades do mesmo peixe.

— Você está bem? — pergunta ele, olhando minhas lágrimas.

— Estou. Só que foi um dia estranho — digo enxugando-as embaraçada. — Em geral não fico tão emotiva com... pão.

— Mamãe disse que você ficou meio frustrada. — Ele ergue as sobrancelhas. — De tanto apertar a massa?

— Foi o crescimento. — Dou um sorriso pesaroso. — Ter de esperar. Nunca fui boa em esperar.

— Ahã. — Os olhos firmes e azuis de Nathaniel encontram os meus.

— Qualquer coisa. — De algum modo, pareço estar chegando cada vez mais perto dele. Não sei totalmente por quê. — Preciso ter as coisas *agora*.

— Ahã.

Agora estamos separados por centímetros. E enquanto

o olho, ofegando, todas as frustrações e choques das últimas duas semanas parecem estar se destilando dentro de mim. Um gigantesco bloco de pressão crescendo até que não suporto mais. Preciso soltá-lo. Incapaz de me impedir, estendo a mão e puxo o rosto dele para o meu.

Não beijava assim desde que era adolescente. Cada um com os braços em volta do outro; sem perceber mais nada no mundo. Completamente perdidos. Trish poderia estar ali com uma câmera de vídeo, dirigindo a cena, e eu não notaria.

Parece que horas se passaram quando abro os olhos e nos separamos. Sinto os lábios inchados; as pernas bambas. Nathaniel parece igualmente chocado. Seus olhos estão opacos e ele respira mais depressa.

O pão está totalmente esmagado, noto de repente. Tento ajeitá-lo do melhor modo que posso, colocando-o na mesa como um pote de cerâmica deformado enquanto recupero o fôlego.

— Não tenho muito tempo — diz Nathaniel. — Preciso voltar ao pub. — Ele passa a mão de leve pelas minhas costas e sinto o corpo se curvando para o dele.

— Eu não demoro muito — digo com a voz rouca de desejo.

Quando, exatamente, fiquei tão ousada?

— *Realmente* não tenho muito tempo. — Ele olha o relógio. — Uns seis minutos.

— Eu só levo seis minutos — murmuro com um olhar provocador e Nathaniel sorri de volta, como se eu estivesse brincando.

— Sério — digo tentando parecer modesta mas sensual. — Sou rápida. Seis minutos, mais ou menos.

Há silêncio por alguns instantes. Uma expressão incrédula vem surgindo sobre o rosto de Nathaniel. De algum modo, ele não parece tão impressionado como imaginei.

— Bem... por aqui nós fazemos as coisas meio devagar — diz finalmente.

— Certo — respondo tentando não parecer totalmente desapontada. O que ele está tentando dizer? Que tem algum tipo de *problema*? — É... bem... tenho certeza... — deixo no ar.

Não deveria ter começado aquela frase.

Ele olha o relógio de novo.

— Preciso ir. Tenho de ir até Gloucester esta noite.

Sinto uma queda por dentro diante de seu tom profissional. Agora ele mal olha para mim. Não deveria ter mencionado tempos, percebo consternada. Todo mundo sabe, nunca se fala de qualquer tipo de medida numérica durante o sexo com um homem. É a regra mais básica. Isso, e não pegar o controle remoto na metade a não ser que você tenha certeza de que está com o botão de mudo acionado.

— Então... vejo você — digo tentando parecer casual e ao mesmo tempo encorajadora. — O que vai fazer amanhã?

Ainda não sei. — Ele dá de ombros, sem se comprometer. — Você vai ficar por aí?

— Acho que sim. Talvez.
— Bem... talvez eu veja você.

E com isso ele está se afastando de novo pelo gramado e sou deixada apenas com um pão amassado e uma confusão total.

Dezessete

Como eu disse, deveria haver um sistema diferente. Deveria haver algum tipo de arranjo universal que não deixasse espaço para mal-entendidos. Poderia envolver sinais de mão, talvez. Ou pequenos adesivos discretos presos na lapela, com código de cores para diferentes mensagens:

Disponível/Não disponível.
Com relacionamento/Sem relacionamento.
Sexo iminente/Sexo cancelado/Sexo meramente adiado.

De que outro modo a gente vai saber o que está acontecendo? Como?

Na manhã seguinte pensei muito e com intensidade, e não cheguei a lugar nenhum. Ou a) Nathaniel ficou ofendido com minhas referências ao sexo e não está mais interessado ou b) ele está bem, tudo continua de pé, ele só estava sendo homem e não dizendo muita coisa, e eu deveria parar de ficar obcecada.

Ou algo no meio.

Ou alguma outra opção que nem considerei. Ou...

Na verdade acho que isso cobre as hipóteses. Mas mesmo assim. Estou totalmente confusa só de pensar.

Desço de roupão por volta das nove e encontro Eddie e Trish no saguão, vestidos com muita elegância. Eddie num blazer com botões dourados brilhantes e Trish num conjunto de seda branca, com o maior arranjo de rosas falsas que já vi. Também parece estar tendo um probleminha para fechar os botões do casaco. Por fim ela enfia o último na casa e recua para se olhar no espelho, ofegando ligeiramente.

Agora parece que não pode mexer os braços.

— O que acha? — pergunta a Eddie.

— Sim, muito bom — diz ele franzindo a testa para um exemplar do *Mapa Rodoviário da Grã-Bretanha, 1994*. — É a A347? Ou a A367?

— Ah... acho que fica bonito com o casaco desabotoado — sugiro. — Mais... à vontade.

Trish me dardeja um olhar semicerrado, como se suspeitasse que eu esteja deliberadamente sabotando sua aparência.

— É — diz por fim. — Talvez você esteja certa. — Faz menção de abrir dois botões, mas está tão atada que não consegue chegar com as mãos suficientemente perto. E agora Eddie foi para o estúdio.

— Será que posso... — ofereço.

— Sim. — Seu pescoço fica vermelho. — Se puder fazer a gentileza.

Avanço e abro os botões o mais gentilmente que posso, o que não é muito, visto como o tecido está esticado. Quando termino ela dá um passo atrás e se olha de novo, ligeiramente insatisfeita, repuxando a saia sedosa.

— Samantha — diz em tom casual. — Se você me visse agora pela primeira vez, que *palavra* usaria para me descrever?

Ah, inferno. Tenho certeza de que isso não estava na minha especificação profissional. Reviro o cérebro rapidamente em busca da palavra mais lisonjeira que possa encontrar.

— Ah... ah... elegante — digo por fim, assentindo como se quisesse dar convicção ao que falo. — Diria que você é elegante.

— Elegante? — Seus olhos giram rapidamente para mim. Algo me diz que errei.

— Quero dizer! — magra, emendo percebendo subitamente.

Como posso ter deixado de ver o magra?

— Magra. — Ela olha para si mesma por alguns instantes. — Magra.

Ela não parece totalmente feliz. O que há de errado em ser magra e elegante, pelo amor de Deus?

Não que ela seja nenhuma das duas coisas, sejamos honestas.

— Que tal... — Ela sacode o cabelo para trás, deliberadamente evitando meu olhar. — Que tal... "jovem"?

Por um momento fico muito confusa para responder. Jovem?

Jovem comparada a quê?

— É... sem dúvida — digo finalmente. — Isso... não precisa ser dito.

Por favor não diga "Quantos anos você acha que eu..."

— Quantos anos você diria que eu tenho, Samantha?
Ela está balançando a cabeça de um lado para o outro, tirando pó do casaco, como se não estivesse realmente interessada na resposta. Mas sei que seus ouvidos estão a postos e esperando, como dois microfones gigantes prontos para captar o menor som.

Meu rosto está pinicando. O que vou dizer? Vou dizer... 35. Não. Não seja ridícula. Ela não pode ser *tão* iludida. 40? Não. Não posso dizer 40. É perto demais da verdade.

— Você tem uns... 37? — sugiro por fim. Trish vira-se; e com sua expressão presunçosa de prazer percebo que consegui mais ou menos o tom exato de lisonja.

— Na verdade tenho 39! — diz ela, com duas manchas de cor aparecendo nas bochechas.

— Não! — Exclamo tentando não olhar seus pés de galinha. — Incrível!

Que mentirosa! Fez 46 anos em fevereiro passado. E, se não quer que as pessoas saibam, não deveria deixar o passaporte na penteadeira.

— Bom! — diz ela, claramente animada. — Vamos ficar fora o dia *inteiro*, na festa da minha irmã. Nathaniel virá trabalhar no jardim, mas acho que você sabe.

— Nathaniel? — Sinto um choque elétrico. — Ele vem aqui?

— Ligou hoje cedo. As ervilhas-de-cheiro precisam ser... podadas, arranjadas, ou sei lá o quê. — Ela pega um lápis labial e começa a delinear os lábios já delineados.

— Certo. Não sabia. — Estou tentando ficar composta mas tentáculos de excitação se esgueiram sobre mim. — Então... ele vai trabalhar num domingo?

— Ah, ele freqüentemente faz isso. É *muito* dedicado. — Trish recua para olhar seu reflexo, depois começa a pintar os lábios com mais batom ainda. — Ouvi dizer que ele te levou ao pequeno pub dele.

O pequeno pub *dele*. Qual é a dessa mulher?

— É... foi. Levou.

— Fique *tão* feliz com isso!, verdade. — Ela tira um pincel de rímel e começa a colocar mais camadas nos cílios já pontudos. — Quase tivemos de procurar outro jardineiro, dá para *imaginar*? Se bem que, claro, foi uma grande pena para ele. Depois de todos os planos.

— O que foi uma pena?

— Nathaniel. O horto. O negócio de plantas. — Ela franze a testa para o próprio reflexo e tira um torrão de rímel de baixo do olho. — Orgânico, sei lá. Ele mostrou à gente a proposta de negócio. Na verdade estávamos até pensando em financiar. Somos patrões que dão muito *apoio*, Samantha. — Trish me fixa com um olhar azul como se me desafiasse a discordar.

— Claro!

— Pronta? — Eddie sai do escritório usando um chapéu Panamá. — Vai fazer um calor dos infernos, você sabe.

— Eddie, não comece — reage Trish, enfiando o pincel de rímel de volta no tubo. — Nós vamos a essa festa e ponto final. Pegou o presente?

— E o que aconteceu? — pergunto, tentando arrastar a conversa de volta aos trilhos. — Com os planos de Nathaniel?

Trish faz um biquinho lamentoso para si própria no espelho.

— Bem, o pai dele faleceu muito de repente e houve aquele negócio pavoroso com os pubs. E ele mudou de idéia. Não comprou o terreno. — Ela dá outro olhar insatisfeito para si mesma. — Será que eu deveria usar o conjunto *rosa*?

— *Não* — dizemos Eddie e eu em uníssono. Olho o rosto exasperado de Eddie e contenho um riso.

— A senhora está linda, Sra. Geiger — digo. — Verdade.

De algum modo, Eddie e eu conseguimos afastá-la do espelho, sair pela porta da frente e atravessar o cascalho até o Porsche de Eddie. Ele está certo, vai ser um dia quentíssimo. O céu já é de um azul translúcido, o sol uma bola ofuscante.

— A que horas vocês voltam? — pergunto quando eles entram no carro.

— Só no fim da tarde — diz Trish. — Eddie, onde está o *presente*? Ah, Nathaniel, aí está você.

Olho por cima do teto do carro numa ligeira apreensão. Ali está ele, vindo pela entrada de veículos, usando jeans, alpargatas e uma velha camiseta cinza, com a mochila no ombro. E aqui estou eu, de roupão e com o cabelo espalhado para todo canto.

E ainda sem saber como ficaram as coisas entre nós.

Se bem que algumas partes do meu corpo já estejam reagindo à sua visão. Elas não parecem nem um pouco confusas.

— Oi — digo quando ele chega perto.

— Oi. — Os olhos de Nathaniel se franzem de modo amigável, mas ele não faz qualquer tentativa de me beijar nem de sorrir. Em vez disso simplesmente pára e me olha. Há algo em seu olhar atento, objetivo, que me deixa com as pernas meio bambas.

Ou as coisas foram deixadas como estavam no meio do beijo, ontem, ou meu destino é achá-lo desesperadamente sensual, independentemente do que ele esteja transmitindo.

— Então. — Arranco meu olhar para longe e examino o cascalho por alguns instantes. — Você... vai trabalhar duro hoje.

— Seria bom ter alguma ajuda — diz ele casualmente. — Se você estiver disponível.

Sinto um salto ofuscante de deleite, que tento esconder com uma tosse.

— Certo. — Dou de ombros ligeiramente, quase franzindo a testa. — Bem... talvez.

— Ótimo. — Ele assente para os Geigers e vai lépido na direção do jardim.

Trish esteve olhando essa conversa com insatisfação crescente.

— Vocês não são muito *afetuosos* um com o outro, são? — pergunta ela. — Sabe, na *minha* experiência...

— Deixe-os em paz, pelo amor de Deus! — retruca Eddie, ligando o motor. — Vamos acabar com essa porcaria logo.

— Eddie Geiger! — berra Trish, girando no banco. — Você está falando da festa da minha irmã! Você percebe...

Eddie acelera o motor, abafando a voz dela, e com um jato de cascalho o Porsche desaparece pela entrada, deixando-me sozinha ao sol silencioso e ardente.

Certo.

Então... somos só Nathaniel e eu. Sozinhos juntos. Até as oito da noite. Este é o cenário básico.

Uma pulsação começa a latejar em algum lugar dentro de mim. Como um maestro determinando o ritmo; como uma introdução.

Deliberadamente casual, viro-me no cascalho e começo a voltar para a casa. Quando passo por um canteiro de flores chego a parar e examinar uma planta ao acaso, por um momento, segurando as folhas verdes entre os dedos.

Acho que eu poderia descer e me oferecer para dar uma mãozinha. Seria educado.

Obrigo-me a não correr. Tomo um banho de chuveiro, me visto e engulo o desjejum, consistindo de meia xícara de chá e uma maçã. Depois vou ao andar de cima e coloco um pouco de maquiagem. Não é muita coisa. Mas o bastante.

Vesti algo discreto. Uma camiseta, uma saia de algodão e sandálias de borracha. Enquanto me olho no espelho sinto-me quase trêmula de antecipação. Mas afora isso a cabeça está estranhamente vazia. Sinto que perdi o raciocínio. O que provavelmente não é ruim.

Depois da casa fresca, o jardim parece sufocante; o ar parado e quase tremeluzente. Fico à sombra, indo pelo caminho lateral, sem saber onde ele está trabalhando; para onde vou. Então o vejo, no meio de uma fileira de flores cor de lavanda e lilases, a testa franzida por causa do sol enquanto amarra um pedaço de barbante.

— Oi — digo.

— Oi — ele ergue os olhos e enxuga a testa. Fico um pouco na expectativa de que ele pare o que está fazendo, venha e me beije. Mas Nathaniel não faz isso. Simplesmente continua amarrando, depois corta o barbante com uma faca.

— Vim ajudar — digo depois de uma pausa. — O que estamos fazendo?

— Amarrando as ervilhas-de-cheiro. — Ele indica as plantas que crescem no que parecem armações cônicas de bambu. — Elas precisam de suporte para não cair. — E joga uma bola de barbante para mim. — Tente. É só amarrar com cuidado.

Não é brincadeira. Realmente *estou* ajudando na jardinagem. Com cuidado desenrolo um pedaço de barbante e imito o que ele faz. As folhas e pétalas macias me fazem cócegas enquanto trabalho e enchem o ar com um cheiro incrível e doce.

— Que tal?

— Vejamos. — Nathaniel se aproxima e dá uma olhada. — É. Pode amarrar um pouco mais apertado. — Sua mão roça brevemente na minha quando ele se vira. — Vejamos como faz a próxima.

Minha mão pinica ao toque dele. Será que fez isso de propósito? Insegura, amarro a planta seguinte, apertando mais do que antes.

— É, está bom. — De repente a voz de Nathaniel está atrás de mim e sinto seus dedos na minha nuca, roçando o lóbulo da orelha. — Você precisa fazer a fila toda.

Ele definitivamente pretende fazer isso. Sem dúvida. Viro-me querendo responder ao gesto, mas ele já está do outro lado da fila, concentrado numa ervilha-de-cheiro, como se nada tivesse acontecido.

Ele tem um plano de jogo, percebo subitamente.

Certo, agora estou realmente ligada.

A pulsação vai ficando mais forte dentro de mim enquanto sigo de planta em planta. Há silêncio, a não ser pelo farfalhar das folhas e o som fraco do barbante sendo cortado. Amarro mais três plantas e chego ao fim da fileira.

— Pronto — digo sem me virar.

— Fantástico, vejamos. — Ele vem inspecionar minha planta amarrada. Sinto sua outra mão subindo pela minha coxa, puxando a saia para cima, os dedos tateando minha carne. Não consigo me mexer. Estou hipnotizada. Então, de repente, ele se afasta, profissional de novo, pegando um cesto.

— O que... — Nem consigo formar uma frase direito.

Ele me beija na boca brevemente, com força.

— Vamos em frente. As framboesas precisam ser colhidas.

Os viveiros de framboesas ficam mais adiante na horta, como salas de tela verde, com pisos secos de terra e fileiras de pés de framboesa. Quando entramos não há qualquer som a não ser os insetos zumbindo e o bater de asas de um pássaro preso, que Nathaniel espanta para fora.
Trabalhamos na primeira fileira sem falar, atentos, colhendo as frutas nos pés. No fim da fileira minha boca está travosa com o gosto delas; as mãos arranhadas e doendo da colheita constante e estou suando por todo o corpo. O calor parece mais intenso nesse viveiro de framboesas do que em qualquer outro lugar do jardim.
Encontramo-nos no final da fileira e Nathaniel me olha por um segundo imóvel, com suor escorrendo pelo lado do rosto.
— Trabalho quente — diz ele. Em seguida pousa o cesto e tira a camiseta.
— É. — Há um segundo imóvel entre nós. Então, quase em desafio, faço o mesmo. Estou parada, de sutiã, a centímetros dele, a pele pálida e leitosa em comparação à sua.
— Fizemos o bastante? — indico o cesto, mas Nathaniel nem olha para baixo.
— Ainda não.
Algo em sua expressão me deixa úmida e pinicando atrás dos joelhos. Encontro seu olhar e é como se estivéssemos brincando de desafiar um ao outro.

— Não pude alcançar aquelas — aponto para um cacho de frutas mais alto.

— Vou ajudar. — Ele se inclina por cima de mim, pele contra pele, e sinto sua boca no lóbulo da minha orelha enquanto colhe a fruta. Todo o meu corpo reage. Não suporto isso; preciso que pare. E preciso que não pare.

Mas a coisa continua. Subimos e descemos pelas fileiras como dois bailarinos num minueto. Por fora nos concentrando nos movimentos mas ao mesmo tempo percebendo apenas o outro. E no fim de cada fileira ele roça alguma parte de mim com a boca ou os dedos. Numa das vezes ele coloca uma framboesa na minha boca e eu roço seus dedos com os dentes. Quero pegá-lo, quero minhas mãos em cima dele, mas a cada vez ele se afasta antes que algo possa progredir.

Estou começando a tremer inteira de desejo. Ele abriu meu sutiã duas fileiras atrás. Descartei a calcinha. Ele abriu a fivela do cinto. E ainda, *ainda* estamos colhendo framboesas.

Os cestos estão cheios e pesados, e meus braços doem, mas mal percebo. Só percebo que todo o corpo está latejando; que a pulsação se transformou em pancadas; que não agüento muito mais. Quando chego ao fim da última fileira pouso o cesto e o encaro, incapaz de esconder como estou desesperada.

— Acabamos?

Minha respiração está saindo em jorros curtos e quentes. Preciso tê-lo. Ele precisa notar. Não sei mais o que fazer.

— Nós trabalhamos bastante bem. — Seu olhar vai para os outros viveiros de frutas. — Ainda há mais a...

— Não — ouço-me dizendo. — Chega.

Fico parada ali no calor e na terra poeirenta, ofegando e ardendo. E quando acho que vou explodir, ele se adianta e baixa a boca sobre meu mamilo, e quase desmaio. E desta vez ele não se afasta. Desta vez é de verdade. Suas mãos estão se movendo sobre meu corpo, minha saia está caindo no chão, seus jeans estão escorregando. Então estou tremendo e agarrando-o, e gritando. E as framboesas são esquecidas, espalhadas no chão, esmagadas sob nós.

Depois parece que ficamos deitados imóveis por horas. Estou entorpecida de euforia. Há poeira e pedras encravadas nas minhas costas, nos joelhos e nas mãos, e manchas de framboesa por toda a pele. Não me importo. Nem consigo me obrigar a erguer uma das mãos e tirar a formiga que está andando na minha barriga como um ponto de cócegas.

Minha cabeça está no peito de Nathaniel, e as batidas de seu coração parecem um relógio tiquetaqueando reconfortante. O sol está quente na minha pele. Não faço idéia das horas. Não me importa que horas são. Perdi todo o sentido de minutos e horas.

Por fim Nathaniel move a cabeça ligeiramente. Beija meu ombro e sorri.

— Você está com gosto de framboesa.

— Isso foi... — paro, quase estupefata demais para

formar qualquer palavra sensata. — Sabe... normalmente eu... — Um bocejo enorme subitamente me domina e aperto a mão na boca. Quero dormir agora, por vários dias.

Nathaniel levanta a mão e traça círculos preguiçosos nas minhas costas.

— Seis minutos não é sexo — ouço-o dizer enquanto meus olhos se fecham. — Seis minutos é um ovo cozido.

Quando acordo, os viveiros de framboesas estão em sombra parcial. Nathaniel saiu de baixo de mim, deu-me um travesseiro feito com minha saia amarrotada e manchada de framboesas, vestiu os jeans e trouxe algumas cervejas da geladeira dos Geigers. Sento-me com a cabeça ainda grogue e o vejo encostado numa árvore na grama, bebendo na garrafa.

— Preguiçoso — digo. — Os Geigers acham que você está amarrando as ervilhas-de-cheiro.

Ele se vira para mim, com um brilho de diversão passando no rosto.

— Dormiu bem?

— Quanto tempo eu dormi? — Passo a mão no rosto e tiro uma pedrinha. Estou totalmente desorientada.

— Umas duas horas. Quer um pouco? — Ele sinaliza a garrafa. — Está gelada.

Fico de pé, tiro um pouco de poeira de mim, ponho a saia e o sutiã como um meio-termo de vestimenta e chego perto dele na grama. Ele me dá uma garrafa e eu tomo um gole cauteloso. Nunca bebi cerveja antes. Mas esta, gelada, espumante da garrafa, é a bebida mais refrescantes que já provei.

Encosto-me na árvore, os pés descalços na grama fresca.

— Meu Deus... estou tão... — levanto uma das mãos e largo, pesada.

— Não está tão irritadiça como antes — diz Nathaniel. — Você pulava um quilômetro sempre que eu falava alguma coisa.

— Não, não pulava!

— Ahã, pulava sim. — Ele assente. — Como um coelho.

— Achei que eu era um texugo.

— Você é um cruzamento de coelho com texugo. Bicho muito raro. — Ele ri para mim e toma um gole de cerveja. Por um tempo nenhum de nós fala. Olho um avião minúsculo lá no alto, deixando uma trilha branca no céu.

— Minha mãe diz que você mudou, também. — Nathaniel me lança um olhar rápido, interrogativo. — Disse que a pessoa de quem você fugiu... a coisa que aconteceu... está perdendo o domínio sobre você.

A pergunta está ali, em sua voz, mas não respondo. Penso em Iris, ontem. Deixando-me jogar todas as frustrações sobre ela. Não é como se a vida dela tivesse sido fácil.

— Sua mãe é incrível — digo finalmente.

— É.

Pouso a garrafa e rolo na grama, olhando o céu azul.

Sinto o cheiro de terra sob a cabeça e as hastes de grama nas orelhas, e ouço um gafanhoto cricrilando ali perto.

Mudei. Sinto isso por dentro. Sinto que estou... mais quieta.

— Quem você seria? — digo torcendo uma haste de grama no dedo. — Se pudesse simplesmente fugir. Virar uma pessoa diferente.

Nathaniel fica em silêncio por um momento, olhando o jardim por cima da garrafa.

— Seria eu — responde por fim, dando de ombros. — Estou feliz com o que sou. Gosto de morar onde moro. Gosto de fazer o que faço.

Eu me viro de repente e olho para ele, semicerrando os olhos por causa da luz do sol.

— Deve haver algo mais que você queira fazer. Algum sonho que você tem.

Ele balança a cabeça, sorrindo:

— Estou fazendo o que eu quero fazer.

De repente lembro da conversa com Trish e me sento na grama.

— Mas e o horto que você ia fazer?

O rosto de Nathaniel salta em surpresa.

— Como você...

— Trish contou hoje cedo. Disse que você tinha planos de negócios e tudo. O que aconteceu?

Por um momento ele fica em silêncio, os olhos afastados dos meus. Não posso dizer o que está acontecendo por dentro.

— Foi só uma idéia — diz ele finalmente.

— Você desistiu por causa da sua mãe. Para cuidar dos pubs.

— Talvez. — Ele estende a mão para um galho baixo e começa a arrancar as folhas. — Tudo mudou.

— Mas você realmente quer cuidar dos pubs? — Adianto-me na grama, tentando interceptar seu olhar. — Você mesmo disse que não é um proprietário de bar. Que é jardineiro.

— Não é uma questão de *querer*. — A voz de Nathaniel tem um súbito tom de frustração. — É um negócio de família. Alguém precisa tomar conta.

— Por que você? — insisto. — Por que não o seu irmão?

— Ele... é diferente. Faz as coisas dele.

— *Você* poderia fazer suas coisas!

— Tenho responsabilidades. — Sua testa fica mais franzida. — Minha mãe...

— Ela iria querer que você faça o que quer fazer — insisto. — Sei que sim. Ela iria querer que você fosse feliz na vida, e não que desistisse da vida por causa dela.

— Eu sou feliz. É ridículo dizer...

— Mas não poderia ser *mais feliz*?

Há silêncio no jardim. Nathaniel está olhando para outro lado, seus ombros se encurvam como se ele quisesse se trancar longe do que falo.

— Você não sente vontade de largar as responsabilidades? — Abro os braços num súbito abandono. — Só... sair pelo mundo e ver o que acontece?

— Foi o que você fez? — pergunta ele, virando, com uma súbita agressividade na voz.

Olho-o incerta.

— Eu... não estamos falando de mim — digo finalmente. — Estamos falando de você.

— Samantha. — Ele expira e esfrega a testa. — Sei que você não quer falar do passado. Mas quero que me diga uma coisa. E seja sincera.

Sinto um profundo tremor de alarme. O que ele vai perguntar?

— Vou tentar — digo finalmente. — O que é?

Nathaniel me olha direto nos olhos e respira fundo.

— Você tem filhos?

Estou tão aparvalhada que por um momento não consigo falar. Ele acha que eu tenho *filhos*? Um gorgolejo de riso aliviado sobe dentro de mim antes que eu possa impedir.

— Não, não tenho filhos! O quê, você acha que eu deixei para trás cinco boquinhas famintas?

— Não sei. — Ele franze a testa, parecendo sem graça mas na defensiva. — Por que não?

— Porque... bem... eu *pareço* que tenho cinco filhos? — Não consigo evitar um tom de indignação e ele começa a rir também.

— Talvez não *cinco*...

— O que isso quer dizer? — Estou para acertá-lo com sua camisa quando uma voz corta o ar.

— Samantha?

É Trish. Vindo da casa. Eles estão *em casa*?

Encontro o olhar de Nathaniel, incrédulo.

— Samatha? — a voz dela trina de novo. — Você está lá fora?

Ah, merda. Meu olhar gira loucamente examinando nós dois. Estou nua, a não ser por uma saia e um sutiã, e coberta de poeira e manchas de framboesa. Nathaniel está praticamente igual, só que com os jeans.

— Depressa! Minhas roupas! — sibilo ficando de pé.

— Onde elas estão? — pergunta Nathaniel, olhando em volta.

— Não *sei*! — Olho-o e sinto um riso impotente surgindo. — Vamos ser demitidos.

— Samantha? — Posso ouvir o som das portas da estufa sendo abertas.

— Merda! — guincho. — Ela está vindo!

— Tudo bem — diz Nathaniel, pegando sua camiseta no viveiro de framboesas. Passa-a pela cabeça e imediatamente parece bastante normal. — Vou criar uma distração. Vá pelo lado, entre os arbustos, chegue à porta da cozinha, suba correndo e troque de roupa. Certo?

— Certo — respondo ofegante. — E qual é a nossa história?

— Nossa história é... — Ele pára, pensando. — Nós não transamos no jardim nem pegamos cerveja da geladeira.

— Certo. — Não consigo evitar um risinho. — Bom plano.

— Vá depressa, Coelho Marrom. — Ele me beija e

vou correndo pelo caminho até me esconder atrás de um rododendro enorme.

Esgueiro-me pela lateral do jardim, ficando o tempo todo atrás dos arbustos, tentando não fazer muito barulho. Meus pés descalços estão frios na terra úmida e sombreada; piso numa pedra afiada e me encolho em silêncio total. Sinto-me com dez anos, brincando de esconder, a mesma mistura de terror e prazer martelando no coração.

Quando estou a apenas uns dez metros da casa agacho-me atrás de um arbusto e espero. Depois de uns dois minutos vejo Nathaniel guiando os Geigers com firmeza pelo gramado até o lago de nenúfares.

— Acho que podemos ter um caso de bolor seco — está dizendo. — Achei que vocês deveriam ver pessoalmente.

Espero até terem passado e corro com pés leves até a estufa, atravesso a casa e subo a escada. Quando estou no quarto com a porta fechada desmorono na cama, querendo rir do meu próprio alívio, da hilaridade, da *idiotice* daquilo tudo. Depois me levanto e olho pela janela. Posso vê-los perto do laguinho. Nathaniel está apontando para alguma coisa com um graveto.

Entro correndo no banheiro, abro o chuveiro no máximo e fico embaixo por uns trinta segundos. Depois visto roupa de baixo limpa, jeans limpos e uma recatada blusa de manga comprida. Até coloco batom. Depois, calçando um par de alpargatas, desço e saio no jardim.

Nathaniel e os Geigers estão voltando à casa. Os saltos altos de Trish afundam no gramado e ela e Eddie parecem com calor e incomodados.

— Oi — cumprimento casualmente quando eles se aproximam.

— *Aí* está — diz Nathaniel. — Não vi você a tarde inteira.

— Estava estudando receitas — respondo inocente e me viro para Trish com um sorriso educado. — Gostou da festa, Sra. Geiger?

Tarde demais vejo Nathaniel fazendo gestos mortais, de dedo cortando a garganta, pelas costas deles.

— Obrigada por perguntar, Samantha. — Trish inala com força. — Mas prefiro não falar da festa, obrigada.

Eddie faz um som irritado, soltando o ar.

— Você não vai desistir dessa porcaria, não é? Eu só falei que...

— Foi o *modo* como você falou! — berra Trish. — Algumas vezes acho que seu *único* objetivo na vida é me envergonhar!

Eddie bufa com fúria e vai batendo os pés até a casa, com o chapéu Panamá torto na cabeça.

Epa! Levanto as sobrancelhas para Nathaniel, que ri de volta por cima do penteado bambo de Trish.

— Gostaria de uma bela xícara de chá, Sra. Geiger? — digo em tom tranqüilizador. — Ou de... um bloody mary?

— Obrigada, Samantha — responde ela erguendo o queixo num gesto digno. — Um bloody mary seria ótimo.

Enquanto vamos até a estufa, Trish parece se acalmar um pouco. Até mistura seu próprio bloody mary em vez de ficar dando ordens enquanto eu preparo, e faz um para mim e um para Nathaniel.

— *Bom* — diz depois de cada um ter tomado um gole e se sentado em meio às plantas frondosas. — Há uma coisa que eu precisava falar com você, Samantha. Vamos receber uma visita.

— Ah, certo — respondo tentando não sorrir. Nathaniel está sentado ao meu lado, roçando minha alpargata com seu pé por baixo da mesinha de centro.

— Minha sobrinha vem se hospedar por algumas semanas. Ela precisa de um pouco de paz e silêncio do campo. Tem trabalho a fazer e é muito importante que não seja perturbada, de modo que o Sr. Geiger e eu oferecemos para ela ficar aqui. Gostaria que você preparasse o quarto de hóspedes.

— Muito bem — assinto obedientemente.

— Ela vai precisar de uma cama arrumada e uma mesa... acho que vai trazer um laptop.

— Sim, Sra. Geiger.

— Melissa é uma garota muito inteligente. — Trish acende um cigarro com seu isqueiro Tiffany. — *Extremamente* poderosa. Uma daquelas garotas de cidade grande.

— Ah, certo — digo contendo um riso quando Nathaniel finalmente consegue tirar minha alpargata. — O que ela faz?

— É advogada — responde Trish, e eu levanto os olhos, sem fala. Advogada?

Uma advogada vem ficar nesta casa?

Nathaniel está fazendo cócegas na sola do meu pé, mas só posso reagir com um sorriso débil. Isso pode ser ruim. De fato pode ser um desastre.

E se eu *conhecer* essa advogada?

Enquanto Trish prepara outro bloody mary estou revirando o cérebro freneticamente. *Melissa.* Poderia ser Melissa Davis da Freshwater. Poderia ser Melissa Christie da Clark Forrester. Poderia ser Melissa Taylor que trabalhou na fusão da DeltaCo. Passamos horas na mesma sala juntas. Ela me reconheceria imediatamente.

— Então... ela é sobrinha do seu lado da família, Sra. Geiger? — pergunto casualmente enquanto Trish se senta. — Também se chama Geiger?

— Não. O sobrenome é Hurst.

Melissa Hurst. Não traz nenhuma lembrança.

— E onde ela trabalha? — *Por favor, que seja fora do país...*

— Ah, ela é de um lugar muito importante em Londres. — Trish sinaliza vagamente com o copo.

Certo. Então não a conheço. Mas isso não está parecendo legal. Uma advogada poderosa de Londres. Se for em alguma das grandes firmas de advocacia certamente ouviu falar de mim. Deve saber sobre a advogada da Carter Spink que perdeu cinqüenta milhões de dólares e fugiu. Deve saber cada detalhe humilhante da minha desgraça.

Estou sentindo frio no corpo todo, só de pensar. Só é preciso que ela reconheça meu nome, que some dois e dois... e toda a história vai surgir. Ficarei tão humilhada aqui quanto estava em Londres. Todo mundo vai saber

do meu passado. Todo mundo vai saber das minhas mentiras. Olho Nathaniel e sinto uma pontada de pavor.
Não posso deixar as coisas se estragarem. Agora, não.
Ele pisca para mim e eu tomo um gole comprido de bloody mary. A resposta é simples. Preciso fazer todo o possível para manter o segredo escondido.

Dezoito

Não há motivo para essa advogada reconhecer minha cara. Mas, só para garantir, opto por um disfarce simples. Depois de preparar o quarto de hóspedes na tarde seguinte, corro ao meu e prendo o cabelo no topo da cabeça com fiapos artísticos caindo e escondendo o rosto. Depois acrescento uns velhos óculos de sol que achei na gaveta da penteadeira. São dos anos oitenta e têm uma grande armação verde que esconde totalmente meu rosto. Também fazem com que me pareça com Elton John, mas vou viver com isso. O importante é que não me pareço com meu eu antigo.

Quando desço, Nathaniel está saindo da cozinha, parecendo chateado. Ele me olha e pára, surpreso.

— Samantha... o que você fez?

— Ah, o cabelo? — Toco-o casualmente. — Só queria um estilo diferente.

— Esses óculos escuros são *seus*? — Ele me olha, incrédulo.

— Estou com um pouco de dor de cabeça. E então, como vão as coisas? — acrescento mudando rapidamente de assunto.

— Trish. — Ele faz um muxoxo. — Esteve me dando sermão sobre barulho. Não posso cortar a grama entre as dez e as duas horas. Não posso usar o podador sem avisar antes. Perguntou se eu poderia andar na ponta dos pés no cascalho. *Na ponta dos pés.*

— Por quê?

— Por causa da porcaria dessa visita. Todos temos de ficar dançando em volta dela. Uma droga de uma *advogada*. — Ele balança a cabeça incrédulo. — O trabalho *dela* é importante. Ora, o *meu* trabalho é importante!

— Ela está vindo! — A voz de Trish estrila subitamente na cozinha e ela sai correndo. — Estamos todos prontos? — Ela abre a porta da frente e ouço o som de uma porta de carro se abrindo.

Meu coração começa a bater no peito. É isso. Puxo mais uns fios de cabelo sobre o rosto e aperto os punhos ao lado do corpo. Se reconhecer esta mulher vou simplesmente ficar de olhos baixos, murmurar as palavras e fazer meu papel. Sou empregada doméstica. Nunca fui nada além de empregada doméstica.

— Bom, você vai ter *muita* paz aqui, Melissa — ouço Trish dizendo. — Instruí os empregados a tratarem você com cuidado *extra* especial...

Troco olhares com Nathaniel, que revira os olhos.

— Aqui estamos! Deixe-me manter a porta aberta...

Prendo o fôlego. Um instante depois Trish entra na casa seguida por uma garota de jeans e blusa branca justa, arrastando uma mala.

Esta é a advogada poderosa?

Olho-a perplexa. Tem cabelos escuros compridos e rosto esperto, bonito, e não pode ter muito mais de vinte anos.

— Melissa, esta é nossa *maravilhosa* empregada, Samantha... — Trish pára, surpresa. — Samantha, o que, diabos, você está usando? Está parecendo Elton John!

Fantástico. Só fiz atrair a atenção.

— Olá — digo sem jeito, tirando os óculos escuros mas mantendo a cabeça baixa. — Muito prazer em conhecê-la.

— É *fabuloso* estar aqui. — Melissa tem um sotaque de colégio interno e um jeito de jogar os cabelos que combina. — Londres estava, tipo... me deixando *tããão* baixo-astral!

— A Sra. Geiger disse que a senhorita é advogada num... lugar importante em Londres?

— É. — Ela me dá um sorriso presunçoso. — Sou da Escola de Direito de Chelsea.

O quê?

Ela nem é advogada qualificada. É estudante de direito. É um *bebê*. Levanto a cabeça cautelosamente e a encaro — mas não há sequer uma piscadela de reconhecimento. Ah, pelo amor de Deus. Não tenho nada que me preocupar com essa garota. Quase sinto vontade de rir.

— E quem é este? — Melissa bate os cílios com rímel, sedutoramente, para Nathaniel, cuja careta de desagrado aumenta.

— É Nathaniel, nosso jardineiro — diz Trish. — Mas não se preocupe, ele tem instruções *rígidas* para não perturbar você. Eu disse que ele precisa fazer silêncio absoluto enquanto trabalha.

— Tenho *um monte* de revisões a fazer — Melissa dá um suspiro cansado do mundo e passa a mão pelo cabelo. — Você não acreditaria no tamanho da carga de trabalho, tia Trish. Estou *tããããão* estressada!

— Não sei como você consegue! — Trish passa o braço em volta dos ombros dela e aperta com força. — Bom, o que gostaria de fazer primeiro? Estamos *todos* à sua disposição.

— Você poderia desfazer minhas malas? — Melissa se vira para mim. — Deve estar tudo amarrotado, portanto vai precisar ser passado.

Sinto um ligeiro tremor. Ela não vai desfazer a própria mala? Virei a *camareira* pessoal dessa garota?

— Talvez eu leve meus livros ao jardim — acrescenta lépida. — Talvez o jardineiro possa armar uma mesa para mim à sombra, não é?

Trish está olhando em admiração total enquanto Melissa remexe numa mochila cheia de livros.

— *Olha* só todos esses livros, Samantha! — exclama ela quando Melissa pega um *Guia de litígio para iniciantes*. — Olha só esse monte de palavras compridas!

— É... uau — digo educadamente.

— Por que não faz um pouco de café para a gente, primeiro? — Trish se vira para mim. — Vamos tomar no terraço. Traga uns biscoitos também.

— Claro, Sra. Geiger — digo fazendo uma reverência automática.

— Poderia fazer o meu com metade cafeína metade descafeinado? — acrescenta Melissa por cima do ombro. — Eu... tipo... não quero ficar ligada demais.

Não, não poderia, sua vaquinha pretensiosa.

— Claro — sorrio entre os dentes trincados. — O prazer será meu.

Alguma coisa me diz que essa garota e eu não vamos nos dar bem.

Quando levo o café para o terraço, cinco minutos depois, Trish e Melissa estão acomodadas em cadeiras sob um guarda-sol, junto com Eddie.

— Você conheceu Melissa, não foi? — pergunta ele quando acomodo a bandeja sobre uma mesa de ferro fundido. — Nossa pequena estrela? Nossa águia jurídica?

— Sim, conheci. Seu café — acrescento, entregando a xícara a Melissa. — Como pediu.

— Melissa está sob grande pressão — observa Eddie. — É nosso dever facilitar as coisas para ela.

— Vocês não podem *imaginar* o tamanho do esforço — diz Melissa, séria. — Estive estudando até de noite e coisa e tal. Minha vida social, tipo... voou pela janela. — Ela toma um gole de café e depois se vira para mim. — Por sinal, eu ia perguntar... — Ela franze a testa. — Como é seu nome, mesmo?

— Samantha.

— É, Samantha. Tenha muito cuidado com minha blusa vermelha com contas, certo? — Ela joga o cabelo para trás e toma outro gole de café.

— Vou me esforçar ao máximo — respondo educada.
— Só isso, Sra. Geiger?

— Espere! — Eddie pousa sua xícara. — Tenho uma coisa para você. Não esqueci nossa conversa no outro dia! — Ele enfia a mão sob a cadeira e pega um saco de papel pardo. Vejo dois livros brilhantes se projetando pela abertura. — Bom, você não vai tentar se livrar disso, Samantha. Pode ser nosso pequeno projeto!

Sinto um súbito jorro de premonição. Ah, por favor, não deixe que seja o que estou pensando.

— Sr. Geiger — começo rapidamente. — É muita gentileza sua, mas...

— Não quero ouvir mais nenhuma palavra! — interrompe ele com a mão erguida. — Um dia você vai me agradecer!

— O que vocês estão falando? — Melissa franze o narizinho, curiosa.

— Samantha vai receber algumas qualificações! — Com um floreio Eddie pega dois livros no saco. Ambos são muito coloridos, com grandes letras engraçadas e ilustrações. Posso ver as palavras "Matemática", "Inglês" e "Ensino para adultos".

Ele abre um e mostra uma vaca de desenho animado. Um balão saindo da boca do animal pergunta:

— O que é um pronome?

Olho aquilo, totalmente sem fala.

— Está vendo? — diz Eddie com orgulho. — Você pode se divertir com isso! Há estrelas douradas adesivas, para marcar o progresso!

— Tenho certeza que Melissa vai adorar ajudar com alguma coisa complicada — chilreia Trish. — Não é, amor?

— Claro — diz Melissa com um sorriso paternalista. — Muito bem, Samantha! Nunca é tarde. — Ela empurra a xícara cheia de café para mim. — Faça outro café, está bem? Este está fraco demais.

Volto para dentro da casa e jogo os livros didáticos na mesa da cozinha. Encho de novo a chaleira e depois bato com o bule de café na pia, fazendo barulho.

— Tudo certo? — Nathaniel está olhando com ar divertido, da porta da cozinha. — Que tal a garota?

— Medonha! — Não consigo evitar uma explosão. — Não tem modos. Está me tratando como um capacho. Preciso desfazer as malas dela... e preparar essa mistura idiota de café descafeinado...

— Quanto a isso, só uma coisa — diz Nathaniel. — Cuspa no café dela.

— Aargh! — Faço uma careta. — Não vou fazer isso. — Ponho uma colher de café comum no bule e depois mais uma colher de descafeinado. Não acredito que estou cumprindo os caprichos idiotas dela.

— Não a deixe incomodá-la. — Nathaniel se aproxima, me abraça e me dá um beijo. — Ela não vale a pena.

— Eu sei. — Pouso o café e me aninho nos braços dele com um sorrisinho, sentindo-me relaxar. — Mmm. Senti sua falta.

Ele passa as mãos pelas minhas costas e sinto um arrepio de deleite. Ontem passei a noite com Nathaniel no pub e me esgueirei de volta à casa dos Geigers às seis da manhã. Algo me diz que isso pode virar um padrão regular.

— Senti sua falta. — Ele toca meu nariz, com um ar interrogativo. — E, por sinal, Samantha, não pense que não sei.

Fico rígida nos seus braços.

— Sabe o quê? — pergunto casualmente.

— Sei que você tem seus segredinhos. — Ele examina meu rosto. — Mas um escapou. E não há nada que você possa fazer a respeito.

Um escapou? O que, afinal, ele está falando?

— Nathaniel, o que você quer dizer? — Tento parecer relaxada mas sinto todos os meus sistemas de alarme em alerta máximo.

— Ora. — Ele parece achar divertido. — Você deve saber do que estou falando, Samantha, pode bancar a ignorante, mas a coisa escapou. Nós *sabemos*.

— Sabem *o quê*? — pergunto atônita.

Nathaniel balança a cabeça como se quisesse rir.

— Vou lhe dar uma pista. Amanhã. — Ele me beija de novo e depois vai para a porta.

Não faço idéia do que ele está falando. Amanhã? O que isso tem a ver?

No meio do dia seguinte ainda não deduzi. Isso pode ser porque não tive um único momento para me sentar e pensar. E isso pode ser porque estive correndo atrás de Melissa o tempo inteiro.

Fiz umas cinqüenta xícaras de café para a garota, metade das quais ela não se incomodou em tomar. Levei água gelada. Preparei sanduíches. Lavei toda a roupa suja que estava em sua mala. Passei uma blusa branca para usar à noite. Toda vez que tento começar um dos meus trabalhos regulares ouço a voz aguda de Melissa me chamando.

Enquanto isso, Trish anda na ponta dos pés como se tivéssemos o próprio T. S. Eliot no jardim, escrevendo sua última obra épica. Enquanto espano a sala de estar, ela olha para o local onde Melissa está sentada, junto a uma mesa armada no gramado.

— Ela trabalha tanto! — Trish traga profundamente o cigarro. — Que garota *inteligente*, a Melissa.

— Hum — resmungo sem me comprometer.

— Sabe, não é fácil cursar direito, Samantha. Em especial a melhor escola! — Ela me dá um olhar significativo. — Melissa teve de vencer centenas de pessoas só para conseguir a vaga.

— Fantástico. — Passo meu pano rapidamente sobre a TV. — Isso é ótimo.

Melissa não está na melhor escola de direito. Só para constar.

— Quanto tempo ela vai ficar aqui? — Tento fazer a pergunta em tom casual.

— Depende. — Trish sopra uma nuvem de fumaça. — As provas são daqui a algumas semanas, e eu disse que ela pode ficar quanto quiser!

Algumas *semanas*? — Só faz um dia, e ela já está me deixando louca.

Passo a tarde na cozinha, fingindo que tenho surdez seletiva. Sempre que Melissa me chama, ligo o liquidificador ou o rádio, ou faço barulho com as assadeiras. Se quiser falar comigo, pode me achar sozinha.

Por fim ela aparece à porta com as bochechas vermelhas de irritação.

— Samantha! Estive chamando você!

— Verdade? — Ergo os olhos inocente da manteiga que estou cortando para fazer massa. — Não ouvi.

— Precisamos de um sistema de campainha, ou algo assim. — Ela sopra o ar, impaciente. — Isso é ridículo, eu ter de parar o que estou fazendo.

— O que a senhorita desejava?

— Minha jarra d'água está vazia. E preciso de um lanchinho. Para manter os níveis de energia elevados.

— A senhorita poderia ter trazido a jarra para a cozinha — sugiro humildemente. — Ou preparado um lanchinho.

— Olha, não tenho tempo de preparar nenhum lanchinho, certo? — reage Melissa com rispidez. — Estou sob grande pressão de tempo neste momento. Tenho pilhas de trabalho, tenho prazos para as provas... você não faz *idéia* de como é minha vida.

Olho-a de volta em silêncio, respirando com força, tentando manter o ressentimento sob controle.

— Vou levar um sanduíche para você — digo finalmente.

— *Obrigada* — responde ela com sarcasmo, depois fica parada com os braços cruzados, como se esperasse alguma coisa.

— O que é? — pergunto.

— Ande. — Ela sinaliza com a cabeça. — Faça uma reverência.

O quê? Ela não pode estar falando sério.

— Não vou fazer reverência para *você*! — digo quase rindo.

— Você faz reverência para a minha tia. E meu tio.

— Eles são meus patrões — retruco tensa. — É diferente.

E acredite, se eu pudesse recuar o relógio, as reverências não fariam parte de nossa vida.

— Eu estou morando nesta casa. — Ela joga o cabelo para trás. — Portanto também sou sua patroa. Você deveria demonstrar o mesmo respeito.

Quero dar um *tapa* nessa garota. Se fosse minha subordinada na Carter Spink eu iria... aniquilá-la.

— Certo. — Pouso a faca. — Vou perguntar à Sra. Geiger, certo? — Antes que ela possa responder saio da cozinha. Não posso tolerar isso. Se Trish ficar do lado dela, chega. Vou embora.

Não vejo Trish em lugar nenhum, então subo para o andar de cima com o coração disparado. Chego à porta de seu quarto e bato.

— Sra. Geiger? Gostaria de trocar uma palavrinha.

Alguns instantes depois Trish abre uma fresta na porta e põe a cabeça para fora, parecendo meio desgrenhada.

— Samantha! O que você quer?

— Não estou feliz com a situação atual — digo tentando uma voz calma e civilizada. — Gostaria de falar sobre ela, por favor.

— Que situação? — Ela franze a testa.

— Com Melissa. E suas... necessidades constantes. Estou sendo retirada de meus serviços regulares. A manutenção da casa vai sofrer se eu tiver de ficar atendendo-a.

Trish parece não ter ouvido uma palavra.

— Ah, Samantha... agora não. — Ela balança a mão distraída, dispensando-me. — Falamos disso depois.

Ouço Eddie murmurar alguma coisa dentro do quarto. Fantástico. Provavelmente estavam fazendo sexo. Ela provavelmente quer voltar ao Estilo Turco.

— Certo. — Tento controlar a frustração. — Portanto vou simplesmente... continuar, certo?

— Espere. — Subitamente Trish parece me focalizar. — Samantha, nós vamos tomar champanha no terraço em meia hora com alguns... é... amigos. Gostaria que você usasse algo que não fosse o uniforme. — Seus olhos passam pelo uniforme com ligeira aversão. — Não é a roupa mais *lisonjeira* que você tem.

Você é que escolheu, porcaria!, quero gritar para ela. Mas em vez disso faço uma reverência, viro-me e vou para meu quarto, fumegando.

Porcaria de Trish. Porcaria de Melissa. Se está esperando um sanduíche, pode continuar esperando.

Fecho a porta, deixo-me cair na cama e olho para as mãos, vermelhas de lavar as roupas delicadas de Melissa.

O que estou fazendo aqui?

Sinto desapontamento e desilusão se espalhando por mim. Talvez eu estivesse sendo ingênua — mas honestamente achava que Trish e Eddie tinham passado a me respeitar. Não somente como empregada doméstica, mas como pessoa. Mas o modo com Trish se comportou agora mesmo... é óbvio que para ela não passo de uma "serviçal". Como algum tipo de objeto útil, um ponto acima do aspirador de pó. Quase sinto vontade de fazer as malas e ir embora.

Tenho uma visão súbita de mim mesmo descendo lepidamente a escada, abrindo a porta e gritando por cima dos ombros para Melissa.

— E, por sinal, também tenho diploma de advogada, e o meu é *melhor* do que o seu.

Mas isso seria petulante. Não, pior. Seria patético.

Massageio as têmporas, sentindo o ritmo cardíaco diminuir, gradualmente colocando as coisas em perspectiva.

E optei por isso. Ninguém me obrigou. E talvez não tenha sido o passo mais racional do mundo, e talvez eu não fique aqui para sempre. Mas é meu dever aproveitar ao máximo enquanto estou aqui. É meu dever ser profissional.

Ou pelo menos... o mais profissional que eu puder, tendo em mente que ainda não faço idéia do que é uma forma savarin.

Finalmente junto alguma energia e me levanto da

cama. Troco o uniforme por um vestido e escovo o cabelo. Até coloco um pouco de batom, para completar. Então pego o celular e mando um texto para Nathaniel:

oi! kd vc? sam

Espero a resposta, que não vem. Nathaniel não esteve por perto a tarde inteira, percebo subitamente. E ainda não faço idéia do que ele estava falando ontem. Um dos meus segredos "escapou"? Que segredo? Quando encontro meus olhos no espelho sinto minúsculas bolhas de inquietação. Ele não pode ter...
Quero dizer, não poderia...
Não. Como poderia? É impossível. Deve haver alguma explicação. Sempre há.

Quando desço a escada até o saguão, a casa está calma e silenciosa. Não sei a que horas os amigos de Trish chegam, mas ainda não há sinal deles. Talvez eu tenha tempo de terminar a massa rapidamente. Talvez consiga até descascar os legumes.
Estou indo rapidamente para a cozinha quando Nathaniel aparece.
— *Aí* está você. — Ele me abraça e me beija, puxando-me para baixo da escada, que, como descobrimos, é um esconderijo bem conveniente. — Hum. Senti sua falta.
— Nathaniel... — protesto, mas seu aperto só fica mais forte. Depois de alguns instantes consigo me soltar.

— Nathaniel, preciso fazer massa de pastel. Já estou atrasada e parece que tenho de servir bebidas para umas pessoas...

— Espere. — Nathaniel me puxa de volta, olhando o relógio. — Só mais um minuto. Depois podemos ir.

Olho-o insegura, sentindo uma leve premonição.

— Nathaniel... do quê você está falando?

— Ainda bancando a boba. — Ele balança a cabeça, divertido. — Realmente acha que poderia enganar todos nós? Querida, não somos idiotas! Eu disse, nós *sabemos*.

Sinto um pavor imenso. Eles sabem. O que sabem? *Que diabo eles descobriram?*

Engulo com a boca subitamente seca.

— O que, exatamente...

— Não, não, não. — Nathaniel põe o dedo em meus lábios. — Tarde demais. Você vai ter sua surpresa, quer goste ou não.

— Surpresa? — hesito.

— Agora saia. Estão esperando você. Feche os olhos... — Ele passa o braço pela minha cintura e põe a outra mão sobre meus olhos. — Venha por aqui... eu guio você...

Enquanto ando na escuridão, guiada apenas pelo braço de Nathaniel, fico quase doente de medo. Minha mente gira como louca, tentando deduzir o que pode ter acontecido pelas minhas costas. Quem está me esperando lá fora?

Por favor, não diga que eles tentaram resolver minha vida. Por favor não diga que arranjaram algum tipo de reunião. Tenho uma imagem súbita de Ketterman de pé no gramado, com os óculos de aço brilhando ao sol. Ou Arnold. Ou minha mãe.

— Aqui está ela! — Nathaniel me guia pelas portas duplas e descemos a escada até o jardim. Sinto o sol no rosto e ouço um som de tecido estalando e... música? — Certo! Abra os olhos!

Não posso abrir os olhos. O que quer que seja, não quero saber.

— Tudo bem! — Nathaniel está rindo. — Ninguém vai comer você! Abra!

Com o coração martelando, abro os olhos. Pisco várias vezes imaginando se estou num sonho.

O que... o que está acontecendo?

Uma enorme faixa com "Feliz Aniversário, Samantha!" está amarrada entre duas árvores. Isso é que fazia o som de tecido estalando. A mesa do jardim está arrumada com uma toalha branca, um buquê de flores e várias garrafas de champanha. Um monte de balões de hélio com "Samantha" escrito, está amarrado a uma cadeira. Um aparelho de som toca jazz. Eddie e Trish estão de pé no gramado, junto com Iris, Eamonn e Melissa — e todos riem para mim, menos Melissa, que faz biquinho.

Sinto como se tivesse sido lançada num universo paralelo.

— Surpresa! — gritam todos em uníssono. — Feliz aniversário!

Abro a boca, mas não sai nenhum som. Estou aparvalhada demais para falar. Por que os Geigers acham que é meu aniversário?

— Olhem para ela — diz Trish. — Está bestificada! Não está, Samantha?

— Ah... estou — gaguejo.

— Ela não fazia idéia — confirma Nathaniel, rindo.

— Feliz aniversário, querida. — Iris se aproxima, me aperta com força e me dá um beijo.

— Eddie, abra o champanha! — ouço Trish exclamando impaciente atrás de mim. — Anda!

Estou totalmente atordoada. O que faço? O que digo? Como a gente diz às pessoas que organizaram sua festa de aniversário surpresa que na verdade... não é seu aniversário?

Por que acham que é meu aniversário? Eu dei alguma data de nascimento inventada durante a entrevista? Mas não me lembro de ter feito isso...

— Champanha para a aniversariante! — Eddie abre uma garrafa e o champanha borbulha numa taça.

— Muitos anos de vida! — Eamonn está vindo na minha direção, rindo de orelha a orelha. — E você deveria ter visto sua cara agora mesmo!

— Não tem preço! — concorda Trish. — Agora vamos brindar!

Não posso deixar que isso vá mais longe.

— Ah... Sr. e Sra. Geiger... todo mundo... isso é lindo, e estou realmente tocada. — Engulo em seco, forçando-me a dizer. — Mas... não é meu aniversário.

Para minha surpresa, todo mundo explode em gargalhadas.

— Eu falei que isso ia acontecer! — diz Trish deliciada. — Ela *disse* que você ia negar!

— Não é *tão* mau assim ficar um ano mais velha — diz Nathaniel com um sorriso provocador. — Agora, encare o fato: nós sabemos. Tome seu champanha e se divirta.

Estou totalmente confusa.

— Quem disse que eu ia negar?

— Lady Edgerly, claro! — Trish ri de orelha a orelha. — Foi ela quem revelou seu segredinho!

Freya? Freya está por trás disso?

— O que... o que, exatamente, Lady Edgerly disse? — Tento parecer casual.

— Que o seu aniversário estava chegando — responde Trish, parecendo satisfeita. — E alertou que você tentaria manter em segredo. Menina travessa!

Não dá para acreditar na Freya. Não *dá*.

— Ela também contou... — Trish baixa a voz com simpatia — que seu último aniversário foi bem *frustrante*. Disse que simplesmente precisávamos compensar para você. De fato foi ela que sugeriu que fizéssemos uma grande surpresa! — Trish levanta a taça. — Então, a Samantha! Feliz aniversário!

— Feliz aniversário! — Ecoam os outros, levantando as taças.

Não sei se quero rir ou chorar. Ou as duas coisas. Olho a faixa e os balões prateados balançando à brisa; as garrafas de champanha; o rosto sorridente de todo mundo. Não há nada que eu possa dizer. Preciso ir em frente com isso.

— Bem... obrigada. Fico realmente feliz.

— Desculpe se fui um pouquinho *rude* com você esta tarde — diz Trish animada, tomando outro gole. — Nós estávamos *lutando* com os balões de hélio. Já tínhamos perdido um bocado, esta tarde. — Ela atira um olhar maligno para Eddie.

— Já tentou colocar balões de hélio num porta-malas de carro? — retruca Eddie acalorado. — Gostaria de ver você fazer isso! Não tenho três mãos, você sabe.

Surge uma imagem de Eddie lutando com um monte de balões prateados, tentando enfiá-los no Porsche, e mordo o lábio com força.

— Não pusemos sua *idade* nos balões, Samantha — acrescenta Trish num tom ofegante. — De mulher para mulher, achei que você apreciaria o gesto. — Ela ergue a taça e me dá uma levíssima piscadela.

Olho de seu rosto vívido, exageradamente maquiado, para o rosado de Eddie, e de repente fico tão comovida que não sei o que dizer. O tempo todo eles estavam planejando isso. Fazendo uma faixa. Estavam encomendando balões.

— Sr. Geiger, Sra. Geiger, estou... estou tão desconcertada...

— Ainda não acabou! — diz Trish assentindo por cima do meu ombro.

— Parabéns pra você... — Uma voz atrás de mim está cantando e depois de um momento as outras se juntam. Viro chocada e vejo Iris vindo pelo gramado, segurando o mais enorme bolo de aniversário, de duas camadas. A cobertura é de um rosa claríssimo, com rosas de açúcar e framboesas, uma elegante vela branca e, em letras prateadas, *Feliz Aniversário, Querida Samantha, de Todos Nós.*

É a coisa mais linda que já vi. Olho para aquilo, com a garganta apertada, incapaz de falar. Ninguém jamais fez um bolo de aniversário para mim.

— Sopre sua vela! — grita Eamonn quando a cantoria acaba.

De algum modo, sopro a chama debilmente e todo mundo aplaude.

— Gostou? — sorri Iris.

— É maravilhoso — engulo em seco. — Nunca vi nada igual.

— Feliz aniversário, querida. — Ela me dá um tapinha na mão. — Você merece, mais do que ninguém.

Quando Iris coloca o bolo na mesa e começa a cortar, Eddie bate na taça com a ponta de uma caneta.

— Se eu puder ter a atenção de vocês... — Ele sobe um degrau e pigarreia. — Samantha, todos nos sentimos muito felizes por você ter entrado na nossa família. Você está fazendo um trabalho maravilhoso e todos agradecemos. — Eddie ergue a taça para mim. — É... muito bem!

— Obrigada, Sr. Geiger. — Hesito. Olho ao redor, todos aqueles rostos amigáveis, emoldurados pelo céu azul e as flores de cerejeira. — Estou... muito feliz por ter vindo para cá, também. Todos foram muito receptivos e gentis comigo. — Ah, meu Deus, daqui a pouco abro o berreiro. — Eu não poderia desejar patrões melhores...

— Ah, pára! — Trish balança as mãos e enxuga o olho com um guardanapo.

— Samantha é boa companheira — começa Eddie, rouco. — Samantha é boa companheira...

— *Eddie!* Samantha não quer ouvir sua cantilena idiota! — interrompe Trish esganiçada, ainda enxugando os olhos. — Abra mais champanha, pelo amor de Deus!

É uma das noites mais quentes do ano. Enquanto o sol baixa lentamente no céu, todos ficamos no gramado, tomando champanha e conversando. Eamonn me conta sobre sua namorada, Anna, que trabalha num hotel em Gloucester. Iris aparece com minúsculas tortas leves como pluma, cheias de frango e ervas. Nathaniel pendura luzes miúdas numa árvore. Melissa anuncia alto, várias vezes, que não pode ficar ali, que precisa voltar ao trabalho — e depois aceita mais uma taça de champanha.

O céu é interminável, azul-noite, e há o cheiro de madressilvas no ar. A música borbulha suavemente ao fundo e a mão de Nathaniel pousa casualmente na minha coxa. Nunca me senti tão contente na vida.

— Presentes! — diz Trish de súbito. — Não demos os presentes!

Tenho certeza que ela bebeu mais champanha do que todo mundo. Vai cambaleando até a mesa, procura na bolsa e pega um envelope.

— Isto é um pequeno *bônus*, Samantha — diz ela, entregando-me. — Para gastar numa coisinha para você.

— Obrigada — digo sem jeito. — É uma gentileza incrível de sua parte!

— Não estamos aumentando seu *pagamento* — acrescenta ela, olhando-me com ligeira desconfiança. — Você entende que isso não é um *aumento* nem nada. É só uma vez.

— Entendo — digo tentando não sorrir. — É muita generosidade sua, Sra. Geiger.

— Também tenho uma coisa. — Iris enfia a mão em seu cesto e pega um embrulho em papel pardo. Dentro encontro quatro formas de pão novas e um avental estampado com rosas e preguedo. Olho para Iris e não evito um riso alto.

— Obrigada — digo. — Vou usar isso muito bem.

Trish está espiando as formas de pão, numa insatisfação divertida.

— Mas... sem dúvida Samantha já tem montes de formas de pão, não é? — diz ela pegando uma com sua mão manicurada. — E aventais.

— Eu me arrisquei — diz Iris, os olhos brilhando para mim.

— Aqui, Samantha. — Melissa me entrega um xampu da Body Shop que, eu sei, estava no armário do banheiro de Trish desde que cheguei aqui.

— Obrigada — digo com educação. — Não precisava.

— E, Melissa — entoa Trish, abruptamente abandonando o interesse pela forma de pão —, pare de dar trabalho extra para Samantha! Ela não pode passar o tempo todo correndo atrás de você! Não podemos nos dar ao luxo de perdê-la, você sabe.

Posso ver o choque no rosto de Melissa. Ela parece tão ultrajada quanto se Trish tivesse lhe dado um tapa.

— E esse é o meu presente — diz Nathaniel aparecendo depressa. Ele me entrega um embrulho minúsculo, em papel de seda branco, e todo mundo se vira para ver o que é.

Abro o embrulhinho e uma bela pulseira de prata cai na minha mão. Há apenas um pingente nela: uma minúscula colher de pau. Rio de novo. Um avental pregueado e agora uma colher de pau.

— Isso me lembrou o dia em que nós nos conhecemos — diz Nathaniel, a boca se curvando num sorriso.

— É... fantástico — abraço-o e beijo-o. — Muito obrigada — murmuro em seu ouvido.

Trish está olhando com interesse ávido quando nos separamos.

— Bem, é óbvio o que atraiu *você* a Samantha — diz ela a Nathaniel. — Foi a comida que ela faz, não é?

— Foram os grãos-de-bico que ela faz — concorda Nathaniel, sério.

Eamonn subiu à varanda. Agora desce a escada e me entrega uma garrafa de vinho.

— Este é o meu — diz. — Não é muito, mas...

— Ah, que lindo! — respondo emocionada. — Obrigada, Eamonn.

— E eu ia dizer: você não estaria interessada em fazer um trabalho como garçonete?

— No pub? — pergunto surpresa, mas ele balança a cabeça.

— Funções particulares. Temos uma pequena sociedade no povoado. Não é realmente um negócio, é mais para passar trabalho para amigos. Ganhar um dinheirinho extra, esse tipo de coisa.

Passar trabalho para os amigos. Subitamente sinto um calorzinho por dentro.

— Eu adoraria. — Sorrio para ele. — Obrigada por pensar em mim.

Eamonn ri de volta.

— E há um drinque ou dois para você atrás do balcão, se você quiser vir.

— Bem... é... — olho para Trish. — Talvez mais tarde...

— Vá! — diz Trish, balançando a mão. — Aproveitem! Não *pense* no trabalho! Nós colocamos as taças sujas na cozinha e você pode cuidar delas amanhã.

— Obrigada, Sra. Geiger. — Obrigo-me a ficar com o rosto impávido. — É muita bondade sua.

— Eu também preciso ir — diz Iris levantando-se. — Boa-noite e obrigada.

— Não podemos instigar você a ir ao pub, Iris? — Pergunta Eamon.

— Esta noite, não. — Ela sorri, o rosto iluminado pelas luzinhas piscantes. — Boa noite, Samantha. Boa noite, Nathaniel.

— Boa-noite, mamãe.
— Boa-noite, Eamon.

— Boa-noite, Iris.
— Boa-noite, vovô — digo.
Saiu antes que eu pudesse impedir. Levanto-me, imobilizada, quente de embaraço, esperando que ninguém tenha percebido. Mas Nathaniel está girando lentamente para mim, o rosto franzido de diversão. Ele *certamente* escutou.
— Boa-noite, Mary Ellen. — Ele ergue as sobrancelhas.
— Boa-noite, Jim Bob — retruco em tom casual.
— Eu me vejo mais como um John Boy.
— Hmmm. — Olho-o de cima a baixo. — Certo, você pode ser John Boy.
Eu tinha uma paixonite total por John Boy quando era garota. Não que vá mencionar esse fato a Nathaniel.
— Venha — Nathaniel estende a mão. — Vamos à Taverna do Ike.
— Ike era dono do *armazém* — reviro os olhos. — Você não sabe de nada?
Enquanto vamos até a casa passamos por Melissa e Eddie na varanda, sentados à mesa de jardim coberta de papéis e brochuras.
— É *tãããão* difícil! — está dizendo Melissa. — Quero dizer, esta é uma decisão que vai afetar toda a minha vida. É... tipo... como é que a gente vai saber?
— Sr. Geiger? — interrompo sem jeito. — Só queria agradecer muito por esta noite. Foi absolutamente incrível.
— Foi divertida! — diz Eddie.

— Boa-noite — diz Melissa, dando um suspiro enorme. — Ainda tenho trabalho a fazer.
— Vai valer a pena, querida. — Eddie lhe dá um tapinha na mão, tranqüilizando-a. — Quando você estiver na... — Ele pega uma brochura na mesa e olha como se estivesse usando óculos de leitura. — Carter Spink.
Por alguns instantes não posso me mover.
Melissa vai trabalhar na Carter Spink?
— Esse... — Tento falar normalmente. — Esse é o nome da firma de advocacia para a qual você está se candidatando?
— Ah, não sei — responde Melissa, parecendo carrancuda. — É a principal. Mas *incrivelmente* competitiva. Praticamente ninguém consegue entrar.
— Parece bem chique! — diz Eddie, virando as folhas brilhantes, cada uma ilustrada com uma foto. — Olhe esses escritórios!
Enquanto ele folheia, fico hipnotizada. Há uma foto do saguão. Uma do andar onde eu trabalhava. Não consigo afastar os olhos — mas ao mesmo tempo não quero olhar. É a minha vida antiga. Não tem a ver com este lugar. E de repente, quando Eddie vira outra página, sinto um choque de descrença.
É uma foto minha. Minha.
Com meu terninho preto, o cabelo preso, sentada a uma mesa de reuniões com Ketterman, David Elldridge e um cara que veio dos Estados Unidos. Agora lembro quando essa foto foi tirada. Ketterman ficou absolutamente lívido por ser perturbado.

Estou tão *pálida*. Estou tão *séria*!

— E o negócio *é*... será que eu *quero* dar todo o meu tempo? — Melissa está batendo na página. — Essas pessoas trabalham toda noite! E a vida social?

Meu rosto está bem ali, à vista de todos. Só espero alguém franzir a testa, reconhecendo, dizendo: "*Espere* aí..."

Mas ninguém reconhece. Melissa continua arengando, gesticulando para a brochura. Eddie está assentindo. Nathaniel olha para cima, obviamente entediado.

— Se bem que, sabe, o dinheiro *é* realmente bom... — suspira Melissa, e vira a página.

A foto se foi. Eu me fui.

— Vamos? — A mão quente de Nathaniel puxa a minha e eu a aperto de volta, com força.

— Sim. — Sorrio para ele. — Vamos.

Dezenove

Não vejo a brochura da Carter Spink de novo até duas semanas depois, quando estou entrando na cozinha para fazer o almoço.

Não sei o que aconteceu com o tempo. Mal o reconheço. Os minutos e as horas não passam tiquetaqueando em nacos rígidos. Fluem, refluem e redemoinham. Nem uso mais relógio. Ontem me deitei num campo de feno durante toda a tarde com Nathaniel, olhando sementes de dente-de-leão flutuando; e o único tique-taque era dos grilos.

Mal me reconheço, também. Estou morena de ficar deitada ao sol no descanso do almoço. Há fiapos dourados nas pontas dos meus cabelos. Minhas bochechas estão cheias e coradas. Meus braços estão ganhando músculos de tanto polir, amassar pão e carregar panelas pesadas de um lado para o outro.

O verão está com força total e cada dia é mais quente do que o anterior. Toda manhã, antes do café, Nathaniel caminha comigo de volta pelo povoado até a casa dos Geigers — e mesmo a essa hora o sol já está esquentando. Tudo parece lento e preguiçoso hoje em dia. Nada parece importar. Todo mundo está em clima de férias —

a não ser Trish, que entrou num frenesi total. Vai dar um grande almoço de caridade na semana que vem, porque leu numa revista que é isso que as damas de alta classe fazem. Pela confusão que está fazendo, o negócio parece um casamento real.

Estou arrumando os papéis que Melissa deixou atulhados na mesa quando vejo a brochura da Carter Spink embaixo de uma pasta de papel. Não resisto a pegá-la e folhear as imagens familiares. Ali está a escada que subi todos os dias da vida durante sete anos. Ali está Guy, mais admiravelmente bonito do que nunca. Ali está aquela garota Sarah, do departamento de litígio, que também era candidata a sócia. Nem ouvi dizer se conseguiu.

— O que você está fazendo? — Melissa entrou na cozinha sem que eu ouvisse. Ela me olha cheia de suspeitas. — Isso é meu.

Honestamente. Como se eu fosse roubar uma brochura.

— Só estou arrumando suas coisas — digo objetivamente, pousando a brochura. — Preciso usar esta mesa.

— Ah. Obrigada. — Melissa coça o rosto. Parece exausta ultimamente. Há sombras sob seus olhos e o brilho do cabelo sumiu.

— Você está trabalhando duro — sugiro mais gentilmente.

— É, bem... — Ela ergue o queixo. — No fim vai valer a pena. Eles fazem a gente trabalhar muito no início, mas depois que a gente se qualifica, tudo se acalma.

Olho seu rostinho cansado, repuxado, arrogante. Mesmo que pudesse lhe dizer o que sei, ela não acreditaria.

— É — digo depois de uma pausa. — Tenho certeza que você está certa. — Olho de novo a brochura da Carter Spink. Está aberta numa foto do Arnold. Ele usa uma gravata de bolinhas azul-escura e um lenço combinando, e está rindo de orelha a orelha para o mundo. Só de vê-lo me dá vontade de sorrir.

— Então você vai se candidatar a essa firma de advocacia? — pergunto casualmente.

— É. É a melhor. — Melissa está pegando uma Diet Coke na geladeira. — Esse é o cara que deveria me entrevistar. — Ela inclina a cabeça para a foto de Arnold. — Mas ele vai sair.

Sinto uma sacudida de perplexidade. Arnold vai sair da Carter Spink?

— Tem certeza? — pergunto antes de me conter.

— É. — Melissa me dá um olhar estranho. — Por quê?

— Ah, nada — respondo largando rapidamente a brochura. — Só quis dizer... que ele não parece ter idade para se aposentar.

— Bem, ele vai. — Ela dá de ombros e sai da cozinha, e eu fico olhando perplexa.

Arnold vai sair da Carter Spink? Mas ele sempre alardeou que nunca se aposentaria. Sempre alardeou que duraria mais vinte anos. Por que sairia agora?

Estou totalmente fora de contato. Nas últimas semanas vivi numa bolha. Não li *O Advogado*, mal li um jornal comum. Não sei nenhuma fofoca e não me importei nem um pouco. Mas agora, olhando o rosto familiar de Arnold, sinto pontadas de curiosidade.

Sei que não estou mais nesse mundo, mas ainda quero saber. Por que, diabos, Arnold vai sair da Carter Spink? O que mais aconteceu que eu não sei?

Assim, nessa tarde, depois de tirar a mesa do almoço, entro no escritório de Eddie, ligo o computador e clico no Google. Procuro "Arnold Saville" — e, sem dúvida, na segunda página encontro um pequeno item sobre sua aposentadoria precoce. Leio a matéria de cinqüenta palavras, repetidamente, tentando descobrir pistas. Por que Arnold iria se aposentar? Está doente?

Procuro outros itens, mas é o único que encontro. Depois de hesitar um momento vou à caixa de busca e — dizendo a mim mesma que não deveria fazer isso — digito "Samantha Sweet". Imediatamente um zilhão de histórias a meu respeito surge de novo na tela. Mas desta vez não fico tão pirada. Quase não parece mais que sou eu.

Examino um item depois do outro, vendo os mesmos detalhes repassados. Depois de clicar umas cinco páginas acrescento "Third Union Bank" à busca, e examino os resultados. Então digito "Third Union Bank, BLCC Holdings", depois "Third Union Bank, Glazerbrooks". Então, num frisson estranho, digito "Samantha Sweet, 50 milhões de libras, carreira encerrada". É como olhar meu próprio carro bater, num replay.

Meu Deus, o Google é viciante. Fico ali sentada, totalmente absorta, clicando, digitando e lendo, chafurdando em páginas intermináveis, automaticamente usando a senha da Carter Spink quando preciso. Depois de uma hora estou sentada frouxa na cadeira de Eddie, como um zumbi. Minhas costas doem e o pescoço está duro, e as palavras se atropelam. Tinha esquecido como era ficar sentada diante de um computador. Realmente usava isso o dia inteiro?

Esfrego os olhos cansados e olho a página da internet aberta diante de mim, imaginando por que estou fazendo isso. É uma obscura lista de convidados de um almoço que aconteceu no início do ano no Painters Hall. Mais ou menos na metade está o nome BLCC Holdings, que deve ter sido o link. No piloto automático movo o cursor pela página — e surge o nome "Nicholas Hanford Jones, diretor".

Alguma coisa tilinta no meu cérebro cansado. *Nicholas Hanford Jones*. Por que conheço esse nome? Por que, de algum modo, estou associando-o a Ketterman?

Será que a BLCC Holdings é cliente de Ketterman? Não. Não pode ser. Eu teria sabido.

Aperto os olhos com força e me concentro o máximo que posso. *Nicholas Hanford Jones*. Quase posso ver nos olhos da mente; estou procurando uma associação... uma imagem... Ande, pense.

E de repente lembro. As letras rebuscadas num convite de casamento. Estava preso no quadro de avisos da sala de Ketterman, há uns três anos. Ficou ali durante semanas. Eu via sempre que entrava.

Sr. e Sra. Arnold Saville
requisitam o prazer de sua companhia
no casamento de sua filha Fiona
com o Sr. Nicholas Hanford Jones.

Nicholas Hanford Jones é genro de Arnold Saville? Arnold tem ligações familiares com a BLCC Holdings?

Afundo na cadeira, totalmente desconcertada. Por que ele nunca mencionou isso?

E então outro pensamento me acerta. Estive há um minuto na página da BLCC Holdings Companies House. Por que Nicholas Hanford Jones não era listado como diretor? Isso é ilegal, para começar.

Coço a testa, depois, por curiosidade, digito "Nicholas Hanford Jones". Um instante depois a tela se enche de itens, e me inclino adiante cheia de expectativa.

Ah, pelo amor de Deus. A internet é uma merda. Estou olhando outros Nicholas, outros Hanfords e outros Jones, mencionados em todo tipo de contexto diferente. Olho em frustração total. Será que o Google *não percebe* que não é nisso que estou interessada? Por que eu iria querer ler sobre uma equipe de remo canadense onde há um Greg Hanford, um Dave Jones e um Chip Nicholas?

Nunca vou achar nada aqui.

Mesmo assim começo a abrir caminho, examinando cada naco de texto, clicando na próxima página e na próxima. E então, quando estou para desistir, meu olhar cai num item no fim da página. *William **Hanford Jones**, diretor financeiro da Glazerbrooks, agradeceu a Nicholas Jenkins por seu discurso...*

Olho por alguns segundos com incredulidade total. O diretor financeiro da Glazerbrooks chama-se Hanford Jones também? São da mesma *família*? Sentindo-me uma espécie de detetive particular, entro na Friends Reunited, e dois minutos depois tenho a resposta. São irmãos.

Fico meio atordoada. Esta é uma conexão bem gigantesca. O diretor financeiro da Glazerbrooks, que faliu devendo 50 milhões de libras ao Third Union Bank. Um diretor da BLCC Holdings, que emprestou a ela 50 milhões três dias antes. E Arnold, representando o Third Union Bank. Tudo relacionado; tudo na mesma família ampliada. E a coisa mais estranha é que tenho quase certeza que mais ninguém sabe.

Arnold nunca mencionou isso. Ninguém na Carter Spink jamais mencionou. Nem eu vi isso em qualquer relatório sobre o caso. Arnold manteve tudo em segredo.

Esfrego os olhos, tentando juntar os pensamentos desconexos. Não é um potencial conflito de interesses? Ele não deveria ter revelado a informação imediatamente? Por que, diabos, Arnold manteria uma coisa tão importante assim em segredo? A não ser...

Não.

Não. Não poderia...

Abro os olhos, meio tonta, como se de repente tivesse mergulhado em água com um quilômetro de profundidade. Minha mente está saltando adiante, ricocheteando em possibilidades e se despedaçando de novo, incrédula.

Será que Arnold descobriu alguma coisa? Será que está escondendo alguma coisa?

Será por isso que vai sair?

Levanto-me e passo as mãos pelo cabelo. Certo, só vamos... pára com isso, agora mesmo. É do Arnold que estou falando. Do *Arnold*. Estou virando uma louca fanática por teorias de conspiração. Daqui a pouco vou digitar "alienígenas, Roswell, eles vivem entre nós".

Com decisão súbita pego o telefone. Vou ligar para o Arnold. Vou desejar sorte na aposentadoria. Então talvez consiga me livrar de todas essas idéias ridículas que flutuam na minha cabeça.

Preciso de umas seis tentativas fracassadas antes de juntar coragem para digitar o número inteiro e esperar a resposta. A idéia de falar com alguém da Carter Spink — quanto mais com o Arnold — me deixa ligeiramente enjoada. Fico desligando antes de completar a conexão; largando o telefone como se tivesse escapado por pouco.

Mas por fim me obrigo a apertar os números e manter a linha. Nunca saberei, se não fizer isso. Vou conseguir falar com Arnold. Vou conseguir manter a cabeça erguida.

Depois de três toques o telefone é atendido por Lara.

— Escritório de Arnold Saville.

Tenho uma visão súbita de Lara sentada em sua mesa de madeira clara, com o casaco cor de vinho que ela sempre usa, digitando. Tudo parece a um milhão de quilômetros de distância.

— Oi, Lara — digo. — É... Samantha. Samantha Sweet.

— *Samantha?* — Lara parece abatida por uma machadada. — Diabo! Onde você está? O que está fazendo?

— Estou bem, obrigada. Estou bem mesmo. — Controlo um espasmo de nervosismo. — Liguei porque fiquei sabendo que Arnold vai sair. É verdade?

— É! — diz Lara aliviada. — Fiquei pasma! Parece que Ketterman o levou para jantar e tentou convencê-lo a ficar, mas ele decidiu. Imagine só, ele vai se mudar para as Bahamas.

— *Bahamas?* — repito perplexa.

— Comprou uma casa lá! Parece linda. A festa de despedida vai ser na semana que vem. — Lara continua: — Vou ser transferida para a sala de Derek Green, lembra dele? Sócio do setor de impostos? Um cara muito legal, mas parece que é meio temperamental...

— É... fantástico! — interrompo-a, subitamente lembrando de sua capacidade de fofocar por horas sem respirar. — Lara, eu só queria desejar tudo de bom ao Arnold. Será que você poderia passar a ligação?

— Verdade? — Lara parece surpresa. — Isso é incrivelmente generoso da sua parte, Samantha. Depois do que aconteceu.

— Bem, você sabe — digo sem jeito. — Não foi culpa do Arnold, foi? Ele fez o que pôde.

Há um silêncio estranho.

— É — diz Lara depois de uma pausa. — Bem. Vou completar a ligação.

Depois de alguns instantes a voz familiar de Arnold estrondeia pela linha.

— Samantha, querida! É você, mesmo?

— Sou eu, mesmo! — consigo sorrir. — Não desapareci *totalmente* da face da terra.

— Espero que não! Você está bem, não está?

— Estou... bem — respondo sem jeito. — Obrigada. Só fiquei surpresa ao saber que você ia se aposentar.

— Nunca fui obcecado por tortura! — Ele dá um riso fácil. — Trinta e três anos labutando no direito. Basta para qualquer ser humano. Quanto mais para um advogado!

Só sua voz jovial me tranqüiliza. Devo estar louca. Arnold não pode ter se envolvido em nada ilegal. Não pode estar escondendo nada. Ele é o *Arnold*.

Vou mencionar a ele, decido. Só para provar a mim mesma.

— Bem... espero que tudo corra bem — digo. — E... acho que você vai ver mais a sua família, não é?

— Vou ficar assoberbado por aqueles chatos, sim! — Ele estrondeia numa gargalhada de novo.

— Não sabia que seu genro era diretor da BLCC Holdings! — tento um tom casual. — Que coincidência!

Há um momento de silêncio.

— Perdão? — diz Arnold. Sua voz continua charmosa como sempre, mas o calor desapareceu.

— BLCC Holdings — engulo em seco. — Sabe, a outra companhia envolvida no empréstimo do Third Union Bank? A que registrou a cobrança? Por acaso acabei de notar...

— Preciso desligar agora, Samantha! — Arnold me interrompe com voz mansa. — É um prazer bater papo, mas vou sair do país na sexta-feira, portanto há muito que fazer. A coisa aqui está movimentada demais, de modo que, se fosse você, eu não ligaria de novo.

A linha emudece antes que eu possa falar mais. Lentamente pouso o telefone e olho uma borboleta voando do lado de fora da janela.

Isso não estava certo. Não foi uma reação natural. Ele se livrou de mim assim que mencionei seu genro.

Algo está acontecendo. Algo está acontecendo com certeza.

O que pode ser? Abandonei por completo o trabalho doméstico durante a tarde e estou sentada na cama com um bloco de anotações e um lápis, tentando deduzir as possibilidades.

Quem ganha com isso? Olho de novo os fatos rabiscados e as setas. Dois irmãos. Milhões de libras sendo transferidas entre bancos e empresas. Pense. *Pense...*

Com um pequeno grito de frustração rasgo a página e amasso. Vamos começar de novo. Vamos colocar tudo em ordem lógica. A Glazerbrooks entrou em falência. O Third Union Bank perdeu o dinheiro. A BLCC Holdings pulou à frente na fila...

Bato com o lápis impacientemente no papel. Mas e daí? Eles só pegam de volta o dinheiro que emprestaram. Não têm vantagem nenhuma, não têm benefício, não faz sentido.

A não ser... e se eles nunca pagaram nada, para começar?

A idéia acerta meu cérebro vinda de lugar nenhum. Sento-me ereta, incapaz de respirar. E se for isso? *E se essa for a mutreta?*

Minha mente começa a disparar. Imagine que haja dois irmãos. Eles sabem que a Glazerbrooks está com sérios problemas financeiros. Sabem que o banco acabou de pagar cinqüenta milhões mas que o empréstimo não foi registrado. Isso significa que há um empréstimo de cinqüenta milhões sem seguro circulando na empresa, podendo ser apanhado por qualquer um que faça um registro...

Não consigo mais ficar sentada. Estou andando de um lado para o outro, mordendo febrilmente o lápis, o cérebro soltando fagulhas como um circuito elétrico. Isso funciona. Funciona. Eles alteram os números. A BLCC Holdings recebe o dinheiro que o Third Union Bank pagou, a seguradora da Carter Spink cobre a conta...

Paro de andar. Não. Não funciona. Estou sendo idiota. A seguradora só vai cobrir os cinqüenta milhões porque eu fui negligente. Este é o elemento crucial. Todo o plano dependeria de que eu, Samantha Sweet, cometesse esse erro específico.

Mas, puxa... como eles poderiam ter planejado isso?

Não faz sentido. É impossível. Não se pode planejar um erro antecipadamente. Não se pode *fazer* com que alguém esqueça de fazer alguma coisa, não se pode *obrigar* alguém a fazer merda...

E então paro. De repente minha pele fica úmida. O memorando.

Eu não vi aquele memorando na mesa até que era tarde demais. Sei que não vi.

E se...

Ah, meu Deus.

Afundo no banco da janela, as pernas parecendo de borracha. E se alguém plantou o memorando na minha mesa? Enfiou numa pilha de papéis depois do prazo?

Meu coração começa a martelar e eu seguro a cortina em busca de equilíbrio.

E se eu não cometi um erro?

Sinto como se tudo estivesse estalando e mudando de forma ao redor. E se Arnold deliberadamente não registrou o empréstimo do banco — e fez parecer que era minha culpa?

Como uma fita que é exibida continuamente, a minha conversa com Arnold passa várias vezes pela minha mente. Quando eu disse que não podia lembrar de ter visto o memorando em cima da mesa. E ele imediatamente mudou de assunto.

Eu presumi que o memorando estivesse ali o tempo todo. Presumi que o erro fosse meu. Ineficiência minha. Mas e se não foi? Todo mundo na Carter Spink sabia que eu tinha a mesa mais bagunçada da firma. Seria fácil enfiar o memorando numa pilha de papéis. Fazer parecer que estava ali há semanas.

Estou respirando cada vez mais ofegante, até quase ficar com oxigênio demais no sangue. Vivi com esse erro por dois meses. Ele estava ali toda manhã, quando eu acordava, e todo dia quando ia para a cama. Como uma dor constante ao fundo; como um refrão na minha cabeça: Samantha Sweet arruinou a vida. Samantha Sweet fez merda.

Mas... e se eu fui usada? E se a culpa não foi minha? *E se não cometi o erro, afinal de contas?*

Preciso saber. Preciso saber a verdade. Agora. Com a mão trêmula pego o celular e digito o número de novo.

— Lara, preciso falar com Arnold outra vez — digo assim que a ligação é completada.

— Samantha... — Lara parece sem jeito. — Infelizmente Arnold não vai receber mais nenhum telefonema seu. E pediu que eu lhe dissesse para não incomodá-lo de novo falando sobre seu emprego.

Sinto um choque. O que ele andou falando sobre mim?

— Lara, não estou incomodando por causa do emprego — digo tentando manter a voz firme. — Só preciso falar com ele sobre uma... questão. Se ele não quer falar comigo, vou ao escritório. Pode marcar uma hora, por favor?

— Samantha... — Ela parece ainda mais embaraçada do que antes. — Arnold disse para lhe informar... que se você tentar vir ao escritório a segurança vai expulsá-la.

— Me *expulsar*? — Olho o telefone, incrédula.

— Sinto muito. Verdade. E não culpo você! — acrescenta ela fervorosa. — Achei realmente chocante o que Arnold fez com você! Um monte de gente também acha.

Sinto uma nova confusão. O que ele *fez* comigo? Lara sabe sobre o memorando?

— O que... o que você quer dizer? — gaguejo.

— O modo como ele fez você ser demitida!

— O quê? — Sinto que toda a respiração foi espremida do meu peito. — O que você está falando?

— Eu *realmente* me perguntei se você saberia. — Ela baixa a voz. — Ele está indo embora, por isso posso dizer. Peguei as minutas da reunião, depois de você ter fugido. E Arnold convenceu todos os outros sócios. Disse que você era um perigo e que não podiam se arriscar e tê-la de volta, e coisa e tal. Muitos outros queriam lhe dar outra chance, sabe? — Ela estala a língua. — Fiquei pasma. Claro, não podia *dizer* nada ao Arnold...

— Claro que não — consigo responder. — Obrigada por me contar, Lara. Eu... não fazia idéia.

Estou tonta. Tudo está ficando distorcido. Arnold não me defendeu. Fez com que eu fosse demitida. Não conheço esse sujeito. Todo aquele charme afável... é puro teatro. É uma porcaria de teatro.

Com uma repulsa enjoativa lembro-me subitamente dele no dia depois de tudo ter acontecido, insistindo em que eu ficasse onde estava, que não voltasse. Por isso. Ele me queria fora do caminho para eu não lutar. Para que ele pudesse acabar comigo.

E eu confiei. Total e absolutamente. Como uma imbecil, uma *imbecil* culpada.

Meu peito ofega dolorosamente. Todas as dúvidas desapareceram. Arnold está metido em algum trambique. Eu sei. Armou para cima de mim. Plantou o memorando na minha mesa, sabendo que isso destruiria minha carreira.

E em três dias terá desaparecido nas Bahamas. Sinto uma pontada de pânico. Preciso agir agora.

— Lara — digo tentando parecer calma. — Poderia me ligar com Guy Ashby?

Sei que briguei com Guy. Mas ele é a única pessoa em que posso pensar e que poderia me ajudar.

— Guy foi para Hong Kong — diz Lara, surpresa. — Você não sabia?

— Certo — respondo com o coração afundando. — Não... não sabia.

— Mas ele vai estar com o BlackBerry — acrescenta ela, solícita. — Você pode passar um e-mail.

— É. — Respiro fundo. — É, talvez eu faça isso.

VINTE

Não posso fazer. Simplesmente não posso. Não há como escrever esse e-mail sem ficar parecendo uma paranóica maluca.
    Olho desesperada a décima tentativa.

Caro Guy
Preciso da sua ajuda. Acho que sofri uma armação do Arnold. Acho que ele plantou aquele memorando na minha mesa. Há alguma coisa acontecendo. Ele tem ligações familiares com a BLCC Holdings e a Glazerbrooks, você sabia?? Por que ele jamais contou a ninguém? E agora me proibiu de entrar no prédio, o que, em si, é suspeito...

    Estou parecendo iludida. Estou parecendo uma ex-empregada amargurada, confusa, cheia de ressentimento.
    O que, claro, sou.
    Enquanto passo o olhar pelas palavras lembro, nada mais, nada menos, do que da velha de olhos loucos que costumava ficar na esquina da nossa rua, murmurando "Eles vêm me PEGAR".

Agora tenho total simpatia por aquela velha. Eles provavelmente *estavam* atrás dela.

Guy vai simplesmente rir. Posso vê-lo agora. Arnold Saville é um bandido? Parece insano. Talvez eu *esteja* insana. É apenas uma teoria. Não tenho provas; não tenho nada sólido. Inclino-me adiante e pouso a cabeça, desesperada, nas mãos. Ninguém jamais vai acreditar em mim. Ou sequer me ouvir.

Se ao menos tivesse alguma prova. Mas onde iria conseguir?

Um bip no meu celular me faz dar um pulo e levanto os olhos, cansada. Quase tinha esquecido onde estava. Pego-o e vejo que recebi uma mensagem de texto.

estou aqui embaixo. tenho uma surpresa para você. nat.

Enquanto desço, não estou realmente ligada. Clarões de raiva ficam me dominando enquanto penso no sorriso jocoso de Arnold, no modo como ele encorajava minha mesa bagunçada, em como disse que faria o máximo por mim, como ouviu enquanto eu me culpava, enquanto eu pedia desculpas e me humilhava...

O pior de tudo é que nem tentei me defender. Não questionei o fato de que não conseguia me lembrar de ter visto o memorando. Presumi imediatamente o pior de mim mesma; presumi que era minha culpa, por ter uma mesa tão bagunçada.

Arnold me conhece muito bem. Talvez estivesse contando com isso.

Sacana. *Sacana*.

— Oi. — Nathaniel balança a mão na frente do meu rosto. — Terra chamando Samantha.

— Ah... desculpe. Oi! — De alguma maneira consigo sorrir. — Qual é a surpresa?

— Venha por aqui. — Ele ri e me leva até o seu carro, que é um antiqüíssimo fusca conversível. Como sempre, fileiras de potes de sementes estão atulhando o banco traseiro e uma velha pá de madeira se projeta atrás.

— Senhora. — Ele abre a porta, galante.

— Então, o que vai me mostrar? — pergunto entrando.

— Viagem fantástica. — Nathaniel dá um sorriso enigmático e liga o motor.

Saímos de Lower Ebury e pegamos um caminho que não reconheço, através de um minúsculo povoado vizinho e subindo as colinas. Nathaniel está num clima alegre e me conta histórias de cada fazenda e pub por onde passamos. Mas praticamente não escuto uma palavra. Minha mente continua fervilhando.

Não sei o que posso fazer. Nem posso entrar no prédio. Não tenho credibilidade. Estou impotente. E só tenho três dias. Assim que Arnold desaparecer nas Bahamas, acabou-se.

— Aqui estamos! — Nathaniel sai da estrada para um caminho de cascalho. Manobra o carro para perto de um muro de tijolos e desliga o motor. — O que acha?

Com esforço puxo o pensamento de volta ao presente.

— Ah... — Olho ao redor, sem idéia. — É. Lindo.

O que eu deveria estar olhando?

— Samantha, você está bem? — Nathaniel me lança um olhar curioso. — Parece tensa.

— Estou bem. — Tento sorrir. — Só meio cansada.

Abro a porta do carro e saio, afastando-me de seu olhar. Fecho a porta, dou alguns passos e olho ao redor.

Estamos em algum tipo de pátio ardendo ao sol da tarde. Há uma casa meio arruinada à direita, com uma placa de VENDE-SE. Adiante há fileiras de estufas brilhando ao sol baixo. Há terrenos cheios de fileiras de legumes, uma cabine portátil onde está escrito CENTRO DE HORTICULTURA...

Espera aí.

Viro-me perplexa e vejo que Nathaniel também saiu do carro. Está rindo para mim e segurando um maço de papéis.

— Uma oportunidade de negócio em horticultura — lê ele em voz alta. — 1,6 hectare de terra, com mais quatro hectares disponíveis, sujeitos a negociação, 930 metros quadrados de estufas. Sede com quatro quartos, precisa de reparos...

— Você vai *comprar* isso? — pergunto com a atenção totalmente agarrada.

— Estou pensando. Queria mostrar primeiro a você.
— Ele abre um dos braços. — É uma propriedade muito boa. Precisa de reparos e construção, mas o terreno está aí. Podemos começar a fazer umas áreas cobertas de tela, aumentar o escritório...

Não consigo absorver tudo isso. Desde quando Nathaniel ficou tão empreendedor?

— Mas e os pubs? Por que você de repente...

— Foi você. O que disse no jardim naquele dia. — Ele pára, com a brisa agitando os cabelos. — Você está certa, Samantha. Não sou dono de pubs, sou jardineiro. Estarei mais feliz fazendo o que realmente quero. Assim... tive uma longa conversa com minha mãe e ela entendeu. Nós dois achamos que Eamonn pode assumir o comando. Não que ele já saiba.

— Uau. — Olho de novo ao redor, vendo uma pilha de caixotes de madeira; pilhas de bandejas de sementes; um cartaz velho anunciando árvores de natal. — Então você vai mesmo fazer isso?

Nathaniel dá de ombros, mas posso ver a empolgação em seu rosto.

— Só se tem uma chance na vida.

— Bom, acho fantástico. — Rio com entusiasmo genuíno.

— E há uma casa. — Ele assente na direção dela. — Ou pelo menos haverá uma casa. Está meio arruinada.

— Certo. — Olho a construção precária, rindo. — Realmente parece meio arruinada.

— Queria que você visse primeiro. Conseguir sua aprovação. Quero dizer, um dia você poderia... — Ele pára.

Há silêncio no pátio. De repente meus sensores de relacionamento estão girando feito loucos, como o Hubble vendo uma nave alienígena. O que eles acabaram de captar? O que ele ia dizer?

— Poderia... ficar para passar a noite? — digo finalmente, meio sem jeito.

— Exato. — Nathaniel esfrega o nariz. — Vamos dar uma olhada?

A casa é maior do que parece por fora, com tábuas nuas, velhas lareiras e uma escada de madeira que range. Um cômodo praticamente não tem reboco e a cozinha é totalmente antiquada, com armários dos anos trinta.

— Grande cozinha. — Lanço-lhe um olhar provocador.

— Tenho certeza que eu poderia colocá-la nos padrões do *cordon bleu*.

Subimos para o andar de cima e entramos num quarto enorme que dá para os fundos da casa. Do alto os canteiros de legumes parecem uma organizada colcha de retalhos, estendendo-se na campina verde. Vejo um pequeno terraço lá embaixo e um minúsculo jardim privado, pertencente à casa, todo cheio de clematites e rosas emaranhadas.

— É um lugar lindo — digo apoiando-me no parapeito da janela. — Adorei.

Ali parada, olhando a vista, sinto que Londres fica em outro planeta. A Carter Spink, Arnold e todos eles subitamente parecem fazer parte de outra vida. Não estou simplesmente fora do laço, estou totalmente longe da corda.

Mas ao mesmo tempo em que olho a tranqüila cena campestre, sinto-me estendendo a mão para a ponta da corda. Não posso soltá-la; não consigo relaxar. Só seria necessário um telefonema para a pessoa certa.

Se eu tivesse alguma prova...

Qualquer coisa...

Minha mente começa a revirar os fatos de novo, como um pássaro girando sobre conchas de caracóis vazias. Desse jeito vou ficar louca.

— O que eu fiquei pensando era...

De repente percebo que Nathaniel está falando. Na verdade acho que ele pode estar falando há um tempo — e não ouvi uma palavra. Viro-me rapidamente e o vejo me encarando. Suas bochechas estão vermelhas e ele demonstra uma falta de jeito pouco familiar. Pelo visto, o que esteve dizendo exigia algum esforço.

— ... você sente o mesmo, Samantha?

Ele tosse e pára num silêncio cheio de expectativa.

Encaro-o feito idiota. Sinto o mesmo com relação a quê?

Ah, merda. *Droga.* Será que ele estava dizendo alguma coisa sentida e significativa? Estaria fazendo algum discurso amoroso? E eu *perdi*?

Isso vai me ensinar a não ser obcecada. O homem por quem estou me apaixonando secretamente acaba de fazer um discurso romântico — provavelmente o único que ouvirei em toda a vida —, e *eu não estava escutando*?

Quero dar um tiro em mim mesma, por ser tão *imbecil*.

E agora ele espera a resposta. O que vou fazer? Ele acaba de abrir o coração. Não posso dizer "Desculpe, não ouvi direito"!

— Ah... — empurro o cabelo para trás, tentando ganhar tempo. — Bem... você me deu muito em que pensar.

— Mas você concorda?

Concordo com quê? Pena de morte para os ladrões? Sexo a três?

Certo, este é o Nathaniel. Tenho certeza que concordo, o que quer que seja.

— Sim. — Dou-lhe o olhar mais sincero que consigo. — Sim, concordo. De todo o coração. De fato... freqüentemente também pensei isso.

Um tremor passa pelo rosto de Nathaniel enquanto ele me examina.

— Você concorda — diz ele, como se quisesse ter certeza. — Com tudo?

— É... sim! — Estou começando a me sentir meio nervosa agora. Com o que concordei?

— Mesmo com os chimpanzés?

— *Chimpanzés?* — De repente vejo a boca de Nathaniel se retorcendo. Ele percebeu.

— Você não ouviu uma palavra do que eu falei, ouviu? — diz ele em tom casual.

— Não percebi que você estava falando uma coisa importante! — gemo baixando a cabeça. — Você deveria ter me avisado!

Nathaniel me olha, incrédulo.

— Foi preciso um bocado de coragem, você sabe, para dizer tudo aquilo.

— Diga de novo — imploro. — Diga tudo de novo! Eu vou escutar!

— Ahã. — Ele ri balançando a cabeça. — Talvez um dia.

— Desculpe, Nathaniel. Desculpe mesmo. — Viro-me para olhar de novo pela janela, apertando a cabeça no vidro. — Eu estava simplesmente... distraída.

— Eu sei. — Ele vem e passa os braços ao redor dos meus. Sinto seu coração batendo firme, acalmando-me. — Samantha, o que houve? É o seu antigo relacionamento, não é?

— É — murmuro depois de uma pausa.

— Por que não quer me contar a respeito? Eu poderia ajudar.

Viro-me para encará-lo. O sol está brilhando em seus olhos e no rosto bronzeado. Ele nunca pareceu tão bonito. Tenho uma visão súbita de Nathaniel dando um soco na cara de Arnold.

Mas não posso jogar tudo isso em cima dele. É demais. É grande demais. É... sórdido demais.

— Não quero misturar aquele mundo com este — digo finalmente. — Simplesmente não quero.

Nathaniel abre a boca de novo mas eu me viro antes que ele possa falar. Olho a paisagem idílica outra vez, piscando por causa do sol, a mente num tumulto.

Talvez eu apenas devesse desistir de todo o pesadelo. Esquecer. Deixar para lá. As chances são de que nunca possa provar nada. Arnold tem todo o poder; eu não tenho nenhum. As chances são de que, se tentar mexer nisso, só receberei mais humilhação e desgraça.

Poderia facilmente não fazer nada. Poderia simplesmente tirá-lo da cabeça. Fechar a porta sobre a vida antiga e deixá-la para trás, para sempre. Tenho um emprego. Tenho Nathaniel. Tenho um possível futuro aqui.

Mas mesmo enquanto estou pensando — sei que não é isso que farei. Não posso esquecer. Não posso deixar para trás.

Vinte e um

Certo. O único obstáculo possível é a senha de Arnold. Se eu não puder adivinhá-la não poderei acessar seus arquivos de computador e não descobrirei nada. Além disso, se a porta da sala dele estiver fechada, pode ser meio problemático.

De modo que tenho dois obstáculos possíveis.

Além disso preciso entrar no prédio, claro. E não ser reconhecida por ninguém.

E não ser descoberta por um dos faxineiros enquanto digito no computador do Arnold.

Ah, merda. *Que diabo estou fazendo?*

Tomo um grande gole de café, tentando ficar calma. Mas não é fácil.

Até mesmo estar de volta em Londres me deixou abalada. A cidade não é como eu lembro. Não acredito em como é suja. Como é *agitada*. Quando cheguei à estação de Paddington esta tarde me senti quase assustada com a multidão movendo-se como enxames de formigas no saguão. Sentia o cheiro de fumaça. Via o lixo. Coisas que nunca notei antes. Será que simplesmente as filtrava? Será que estava tão acostumada que elas se perdiam no fundo?

Mas, ao mesmo tempo, no minuto em que meus pés bateram no chão senti a agitação. Quando cheguei à estação do metrô já havia pegado meu ritmo: ajustando o passo ao de todo mundo; colocando o bilhete na máquina exatamente no ângulo certo; tirando-o sem um segundo a perder.

E agora estou no Starbucks, na esquina da Carter Spink, sentada junto ao balcão perto da janela, olhando pessoas com ternos do centro financeiro passando, conversando, gesticulando e falando ao telefone. A adrenalina está pegando. Meu coração já bate mais depressa — e ainda nem entrei no prédio.

Ao pensar nisso meu estômago revira ao avesso. Agora sei por que os criminosos operam em quadrilhas quando fazem roubos. Neste momento realmente gostaria de ter os Onze Homens e Um Segredo para me darem um pouco de apoio moral.

Olho o relógio de novo. Está quase na hora. A última coisa que quero é chegar cedo. Quanto menos tempo passar lá, melhor.

Enquanto termino de beber o café com leite, meu telefone solta um bip, mas ignoro. Deve ser outra mensagem de Trish. Ela ficou lívida quando contei que precisava passar uns dois dias fora; na verdade tentou me impedir. Por isso eu disse que tinha um problema no pé, que precisava de atenção urgente do meu especialista em Londres.

Pensando bem, foi um erro enorme, já que ela quis saber cada detalhe gosmento. Até exigiu que eu tirasse o sapato para mostrar. Tive de passar dez minutos improvisando sobre "desalinhamento ósseo" enquanto ela olhava meu pé e dizia que "para mim parece perfeitamente normal", num tom de grande suspeita.

Ficou me olhando desconfiada pelo resto do dia. Depois deixou um exemplar da *Marie Claire* aberta casualmente no anúncio que dizia "Está grávida? Precisa de aconselhamento confidencial?" Honestamente, vou ter de cortar isso pela raiz, caso contrário todo o povoado vai ficar sabendo e Iris vai começar a tricotar sapatinhos.

Olho de novo o relógio e sinto um jorro de nervosismo. Hora de ir. Vou para o banheiro feminino, olho o espelho e verifico minha aparência. Cabelo louro não familiar: certo. Óculos escuros: certo. Batom magenta: certo. Não me pareço nem um pouco com meu eu antigo.

Afora o rosto, obviamente. Se você olhar bem de perto.

Mas o fato é que ninguém vai me olhar de perto. Pelo menos é com isso que estou contando.

— Oi — digo em voz grave e gutural. — Prazer em conhecê-lo.

Parece voz de travesti. Mas não faz mal. Pelo menos não estou falando como uma advogada.

Mantendo a cabeça baixa, saio da Starbucks e vou pela rua, até que viro a esquina e vejo os característicos degraus de granito e as portas de vidro da Carter Spink. Olho a fachada familiar e alguma coisa parece apertar no meu peito. Sinto-me irreal, voltando aqui. A última vez em que vi essas portas estava saindo por elas, balbuciando em pânico; convencida de que tinha arruinado minha carreira; convencida de que minha vida tinha acabado.

A raiva começa a borbulhar de novo e fecho os olhos brevemente, tentando manter as emoções sob controle. Ainda não tenho nenhuma prova. Preciso ficar concentrada no que estou fazendo. Ora. Consigo fazer isso.

Atravesso a rua e subo resolutamente os degraus da entrada. Quase posso me ver naquele dia, uma figura fantasmagórica, descendo num estado de choque aparvalhado. Tudo parece ter acontecido há séculos. Não pareço apenas uma pessoa diferente, eu *me sinto* uma pessoa diferente. Como se tivesse sido reconstruída.

Respirando fundo, puxo a capa impermeável em volta do corpo e empurro a porta de vidro. Quando entro no saguão sinto uma súbita onda de incredulidade. Estou realmente fazendo isso? Estou realmente tentando invadir, *incógnita*, os escritórios da Carter Spink?

É. Estou. Minhas pernas bambeiam e as mãos estão úmidas, mas ando firme pelo chão de mármore brilhante, de olhos baixos. Vou para a nova recepcionista, Melanie, que só começou a trabalhar umas duas semanas antes de eu sair.

— Oi — digo com minha voz de travesti.

— Em que posso ajudá-la? — Melanie dá um sorriso. Não há sequer um vislumbre de reconhecimento em seu rosto. Não acredito que seja tão fácil.

Na verdade me sinto um pouco insultada. Será que antes eu era *tão* comum?

— Estou aqui para a festa — murmuro de cabeça

baixa. — Sou garçonete. Bufês Bertram — acrescento para garantir.

— Ah, sim. Tudo está acontecendo no décimo quarto andar. — Ela digita no computador. — Qual é o seu nome?

— É... Trish — digo. — Trish Geiger. — Melanie olha a tela do computador, franzindo a testa e batendo com a caneta nos dentes.

— Você não está na minha lista — diz finalmente.

— Bem, deveria estar. — Mantenho a cabeça baixa. — Deve haver algum engano.

— Deixe-me ligar... — Melanie batuca no telefone e tem uma conversa rápida com alguém chamada Jan, depois levanta os olhos.

— Ela vai descer para vê-la. — Em seguida indica os sofás de couro com um sorriso. — Por favor, sente-se.

Vou para a área de estar — depois faço uma curva fechada ao ver David Spellman, da seção de Corporativo, sentado num dos sofás com um cliente. Não que ele pareça ter me reconhecido. Vou até uma bancada com folhetos brilhantes sobre a filosofia da Carter Spink e enterro a cabeça em Solução de Contendas.

Nunca antes li nenhuma brochura da Carter Spink. Meu Deus, é um monte de besteira sem sentido.

— Trish?

— Ah... sim? — giro e vejo uma mulher de smoking, com rosto avermelhado. Está segurando algumas folhas datilografadas e me olha com a testa franzida.

— Jan Martin, chefe do pessoal de serviço para a

festa. Você não está na minha lista. Já trabalhou para nós antes?

— Sou nova — digo mantendo a voz baixa. — Mas já trabalhei na Ebury Catering. Em Glucestershire.

— Não conheço. — Ela consulta o papel de novo e passa para a segunda página, a testa franzida com impaciência. — Querida, você não está na lista. Não sei o que veio fazer aqui.

— Eu falei com um cara — afirmo sem me abalar. — Ele disse que você estaria precisando de gente extra.

— Um cara? — Ela parece perplexa. — Quem? Tony?

— Não lembro o nome dele. Mas ele me mandou vir aqui.

— Ele não poderia ter dito...

— Aqui é a Carter Spink, não é? — Olho ao redor. — Cheapside nº 95? Uma grande festa de aposentadoria?

— É. — Vejo o início de uma dúvida no rosto da mulher.

— Bem, me disseram para vir. — Permito apenas uma levíssima beligerância na voz. Só para passar a mensagem: não vou desistir logo.

Vejo o cálculo surgindo na cabeça da mulher: se me dispensar eu poderia fazer uma cena, ela tem coisas mais importantes em que pensar, e que mal faria uma garçonete a mais...?

— Certo — diz finalmente com um ruído de irritação. — Mas você terá de trocar a roupa. Qual é o seu nome, mesmo?

— Trish Geiger.
— Isso mesmo. — Ela anota. — Bem, é melhor você subir, Trish.

Ah, meu Deus. Estou dentro. Obviamente eu era feita para uma vida de crimes o tempo todo! Na próxima vez vou aumentar a aposta um pouco. Quebrar a banca num cassino de Las Vegas ou algo assim.

Sinto-me quase empolgada enquanto subo pelo elevador de serviço com Jan, tendo um crachá de plástico escrito TRISH GEIGER preso à lapela. Agora só preciso manter a cabeça baixa, dar um tempo e, quando for a hora certa, ir ao décimo primeiro andar. E posso fazer isso encontrando um painel de teto solto, subindo por ele e me arrastando pelo sistema de ventilação.

Ou posso ir de elevador.

Saímos na cozinha anexa às salas de funções executivas e olho ao redor, surpresa. Não fazia idéia de que existia tudo isso aqui. É como ir aos bastidores de um teatro. Cozinheiros trabalham em seus postos, e os garçons se reúnem com distintos uniformes de listras verdes e brancas.

— As roupas estão ali. — Jan aponta para um enorme cesto de vime cheio de uniformes dobrados. — Você terá de se trocar.

— Certo. — Reviro o cesto procurando uma roupa do meu tamanho e levo ao banheiro feminino para me trocar. Retoco o batom magenta e puxo mais o cabelo sobre o rosto, depois olho o relógio.

Agora são cinco e quarenta. A festa é às seis. Mais ou menos às seis e dez o décimo primeiro andar deve estar vazio. Arnold é um sócio muito popular; ninguém vai perder seu discurso de despedida, se puder. Além disso, nas festas da Carter Spink os discursos sempre são feitos no início, de modo que as pessoas possam voltar ao trabalho, se precisarem.

E enquanto todo mundo estiver escutando vou descer ao escritório do Arnold. Deve dar certo. *Tem* de dar certo. Olhando meu reflexo bizarro sinto uma decisão séria crescendo por dentro. Arnold não vai sair com todo mundo achando que ele é um velho ursinho de pelúcia alegre e inofensivo. Não vai se livrar dessa.

Às dez para as seis nos reunimos todos em uma das cozinhas e recebemos os pedidos. Canapés quentes... canapés frios... mal escuto. Não pretendo trabalhar realmente como garçonete. Depois das orientações de Jan, sigo o rebanho de garçons para fora da cozinha. Recebo uma bandeja de taças de champanha, que pouso assim que posso. Volto para a cozinha, pego uma garrafa de champanha aberta e um guardanapo. Depois, assim que tenho certeza que ninguém está olhando, escapo para o banheiro feminino.

Certo. Esta é a parte difícil. Tranco-me num cubículo e espero durante quinze minutos em silêncio absoluto. Não mexo em nada, não espirro nem rio quando ouço uma garota ensaiar seu discurso de rompimento com alguém chamado Mike. São os quinze minutos mais longos da minha vida.

Por fim abro cautelosamente a porta, saio e olho ao redor da dobra no corredor. De onde estou posso ver as portas do salão de funções. Uma multidão já se reuniu e consigo ouvir risos e muitas conversas em voz alta. Garçons e garçonetes circulam e pessoas ainda vêm pelo corredor num fluxo constante. Reconheço as garotas do RP... uns dois estagiários.. Oliver Swan, um sócio importante... todos entram na festa pegando uma taça.

O corredor está limpo. Anda.

Com pernas trêmulas passo direto pela entrada da sala de funções, em direção aos elevadores e à porta do poço da escada. Em trinta segundos passei em segurança pela porta e estou descendo o mais silenciosamente possível. Ninguém jamais usa a escada na Carter Spink, mas mesmo assim...

Chego ao décimo primeiro andar e olho pelo painel de vidro da porta. Não vejo ninguém. Mas isso não significa que não haja alguém. Pode haver toda uma turba, fora da minha linha de visão.

Bom, é um risco que preciso correr. Respiro fundo algumas vezes, tentando entrar no clima. Ninguém jamais vai me reconhecer com a roupa verde e branca de garçonete. E até tenho uma história se alguém me questionar: Estou neste andar para pôr uma garrafa de champanha na sala do Sr. Saville, como surpresa.

Vamos lá. Não posso perder mais tempo.

Lentamente abro a porta, saio ao corredor acarpetado de azul e solto o ar, aliviada. Todo mundo deve ter subido para a festa. Ouço alguém ao telefone a alguns metros de distância — mas quando vou andando nervosa para a sala de Arnold vejo que todas as estações de trabalho ao redor estão vazias. Todos os meus sentidos estão em alerta vermelho. Nunca me senti mais incomodada na vida.

O crucial é usar o tempo com eficiência. Vou começar com o computador e partir daí. Ou talvez devesse começar com o arquivo. Dar uma olhada rápida enquanto o computador estiver esquentando. Ou vou revistar as gavetas da mesa dele. Seu BlackBerry pode estar lá. Não tinha pensado nisso.

Para ser honesta, não pensei muito bem no negócio de revistar o escritório. Metade de mim jamais esperava entrar no prédio, quanto mais ter acesso à sala de Arnold. Mas não tenho certeza do que estou procurando. Correspondências, talvez. Ou números. Um disco onde esteja escrito "Informações Incriminadoras" seria bom...

Paro abruptamente. Ouço vozes atrás de mim, saindo dos elevadores. Merda. Preciso entrar na sala do Arnold antes de ser vista.

Acelero o passo, em pânico. Chego à sala de Arnold, empurro a porta, entro, fecho e me abaixo sob o painel de vidro. Ouço as vozes ficando mais próximas. David Elldridge, Keith Thompson e alguém que não reconheço. Passam pela porta e eu não mexo um músculo. Depois se afastam à distância. Graças a Deus.

Solto a respiração, levanto-me lentamente e espio pelo painel de vidro. Não vejo ninguém. Estou em segurança. Só então me viro e examino a sala.

Está vazia.

Foi limpa.
Dou alguns passos, perplexa. A mesa está vazia. As prateleiras estão vazias. Há leves quadrados nas paredes, nos locais de onde as fotos foram tiradas. Não há nada nesta sala a não ser um pedaço de fita adesiva no chão e alguns alfinetes ainda no quadro de avisos.
Não acredito. Depois de todo esse esforço. Depois de chegar tão longe. Não há porcaria nenhuma para *procurar*?
Deve haver caixas, penso numa inspiração súbita. É. Tudo foi posto em caixas para ser transportado, e elas devem estar empilhadas do lado de fora... saio rapidamente e olho ao redor, feito louca. Mas não vejo caixas. Nem caixotes. Nada. Encaremos os fatos: cheguei tarde demais. Tarde demais, droga. Sinto vontade de socar alguém, frustrada.
Ofegando, volto à sala e olho ao redor de novo. Posso revistá-la assim mesmo. Só para garantir.
Vou à mesa e começo metodicamente a verificar cada gaveta, escancarando-as, olhando dentro e até mesmo tateando em busca de papéis esquecidos. Viro o cesto de lixo e sacudo. Passo a mão atrás do quadro de avisos. Mas não há nada. Nem no arquivo... nem nos armários embutidos.
— Perdão?
Congelo, com a mão ainda no armário de Arnold. Merda. *Merda*.
— Sim? — Viro, puxando o cabelo para cima do rosto e olhando firmemente para baixo.

— O que, diabos, você está fazendo aqui?
É um estagiário, Bill... qual é o sobrenome? Costumava trabalhar ocasionalmente para mim.
Fique calma. Ele não me reconheceu.
— Estava entregando uma garrafa de champanha, senhor — murmuro em minha melhor voz de travesti, assentindo para a garrafa que deixei no chão. — Surpresa para o cavalheiro. Eu só estava me perguntando onde deveria colocar.
— Bem, não num *armário* — diz Bill com escárnio. — Eu deixaria na mesa. E você não deveria estar aqui.
— Eu já ia voltar. Senhor. — Baixo a cabeça e saio de fininho. Diabo. Essa foi por pouco.
Vou à escada e subo correndo, esbaforida. Está na hora de sair do prédio, antes que mais alguém me veja. De qualquer modo, agora não vou descobrir mais nada. Deus sabe o que farei com relação ao Arnold, mas pensarei nisso mais tarde. Neste momento a prioridade é sair.

A festa continua no pique total quando me esgueiro da porta da escada e vou rapidamente para o banheiro feminino onde deixei minhas roupas. Não vou me incomodar em trocá-las. Posso mandar a roupa de garçonete pelo correio...
— Trish? — A voz de Jan acerta a minha nuca. — É você?
Merda. Relutante, me viro para encará-la. A mulher parece furiosa. — Onde, diabos, você *esteve*?
— Ah... servindo?

— Não estava não. Não vi você lá dentro nenhuma vez! — diz ela rispidamente. — Você não trabalha para mim de novo, isso garanto. Agora pegue isso e vá trabalhar. — Ela enfia um prato de minúsculos *éclairs* nos meus braços e me empurra bruscamente para a porta da festa.

Sinto um choque de pânico.

Não. Não posso entrar lá. De jeito nenhum.

— Sem dúvida! Só preciso... pegar uns guardanapos... — Tento recuar mas ela me agarra.

— Não precisa não! Você quis esse trabalho! Agora trabalhe!

Ela me empurra com força e entro cambaleando no salão apinhado. Sinto-me como um gladiador sendo empurrado para a arena. Jan está parada junto à porta, de braços cruzados. Não há como sair. Terei de fazer isso. Pego a bandeja com mais força, baixo a cabeça — e avanço lentamente pelo salão apinhado.

Não consigo andar naturalmente. Minhas pernas parecem tábuas. Os pêlos da nuca estão eriçados; sinto o sangue pulsando nos ouvidos. Passo por ternos caros, não ousando olhar para cima; não ousando parar, para não atrair atenção. Não acredito que isso esteja acontecendo. Estou vestida de uniforme verde e branco, servindo bombinhas aos meus ex-colegas.

E o bizarro é que ninguém parece notar.

Várias mãos pegaram *éclairs* na bandeja, sem sequer me olhar. Todo mundo está ocupado demais rindo e falando. O barulho é tremendo.

Não vejo Arnold em lugar nenhum. Mas ele tem de estar aí, em algum lugar. Meu estômago se aperta com tensão dolorosa ao pensar nisso. Estou desesperada para olhá-lo; levantar a cabeça e procurá-lo. Mas não posso correr o risco. Em vez disso continuo andando pelo salão. Há rostos familiares em toda parte. Trechos de conversas fazem minhas orelhas se eriçarem.

— Onde está Ketterman? — pergunta alguém quando passo.

— Passando o dia em Dublin — responde Oliver Swan, e eu respiro aliviada. Se Ketterman estivesse aqui tenho certeza que seus olhos de laser me veriam imediatamente.

— *Éclairs*. Fabuloso!

Umas oito mãos mergulham na bandeja ao mesmo tempo e eu paro. É um grupo de estagiários. Partindo para cima da comida, como sempre fazem os estagiários nas festas.

— Aah. Vou querer outro.

— Eu também.

Estou começando a ficar nervosa. Quanto mais tempo permaneço aqui parada sem me mexer, mais exposta me sinto. Mas não posso sair. As mãos deles mergulham pegando mais.

— Sabe se tem mais daquelas tortinhas de morango? — pergunta um cara de óculos sem aro.

— Ah... não sei — murmuro olhando para baixo.

Merda. Agora ele está me olhando com mais atenção. Está se curvando para olhar direito. E não posso puxar o cabelo sobre o rosto porque as duas mãos estão segurando a bandeja.

— Essa é... Samantha Sweet? — Ele está abestalhado. — É *você*?

— Samantha Sweet? — Uma das garotas largas seu *éclair*. Outra fica boquiaberta e põe a mão na boca.

— Ah... sim — sussurro finalmente, com o rosto fervendo. — Sou eu. Mas, por favor, não contem a ninguém. Quero permanecer discreta.

— Então é isso que você está fazendo agora? — O cara de óculos sem aro parece bestificado. — Você é *garçonete*?

Todos os estagiários me olham como se eu fosse o Fantasma do Futuro dos Advogados Fracassados.

— Não é tão ruim — tento dar um sorriso animado. — A gente ganha canapés grátis!

— Então você comete um erro... e é isso? — engole em seco a garota que largou seu *éclair*. — Sua carreira de advogada se arruína para sempre?

— É... praticamente — assinto. — *Éclair*?

Mas ninguém parece ter mais fome. Na verdade todos parecem profundamente incomodados.

— Acho que vou... voltar à minha mesa — gagueja o cara de óculos sem aro. — Só verificar se não há nada importante...

— Eu também — diz a garota, largando sua taça.

— Samantha Sweet está aqui! — Ouço subitamente outro estagiário sussurrar a um grupo de advogados iniciantes. — Olhem! Ela virou garçonete!

— Não! — Ofego. — Não conte a mais ninguém...

Tarde demais. Vejo todas as pessoas do grupo se virando para mim com idênticas expressões de horror embaraçado.

Por um instante fico tão mortificada que quero me enrolar ali mesmo. Essas são as pessoas com quem eu trabalhava. E agora estou vestida com roupa de listras, servindo-as.

Mas então, lentamente, uma sensação de desafio se endurece dentro de mim.

Fodam-se, pego-me pensando. Por que eu não deveria trabalhar como garçonete?

— Oi — digo sacudindo os cabelos. — Querem uma sobremesa?

Mais e mais pessoas se viram para me olhar boquiabertas. Ouço os sussurros viajando pelo salão. Os outros garçons estão todos juntos, olhando-me. Cabeças giram em toda parte, como limalha de ferro num campo magnético. Não há sequer um rosto amigável.

— Jesus Cristo! — ouço alguém murmurar. — *Olhem para ela.*

— Ela deveria *estar* aqui? — exclama alguém.

— Não — digo tentando parecer composta. — Você está certa. Não deveria.

Faço menção de sair, mas agora a confusão está ao meu redor. Não consigo encontrar uma saída. E então meu estômago se encolhe. Através de uma abertura na multidão vejo um cabelo lanoso e familiar. Bochechas vermelhas familiares. Um sorriso jovial e conhecido.

Arnold Saville.

Nossos olhares se encontram através do salão, e ainda que ele continue sorrindo, há em seu olhar uma dureza que nunca vi antes. Uma raiva especial, apenas para mim.

Sinto-me enjoada olhando de volta. Quase com medo. Não de sua raiva — mas de sua duplicidade. Ele enganou todo mundo. Para todo mundo neste salão, Arnold Saville está no mesmo nível do Papai Noel. Um caminho se abriu na multidão e ele vem para mim, segurando uma taça de champanha.

— Samantha — diz em tom agradável. — Isso é apropriado?

— Você me baniu do prédio — ouço-me atirando de volta. — Não tive muita escolha.

Ah, meu Deus. Resposta errada. Cortante demais.

Preciso me controlar, caso contrário vou perder esta conversa. Já estou em desvantagem suficiente, parada aqui vestida de garçonete, sendo olhada por todo o salão como se fosse algo que o cachorro arrastou. Preciso ficar calma, firme e inspirada.

Mas ver Arnold em carne e osso depois de todo esse tempo me desequilibrou. Por mais que tente ficar calma, não posso. Meu rosto está queimando, meu peito arfa dolorosamente. Todas as emoções e os traumas das últimas semanas subitamente irrompem dentro de mim num jorro de ódio.

— Você fez com que eu fosse demitida. — As palavras explodem antes que eu possa impedir. — Você *mentiu*.

— Samantha, sei que deve ser um tempo muito difícil para você. — Arnold tem o ar de um professor dian-

te de um aluno mal-comportado. — Mas, realmente...
— Ele se vira para um homem que não conheço e revira os olhos. — Ex-empregada — diz baixinho. — Mentalmente instável.
O quê? *O quê?*
— Não sou mentalmente instável — grito horrorizada. — Simplesmente quero saber a resposta a uma perguntinha. É muito simples. Quando, exatamente, você pôs o memorando na minha mesa?
Arnold dá um riso incrédulo.
— Samantha, estou me aposentando. Esta é realmente a hora? Será que alguém poderia se livrar dela? — acrescenta num aparte.
— Por isso você não queria que eu voltasse ao escritório, não é? — Minha voz treme de indignação. — Porque eu poderia começar a fazer perguntas complicadas. Porque eu poderia deduzir.
Um pequeno frisson percorre o salão. Mas não de um jeito positivo. Ouço pessoas murmurando: "pelo amor de Deus" e "como ela entrou aqui?" Se quiser manter alguma credibilidade ou dignidade devo parar de falar agora. Mas não consigo.
— Eu não cometi aquele erro, não foi? — Vou na direção dele. — Você me *usou*. Você destruiu minha carreira, viu minha vida inteira desmoronar...
— Realmente — diz Arnold, virando-se. — Isso já nem é mais uma piada.
— Só responda à pergunta! — grito para as costas dele. — Quando você pôs o memorando na minha mesa,

Arnold? Porque não acredito que ele estava ali antes do fim do prazo.

— Claro que estava. — Arnold se vira brevemente, entediado e me descartando. — Eu entrei no seu escritório em 28 de maio.

28 de maio?

De onde veio 28 de maio? Por que isso parece errado?

— Não acredito — digo numa raiva impotente. — Simplesmente não acredito. Acho que você armou para mim. Acho...

— Samantha? — Alguém segura meu ombro e eu viro, vendo Ernest, o segurança. Seu rosto familiar, nodoso, está franzido sem jeito. — Terei de pedir que você se retire..

Sinto um choque de humilhação. Eles estão me expulsando de verdade? Depois de praticamente ter *morado* aqui por sete anos da minha vida? Sinto os últimos fiapos de compostura desaparecendo. Quentes lágrimas de fúria pressionam em meus olhos.

— Só saia, Samantha — diz Oliver Swan cheio de pena. — Não se envergonhe ainda mais.

Encaro-o por alguns segundos, depois transfiro meu olhar para cada um dos sócios, sucessivamente.

— Eu era uma boa advogada — digo com a voz trêmula. — Fazia um bom trabalho. Todos vocês sabem. Mas vocês simplesmente me apagaram, como se eu nunca tivesse existido. — Engulo o calombo na garganta. — Bem, vocês é que perderam.

A sala fica totalmente silenciosa quando pouso a bandeja de *éclairs* numa mesa e saio. No momento em que passo pela porta ouço uma conversa animada começando atrás de mim.

    Desço o elevador com Ernest em silêncio total. Se eu dissesse alguma coisa poderia irromper em lágrimas. Não acredito que ferrei meu plano a tal ponto. Fracassei em encontrar alguma coisa nova. Fui reconhecida. Perdi a moral na frente de todo mundo. Sou mais motivo de piada do que antes.

Quando saio do prédio verifico o celular. Há uma mensagem de texto de Nat, perguntando como foram as coisas. Leio várias vezes, mas não consigo me obrigar a responder. Nem consigo me obrigar a voltar à casa dos Geigers. Mesmo que eu provavelmente ainda pudesse pegar um trem, não posso encará-los esta noite.
    No piloto automático vou para a estação e pego um metrô. Vejo meu rosto refletido na janela, pálido e inexpressivo. O tempo todo minha mente está zumbindo. *28 de maio. 28 de maio.*
    Só descubro a resposta quando estou chegando ao meu prédio. 28 de maio. Exposição de Flores de Chelsea. Claro. Ficamos em Chelsea o dia inteiro em 28 de maio: Arnold, Ketterman, Guy e eu, fazendo algum social corporativo. Arnold veio direto de Paris e depois foi levado para casa. Ele nem esteve no escritório.
    Ele mentiu. Claro que sim. Sinto uma raiva cansada subindo por dentro. Mas não há nada que possa fazer. Ninguém vai acreditar em mim. Vou passar o resto da vida com todo mundo acreditando que o erro foi meu.

Saio no meu andar, já procurando a chave, esperando sem esperanças que a Sra. Farley não ouça, já planejando um longo banho quente. E então, quando estou quase diante da porta, paro. Fico imóvel por alguns segundos, pensando com força.

Lentamente giro e volto ao elevador. Há mais uma chance. Não tenho nada a perder.

Subo dois andares e saio do elevador. O andar é quase idêntico ao meu: o mesmo carpete, o mesmo papel de parede, as mesmas lâmpadas. Apenas números diferentes nas portas dos apartamentos. 31 e 32. Não lembro qual é, por isso vou ao 31. Tem um capacho mais macio. Afundo no chão, pouso minha bolsa, me encosto na porta e começo a esperar.

Quando Ketterman sai do elevador estou exaurida. Fiquei sentada ali durante três horas inteiras, sem nada para comer ou beber. Sinto-me abatida e exausta. Mas ao vê-lo fico de pé, segurando a parede quando sinto um jorro de fadiga.

Por um momento Ketterman parece chocado. Depois retoma sua expressão pétrea usual.

— Samantha. O que está fazendo aqui?

Ali parada, imagino se ele soube que fui ao escritório. Deve ter sabido. Deve ter ouvido toda a história medonha. Não que vá ligar para isso.

— O que está fazendo aqui? — repete ele. Está segurando uma enorme pasta de metal numa das mãos e seu rosto parece sombreado sob as luzes artificiais.

Dou um passo adiante.

— Sei que sou a última pessoa que você quer ver. — Esfrego a testa dolorida. — Acredite, eu também não gostaria de estar aqui. Dentre todas as pessoas no mundo a quem eu poderia pedir ajuda... você seria a última. Você *é* a última.

Paro um momento. Ketterman nem se abala.

— Portanto o fato de que estou aqui, procurando você... deveria provar... — Olho-o desesperada. — Estou falando sério. Tenho algo a dizer e você precisa ouvir. Precisa.

Há um longo silêncio entre nós. Posso ouvir um carro freando na rua lá fora e alguém gargalhando. O rosto de Ketterman continua rígido. Não sei o que está pensando. Então, por fim, enfia a mão no bolso para pegar uma chave. Passa por mim, destranca a porta do apartamento 32 — e finalmente se vira.

— Entre.

Vinte e dois

Acordo vendo um teto rachado e sujo. Meu olhar vai até uma enorme teia de aranha no canto do cômodo, depois desce pela parede até uma estante velha cheia de livros, fitas, cartas, velhos enfeites de natal e roupas de baixo descartadas.

Como consegui viver nesta bagunça por sete anos? Como não notei?

Empurro as cobertas, saio da cama e olho ao redor, cansada. O tapete parece sujo sob meus pés e eu me encolho. Precisa de um bom aspirador de pó. Acho que a faxineira parou de vir quando o dinheiro deixou de aparecer.

Há roupas espalhadas e eu procuro até achar um roupão. Visto e vou para a cozinha. Tinha esquecido como aqui era vazio, frio e espartano. Não há nada na geladeira, claro. Mas acho um saquinho de chá de camomila e encho a chaleira; e me empoleiro numa banqueta olhando a parede de tijolos do outro lado.

Já são nove e quinze. Ketterman deve estar no escritório. Já deve estar tomando qualquer que seja a atitude que ele pensou em tomar. Espero para sentir o nervosismo chegando... mas não chega. Sinto-me estranhamente calma. Agora tudo está fora das minhas mãos; não há nada que eu possa fazer.

Ele me ouviu. Ouviu mesmo, fez perguntas e até me preparou uma xícara de chá. Fiquei lá por mais de uma hora. Não disse o que pensava nem o que ia fazer. Nem disse se acreditava em mim ou não. Mas algo me diz que acreditou.

A chaleira está abrindo fervura quando a campainha da porta toca. Hesito — depois enrolo o roupão no corpo e saio ao corredor. Pelo olho mágico vejo a Sra. Farley me espiando de volta, os braços cheios de pacotes.

Claro. Quem mais?

Abro a porta.

— Olá, Sra. Farley.

— Samantha, *achei* que era você! — exclama ela. — Depois de tanto tempo! Não fazia idéia... não sabia o que pensar...

— Estive fora. — Sorrio. — Desculpe não ter avisado que ia viajar. Mas eu mesma não sabia.

— Sei. — Os olhos da Sra. Farley dardejam ao redor, olhando meu cabelo louro, meu rosto e o apartamento atrás de mim, como se procurasse pistas.

— Obrigada por pegar minha correspondência. — Estendo as mãos. — Posso...

— Ah! Claro. — Ela entrega duas sacolas cheias e uma caixa de papelão, ainda obviamente ávida de curiosidade. — Acho que esses empregos importantes *realmente* mandam as jovens para fora do país sem aviso prévio...

— Não estive fora do país. — Pouso as caixas. — Obrigada de novo.

— Ah, sem problema! Sei como é quando a gente tem... problemas com a família? — arrisca ela.

— Não tive problemas com a família — digo educadamente.

— Claro que não! — Ela pigarreia. — Bem, de qualquer modo... Você voltou. De... do que quer que esteve fazendo.

— Sra. Farley — tento manter o rosto sério. — Gostaria de saber onde estive?

A Sra. Farley reage horrorizada.

— Santo Deus! Não! Absolutamente não é da minha conta! Realmente, eu nem *sonharia* em... preciso ir... — Ela começa a recuar.

— Obrigada de novo! — grito quando ela desaparece no seu apartamento.

Estou fechando a porta quando o telefone toca. Pego-o, subitamente imaginando quantas pessoas devem ter ligado para este número nas últimas semanas. A secretária está atulhada de recados, mas depois de ouvir as três primeiras, todas de mamãe e cada qual mais furiosa que a anterior, desisto.

— Alô?

— Samantha — diz uma voz profissional. — Aqui é John Ketterman.

— Ah. — Mesmo contra a vontade sinto um tremor de nervosismo. — Oi.

— Gostaria de pedir que ficasse disponível hoje. Talvez seja necessário você falar com algumas pessoas.

— Pessoas?

Há uma ligeira pausa, então Ketterman diz:

— Investigadores.

Ah, meu Deus. Ah, meu *Deus*. Sinto vontade de dar um soco no ar, explodir em lágrimas ou algo assim. Mas de algum modo mantenho a compostura.

— Então você descobriu alguma coisa?

— No momento não posso dizer nada. — Ketterman parece distante e formal como sempre. — Só preciso saber se você estará disponível.

— Claro. Aonde tenho de ir?

— Gostaríamos que viesse aqui, ao escritório da Carter Spink — diz ele sem qualquer traço de ironia.

Olho o telefone, quase querendo rir. Serão por acaso os mesmos escritórios da Carter Spink de onde fui expulsa ontem? Sinto vontade de dizer: Os mesmos escritórios da Carter Spink de onde fui banida?

— Ligo para você — acrescenta Ketterman. — Fique com o celular. Pode demorar algumas horas.

— Certo. Ficarei. — Respiro fundo. — E, por favor, só diga. Não precisa ser específico, mas... minha teoria estava certa?

Há um silêncio cheio de estalos no telefone. Não posso respirar.

— Não em todos os detalhes — diz Ketterman finalmente, e sinto uma dolorosa empolgação de triunfo. Isso significa que eu estava certa em alguns detalhes.

O telefone emudece. Pouso-o e olho meu reflexo no espelho do corredor. Minhas bochechas estão vermelhas e os olhos brilhantes.

Eu estava certa. E eles sabem.

Vão me oferecer o emprego de volta, percebo subitamente. Vão me oferecer sociedade. Ao pensar nisso sou tomada pela empolgação — e ao mesmo tempo por uma espécie de medo estranho.

Vou atravessar essa ponte quando chegar a hora.

Entro na cozinha totalmente ligada, incapaz de ficar imóvel. Que diabo vou fazer nas próximas horas? Ponho água quente sobre o saquinho de chá de camomila e olho por alguns instantes, mexendo com uma colher. E então tenho uma idéia.

Só levo vinte minutos para sair e comprar o que preciso. Manteiga, ovos, baunilha, açúcar de cobertura. Formas de assar. Batedores. Uma balança. Tudo, de fato. Não *acredito* em como minha cozinha é mal equipada. Como conseguia cozinhar aqui?

Bom, não cozinhava.

Não tenho avental, por isso improviso com uma camisa velha. Não tenho uma tigela e esqueci de comprar, por isso uso a bacia plástica que recebi como parte de um kit de aromaterapia.

Depois de uma hora batendo e assando produzi um bolo. Três camadas de massa fofa de baunilha com recheio de creme de manteiga e cobertura de glacê de limão, decorado com flores de açúcar.

Olho-o por alguns instantes, sentindo um brilho de satisfação. É o meu quinto bolo e a primeira vez que fiz com mais de duas camadas. Tiro a camisa velha, verifico se o celular está no bolso, pego o bolo e saio do apartamento.

Quando a Sra. Farley atende à porta, parece espantada ao me ver.

— Oi! — digo. — Trouxe uma coisinha para a senhora. Para agradecer por ter cuidado da minha correspondência.

— Ah! — Ela olha o bolo, atônita. — Samantha! Deve ter custado caro!

— Não comprei — digo com orgulho. — Eu fiz.

A Sra. Farley fica pasma.

— Você *fez*?

— É. — Rio de orelha a orelha. — Posso levá-lo para dentro e fazer um pouco de café para a senhora?

A Sra. Farley está aparvalhada demais para responder, por isso passo por ela entrando no apartamento. Para minha vergonha percebo que nunca estive aqui antes. Em três anos que a conheço, jamais coloquei o pé além da porta. O lugar é imaculado, cheio de mesinhas laterais e antiguidades, com uma tigela de pétalas de rosa sobre a mesinha de centro.

— A senhora vai se sentar — digo. — Eu acho o que precisar na cozinha. — Ainda atordoada, a Sra. Farley afunda numa poltrona fofa.

— Por favor — diz ela debilmente. — Não quebre nada.

— Não vou *quebrar* nada! Quer leite espumante? E noz-moscada?

Dez minutos depois saio da cozinha com dois cafés e o bolo.

— Pronto. — Corto uma fatia para a Sra. Farley. — Veja o que acha.

A Sra. Farley pega o prato e olha-o por alguns instantes.

— Você fez isso — diz finalmente.

— Fiz!

A Sra. Farley leva uma fatia à boca. E pára. Parece cada vez mais nervosa.

— É *seguro*! — digo e mordo um pedaço da minha fatia. — Está vendo? Eu sei cozinhar! Honestamente!

Com muita cautela a Sra. Farley morde um pedaço minúsculo. Enquanto mastiga, seus olhos encontram os meus, atônitos. — É... delicioso! Tão *leve*! Você realmente fez isso?

— Bati os ovos separados — explico. — Isso mantém o bolo leve. Posso dar a receita, se a senhora quiser. Tome um pouco de café. — Entrego-lhe uma xícara. — Usei sua batedeira elétrica para o leite, se não se importa. Funciona bem, se a gente conseguir a temperatura exata.

A Sra. Farley está me olhando como se eu estivesse falando algaravia.

— Samantha — diz ela finalmente. — Onde você esteve nestas últimas semanas?

— Estive... num lugar. — Meu olhar pousa num espanador e uma lata de lustra-móveis numa mesinha lateral. Ela devia estar fazendo a limpeza quando toquei a campainha. — Eu não usaria estes espanadores, se fosse a senhora — acrescento educadamente. — Posso recomendar alguns melhores.

A Sra. Farley pousa a xícara e se inclina na poltrona. Sua testa está franzida e preocupada.

— Samantha, você entrou para alguma religião?

— Não! — Não consigo deixar de rir da cara dela. — Só andei... fazendo algo diferente. Mais café?

Vou à cozinha e preparo mais um pouco de leite espumante. Quando volto à sala, a Sra. Farley está comendo a segunda fatia de bolo.

— Isso é muito bom — diz ela com a voz meio escondida. — Obrigada.

— Bem... a senhora sabe. — Dou de ombros, meio sem jeito. — Obrigada por ter cuidado de mim todo aquele tempo.

A Sra. Farley termina o bolo, pousa o prato e me olha por alguns instantes, a cabeça inclinada como um pássaro.

— Querida — diz ela finalmente. — Não sei onde você esteve nem o que fez. Mas, o que quer que seja, você está transformada.

— Sei que meu cabelo está diferente... — começo, mas a Sra. Farley balança a cabeça.

— Eu via você correndo o tempo todo, chegando em casa tarde da noite, sempre parecendo tão *cansada*. Tão perturbada! E pensava que você parecia... parecia a concha vazia de uma pessoa. Como uma folha seca. Uma palha de milho.

Uma *folha seca*?, penso indignada. Uma *palha de milho*?

— Mas agora você floresceu! Parece bem, fisicamente, mais saudável... parece feliz... — Ela pousa a xícara e se inclina de novo. — O que quer que esteve fazendo, querida, você fica maravilhosa com isso.

— Ah. Bem, obrigada. — Dou um sorriso tímido. — Acho que me sinto mesmo diferente. Acho que ando mais relaxada esses dias. — Tomo um gole de café e me recosto na poltrona, pensando nisso. — Desfruto a vida um pouco mais do que antes... *Noto* as coisas mais do que antes.

— Você não notou que seu telefone está tocando — interrompe afavelmente a Sra. Farley, assentindo para o meu bolso.

— Ah! — digo surpresa e pego o telefone. — Preciso atender. Desculpe.

Abro-o e ouço imediatamente a voz de Ketterman.

— Samantha.

Passo três horas nos escritórios da Carter Spink, falando sucessivamente com um homem da Sociedade dos Advogados, dois dos principais sócios e um cara do Third Union Bank. Pela hora do almoço já me sinto exausta de tanto repetir as mesmas coisas vezes sem conta para os mesmos rostos cuidadosamente inexpressivos. As luzes do escritório estão me deixando com dor de cabeça. Tinha esquecido como a atmosfera aqui era sem ar e seca.

Ainda não deduzi exatamente o que está acontecendo. Advogados são discretos demais. Sei que alguém foi falar com Arnold na casa dele, praticamente só isso. Mas mesmo que ninguém admita, sei que eu estava certa. Fui vingada.

Depois da última entrevista, um prato de sanduíches é trazido à sala onde estou, junto com uma garrafa de água mineral e um bolinho. Fico de pé, me espreguiço e vou à janela. Sinto-me uma prisioneira aqui. Há uma batida na porta e Ketterman entra.

— Ainda não terminei? — pergunto. — Estou aqui há horas.

— Talvez tenhamos de falar com você de novo. — Ele indica os sanduíches. — Coma alguma coisa.

Não posso ficar nesta sala nem mais um instante. Preciso esticar as pernas, pelo menos.

— Primeiro vou me retocar um pouco — digo e saio correndo da sala antes que ele possa questionar.

Quando entro no banheiro feminino, todas as mulheres param de falar imediatamente. Desapareço num cubículo e ouço o som de sussurros e murmúrios excitados. Quando saio de novo ninguém deixou o banheiro. Sinto todos os olhares em mim, como refletores de filmagem.

— Então está de volta, Samantha? — pergunta uma advogada chamada Lucy.

— Não exatamente. — Viro-me para a pia, meio sem jeito.

— Você está tão *diferente* — diz outra garota.

— Seus braços! — diz Lucy enquanto lavo as mãos.

— Estão tão morenos. E *tonificados*. Você esteve num spa?

— É... não. — Dou um sorriso misterioso. — Mas obrigada. Como anda a vida aqui?

— Boa. — Lucy assente algumas vezes. — Muito movimentada. Marquei sessenta e seis horas de trabalho na semana passada. Virei duas noites.

— Eu virei três — diz outra garota. Ela fala casualmente, mas vejo o orgulho em seu rosto. E as sombras cinza-escuras sob seus olhos. Era assim a minha aparência? Toda pálida, exausta e tensa?

— Fantástico! — digo educadamente, enxugando as mãos. — Bem, é melhor voltar. Vejo vocês.

Saio do banheiro e estou retornando à sala de entrevistas, perdida em pensamentos, quando ouço uma voz.

— Ah, meu Deus, *Samantha*?

— *Guy*? — Levanto os olhos chocada e o vejo vindo rapidamente pelo corredor na minha direção. Parece em forma e bronzeado, e seu sorriso é mais ofuscante do que nunca.

Não esperava ver Guy. Na verdade, fico meio abalada com isso.

— Olhe você! — Ele segura meus ombros com força e examina meu rosto. — Está fantástica.

— Achei que você estava em Hong Kong.

— Voltei hoje cedo. Acabo de ser informado sobre a situação. Que diabo, Samantha, é incrível. — Ele baixa a voz. — Só você poderia deduzir isso. *Arnold*, imagine só. Fiquei *totalmente chocado*. Todo mundo está. Os que sabem — acrescenta ele, baixando a voz ainda mais. — Obviamente isso ainda não foi divulgado.

— Nem sei qual é a "situação" — respondo com um toque de ressentimento. — Ninguém está me dizendo nada.

— Bom, vão dizer. — Guy enfia a mão no bolso, pega seu BlackBerry e franze a testa para ele. — Você é o sabor do mês, agora. Eu sabia o tempo todo. — Guy levanta os olhos. — Sabia que você nunca cometeu um erro.

Olho-o boquiaberta. Como ele pode dizer isso?

— Não, não sabia — respondo por fim, encontrando as palavras. — Não sabia. Caso se recorde, você disse que eu tinha cometido erros. Disse que eu era "indigna de confiança".

Sinto a velha mágoa e a humilhação começando a surgir de novo, e desvio o olhar.

— Eu disse que *outras* pessoas tinham dito que você cometeu erros. — Guy pára de digitar no BlackBerry e levanta os olhos, franzindo a testa. — Merda, Samantha. Eu defendi você. Estava do seu lado. Pergunte a qualquer um!

É. Claro. Por isso não quis que eu ficasse na sua casa.

Mas não falo nada em voz alta. Realmente não quero entrar nisso. É passado.

— Ótimo — digo finalmente. — Tanto faz.

Começamos a andar pelo corredor juntos, Guy ainda concentrado no BlackBerry. Meu Deus, ele é viciado nessa coisa, penso com ligeira irritação.

— Então, para onde foi que você desapareceu? — Por fim ele pára de digitar. — O que esteve fazendo esse tempo todo? Não estava realmente trabalhando de *garçonete*, não é?

— Não. — Não consigo deixar de rir de sua expressão. — Não. Arranjei um emprego.

— Sabia que você ia se virar. — Ele assente, satisfeito. — Quem contratou você?

— Ah... ninguém que você conheça — digo depois de uma pausa.

— Mas está na mesma área? — Ele guarda o Black-Berry. — Fazendo o mesmo tipo de trabalho?

Tenho uma súbita visão de mim mesma com o uniforme de náilon azul, passando pano no banheiro de Trish.

— Ah... por acaso, não. — De algum modo mantenho o rosto impávido.

Guy parece surpreso.

— Mas você ainda está no direito bancário, certo? Não diga que mudou completamente? — De súbito ele parece galvanizado. — Não entrou para o direito comercial, não é?

— Ah... não... direito comercial, não. É melhor eu ir. — Interrompo-o e abro a porta da sala de entrevistas. — Vejo você mais tarde.

Como os sanduíches, tomo a água mineral. Durante uma hora e meia ninguém me perturba. Sinto-me um pouco como se estivesse de quarentena devido a alguma doença mortal. Eles poderiam ter me dado algumas revistas, pelo menos. Desenvolvi um tremendo vício por fofocas, depois de ficar rodeada pelo interminável suprimento das revistas *Heat* e *Hello*, de Trish.

Por fim ouço uma batida na porta e Ketterman entra.

— Samantha, gostaríamos de vê-la na sala da diretoria.

Na *sala da diretoria*? Nossa!

Acompanho Ketterman pelos corredores, cônscia das cutucadas e dos sussurros de todo mundo por quem passamos. Ele abre a gigantesca porta dupla da sala da diretoria e eu entro, vendo mais ou menos metade dos sócios ali, me esperando. Há silêncio enquanto Ketterman fecha a porta. Olho para Guy, que ri de volta, encorajando, mas não diz nada.

Será que devo falar? Será que não percebi as instruções? Ketterman se juntou ao grupo de sócios. Agora se vira para mim.

— Samantha, como você sabe, uma investigação dos... acontecimentos recentes está sendo feita. Os resultados ainda não foram totalmente determinados. — Ele interrompe, parecendo tenso, e vejo alguns dos outros trocando olhares sérios. — No entanto chegamos a uma conclusão. Houve um erro com você.

Olho-o boquiaberta. Ele está *admitindo*? Conseguir que um advogado admita que cometeu um erro é como conseguir que um astro de cinema admita que fez lipoaspiração.

— Perdão? — digo, só para obrigá-lo a repetir.

— Houve um erro com você. — Ketterman franze a testa, claramente não gostando dessa parte da conversa.

Quase quero rir.

— Eu... cometi um erro? — arrisco, parecendo perplexa.

— Houve um erro contra você! — responde ele rispidamente. — Contra você!

— Ah, cometeram um erro *contra* mim. Bem, obrigada. — Sorrio com educação. — Agradeço por isso.

Provavelmente vão me oferecer algum tipo de bônus, é o que me passa pela cabeça. Uma cesta de produtos de luxo. Ou mesmo uma viagem.

— E portanto. — Ketterman faz uma pausa. — Gostaríamos de lhe oferecer sociedade plena na firma. A ser efetivada imediatamente.

Fico tão chocada que quase me sento no chão. *Sociedade plena?*

Abro a boca — mas não consigo falar. Sinto-me sem fôlego. Olho ao redor, impotente, como um peixe pendurado no anzol. *Sociedade plena* é o mais alto pináculo. O cargo mais prestigioso no direito. Nunca, nunca, *jamais* esperei isso.

— Bem-vinda de volta, Samantha — diz Greg Parker.

— Bem-vinda de volta — entoam alguns outros. David Elldridge me dá um sorriso caloroso. Guy levanta os polegares.

— Temos champanha. — Ketterman assente para Guy, que abre a porta dupla. No instante seguinte duas garçonetes do Partners' Dining Room estão entrando com bandejas cheias de taças de champanha. Alguém coloca uma na minha mão.

Isso tudo está indo depressa demais. Preciso dizer alguma coisa.

— É... com licença? — grito. — Na verdade eu ainda não disse se aceito.

Toda a sala parece se imobilizar, como uma fita de vídeo em pausa.

— Perdão? — Ketterman se vira para mim, o rosto contorcido de incredulidade.

Ah, meu Deus. Não sei se vão aceitar isso muito bem.

— O negócio... — paro e tomo um gole de champanha para dar coragem, tentando deduzir um modo de dizer delicadamente.

Estive pensando nisso o dia inteiro, sem parar. Ser sócia na Carter Spink é o sonho que tive durante toda a vida adulta. O prêmio brilhante. É tudo que sempre quis.

A não ser... todas as coisas que eu nunca soube que queria. Coisas das quais não fazia idéia até algumas semanas atrás. Como ar puro. Como noites de folga. Fins de semana sem trabalho obrigatório. Fazer planos com amigos. Sentar-me num pub depois do fim do trabalho, tomando cidra, sem nada para fazer, nada para pensar, nada pairando sobre mim.

Mesmo que estejam me oferecendo sociedade plena, isso não muda as coisas. Não me muda. A Sra. Farley estava certa: eu floresci. Não sou mais uma palha seca.

Por que voltaria a ser uma palha seca?

Pigarreio e olho ao redor.

— É uma tremenda honra receber uma oportunidade tão incrível — digo séria. — E agradeço muito. Verdade. No entanto... o motivo pelo qual voltei não foi para ter meu trabalho de volta. Foi para limpar meu nome. Provar que não cometi um erro. — Não consigo evitar um olhar na direção do Guy. — - A verdade é que, desde que deixei a Carter Spink eu... bem... fui em frente. Tenho um emprego. Do qual gosto muito. Portanto não vou aceitar sua oferta.

Há um silêncio perplexo.

— Obrigada — acrescento de novo, educadamente. — E... bem... obrigada pelo champanha.

— Ela está falando *sério*? — diz alguém ao fundo. Ketterman e Elldridge estão trocando olhares com a testa franzida.

— Samantha — Ketterman se adianta —, você pode ter encontrado oportunidades em outro lugar. Mas é uma advogada da Carter Spink. Aqui é que você foi treinada, é a este lugar que você pertence.

— Se for uma questão de salário — acrescenta Elldridge —, tenho certeza que podemos igualar o que você recebe atualmente... — Ele olha para Guy. — Para que firma de advocacia ela foi?

— Onde quer que você esteja, falarei com os sócios principais — diz Ketterman em tom empresarial. — Com o diretor de pessoal... com quem for necessário. Vamos resolver isso. Se você me der o número. — Ele está pegando seu BlackBerry.

Minha boca se retorce. Quero desesperadamente rir.

— Não há um diretor de pessoal — explico. — Nem um sócio principal.

— Não há um sócio principal? — Ketterman parece impaciente. — Como pode não haver um sócio principal?

— Eu não disse que estava trabalhando numa firma de advocacia.

É como se eu tivesse dito que o mundo é plano. Nunca vi tantos rostos bestificados na vida.

— Você... não está trabalhando como advogada? — pergunta Elldridge finalmente. — Então está trabalhando como o quê?

Eu não estava esperando que chegasse a isso. Mas, por outro lado, por que eles não deveriam saber?

— Estou trabalhando como doméstica. — Sorrio.

— "Doméstica"? — Elldridge me espia. — É o novo jargão para solucionadora de problemas? Nunca fico em dia com esses nomes ridículos para cargos.

— Você trabalha do lado dos reclamantes? — pergunta Ketterman. — É isso que você quis dizer?

— Não, não é isso que eu quis dizer — explico com paciência. — Eu sou empregada doméstica. Arrumo camas. Preparo refeições. Doméstica.

Durante uns sessenta segundos ninguém se mexe. Meu Deus, gostaria de ter uma máquina fotográfica. A cara deles.

— Você é literalmente... uma *empregada doméstica*? — pergunta Oliver Swan, incrédulo.

— É. — Olho meu relógio. — E me sinto realizada, relaxada e feliz. Na verdade, preciso voltar. Obrigada por ter me ouvido — acrescento a Ketterman. — Você foi o único.

— Está recusando nossa oferta? — pergunta Oliver Swan incrédulo.
— Estou recusando sua oferta. — Dou de ombros como se pedisse desculpa. — Sinto muito. Tchau, todo mundo.

Enquanto saio da sala sinto as pernas ligeiramente bambas. E ligeiramente maníaca por dentro. *Eu recusei*. Recusei ser uma das sócias principais da Carter Spink.
Que diabo minha mãe vai dizer?
O pensamento me dá vontade de explodir em risos histéricos.
Sinto-me ligada demais para esperar o elevador, por isso vou até a escada, com os saltos dos sapatos ressoando nos frios degraus de pedra.
— Samantha! — A voz de Guy ecoa subitamente acima de mim.
Ah, honestamente. O que ele quer?
— Estou indo! — grito de volta. — Deixe-me em paz!
— Você não pode ir!
Ouço-o acelerando escada abaixo, por isso também acelero. Já disse o que tinha a dizer — o que mais há para falar? Meus sapatos ressoam enquanto desço, segurando o corrimão para me equilibrar. Mas mesmo assim Guy está encurtando a distância.
— Samantha, isso é loucura!
— Não é!
— Não posso deixar você arruinar sua carreira por... por uma picuinha! — grita ele.

Viro indignada, quase caindo escada abaixo.
— Não estou fazendo isso por picuinha!
— Sei que você está com raiva de todos nós! — Guy se junta a mim na escada, ofegando. — Tenho certeza que você se sente realmente bem em recusar, em dizer que está trabalhando como doméstica.
— Eu *estou* trabalhando como doméstica! — retruco. — E não estou recusando vocês por raiva. Estou recusando porque não quero o cargo.
— Samantha, você queria ser sócia mais do que qualquer coisa no mundo! — Guy segura meu braço. — Sei que queria! Você trabalhou por isso durante todos esses anos. Não pode jogar fora! É valioso demais.
— E se eu não valorizar mais?
— Foram apenas algumas semanas! Não pode ter mudado tudo!
— Tudo mudou. *Eu* mudei.
Guy balança a cabeça incrédulo.
— Você está falando sério sobre o negócio de empregada doméstica?
— Estou falando realmente sério — respondo rispidamente. — O que há de errado em ser empregada doméstica?
— Ah, pelo amor... — Ele pára. — Olhe, Samantha, suba. Vamos falar sobre isso. O departamento de Recursos Humanos entrou na conversa. Você perdeu o emprego... foi maltratada... não é de espantar que não consiga pensar direito. Eles estão sugerindo um aconselhamento.

— Não preciso de aconselhamento! — Giro e começo a descer de novo. — Só porque não quero ser advogada, o quê, estou *maluca*?

Chego ao fim da escada e irrompo no saguão com Guy me perseguindo. Hilary Grant, chefe de RP, está sentada num sofá de couro com uma mulher de conjunto vermelho que não reconheço, e as duas levantam a cabeça, surpresas.

— Samantha, você não pode fazer isso! — está gritando Guy atrás de mim enquanto emerge no saguão. — Você é uma das advogadas mais talentosas que eu conheço. Não posso deixar que recuse ser sócia principal para ser uma droga de... *empregada doméstica*.

— Por que não, se é isso que eu quero fazer? — Paro no mármore e viro-me para encará-lo. — Guy, eu descobri o que é ter uma vida! Descobri como é *não* trabalhar todo fim de semana. *Não* sentir pressão o tempo todo. E gosto!

Guy não está escutando uma palavra do que digo. Nem quer entender.

— Você vai ficar aí e dizer que prefere limpar privada a ser sócia na Carter Spink? — Seu rosto está vermelho de ultraje.

— Sim! — respondo desafiante. — Prefiro sim.

— Quem é essa? — pergunta a mulher de conjunto vermelho, com interesse.

— Samantha, você está cometendo o maior erro de toda a sua existência! — A voz de Guy me acompanha quando chego à porta de vidro. — Se sair agora...

Não quero ouvir mais. Passo pela porta. Desço a escada. Fui.

Posso ter cometido o maior erro da minha existência. Sentada no trem de volta a Gloucestershire, bebericando vinho para acalmar os nervos, as palavras de Guy ficam ressoando nos meus ouvidos.

Houve um tempo em que só esse pensamento me teria feito dar uma cambalhota. Mas não mais. Quase sinto vontade de rir. Ele não faz idéia.

Se aprendi uma coisa com tudo que me aconteceu, é que não *existe* essa coisa de maior erro da existência. Não existe essa coisa de arruinar a vida. Por acaso a vida é uma coisa muito resistente.

Quando chego a Lower Ebury vou direto ao pub. Nathaniel está atrás do balcão, usando uma camisa de cambraia que nunca vi antes, falando com Eamon. Por alguns instantes só olho para ele, da porta. As mãos fortes; a inclinação do pescoço; o modo como a testa se franze quando ele assente. Sei imediatamente que ele discorda com o que quer que Eamon esteja dizendo. Mas está esperando, querendo usar de tato ao defender seu ponto de vista.

Talvez eu seja melhor em telepatia do que pensava.

Como se também fosse telepata, Nathaniel levanta os olhos e seu rosto se ergue bruscamente. Ele sorri dando as boas-vindas — mas posso ver a tensão por baixo. Esses últimos dois dias não foram fáceis para ele. Talvez pensasse que eu não ia voltar.

Um rugido vem do alvo de dardos. Um dos caras se vira e me vê indo para o balcão.

— Samantha! — grita ele. — Finalmente! Precisamos de você no nosso time!

— Num segundo! — grito por cima do ombro. — Oi — digo quando chego perto de Nathaniel. — Bela camisa.

— Oi — responde ele casualmente. — Boa viagem?

— Nada má. — Assinto. Nathaniel levanta a aba do balcão para eu passar, seus olhos examinando meu rosto como se procurasse pistas.

— Então... acabou?

— É. — Envolvo-o com os braços e aperto com força. — Acabou.

E, nesse momento, realmente acredito que acabou.

Vinte e três

Nada acontece até a hora do almoço.
 Faço o café-da-manhã para Trish e Eddie como sempre. Passo o aspirador e espano como sempre. Então coloco o avental de Iris, pego a tábua de picar e começo a espremer laranjas. Vou fazer musse de chocolate amargo com laranja para o almoço de caridade de amanhã. Vamos servir num leito de fatias de laranja cristalizada, e cada prato será guarnecido com um anjo de folha de prata verdadeira, de um catálogo de decoração de natal.
 Isso foi idéia de Trish. Assim como os anjos pendurados no teto.
 — Como estamos indo? — Trish entra com os saltos ressoando na cozinha, parecendo agitada. — Já fez as musses?
 — Ainda não — respondo espremendo rapidamente uma laranja. — Não se preocupe, Sra. Geiger. Tudo está sob controle.
 — Você sabe o que *eu* passei nos últimos dias? — Ela segura a cabeça. — Mais e mais pessoas aceitando... tive de mudar a organização dos lugares...

— Vai dar tudo certo — digo tranqüilizando-a. — Tente relaxar.

— É. — Ela expira, segurando a cabeça entre duas unhas pintadas. — Está certa. Vou verificar os sacos de lembranças...

Não acredito no quanto Trish está gastando nesse almoço. Toda vez que questiono se realmente precisamos cobrir a sala de jantar com seda branca ou dar uma orquídea a cada convidado ela grita que "é por uma boa causa!"

O que me lembra de algo que estive pensando em lhe perguntar já há algum tempo.

— Ah... Sra. Geiger — digo casualmente. — A senhora vai cobrar entrada dos convidados?

— Ah, não! Acho isso muito *cafona*, não acha?

— Vai fazer uma rifa?

— Creio que não. — Ela franze o nariz. — As pessoas *odeiam* rifas.

— Então... bem... como, exatamente, a senhora planeja conseguir dinheiro para a caridade?

Há silêncio na cozinha. Trish se imobilizou, arregalada.

— *Nossa!* — diz finalmente.

Eu sabia. Ela nem pensou. De algum modo consigo manter uma expressão respeitosa, de empregada doméstica.

— Será que poderíamos pedir doações voluntárias? — sugiro.

— Poderíamos passar uma sacolinha na hora do café com bombom de hortelã?

— É. É. — Trish me espia como se eu fosse um gênio. — *Essa* é a resposta. — E exala com força. — Isso é realmente muito estressante, Samantha. Não sei como você fica tão calma.

— Ah... não sei. — Sorrio sentindo uma súbita onda de carinho por ela. Quando cheguei à casa ontem à noite foi como uma volta ao lar. Mesmo que Trish tenha deixado uma montanha de louça na bancada para o meu retorno, e um bilhete dizendo "Samantha, por favor faça polimento em toda a prataria amanhã".

Trish sai da cozinha e começo a bater as claras de ovos para a musse. Então noto um homem vindo pela entrada de veículos. Está usando jeans e uma velha camisa pólo e tem uma máquina fotográfica pendurada no pescoço. Desaparece e eu franzo a testa, confusa. Talvez seja entregador. Meço o açúcar de confeiteiro, com meio ouvido atento à campainha, e começo a misturá-lo às claras, exatamente como Iris ensinou. Então, subitamente, o sujeito está parado do lado de fora da cozinha, espiando pela janela.

Não vou arruinar a mistura por causa de um vendedor de porta em porta. Ele pode esperar alguns instantes. Termino de incorporar o açúcar — depois vou à porta e abro.

— Em que posso ajudar? — pergunto educadamente.

O sujeito me olha em silêncio por alguns segundos, olhando de vez em quando para um tablóide dobrado nas mãos.

— Você é Samantha Sweet? — pergunta enfim.

Olho-o de volta com cautela.

— Por quê?

— Sou da *Cheltenham Gazette*. — Ele mostra um crachá. — Queria uma entrevista exclusiva com você.

"Por que escolhi Cotswolds como meu esconderijo secreto", esse tipo de coisa.

Olho-o inexpressiva por alguns segundos.

— É... o que você está falando?

— Você não viu? — Ele parece surpreso. — Imagino que seja você, não? O sujeito vira o jornal e, quando vejo, meu estômago se embola, em choque.

É uma foto minha. No jornal. *Eu.*

É meu retrato oficial da Carter Spink. Estou usando tailleur preto e o cabelo preso. Acima da foto, em letras pretas e grandes, está a manchete: PREFIRO LAVAR BANHEIRO A SER SÓCIA NA CARTER SPINK.

Que diabo está acontecendo?

Com mãos trêmulas pego o jornal e examino o texto

Eles são os Senhores do Universo; a inveja de seus pares. A importante firma de advocacia Carter Spink é a mais prestigiosa do país. Mas ontem uma jovem recusou um alto posto como sócia para trabalhar como humilde empregada doméstica.

TER UMA VIDA

Os sócios ficaram com cara de tacho quando a estelar advogada Samantha Sweet, que ganhava 500 libras por hora, rejeitou a oferta deles junto com um substancial salário de seis dígitos. Tendo sido demitida anteriormente, parece que a figurona descobriu um escândalo financeiro na firma. Entretanto, quando lhe ofereceram sociedade plena, Sweet citou a pressão e a falta de tempo livre como motivos para a decisão.

— Eu me acostumei a ter uma vida — disse ela, enquanto os sócios imploravam que ficasse.

Um ex-empregado da Carter Spink, que se recusou a dizer o nome, confirmou as brutais condições de trabalho na firma de advocacia. "Eles esperam que você venda a alma", disse ele. "Tive de me demitir devido ao estresse. Não é de espantar que ela prefira um trabalho braçal."

Uma porta-voz da Carter Spink defendeu as práticas da firma. "Somos uma firma flexível, moderna, com ética de trabalho solidária. Gostaríamos de falar com Samantha sobre seus pontos de vista e certamente não esperamos que os empregados 'vendam a alma'."

DESAPARECIDA

A porta-voz confirmou que a oferta de cargo para a Srta. Sweet continua aberta e que os sócios da Carter Spink estão ansiosos para falar com ela. No entanto, numa reviravolta bastante extraordinária, esta Cinderela dos tempos modernos não é vista desde que saiu dos escritórios da firma.

ONDE ELA ESTÁ?
Ver comentários na página 34.

Olho aquilo atordoada. Ver comentários? Tem *mais*? Com mãos inseguras vou à página 34.

O PREÇO DO SUCESSO É ALTO DEMAIS?
Uma advogada poderosa, com tudo pela frente, abre mão de um salário de seis dígitos e vira uma simples

empregada doméstica. O que essa história diz sobre a sociedade de alta pressão dos dias de hoje? Será que nossas mulheres de carreira estão sendo pressionadas demais? Será que estão se esgotando? Esta história extraordinária anuncia o início de uma nova tendência?

Uma coisa é certa. Apenas Samantha Sweet pode responder.

Olho a página, atordoada de tanta incredulidade. Como... o que...? *Como?*

Um flash me interrompe e levanto os olhos, chocada, vendo o sujeito apontando a máquina para mim.

— Pára! — digo com horror, pondo as mãos na frente do rosto.

— Posso tirar uma foto de você segurando uma escova de limpar privada? — Diz ele apontando a lente. — No pub deram a dica de que era você. Que barato! — A máquina espoca de novo e eu me encolho.

— Não! Você... você errar. — Empurro o jornal de volta para ele numa confusão de folhas. — Este... este não ser eu. Meu nome ser Martine. Não advogada.

O jornalista me examina cheia de suspeitas e olha de novo a foto. Vejo um clarão de dúvida em seu rosto. De fato estou bastante diferente de como era na época, com o cabelo louro e coisa e tal.

— Isso não é sotaque francês.

Ele tem razão. Os sotaques não são exatamente meu ponto forte.

— Eu ser... meio belga. — Fico com os olhos fixos no chão. — Por favor, sair de casa agorra. Ou eu chamar polícia.

— Ora, querida. Você não é belga!

— Ir emborra! Isso ser invasão! Ser processar!

Empurro-o, bato a porta e viro a chave. Depois puxo a cortina na janela e me encosto na porta, com o coração martelando. Merda. Merda. O que vou fazer?

Certo. O importante é não entrar em pânico. O importante é permanecer racional e ver a situação com equilíbrio.

Por um lado, todo o meu passado foi exposto num tablóide de circulação nacional. Por outro, Trish e Eddie não lêem esse tablóide específico. Nem a *Cheltenham Gazette*. É uma história idiota num jornal idiota e vai estar morta amanhã. Não há motivo para contar nada. Não preciso sacudir o barco. Vou continuar fazendo minhas musses de chocolate com laranja como se nada tivesse acontecido. É. O caminho é a negação total.

Sentindo-me ligeiramente melhor, pego o chocolate e começo a quebrar pedaços numa tigela de vidro.

— Samantha! Quem era? — Trish enfia a cabeça na porta.

— Ninguém. — Levanto a cabeça com um sorriso fixo. — Nada. Vou lhe fazer uma xícara de café e levar no jardim, está bem?

Fique calma. Negação. Tudo vai ficar bem.

Certo. A negação não vai funcionar, porque há mais três jornalistas na entrada de veículos.

São vinte minutos mais tarde. Abandonei as musses de chocolate e estou olhando pela janela do saguão num horror crescente. Dois caras e uma garota apareceram do nada. Todos têm máquinas fotográficas e estão conversando com o cara de camisa pólo, que gesticula na direção da cozinha. Ocasionalmente um deles pára e tira uma foto da casa. A qualquer minuto um vai tocar a campainha.

Não posso deixar isso ir mais longe. Preciso de um novo plano. Preciso de...

Distração. É. Pelo menos posso ganhar algum tempo.

Vou à porta da frente, pegando no caminho um dos enormes chapéus de palha de Trish. Então, com cautela, saio e vou pelo caminho de cascalho até a entrada, onde os quatro jornalistas me cercam.

— Você é Samantha Sweet? — pergunta um deles, enfiando um gravador na minha cara.

— Você se arrepende de ter recusado sociedade? — pergunta outro.

— Meu nome ser Martine — digo mantendo a cabeça baixa. — Vocês vir à casa errada. Eu conhecer Samantha Sweet, e ela morra... lá. — Balanço a mão na direção da outra extremidade do povoado.

Espero a debandada, mas ninguém se mexe.

— Vocês vir ao casa errada! — digo de novo. — Por favor, sair daqui.

— Que sotaque esse deveria ser? — pergunta um cara de óculos escuros.

— Belga — digo depois de uma pausa.

— *Belga*? — Ele espia por baixo da aba do chapéu

de Trish. — É ela — diz cheio de desprezo. — Ned, é ela! Venha aqui!

— Ela está ali! Ela saiu.

— É ela!

Ouço vozes do outro lado da rua — e, para meu horror absoluto, outro monte de jornalistas aparece de repente, correndo pela rua em direção ao portão, com máquinas fotográficas e gravadores.

De onde vieram?

— Srta. Sweet, Angus Watts, do *Daily Express*. — O cara de óculos escuros levanta seu microfone. — Tem alguma mensagem para as jovens de hoje?

— Você realmente gosta de limpar privada? — entoa outra pessoa, acionando uma máquina fotográfica na minha cara. — Que marca de limpador você usa?

— Pára com isso! — digo abalada. — Me deixem em paz! — Puxo os portões de ferro até estarem fechados, depois me viro e subo correndo pela entrada de veículos, entro na casa e vou à cozinha.

O que vou fazer?

Capto um vislumbre do meu reflexo na porta da geladeira. O rosto está vermelho e a expressão louca. Além disso continuo usando o chapéu de palha de Trish.

Tiro-o da cabeça e jogo na mesa, no instante em que Trish entra. Está segurando um livro chamado *Seu almoço elegante* e uma xícara de café vazia.

— Sabe o que está acontecendo, Samantha? — pergunta ela. — Parece haver uma *agitação* lá fora na rua.

— É? — pergunto. — Eu... não tinha notado.

— Parece um protesto. — Ela franze a testa. — Espero que ainda não estejam aí amanhã. Esse pessoal que faz protesto é tão *egoísta*... — Seu olhar pousa na bancada. — Ainda não terminou as musses? Samantha, realmente! O que andou *fazendo*?

— Ah... nada! — engulo em seco. — Estou preparando, Sra. Geiger. — Pego a tigela e começo a colocar a mistura de chocolate em taças.

Sinto-me num tipo de realidade paralela. Tudo vai ser revelado. É só questão de tempo. O que faço?

— Você *viu* esse protesto? — pergunta Trish quando Eddie entra na cozinha. — Diante do nosso portão! Acho que devíamos mandá-los ir embora.

— Não é um protesto — diz ele abrindo a geladeira e olhando dentro. — São jornalistas.

— *Jornalistas?* — Trish olha para ele. — O que, diabos, jornalistas estariam fazendo aqui?

— Quem sabe tenhamos uma celebridade como nova vizinha? — sugere Eddie, colocando cerveja num copo.

Imediatamente Trish põe a mão na boca.

— Joanna Lumley! Eu *ouvi* um boato de que ela estava comprando casa no povoado! Samantha, você ouviu alguma coisa sobre isso?

— Eu... é... não — murmuro com o rosto queimando.

Preciso dizer alguma coisa. Qual é! Diga alguma coisa. Mas o quê? Por onde começo?

— Samantha, preciso desta blusa passada esta noite. — Melissa entra na cozinha segurando uma blusa estampada sem mangas. — E tenha muito cuidado com a gola, certo? — acrescenta franzindo a testa com mau-humor. — Na última que você passou, os vincos não estavam retos.

— Ah. Tudo bem. Desculpe — digo. — Se você puser na lavanderia...

— E meu quarto precisa de aspirador de pó — acrescenta ela. — Derramei um pouco de pó no chão.

— Não sei se terei tempo... — começo.

— *Arranje* tempo — responde ela bruscamente e pega uma maçã. — O que está acontecendo lá fora?

— Ninguém sabe — diz Trish empolgada. — Mas achamos que é Joanna Lumley!

De repente a campainha toca.

Meu estômago parece se dobrar ao meio. Por um momento penso em sair correndo pela porta dos fundos.

— Será que são eles? — exclama Trish. — Eddie, vá atender. Samantha, faça um pouco de café. — Ela me olha, impaciente. — Anda!

Estou totalmente paralisada. Preciso falar. Preciso explicar. Mas minha boca não se mexe. Nada quer se mexer.

— Samantha! — Ela me espia. — Você está bem?

Com esforço gigantesco levanto os olhos.

— Ah... Sra. Geiger... — Minha voz sai numa rouquidão nervosa. — Há... uma coisa... eu deveria...

— Melissa! — A voz de Eddie me interrompe. Ele entra correndo na cozinha com um riso enorme espalhado no rosto. — Melissa, querida! Eles querem falar com você!

— *Comigo*? — Melissa levanta a cabeça, surpresa. — Como assim, tio Eddie?

— É o *Daily Mail*. Querem entrevistar você! — Eddie se vira para Trish, luzindo de orgulho. — Sabia que Melissa tem um dos melhores cérebros jurídicos do país?

Ah, não. Ah, não.

— O quê? — Trish larga o exemplar do *Seu almoço elegante*.

— Foi o que disseram! — Eddie assente. — Disseram que pode ser uma surpresa para mim saber que tínhamos uma advogada tão poderosa na nossa casa. Eu falei: Bobagem! — Ele passa o braço em volta de Melissa. — Sempre soubemos que você era uma estrela!

— Sra. Geiger — digo ansiosa. Ninguém me nota.

— Deve ser o prêmio que ganhei na faculdade! Eles devem ter sabido, de algum modo! — Melissa está ofegando. — Ah, meu Deus! O *Daily Mail*!

— E querem tirar fotos também! — continua Eddie. — Querem uma entrevista exclusiva!

— Preciso colocar um pouco de maquiagem! — Melissa parece totalmente agitada. — Como estou?

— Aqui estamos! — Trish abre sua bolsa. — Aqui, um rímel... e batom...

Preciso parar com isso. Preciso avisar a eles.

— Sr. Geiger... — pigarreio. — Tem certeza... quero dizer, eles disseram o... nome de Melissa?

— Não precisavam! — Ele pisca para mim. — Só há uma advogada nesta casa!

— Faça café, Samantha — ordena Trish incisivamente. — E use as xícaras cor-de-rosa. Depressa! Lave-as.

— O negócio é que... eu tenho... eu tenho uma coisa para dizer a vocês.

— Agora *não*, Samantha! Lave as xícaras! — Trish empurra as luvas de borracha para mim. — Não sei o que há de *errado* com você hoje...

— Mas acho que eles não vieram para ver Melissa — digo desesperada. — Tem algo que eu... que eu deveria ter lhe contado.

Ninguém presta atenção. Estão concentrados em Melissa.

— Como estou? — Melissa ajeita o cabelo, sem graça.

— Linda, querida! — Trish se inclina à frente. — Só um pouquinho mais de batom... faz você ficar realmente glamourosa...

— Ela está pronta para a entrevista? — Uma voz desconhecida, de mulher, vem da porta da cozinha e todo mundo congela, empolgado.

— Aqui! — Eddie abre a porta e revela uma mulher de cabelo escuro, de meia idade, com terninho, cujos olhos imediatamente avaliam a cozinha.

— Aqui está nossa estrela jurídica! — Eddie indica Melissa com um sorriso de orgulho.

— Olá — Melissa ajeita o cabelo para trás, então dá um passo à frente e estende a mão. — Sou Melissa Hurst.

A mulher olha Melissa inexpressivamente por alguns instantes.

— Ela não — diz a mulher. — *Ela*. — E aponta para mim.

Num silêncio perplexo todo mundo gira para me encarar. Os olhos de Melissa se estreitaram numa suspeita profundíssima. Posso ver os Geigers trocando olhares.

— Esta é Samantha — diz Trish, perplexa. — A empregada.

— Você é Samantha Sweet, não é? — A mulher pega seu bloco de repórter. — Posso fazer algumas perguntas?

— Você quer entrevistar a *empregada*? — pergunta Melissa com um riso sarcástico.

A jornalista a ignora.

— Você *é* Samantha Sweet, não é? — insiste ela.

— Eu... sou — admito finalmente, com o rosto queimando. — Mas não quero dar entrevista. Não tenho nenhum comentário.

— *Comentário*? — O olhar de Trish dardeja inseguro. — Comentário sobre o quê?

— O que está acontecendo, Samantha querida? — Eddie parece ansioso. — Você está com algum tipo de problema?

— Você não *contou* a eles? — A jornalista do *Daily Mail* ergue os olhos do bloco de anotações. — Eles não fazem idéia?

— Contou o quê? — pergunta Trish, agitada. — O quê?

— Ela é imigrante ilegal! — diz Melissa em triunfo. — Eu sabia! Sabia que havia alguma coisa...

— Sua "empregada" é uma importante advogada do centro financeiro de Londres. — A mulher joga um exemplar do tablóide na mesa da cozinha. — E, para trabalhar para vocês, acaba de recusar um posto de sócia, com salário de seis dígitos.

É como se alguém tivesse jogado uma granada na cozinha. Eddie gira visivelmente. Trish cambaleia em seus tamancos altos e segura uma cadeira para se equilibrar. O rosto de Melissa parece um balão estourado.

— Eu queria dizer... — mordo os lábios sem jeito enquanto olho o rosto deles. — Eu já... ia dizer...

Os olhos de Trish se arregalam enquanto lê a manchete. Sua boca está abrindo e fechando, mas não sai nenhum som.

— Você é... *advogada*? — gagueja ela finalmente.

— Houve um equívoco! — As bochechas de Melissa estão num rosa vivo. — *Eu* sou advogada. *Eu* é que ganhei um prêmio na faculdade de direito! Ela é *faxineira*.

— Ela é que ganhou três prêmios na faculdade. — A jornalista vira a cabeça para mim. — E a maior nota no ano de formatura.

— Mas... — O rosto de Melissa está assumindo um roxo profundo. — É impossível.

— A mais jovem sócia da Carter Spink... — A jornalista consulta suas anotações. — Está certo, Srta. Sweet?

— Não! — digo. — Quero dizer... bem... mais ou menos. Alguém quer uma xícara de chá? — acrescento desesperada.

Ninguém está interessado em chá. Na verdade, Melissa parece a ponto de vomitar.

— Vocês tinham alguma idéia de que sua empregada

doméstica possui QI de 158? — A jornalista está claramente adorando. — Ela é praticamente um gênio.

— Nós sabíamos que ela era inteligente! — diz Eddie na defensiva. — Nós percebemos! Estávamos ajudando no... — Ele pára, parecendo idiota. — No supletivo de inglês.

— E eu realmente agradeço! — digo depressa. — Verdade.

Eddie enxuga a testa com um pano de prato. Trish continua agarrando a cadeira como se fosse despencar a qualquer minuto.

— Não entendo. — Eddie subitamente larga a toalha e se vira para mim. — Como você combinou ser advogada com o trabalho doméstico?

— É! — exclama Trish, voltando à vida. — Exato. Como, afinal, você podia ser advogada do centro financeiro de Londres e *ainda* ter tempo para estudar com Michel de la Roux de la Blanc?

Ah, meu Deus. Eles *ainda* não sacaram?

— Não sou realmente empregada doméstica — digo em desespero. — Não sou realmente cozinheira *cordon bleu*. Michel de la Roux de la Blanc não existe. Não faço idéia de como este negócio realmente se chama. — Pego o batedor de trufas, que está na bancada. — Eu sou... uma fraude.

Não posso olhar para nenhum deles. De repente me sinto terrível.

— Entendo se vocês quiserem que eu vá embora — murmuro. — Aceitei o trabalho sob alegações falsas.

— Ir embora? — Trish fica horrorizada. — Não queremos que você vá embora, queremos, Eddie?

— Absolutamente não. — Seu rosto fica ainda mais vermelho. — Você fez um ótimo trabalho, Samantha. Não tem culpa de ser advogada.

— "Sou uma fraude" — diz a jornalista, anotando cuidadosamente no bloco. — Você se sente culpada quanto a isso, Srta. Sweet?

— Pára! — digo. — Não estou dando entrevista!

— A Sra. Sweet diz que prefere limpar privadas a ser sócia na Carter Spink — diz a jornalista, virando-se para Trish. — Posso ver as privadas em questão?

— *Nossas* privadas? — Manchas cor-de-rosa aparecem nas bochechas de Trish e ela me olha, incerta. — Bem, nós reformamos os banheiros recentemente, são todas Royal Doultn...

— Quantos são? — A jornalista ergue o olhar do bloco.

— Pára com isso! — Seguro meu cabelo. — Olha, eu... vou fazer uma declaração à imprensa. E em seguida quero que todos deixem a mim e meus patrões em paz.

Saio rapidamente da cozinha, com a mulher do *Daily Mail* atrás, e abro a porta da frente. A multidão de jornalistas continua ali, atrás do portão. Será minha imaginação ou há mais do que antes?

— É Martine — diz ironicamente o cara de óculos escuros quando me aproximo do portão.

Ignoro-o.

— Senhoras e senhores da imprensa — começo. — Agradeceria se me deixassem em paz. Aqui não há matéria a ser feita.

— Você vai continuar como doméstica? — grita um gordo de jeans.

— Sim, vou. — Levanto o queixo. — Fiz uma escolha pessoal, por motivos pessoais, e sou muito feliz aqui.

— E o feminismo? — pergunta uma jovem. — As mulheres lutaram anos para conseguir direitos iguais. Agora você está dizendo que elas devem voltar para a cozinha?

— Não estou dizendo nada às mulheres! — respondo pasma. — Só estou vivendo minha vida.

— Mas você acha que não há nada errado quanto às mulheres ficarem presas à pia da cozinha? — Uma mulher grisalha me olha irritada.

— Não! — digo cheia de alarme. — Quero dizer, sim! Eu acho... — Minha resposta é abafada por um tiroteio de perguntas e máquinas espocando.

— A Carter Spink era um buraco do inferno machista?

— Isso é uma armação para barganhar?

— Você acha que as mulheres devem ter carreiras profissionais?

— Gostaríamos de lhe oferecer uma coluna regular sobre dicas domésticas! — diz uma loura de voz aguda, com capa impermeável azul. — Vamos chamar de "Samantha Sabe".

— O *quê*? — Olho-a boquiaberta. — Não tenho nenhuma dica doméstica!

— Uma receita, então? — Ela ri de orelha a orelha.
— Seu prato predileto?
— Poderia posar para nós só de avental? — grita o gordo com uma piscada lasciva.
— Não! — respondo com horror. — Não tenho mais nada a dizer! Sem comentários! Vão embora!

Ignorando os gritos de "Samantha!" viro-me corro de volta com as pernas trêmulas até a casa.

O mundo enlouqueceu.

Irrompo na cozinha e encontro Trish, Eddie e Melissa hipnotizados com o jornal.

— Ah, não — digo com o coração apertando. — Não leiam. Honestamente. É só... um tablóide... idiota...

Os três levantam a cabeça e me olham como se eu fosse algum tipo de alienígena.

— Você cobra... 500 libras por hora? — Trish parece não controlar a própria voz.

— Eles lhe ofereceram sociedade plena? — Melissa está verde. — E você disse *não*? Está *maluca*?

— Não leiam isso! — Tento pegar o jornal. — Sra. Geiger, eu só queria continuar como sempre. Ainda sou sua empregada...

— Você é um dos maiores talentos jurídicos do país! — Trish bate no jornal histericamente. — Diz aqui!

— Samantha! — Há uma batida na porta e Nathaniel entra na cozinha segurando batatas recém-colhidas. — Isso basta para o almoço?

Olho-o atordoada, sentindo um aperto no peito. Ele não faz idéia. Não sabe de coisa nenhuma. Ah, meu Deus.

Eu deveria ter contado. Por que não contei? *Por que não contei a ele?*

— O que *você* é? — pergunta Trish virando-se para ele feito louca. — Um cientista espacial? Um agente secreto do governo?

— O quê? — Nathaniel me lança um olhar interrogativo mas não consigo sorrir.

— Nathaniel...

Paro, incapaz de continuar. Nathaniel olha de um rosto a outro, com um franzido de incerteza se aprofundando na testa.

— O que está acontecendo? — pergunta enfim.

Nunca fiz uma confusão tão grande quanto na hora de contar a Nathaniel. Gaguejo, hesito, repito-me e ando em círculos.

Nathaniel ouve em silêncio. Está encostado na velha coluna de pedra diante do banco escondido onde me sentei. Seu rosto está de perfil, sombreado ao sol da tarde, e não sei o que ele pensa.

Por fim termino e ele ergue a cabeça lentamente. Se eu esperava um sorriso, não recebo. Nunca o vi tão chocado.

— Você é advogada — diz finalmente.

— Sou — respondo com vergonha.

— Achei que você tinha saído de um relacionamento abusivo. — Ele passa a mão pelo cabelo. — Pensei que por isso não queria falar do passado. E você me deixou acreditar. Quando foi a Londres fiquei *preocupado* com você. Meu Deus.

— Desculpe. — Encolho-me cheia de culpa. — Sinto muito. Eu só... não queria que você soubesse a verdade.

— Por quê? — retruca ele, e posso ouvir a mágoa em sua voz. — Por quê? Não confiava em mim?

— Não! — digo consternada. — Claro que confio em você! Se eu fosse qualquer outra coisa... — paro. — Nathaniel, você precisa entender. Quando nós nos conhecemos, como eu poderia contar? Todo mundo sabe que você odeia advogados. Você tem até uma placa no pub: Nada de advogados!

— Aquela placa é uma *piada*. — Ele faz um gesto de impaciência.

— Não é. Não completamente. — Encaro-o. — Ora, Nathaniel. Se eu lhe dissesse que era uma advogada do centro financeiro quando nos encontramos, você teria me tratado do mesmo jeito?

Nathaniel não responde. Sei que é honesto demais para me dar a resposta fácil. Ele sabe tanto quanto eu que a verdadeira resposta é não.

— Eu sou a mesma pessoa. — Inclino-me adiante e seguro sua mão. — Mesmo que tenha sido advogada... ainda sou eu!

Por um tempo Nathaniel não diz nada, só olha para o chão. Estou prendendo o fôlego, desesperada de esperança. Então ele ergue a cabeça com um meio sorriso relutante.

— Então, quanto está cobrando por esta conversa?

Solto um sopro de alívio. Ele está bem. Está bem com relação a isso.

— Ah, umas mil libras — respondo descuidadamente. — Vou mandar a conta.
— Samantha Sweet, advogada corporativa. — Ele me examina por alguns instantes. — Não. Não consigo ver isso.
— Nem eu! Essa parte da minha vida acabou. — Aperto suas mãos com força. — Nathaniel, sinto muito, mesmo. Nunca pretendi que isso acontecesse.
— Eu sei. — Ele aperta minha mão de volta e me sinto relaxar. Uma folha da árvore atrás de mim cai no meu colo e eu pego-a, automaticamente esfregando para liberar o perfume doce.
— Então o que acontece agora? — pergunta Nathaniel.
— Nada. O interesse da mídia vai morrer. Eles vão se entediar. — Inclino-me, pouso a cabeça em seu ombro e sinto seus braços me envolvendo. — Estou feliz no meu emprego. Estou feliz neste povoado. Estou feliz com você. Só quero que tudo permaneça igual.

Vinte e quatro

Estou errada. O interesse da mídia não diminui. Acordo na manhã seguinte e encontro o dobro de jornalistas de ontem, acampados do lado de fora, além de dois furgões de TV. Quando desço, carregando uma bandeja de xícaras de café sujas, vejo Melissa encostada na janela, olhando a cena.

— Oi — diz ela. — Já viu quantos jornalistas?

— É. — Não consigo deixar de parar junto dela e olhar de novo. — É totalmente maluco.

— Deve ser realmente esmagador. — Ela joga o cabelo para trás e examina as unhas por um momento. — Mas você sabe... estou aqui para o que der e vier.

Por um momento acho que devo ter ouvido mal.

— É... o quê?

— Estou aqui para ajudar você. — Melissa levanta a cabeça. — Sou sua amiga. Vou ajudá-la a passar por isso.

Estou pasma demais até mesmo para rir.

— Melissa, você não é minha amiga — digo o mais educadamente que posso.

— Sou sim! — Ela parece totalmente inabalável. — Sempre admirei você, Samantha. Na verdade, sabia o tempo todo que você não era realmente uma empregada doméstica. Sabia que havia mais alguma coisa.

Não acredito. Como ela pode ficar ali parada, tão *cara-de-pau*?

— De repente você é minha amiga. — Não tento esconder o ceticismo. — E isso não tem nada a ver com o fato de ter descoberto que sou advogada? Ou com o fato de você querer uma carreira no direito?

— Sempre gostei de você — diz ela teimosamente.

— Melissa, qual *é*! — Dou-lhe o olhar mais duro que consigo, e para minha satisfação vejo apenas um minúsculo tom de rosado aparecer em volta de suas orelhas. Mas a expressão permanece impassível.

Odeio dizer, mas essa garota vai ser uma ótima advogada.

— Então... quer mesmo me ajudar? — pergunto franzindo a testa, pensativa.

— Quero! — Ela assente, com uma fagulha de empolgação no rosto. — Poderia servir como elemento de ligação com a Carter Spink... ou você poderia me contratar como porta-voz...

— Será que poderia levar isto? — Entrego-lhe a bandeja que estava carregando, com um sorriso doce. — E tenho uma camisa que precisa ser passada. Só tenha muito cuidado com o colarinho, certo?

Sua careta é *inestimável*. Tentando não rir, continuo a descer e entro na cozinha. Eddie está sentado à mesa coberta de jornais e levanta a cabeça quando entro.

— Você saiu em absolutamente todos os jornais —

informa. — Olhe. — E mostra uma matéria de duas páginas no *Sun*. Há uma foto minha superposta em um vaso sanitário, e alguém desenhou uma escova de limpar privada numa das minhas mãos. "Prefiro lavar privadas!" Está escrito em letras enormes perto do meu rosto.

— Ah, meu Deus. — Afundo numa cadeira e olho a foto. — *Por quê?*

— É agosto — diz Eddie, folheando o *Telegraph*. — Não há mais nada no noticiário. — Diz aqui que você é "uma vítima da sociedade atual obcecada pelo trabalho". — Ele vira o jornal para me mostrar um pequeno item com a manchete FIGURONA DA CARTER SPINK ESCOLHE TRABALHO BRAÇAL DEPOIS DE BOATOS DE ESCÂNDALO.

— Diz aqui que você é "uma judas para as mulheres profissionais em toda parte". — Atrás de mim Melissa largou a bandeja na bancada com um estrondo e pegou o *Herald*.

— Olhe: essa colunista, Mindy Malone, está realmente furiosa com você.

— Furiosa? — ecôo perplexa. — Por que alguém estaria furiosa comigo?

— Mas no *Daily Mail* você é salvadora dos valores tradicionais. — Eddie pega o jornal e abre. — "Samantha Sweet acredita que as mulheres devam voltar para junto do fogão pelo bem da própria saúde e da sociedade".

— O quê? Eu nunca disse isso! — Pego o jornal e examino o texto, incrédula. — Por que eles estão tão *obcecados*?

— Temporada fraca — diz Eddie pegando o *Express*.
— É verdade que você descobriu sozinha ligações com a Máfia na sua firma?
— Não! — Olho horrorizada. — Quem falou isso?
— Não lembro onde vi — responde ele folheando as páginas. — Há uma foto de sua mãe neste. É bonita.
— Minha *mãe*? — Olho consternada.
— Importante filha de mãe importante — lê Eddie em voz alta. — Será que a pressão do sucesso foi demasiada?
Ah, meu Deus. Mamãe vai me *matar*.
— Este aqui tem uma pesquisa. — Eddie abriu outro jornal. — "Samantha Sweet, heroína ou idiota? Telefone ou mande seu voto por mensagem de texto." Eles dão um número para ligar. — Eddie pega o telefone e franze a testa. — Devo votar em quê?
— Idiota — diz Melissa pegando o telefone. — Eu faço isso.
— Samantha! Já acordou?
Levanto a cabeça e vejo Trish entrando na cozinha segurando um maço de jornais sob o braço. Quando me olha está com a mesma expressão chocada de ontem, como se eu fosse uma obra de arte inestimável que ela subitamente pendurou na cozinha.
— Estive lendo sobre você!
— Bom-dia, Sra. Geiger. — Pouso o *Daily Mail* e me levanto rapidamente. — O que posso fazer para o desjejum? Um café, para começar?
— Não faça o café, Samantha! — responde ela, parecendo abalada. — Eddie, *você* pode fazer o café!

— Não vou fazer café! — reage Eddie.

— Então... Melissa! — diz Trish. — Faça um bom café para todos nós. Samantha, sente-se ao menos uma vez! Você é nossa convidada! — Ela dá um riso sem naturalidade.

— Não sou convidada de vocês! — protesto. — Sou sua empregada!

Vejo Eddie e Trish trocando olhares de dúvida. O que eles acham? Que vou embora?

— Nada é diferente! — insisto. — Ainda sou sua empregada! Só quero continuar o trabalho como sempre.

— Você é maluca. — Melissa revira os olhos cheia de desprezo. — Já *viu* quanto a Carter Spink quer lhe pagar?

— Você não entenderia — respondo. — Sr. e Sra. Geiger, *vocês* entenderiam. Aprendi muita coisa vivendo aqui. Mudei como pessoa. E descobri uma vida plena. É, eu poderia ganhar muito mais dinheiro sendo advogada em Londres. É, poderia ter uma carreira poderosa e cheia de pressão. Mas não é isso que eu quero. — Abro os braços indicando a cozinha ao redor. — É isso que eu quero fazer. É aqui que eu quero estar.

Fico esperando que Trish e Eddie comecem a parecer comovidos com meu pequeno discurso. Em vez disso os dois me espiam com total incompreensão, depois se entreolham.

— Acho que você deveria pensar na oferta — diz Eddie. — Diz no jornal que eles estão desesperados para conquistá-la de volta.

— Nós não ficaríamos *nem um pouco* ofendidos se você fosse embora — acrescenta Trish, assentindo com ênfase. — Entenderíamos *completamente*.

É só isso que eles podem dizer? Não estão *satisfeitos* por que eu quero ficar? Não me *querem* como empregada?

— Não quero ir embora! — reajo irritada. — Quero ficar aqui e desfrutar de uma vida plena num ritmo diferente.

— Certo — diz Eddie depois de uma pausa, depois, sub-repticiamente faz uma cara tipo "o quê?" para Trish.

O telefone toca e Trish atende.

— Alô? — Ela ouve por um momento. — Sim, *claro*, Mavis. *E* Trudy. Vejo vocês mais tarde! — Ela pousa o aparelho. — Mais duas convidadas para o almoço de caridade!

— Certo. — Olho o relógio. — É melhor eu começar a preparar as entradas.

Quando estou pegando a massa o telefone toca de novo e Trish suspira.

— Se forem mais convidadas de última hora... Alô? — Enquanto ouve, sua expressão muda e ela põe a mão sobre o fone.

— Samantha — sussurra ela. — É uma agência de publicidade. Você quer aparecer num comercial de TV do Pato Purific? Iria usar peruca de advogado e toga e teria de dizer...

— Não! — respondo me encolhendo. — Claro que não!

— Nunca se deve recusar a TV — diz Eddie, reprovando. — Poderia ser uma grande oportunidade.

— Não, não poderia! Não quero aparecer em nenhum comercial! — vejo Eddie abrindo a boca para argumentar. — Não quero dar nenhuma entrevista — acrescento depressa. — Não quero ser modelo de comportamento. Só quero que tudo volte ao normal.

Pela hora do almoço nada voltou ao normal. Na verdade tudo está mais surreal ainda do que antes.

Recebi mais três pedidos de aparecer na TV e um para fazer uma seção de fotos "de bom gosto" para o *Sun*, com uniforme de doméstica. Trish deu uma entrevista exclusiva ao *Mail*. Pessoas que ligaram para um programa de rádio que Melissa insistiu em ouvir me descreveram como "imbecil antifeminista", "pretensa Martha Stewart" e "parasita dos contribuintes que pagaram por meus estudos". Fiquei tão furiosa que quase telefonei também.

Mas em vez disso desliguei o rádio e respirei fundo três vezes. Não vou me permitir ser arrastada para controvérsias. Tenho outras coisas em que pensar. Quatorze convidadas chegaram para o almoço de caridade e estão andando no gramado. Tenho tortinhas de cogumelo selvagem para assar, molho de aspargos para terminar e filés de salmão para pôr no forno.

Queria desesperadamente que Nathaniel estivesse aqui para me manter calma. Mas ele foi a Buckingham pegar algumas carpas japonesas para o laguinho, que Trish decidiu subitamente que precisava ter. Aparentemente custam centenas de libras e todas as celebridades têm. É ridículo. Ninguém jamais *olha* o laguinho.

A campainha toca no momento em que estou abrindo o forno, e dou um suspiro. Outra convidada, não. Tivemos quatro aceitações de última hora nesta manhã, o que estragou totalmente minha programação. Para não falar da jornalista do *Mirror* que, vestida num conjunto floral, tentou convencer a Eddie que era uma nova moradora do povoado.

Ponho a forma com tortinhas no forno, pego o resto da massa e começo a limpar o rolo de pastel.

— Samantha? — Trish dá uma batida na porta. — Temos mais uma pessoa!

— *Mais* uma? — Viro-me, limpando farinha da bochecha. — Acabei de colocar as tortinhas no forno...

— É um amigo seu. Diz que precisa falar com você urgentemente. Serão negócios? — Trish levanta a sobrancelha de modo significativo e depois fica de lado. E congelo, atônita.

É o Guy. Ali parado na cozinha de Trish. Com seu imaculado terno Jermyn Street e punhos engomados.

Encaro-o incapaz de falar, absolutamente perplexa.

A avaliar por sua expressão, ele está bem aparvalhado, também.

— Ah, meu Deus — diz ele vagarosamente, os olhos observando meu uniforme, o rolo de pastel, as mãos com farinha. — Você é mesmo empregada doméstica.

— Sou. — Levanto o queixo. — Sou mesmo.

— Samantha... — diz Trish à porta. — *Não* que eu queira interromper, mas... servimos as entradas em dez minutos?

— Claro, Sra. Geiger. — Automaticamente faço uma reverência quando Trish sai e os olhos de Guy quase caem da cabeça.

— Você *faz reverência*?

— A reverência foi um certo equívoco — admito. Capto seu olhar pasmo e sinto um risinho subindo por dentro. — Guy, o que você está fazendo aqui?

— Vim convencê-la a voltar.

Claro que veio. Eu deveria ter adivinhado.

— Não vou voltar. Com licença. — Pego a vassoura e a pá de lixo e começo a varrer a farinha e as migalhas de massa no chão. — Cuidado com os pés!

— Ah. Certo. — Guy sai desajeitadamente do caminho.

Jogo as migalhas de massa no lixo, depois tiro o molho de aspargos da geladeira, coloco numa panela e ponho em fogo baixo.

Guy está me olhando com curiosidade.

— Samantha — diz quando me viro. — Precisamos conversar.

— Estou ocupada. — A campainha do temporizador da cozinha ressoa estridente e eu abro o forno de baixo para tirar os rolinhos de alho com alecrim. Sinto um jorro de orgulho ao vê-los, todos de um marrom dourado e soltando um perfume delicioso, de ervas. Não resisto a beliscar um deles, depois ofereço a Guy.

— Você *fez* isso? — Ele parece atarantado. — Não sabia que você sabia cozinhar.

— Não sabia. Aprendi. — Enfio a mão na geladeira

de novo para pegar manteiga sem sal e jogo um pedaço no fumegante molho de aspargos. Depois olho para Guy, que está parado perto do suporte de utensílios. — Poderia me passar um batedor?

Guy olha desamparado para os utensílios.

— É... qual é o...

— Não se preocupe. — Estalo a língua. — Eu pego.

— Tenho uma oferta para você — diz Guy enquanto pego o misturador e começo a bater a manteiga. — Acho que deveria olhar.

— Não estou interessada. — Nem levanto a cabeça.

— Você ainda não viu. — Ele enfia a mão no bolso de dentro e pega uma carta branca. — Aqui. Olhe.

— Não estou interessada! — repito com exasperação. — Você não entende? Não quero voltar. Não quero ser advogada.

— Em vez disso quer ser empregada doméstica. — Seu tom é tão superior que me sinto ferida.

— É! — E largo o batedor. — Quero sim! Estou feliz aqui. Estou relaxada. Você não faz idéia. É uma vida diferente!

— É, entendi. — Guy olha minha vassoura. — Samantha, você precisa enxergar a razão. — Ele pega um telefone no bolso de dentro. — Há alguém com quem você realmente deveria falar. — Ele digita um número e depois levanta os olhos. — Estive em contato com sua mãe para falar da situação.

— Você *o quê?* — Encaro-o horrorizada. — Como ousa...

— Samantha, só quero o melhor para você. Ela também. Oi, Jane — diz ele ao telefone. — Estou com ela agora. Vou passar.

Não acredito. Por um instante sinto vontade de jogar o telefone pela janela. Mas não. Posso enfrentar isso.

— Oi, mamãe — digo pegando o telefone com Guy. — Quanto tempo.

— Samantha. — Sua voz é tão gélida quanto na última vez em que falamos. Mas de alguma maneira isso não me deixa tensa ou ansiosa. Ela não pode me dizer o que fazer. Não faz mais idéia do que é minha vida. — O que, exatamente, você acha que está fazendo? Trabalhando como algum tipo de *doméstica*?

— Isso mesmo. Sou empregada doméstica. E acho que você quer que eu volte a ser advogada, não é? Bom, estou feliz e não vou. — Provo o molho de aspargos e acrescento um pouco de sal.

— Você pode achar engraçado ser petulante — diz ela em tom peremptório. — Trata-se da sua vida, Samantha. Sua carreira. Acho que você não entende...

— *Você* não entende! Nenhum de vocês! — Olho furiosa para Guy, depois baixo o fogo e me encosto na bancada. — Mamãe, eu aprendi um modo diferente de viver. Faço meu trabalho do dia, acabo... e só. Sou *livre*. Não preciso levar papelada para casa. Não preciso ter meu BlackBerry ligado 24 horas por dia sete dias por semana. Posso ir ao pub, posso ter planos para o fim de semana, posso me sentar no jardim por meia hora com os pés para cima... e isso *não faz mal*. Não tenho mais pressão constante. Não estou estressada. E isso me serve. — Pego um copo, encho d'água e tomo um gole comprido, depois enxugo a boca. — Desculpe, mas eu mudei. Fiz amigos. Conheço a comunidade aqui. É como... os Waltons.

— Os *Waltons*? — Ela parece espantada. — Há crianças aí?

— Não! — digo frustrada. — Você não entende! Eles simplesmente... se *importam*. Por exemplo: há duas semanas me deram uma festa de aniversário incrível.

Há silêncio. Imagino se toquei num ponto sensível.

— Que bizarro! — diz ela em tom cortante. — Seu aniversário foi há dois meses.

— Eu sei. — Suspiro. — Olha, mãe, estou decidida. — O forno solta um *ping* subitamente e eu pego uma luva térmica. — Preciso desligar.

— Samantha, esta conversa não terminou! — diz ela furiosa. — Nós não terminamos.

— Terminamos, sim, certo? *Terminamos*! — Desligo o telefone, jogo na mesa e solto o ar, meio trêmula mesmo contra a vontade. — Muito obrigada, Guy — digo rapidamente. — Mais alguma surpresinha para mim?

— Samantha... — Ele abre os braços como se pedisse desculpas. — Eu estava tentando alcançar você...

— Não preciso "ser alcançada". — Viro-me para outro lado. — E agora tenho de trabalhar. Este é o meu emprego.

Abro o forno de baixo, tiro as formas com as tortinhas e começo a colocá-las em pratinhos quentes.

— Vou ajudar — diz Guy aproximando-se.
— Você não pode *ajudar*. — Reviro os olhos.
— Claro que posso. — Para minha perplexidade ele tira o paletó, enrola as mangas e coloca um avental estampado de cerejas. — O que faço?

Não consigo evitar um risinho. Ele parece incongruente demais.

— Ótimo. — Entrego uma bandeja. — Pode levar as entradas comigo.

Vamos à sala de jantar, levando as tortinhas de cogumelo e os rolinhos. Quando entramos na sala com toldo branco, a conversa pára e 14 cabeças tingidas e cheias de laquê se viram. As convidadas de Trish estão sentadas ao redor da mesa, tomando champanha, cada uma usando um conjunto de uma cor pastel diferente. É como entrar num mostruário de tintas.

— E esta é Samantha! — diz Trish, cujas bochechas estão de um rosado forte. — Todas vocês conhecem Samantha, nossa empregada... e além disso advogada importante!

Para meu embaraço, aplausos irrompem.

— Vimos você nos jornais! — diz uma mulher vestida de creme.

— Preciso falar com você. — Uma mulher de azul se inclina com expressão intensa. — Sobre meu *acordo de divórcio*.

Acho que vou fingir que não escutei.

— Este é Guy, que está me ajudando hoje — digo começando a servir as tortas de cogumelos.

— Ele *também* é sócio na Carter Spink — acrescenta Trish com orgulho.

Vejo olhares impressionados sendo trocados ao redor da mesa. Uma mulher idosa, na outra ponta, se vira para Trish, perplexa.

— *Todos* os seus empregados são advogados?

— Nem todos — diz Trish com ar superior, tomando um grande gole de champanha. — Mas sabe, *tendo* uma empregada formada em Cambridge eu nunca poderia voltar atrás.

— Onde você os consegue? — pergunta avidamente uma ruiva. — Há uma agência especial?

— Chama-se Domésticos Oxbridge — diz Guy, pondo uma tortinha de cogumelos diante dela. — Muito exclusiva. Só quem tem diploma de primeira classe pode se candidatar.

— Minha nossa! — A ruiva olha para cima, boquiaberta.

— Eu, por outro lado, cursei Harvard — continua ele. — Portanto, sou da Serviçais Harvard. Nosso lema é: "Para isso é que serve uma educação de alto nível." Não é, Samantha?

— Cala *a boca* — murmuro. — Só sirva a comida.

Por fim todas as senhoras são servidas e recuamos para a cozinha vazia.

— Muito engraçado — digo largando a bandeja com um estrondo. — Você é tão espirituoso!

— Ah, pelo amor de Deus, Samantha. Você esperava que eu levasse isso tudo a *sério*? Jesus. — Ele tira o avental e o joga na mesa. — Servir comida a um punhado de avoadas. Deixar que elas banquem as superioras.

— Tenho um trabalho a fazer — digo tensa, abrindo o forno para verificar o salmão. — Portanto, se não vai ajudar...

— Este não é o trabalho que você deveria estar fazendo! — Ele explode subitamente. — Samantha, isso é uma tremenda de uma *piada*. Você tem mais cérebro do que qualquer uma naquela sala, e está servindo a elas? Está *fazendo reverências* para elas? Está limpando o *banheiro* delas?

Ele parece tão passional que me viro, chocada. Seu rosto está vermelho e todos os traços de provocação divertida sumiram.

— Samantha, você é uma das pessoas mais brilhantes que eu conheço. — Sua voz está trêmula de raiva. — Tem a melhor mente jurídica que qualquer um de nós já viu. Não posso deixar que jogue a vida fora nessa... porcaria iludida.

Encaro-o exaltada.

— Não é coisa nenhuma iludida! Só porque não estou "usando meu diploma", só porque não estou num escritório, estou desperdiçando a vida? Guy, eu estou *feliz*. Estou curtindo a vida de um modo que nunca fiz. Eu *gosto* de cozinhar. *Gosto* de cuidar de uma casa. *Gosto* de colher morangos no jardim...

— Você está vivendo na terra da fantasia! — grita ele. — Samantha, tudo isso é novidade! É divertido porque você nunca vez antes! Mas com o tempo vai se desgastar! Você não *vê*?

Sinto uma pontada de incerteza por dentro, que ignoro.
— Não vai não. — Dou uma mexida enérgica no molho de aspargos. — Eu adoro esta vida.

— Ainda vai adorar quando estiver lavando banheiros há dez anos? Caia na real. — Ele vem até o fogão e eu me viro. — Então você precisava de férias. Precisava de uma folga. Tudo bem. Mas agora precisa voltar à vida real.

— Isto *é* a vida real para mim — atiro de volta. — É mais real do que minha vida antiga.

Guy balança a cabeça.

— Charlote e eu fomos à Toscana no ano passado e eu aprendi a pintar aquarelas. Adorei. O azeite... os pores-do-sol, a coisa toda. — Ele me encara com intensidade por um momento e depois se inclina adiante. — Isso não significa que vou me tornar uma droga de aquarelista da Toscana.

— É diferente! — Arranco o meu olhar para longe dele. — Guy, não vou voltar àquela carga de trabalho. Não vou voltar àquela pressão. Trabalhei sete dias por semana, durante sete anos, porcaria...

— Exato. Exato! E assim que ganha a recompensa você *dá o fora*? — Ele segura a cabeça. — Samatha, não sei se você entende a posição em que está. Foi-lhe oferecida sociedade plena. Pode basicamente exigir ganhar quanto quiser. Você está no controle!

— O quê? — Olho-o perplexa. — Como assim?

Guy solta o ar dos pulmões e levanta os olhos, como se invocasse a ajuda dos Deuses dos Advogados.

— Você percebe — diz cautelosamente — a tempestade que criou? Percebe como tudo isso foi ruim para a Carter Spink? É a pior semana de imprensa desde o escândalo dos Storesons nos anos oitenta.

— Eu não *planejei* nada disso — digo na defensiva. — Não pedi para a mídia aparecer à porta...

— Sei disso. Mas ela apareceu. E a reputação da Carter Spink afundou. O departamento de Recursos Humanos está *fora de si*. Depois de todos os programas de bem-estar, de todos os recrutamentos em oficinas para recém-formados, você diz ao mundo que prefere limpar privadas. — Ele gargalha subitamente. — Isso é que é divulgação negativa!

— Bem, é verdade — digo levantando o queixo. — Prefiro.

— Não seja tão perversa! — Guy bate na mesa, exasperado. — Você deixou a Carter Spink de saia justa! Eles querem que o mundo a veja retornando àquele escritório. Vão pagar o que você quiser! Você seria louca em não aceitar a oferta!

— Não estou interessada em dinheiro. Tenho dinheiro suficiente...

— Você não entende! Samantha, se voltar, pode ganhar o suficiente para se aposentar em dez anos. Estará feita pelo resto da vida! *Depois* pode colher morangos, flores ou qualquer merda que queira fazer.

Abro a boca automaticamente para retrucar... mas de repente minhas palavras secaram. Não consigo rastrear os pensamentos. Eles estão pulando de um lado para o outro, confusos.

— Você mereceu a sociedade — diz Guy, com a voz mais baixa. — Você mereceu, Samantha. Use-a.

Guy não fala mais nada sobre o assunto. Sempre soube exatamente quando encerrar uma argumentação; deveria ter sido advogado de tribunal. Ele me ajuda a servir o salmão, depois me dá um abraço e manda ligar para ele assim que tiver tido tempo de pensar. E então vai embora, e fico sozinha com os pensamentos borbulhando.

Eu tinha tanta certeza! Estava tão segura! Mas agora...

Seus argumentos ficam repassando na minha mente. Ficam parecendo verdadeiros. Talvez eu esteja iludida. Talvez tudo isto seja novidade. Talvez depois de alguns anos de vida mais simples eu não fique mais contente, fique frustrada e amarga. Tenho uma visão súbita de mim mesma passando pano no chão com uma echarpe de náilon amarrada na cabeça, enchendo o saco das pessoas: "já fui advogada corporativa, sabe?"

Eu tenho cérebro. Tenho anos pela frente.

E ele está certo. Trabalhei duro para obter a sociedade. Mereci.

Enterro a cabeça nas mãos, apoiando os cotovelos na mesa, ouvindo o coração bater no peito, martelando como uma pergunta: *O que vou fazer? O que vou fazer?*

No entanto, o tempo todo estou sendo empurrada para uma resposta. A resposta racional. A resposta que faz mais sentido.

Sei qual é. Só não sei se estou pronta para encará-la ainda.

Demoro até as seis horas. O almoço terminou e limpei tudo. As convidadas de Trish saíram ao jardim, tomaram xícaras de chá e foram embora. Enquanto caminho na tarde suave, agradável, Nathaniel e Trish estão parados junto ao laguinho, com um tanque de plástico junto aos pés.

Sinto que algo aperta meu estômago quando me aproximo dele.

— Esta é uma Kumonryu — está dizendo Nathaniel enquanto tira algo do tanque com uma grande rede verde. — Quer olhar? — Quando me aproximo vejo um enorme peixe estampado sacudindo-se ruidoso na rede. Ele o oferece a Trish e ela recua com um gritinho.

— Leve isso para longe! Ponha no lago!

— Custou duzentas libras suas — diz Nathaniel dando de ombros. — Achei que você gostaria de dizer olá. — Ele me lança um riso divertido por cima dos ombros de Trish e, não sei como, consigo sorrir de volta.

— Ponha todos aí dentro. — Trish estremece. — Virei vê-los quando estiverem nadando.

Ela gira nos calcanhares e volta para a casa.

— Tudo certo? — Nathaniel me olha. — Como foi o grande almoço de caridade?

— Bom.

— Soube da notícia? — Ele põe outro peixe no lago. — Eamonn acabou de ficar noivo! Vai dar uma festa no pub na semana que vem.

— É... é fantástico.
Minha boca está seca. Anda. Conta a ele.

— Sabe, nós deveríamos ter um laguinho de peixes ornamentais no horto — diz Nathaniel jogando o resto dos peixes no lago. — Sabe qual é a margem de lucro desses...

— Nathaniel, eu vou voltar. — Fecho os olhos tentando ignorar a pontada de dor por dentro. — Vou voltar a Londres.

Por um momento ele não se mexe. Então, muito lentamente, gira com a rede ainda na mão, o rosto inexpressivo.

— Certo — diz ele.

— Vou voltar ao antigo trabalho de advogada. — Minha voz treme um pouco. — Guy, da firma, veio aqui hoje e me convenceu... me mostrou. Ele me fez perceber... — paro e faço um gesto desamparado.

— Perceber o quê? — pergunta Nathaniel com a testa se franzindo um pouco.

Ele não sorriu. Não disse "Boa idéia, era exatamente isso que eu ia sugerir." Por que não pode *facilitar* as coisas para mim?

— Não posso ser empregada doméstica a vida inteira! — Pareço mais na defensiva do que gostaria. — Sou advogada formada! Tenho cérebro.

— Eu sei que você tem cérebro. — Agora *ele* parece na defensiva. Ah, meu Deus. Não estou fazendo isso direito.

— Eu mereci a sociedade. Sociedade plena na Carter

Spink. — Olho-o, tentando passar o significado disso.
— É o cargo mais prestigioso... lucrativo... incrível... em poucos anos posso ganhar dinheiro suficiente para me aposentar!

Nathaniel não parece impressionado. Simplesmente me olha fixamente.

— A que custo?
— Como assim? — Evito seu olhar.
— Quando você apareceu aqui era como um destroço de nervosismo. Parecia um coelho pirado. Branca que nem uma folha de papel. Rígida como uma tábua. Parecia que nunca tinha visto o sol, parecia que nunca tinha se *divertido*...
— Você está exagerando.
— Não estou. Você não *vê* o quanto mudou? Não é mais tensa. Não é mais um feixe de nervos. — Ele levanta meu braço e o deixa cair. — Esse braço teria ficado imóvel!
— Certo, eu relaxei um pouco! — Levanto as mãos. — Sei que mudei. Fiquei mais calma, aprendi a cozinhar, passar roupa e servir chope... e me diverti maravilhosamente. Mas é como férias. Não pode durar para sempre.

Nathaniel balança a cabeça em desespero.
— Então, depois de tudo isso, você vai simplesmente voltar, pegar as rédeas e continuar como se nada tivesse acontecido?
— Desta vez será diferente! Vou fazer com que seja diferente. Vou manter o equilíbrio.

— Quem você está querendo enganar? — Nathaniel segura meus ombros. — Samantha, vai ser o mesmo estresse, o mesmo estilo de vida...

Sinto uma raiva súbita contra ele, por não ter entendido; por não me apoiar.

— Bem, pelo menos eu *tentei* alguma coisa nova! — Minhas palavras jorram numa torrente. — Pelo menos tentei uma vida diferente durante um tempo!

— O que isso quer dizer? — Sua mão se solta, chocada.

— Quer dizer: quando foi que *você* tentou, Nathaniel? — Sei que estou esganiçada e agressiva, mas não consigo evitar. — Você tem a mente estreita demais! Vive no mesmo povoado onde cresceu, cuida dos negócios da família, está comprando um horto pertinho... praticamente continua no *útero*. Portanto, antes de me fazer sermão sobre como viver minha vida, tente viver uma vida sua, certo?

Paro, ofegando, e vejo Nathaniel parecendo que lhe dei um tapa.

Imediatamente quero morder a língua.

— Eu... não falei sério — murmuro.

Dou alguns passos para longe, sentindo-me à beira das lágrimas. Não era para ser assim. Nathaniel deveria me apoiar, me abraçar e dizer que eu estava tomando a decisão certa. Em vez disso aqui estamos, a metros de distância um do outro, nem mesmo nos olhando.

— Eu pensei em abrir as asas — diz Nathaniel subitamente, com a voz rígida. — Há um horto em Cornwall que eu gostaria de ter. Terra fantástica, negócio fantástico... mas não fui olhar. Preferi não ficar a seis horas de distância de você. — Ele dá de ombros. — Acho que você está certa. Foi muita estreiteza mental da minha parte.

Não sei como responder. Por um tempo há silêncio, a não ser pelos pombos arrulhando no final do jardim. É a tarde mais espetacular, percebo subitamente. O sol desce em direção ao salgueiro e a grama tem cheiro doce sob meus pés.

— Nathaniel... eu preciso voltar. — Minha voz não está muito firme. — Não tenho opção. Mas ainda podemos ficar juntos. Ainda podemos fazer com que dê certo. Teremos férias... fins de semana... eu vou voltar para a festa do Eamonn... Você nem vai saber que fui embora!

Ele fica quieto um momento, mexendo com a alça do balde. Quando finalmente levanta os olhos, sua expressão faz meu coração se apertar.

— Vou — diz ele em voz baixa. — Vou sim.

Vinte e cinco

A notícia sai na primeira página do *Daily Mail*. Sou uma verdadeira celebridade. SAMANTHA ESCOLHE O DIREITO E NÃO A PRIVADA. Quando chego à cozinha na manhã seguinte Trish está examinando-a, com Eddie lendo outro exemplar.

— A entrevista de Trish foi publicada! — anuncia ele. — Olhe!

— "Eu sempre soube que Samantha estava acima da média das empregadas domésticas", diz Trish Geiger, de 37 anos — lê Trish com orgulho. — "Nós costumávamos discutir filosofia enquanto o pó era aspirado."

Ela ergue os olhos e seu rosto muda.

— Samantha, você está bem? Parece absolutamente arrasada.

— Não dormi muito bem — admito, e acendo o fogo para a chaleira.

Passei a noite com Nathaniel. Não falamos muito sobre minha ida. Mas às três horas, quando o olhei, ele também estava acordado, olhando o teto.

— Você precisa de energia! — diz Trish perturbada. — É seu grande dia! Precisa estar com a melhor aparência possível!

— Estarei. — Tento sorrir. — Só preciso de uma xícara de café.

Vai ser um dia gigantesco. O departamento de RP da Carter Spink entrou em ação assim que tomei a decisão e transformou o meu retorno num evento total na mídia. Haverá uma grande entrevista coletiva na hora do almoço, diante da casa dos Geigers, quando direi como estou adorando voltar à Carter Spink. Vários sócios vão apertar minha mão para os fotógrafos e darei algumas entrevistas curtas. Então todos voltaremos a Londres de trem.

— Então — diz Eddie enquanto ponho pó de café no bule. — Já fez as malas?

— Quase tudo. E, Sra. Geiger... aqui — entrego a Trish o uniforme azul dobrado, que estava debaixo do meu braço. — Está limpo e passado. Pronto para a próxima empregada.

Quando pega o uniforme, Trish parece subitamente abalada.

— Claro — diz com a voz trêmula. — Obrigada, Samantha. — E aperta um guardanapo nos olhos.

— Pronto, pronto — diz Eddie dando-lhe um tapinha nas costas. Ele próprio parece estar com os olhos úmidos. Ah, meu Deus, agora também sinto vontade de chorar.

— Realmente agradeço por tudo — engulo em seco. — E lamento deixar vocês na mão.

— Sabemos que você tomou a decisão certa. Não é isso. — Trish enxuga os olhos.

— Temos muito orgulho de você — entoa Eddie carrancudo.

— Pois é! — Trish se recompõe e toma um gole de café. — Decidi fazer *um discurso* na entrevista coletiva. Tenho certeza que a imprensa vai querer que eu fale.
— Sem dúvida — digo meio perplexa. — Boa idéia.
— Afinal de contas estamos virando personalidades da mídia...
— Personalidades da mídia — interrompe Eddie, incrédulo. — Não somos personalidades da mídia!
— Ah, claro que somos! Eu saí no *Daily Mail*! — Um leve rubor vem ao rosto de Trish. — Isso pode ser simplesmente o início para nós, Eddie. Se contratarmos o divulgador certo podemos entrar num *reality show!* Ou... fazer anúncios de Campari!
— Campari? — exclama Eddie. — Trish, você não *bebe* Campari!
— Poderia beber! — está dizendo Trish, na defensiva, quando a campainha da porta toca. — Ou eles podem usar água colorida...
Sorrindo vou para o saguão, apertando o roupão em volta do corpo. Talvez seja Nathaniel que veio me desejar sorte.
Mas quando abro a porta vejo toda a equipe de RP da Carter Spink parada, todas com terninhos idênticos.
— Samantha. — Hilary Grant, chefe de RP, passa o olhar sobre mim. — Pronta?

Às doze horas estou usando um terninho preto, meia-calça preta, sapato alto preto e a camisa branca mais engomada que já vi. Fui maquiada profissionalmente e meu cabelo foi preso num coque.

Hilary trouxe as roupas, o cabeleireiro e a maquiadora. Agora estamos na sala de estar enquanto ela me prepara quanto ao que dizer à imprensa. Pela bilionésima vez.

— Qual é a coisa mais importante a lembrar? — está perguntando ela. — Acima de qualquer coisa?

— Não mencionar vasos sanitários — digo cansada.
— Prometo, não vou mencionar.

— E se perguntarem sobre receitas? — Ela gira saindo de onde estivera andando de um lado para o outro.

— Eu respondo: "Sou advogada. Minha única receita é a receita do sucesso." — Consigo pronunciar as palavras com o rosto impávido.

Tinha esquecido como o departamento de RP leva a sério tudo isso. Mas acho que é o trabalho deles. E acho que todo esse negócio foi um certo pesadelo para eles. Hilary tem se mostrado agradável por fora desde que chegou, mas tenho a sensação de que na mesa dela há uma bonequinha de cera me representando, empalada com tachinhas.

— Só queremos que você não diga mais nada *infeliz*. — Ela me dá um sorriso ligeiramente selvagem.

— Não vou dizer! Vou me ater ao roteiro.

— E a equipe do *News Today* vai acompanhá-la a Londres. — Ela consulta seu BlackBerry. — Nós lhes demos acesso pelo resto do dia. Tudo bem para você?

— Bem... sim. Acho.

Não acredito em como esse negócio ficou grande. Um programa de notícias quer fazer um documentário de TV

sobre minha volta à Carter Spink. Não há mais nada acontecendo no mundo?
— Não olhe para a câmera. — Hilary continua dando instruções rápidas. — Você deve ser bem-humorada e positiva. Pode falar das oportunidades de carreira que a Carter Spink lhe deu e como está ansiosa para voltar. *Não mencione o salário...*

A porta se abre e ouço a voz de Melissa vindo do corredor.
— Então posso ligar para você no escritório e falar sobre meu plano de carreira? Ou quem sabe poderíamos tomar uma bebida?
— Sem dúvida. É... boa idéia. — Guy aparece na sala e rapidamente fecha a porta antes que Melissa possa entrar com ele. — Quem, diabos, *é essa*?
— Melissa. — Reviro os olhos para o céu. — Não pergunte.
— Ela diz que é sua protegida. Parece que você ensinou tudo que ela sabe. — Guy dá um riso divertido. — Em direito corporativo ou em como fazer bolinhos?
— Ha, ha — digo educadamente.
— Hilary, há um probleminha lá fora. — Guy se vira para ela. — Um cara de TV armando confusão.
— Droga. — Hilary olha para mim. — Posso deixá-la por um momento, Samantha?
— Sem dúvida! — Tento não parecer ansiosa demais. — Vou ficar bem!

Quando ela sai eu solto um suspiro de alívio.
— E então. — Guy levanta as sobrancelhas. — Como está? Empolgada?

— Estou! — sorrio.

Na verdade me sinto meio surreal, de novo vestida de preto, rodeada pelo pessoal da Carter Spink. Não vejo Trish ou Eddie há horas. A Carter Spink se apoderou da casa por completo.

— Você tomou a decisão certa, e sabe disso — diz Guy.

— Sei. — Espano um fiapo de algodão da saia.

— Você está sensacional. Vai arrasar com eles. — Guy se empoleira num braço de sofá diante de mim e suspira. — Meu Deus, senti sua falta, Samantha. A coisa não tem sido a mesma.

Espio-o alguns instantes. Será que ele não tem nenhum senso de ironia? Ou será que consertam isso em Harvard, também?

— Então agora você é meu melhor amigo de novo. — Não consigo evitar uma leve tensão. — Engraçado.

Guy me encara.

— O que isso quer dizer?

— Qual é, Guy. — Quase sinto vontade de rir. — Você não quis saber de mim quando eu estava encrencada. Agora de repente somos amigos do peito de novo?

— Isso é injusto — responde Guy acalorado. — Fiz tudo que pude por você, Samantha. Lutei por você naquela reunião. Foi Arnold que se recusou a tê-la de volta. Na época não tínhamos idéia do motivo...

— Mas não quis que eu fosse para a sua casa, não é? — Dou um meio sorriso. — A amizade não se estendia até aí.

Guy parece genuinamente abalado. Empurra o cabelo para trás com as duas mãos.

— Eu me senti terrível com aquilo. Não fui eu. Foi Charlotte. Fiquei furioso com ela...

— Claro que ficou.

— Fiquei!

— É, certo — digo sarcástica. — Então acho que vocês tiveram uma briga enorme por causa disso e romperam.

— É — responde Guy.

O vento some totalmente das minhas velas.

— *É*? — Engulo o ar finalmente.

— Nós rompemos. — Ele dá de ombros. — Não sabia?

— Não! Não fazia idéia! Sinto muito. Realmente não... — Paro, confusa. — Não foi... não foi realmente por minha culpa, foi?

Guy não responde. Seus olhos castanhos estão ficando mais intensos. Lá no fundo sinto uma pancada de apreensão.

— Samantha — diz ele, sem afastar o olhar do meu.

— Eu sempre senti... — Guy enfia as mãos nos bolsos.

— Sempre senti que nós, de algum modo... deixamos passar nossa chance.

Não. Não. Isso não pode estar acontecendo.

Deixamos passar nossa chance?

Agora ele diz isso?

— Sempre admirei você realmente. Sempre senti que havia uma fagulha entre nós. — Ele hesita. — Imaginava se você sentia... o mesmo.

Isso é irreal. Quantos milhões de vezes imaginei Guy me dizendo essas palavras? Quantas vezes fantasiei sobre ele me espiando com aqueles olhos escuros e líquidos? Mas agora que está *fazendo* isso, é tarde demais. Está tudo errado.

— Samantha?

De repente percebo que estou olhando-o como um zumbi.

— Ah. Certo. — Tento me recuperar. — Bem... é. Talvez eu sentisse isso também. — Ajeito a saia. — Mas o negócio é... que eu conheci alguém. Depois que vim para cá.

— O jardineiro — diz Guy sem perder o pique.

— É! — Olho-o, surpresa. — Como você...

— Alguns jornalistas estavam falando isso lá fora.

— Ah. Bem, é verdade. O nome dele é Nathaniel. — Sinto-me ruborizar. — Ele é... ele é legal demais.

Guy franze a testa como se não soubesse o que quero dizer.

— Mas isso é apenas um romance de férias.

— Não é um romance de férias! — digo abalada. — É um *relacionamento*. Nós somos sérios um com o outro.

— Ele vai se mudar para Londres?

— Bem... não. Ele odeia Londres. Mas vamos fazer com que dê certo.

Guy parece incrédulo um momento, depois vira a cabeça para trás e dá uma gargalhada estrondosa.

— Você está realmente iludida. Vivendo na terra da fantasia.

— Como assim? — digo irritada. — Vamos fazer com que dê certo. Se os dois quisermos bastante...

— Não sei se você já entendeu a situação completamente. — Guy balança a cabeça. — Samantha, você está *deixando* este lugar. Está voltando a Londres, à realidade, ao trabalho. Acredite, você nunca vai manter uma aventura de férias.

— Não foi uma *aventura* de férias! — grito furiosa quando a porta abre. Hilary olha de Guy para mim com expressão alerta, suspeita.

— Tudo bem?

— Ótimo — digo, dando as costas para o Guy. — Estou bem.

— Bom! — Ela bate no relógio. — Porque já é quase hora!

O mundo inteiro parece ter baixado na casa dos Geigers. Quando me aventuro pela porta com Hilary e dois gerentes de RP, parece haver centenas de pessoas na entrada de veículos. Uma fileira de câmeras de TV está apontada para mim, fotógrafos e jornalistas se apinham atrás, e há secretários da Carter Spink espalhados, mantendo todo mundo na fila e distribuindo café tirado de uma barraquinha de comidas que parece ter brotado do nada. No portão vejo um grupo de freqüentadores do pub espiando curiosos e lanço-lhes um riso mortificado.

— Ainda faltam alguns minutos — diz Hilary, ouvindo ao celular. — Só estamos esperando o *Daily Telegraph*.

Vejo David Elldridge e Greg Parker parados perto da máquina de cappuccino, ambos digitando nos BlackBerries. O departamento de RP queria o máximo de sócios possível para a fotografia, mas nenhum dos outros pôde vir. Francamente, elas tiveram sorte de aparecerem tantos. Enquanto estou olhando, para minha incredulidade, vejo Melissa se aproximar deles, elegante com um conjunto bege e segurando... aquilo é um currículo?

— Oi! — ouço-a começar. — Sou muito amiga de Samantha Sweet e Guy Ashby. Os dois recomendaram que eu me candidatasse à Carter Spink.

Não consigo conter um sorriso. A garota tem coragem.

— Samantha. — Levanto os olhos e vejo Nathaniel vindo pelo caminho de cascalho. Seu rosto está sombrio e os olhos azuis tensos. — Como está?

— Estou... bem. — Olho-o por alguns segundos. — Você sabe. Isso é meio maluco.

Sinto sua mão segurando a minha e entrelaço os dedos com os dele o mais forte que posso.

Guy está errado. Vai dar certo. Vai durar. Claro que vai.

Sinto seu polegar roçando o meu, como fez naquela primeira noite que tivemos juntos. Como uma linguagem particular; como se sua pele falasse com a minha.

— Vai me apresentar, Samantha? — Guy vem saracoteando.

— Este é o Guy — digo com relutância. — Trabalho com ele na Carter Spink. — Guy... Nathaniel.

— É um prazer enorme conhecê-lo! — Guy estende a mão e Nathaniel é obrigado a soltar a minha para apertá-la. — Obrigado por ter cuidado tão bem de nossa Samantha.

Será que ele tem de parecer tão *paternalista*? E que negócio é esse de "nossa" Samantha?

— O prazer foi meu. — Nathaniel o encara mal-humorado, de volta.

— Então você cuida do jardim. — Guy olha ao redor. — Muito bonito. Muito bem!

Vejo o punho de Nathaniel se fechando ao lado do corpo.

Por favor, não dê um soco nele, rezo ansiosa. *Não dê um soco nele...*

Para meu alívio noto Iris vindo pelo portão, espiando os jornalistas com interesse.

— Olha! — digo rapidamente a Nathaniel. — Sua mãe.

Cumprimento Iris com um aceno. Ela está usando calça de algodão com a bainha no meio da canela e alpargatas, as tranças enroladas na cabeça. Quando me encontra, simplesmente me olha por alguns instantes: meu coque, a roupa preta, os sapatos altos.

— Minha nossa! — diz finalmente.

— Eu sei. — Dou um riso sem jeito. — Meio diferente.

— Então, Samantha. — Seu olhar pousa suave no meu. — Você encontrou seu caminho.

— É. — Engulo em seco. — É, encontrei. É o caminho certo para mim, Iris. Sou advogada. Sempre fui.

É uma grande oportunidade. Eu seria... seria louca em não aceitar.

Iris assente, com a expressão contida.

— Nathaniel me contou. Tenho certeza que você tomou a decisão certa. — Ela pára. — Bem... adeus, querida. E boa sorte. Vamos sentir sua falta.

Quando me inclino para abraçá-la sinto subitamente lágrimas ardendo nos olhos.

— Iris... não sei como agradecer — sussurro. — Por tudo que você fez.

— Você mesma fez. — Ela me aperta com força. — Tenho muito orgulho de você.

— E não é um adeus de verdade. — Enxugo os olhos com um lenço de papel, rezando para a maquiagem não estar arruinada. — Vou estar de volta antes que você perceba. Vou visitá-los o máximo de fins de semana que puder...

— Aqui, deixe-me... — Ela pega meu lenço de papel e enxuga de leve meus olhos.

— Obrigada. — Dou-lhe um sorriso trêmulo. — Essa maquiagem tem de durar o dia inteiro.

— Samantha? — Hilary me chama da barraquinha de comidas, onde está conversando com David Elldridge e Greg Parker. — Pode vir aqui?

— Já vou indo! — grito de volta.

— Samantha, antes de você ir... — Iris segura minhas mãos, o rosto um pouco contorcido de ansiedade. — Querida, tenho certeza que está fazendo o melhor para você. Mas lembre-se, você só tem a juventude uma vez.

— Ela olha para minha mão, apertada na sua. — Só se tem esses anos preciosos uma vez.

— Vou lembrar. — Mordo o lábio. — Prometo.

— Bom. — Ela me dá um tapinha na mão. — Vá.

Enquanto caminho até a barraquinha de comidas, a mão de Nathaniel está apertada na minha, nossos dedos entrelaçados. Teremos de nos despedir em umas duas horas.

Não, não posso pensar nisso.

Hilary está parecendo meio estressada enquanto me aproximo.

— Está com sua declaração? — pergunta ela. — Sente-se preparada?

— Tudo certo. — Pego a folha de papel dobrada. — Hilary, este é Nathaniel.

Os olhos de Hilary passam sobre ele sem interesse.

— Olá — diz ela. — Bom Samantha, vamos repassar a ordem de novo. Você lê sua declaração, depois responde às perguntas, depois são as fotos. Vamos começar em uns três minutos. A equipe está distribuindo o material para a imprensa... — De repente ela me espia mais atentamente. — O que aconteceu com sua *maquiagem*?

— Ah... eu estava me despedindo de uma pessoa — digo em tom de desculpas. — Não está muito ruim, está?

— Teremos de refazer. — Sua voz está trêmula de irritação. — Realmente é *só* disso que eu preciso. — Ela se afasta gritando para uma de suas assistentes.

Mais três minutos. Três minutos antes que minha vida antiga recomece.

— Então... Vou voltar para a festa do Eamon — digo ainda segurando a mão de Nathaniel. — São só alguns dias. Vou pegar o trem na noite de sexta, passar o fim de semana...

— O próximo fim de semana, não — intervém Guy, salpicando chocolate num capuccino. Ele ergue a cabeça. — Você estará em Hong Kong.

— O quê? — pergunto idiotamente.

— O pessoal da Samatron adorou saber que você estava de volta e pediu que participasse dessa fusão. Vamos para Hong Kong amanhã. Ninguém lhe contou?

— Não — digo encarando-o chocada. — Ninguém sequer mencionou.

Guy dá de ombros.

— Achei que você soubesse. Cinco dias em Hong Kong e depois Cingapura. Nós dois vamos cantar uns clientes novos. — Ele toma um gole de café. — Você precisa começar a conseguir negócios, Samantha Sweet, sócia plena. Não pode descansar nos louros.

Eu nem *comecei* no serviço e já estão falando em descansar nos louros?

— Então, quando vamos voltar?

Guy dá de ombros.

— Umas duas semanas?

— Samantha! — diz Elldridge, aproximando-se. — Guy mencionou? Queremos você no fim de setembro, num fim de semana corporativo praticando tiro. Na Escócia. Deve ser divertido.

— Certo. Ah, é, parece ótimo. — Coço o nariz. —

A única coisa é que eu estou tentando manter alguns fins-de-semana livres... manter algum equilíbrio na vida.

Elldridge parece perplexo.

— Você *teve* a sua folga, Samantha — diz jovialmente. — Agora é voltar ao trabalho. E devo lhe falar sobre Nova York. — Ele me dá um tapinha no ombro e se vira para o barman. — Mais um espresso, por favor.

— Realisticamente, diria que você só terá um fim de semana livre no Natal — intervém Guy. — Eu lhe avisei. — Ele ergue as sobrancelhas significativamente e se afasta para falar com Hilary.

Há um silêncio. Não sei o que dizer. Tudo está indo rápido demais. Achei que desta vez seria diferente. Achei que teria mais controle.

— Natal — ecoa Nathaniel por fim, parecendo abalado.

— Não — digo imediatamente. — Ele está exagerando. Não será tão ruim. Vou reorganizar as coisas. — Coço a testa. — Olhe, Nathaniel... eu vou voltar antes do natal. Prometo. Custe o que custar.

Uma expressão estranha passa rapidamente por seu rosto.

— Não transforme isso numa obrigação.

— *Obrigação?* — Encaro-o. — Não é o que eu quis dizer. Você sabe que não é isso que eu quis dizer.

— Dois minutos! — Hilary vem rapidamente com a maquiadora, mas eu a ignoro.

— Nathaniel...

— Samantha! — diz Hilary rispidamente, tentando me puxar. — Você *realmente* não tem tempo para isso!

— Você deve ir. — Nathaniel sinaliza com a cabeça.

— Está ocupada.

Isso é medonho. Parece que tudo está se desintegrando entre nós. Preciso fazer alguma coisa. Alcançá-lo.

— Nathaniel, só me diga. — Minha voz treme. — Diga antes de eu ir. Aquele dia, na casa de fazenda... o que você falou?

Nathaniel me olha por um longo momento, depois algo em seus olhos parece se fechar.

— Foi longo, tedioso e mal expresso. — Ele se vira meio dando de ombros.

— *Por favor*, faça alguma coisa com essas manchas! — está dizendo Hilary. — Poderia se afastar, por favor? — acrescenta rispidamente a Nathaniel.

— Vou sair para não atrapalhar. — Nathaniel solta minha mão e se afasta antes que eu possa dizer alguma coisa.

— Você não está me atrapalhando! — grito, mas não sei se ele ouve.

Enquanto a maquiadora começa seu trabalho minha mente está girando tão depressa que me sinto desmaiar. De repente toda a certeza desapareceu.

Será que estou fazendo a coisa certa?

Ah, meu Deus. *Será que estou fazendo a coisa certa?*

— Feche, por favor. — A maquiadora está passando pincel nas minhas pálpebras. — Agora abra...

Abro os olhos e vejo Nathaniel e Guy parados juntos, a alguma distância. Guy está falando e Nathaniel ouvindo com o rosto tenso. Sinto uma súbita pontada de inquietação. O que Guy está dizendo?

— Feche de novo — diz a maquiadora. Relutante, fecho os olhos e sinto-a passando mais sombra ainda. Pelo amor de Deus. Ainda não terminou? *Importa* como está minha aparência?

Por fim ela afasta o pincel.

— Abra.

Abro os olhos e vejo Guy parado no mesmo ponto, a alguns metros. Mas Nathaniel desapareceu. Para onde foi?

— Feche os lábios... — instrui a maquiadora, pegando um pincel de batom.

Não consigo falar. Não consigo me mexer. Meus olhar salta em pânico pelo caminho apinhado, procurando Nathaniel. *Preciso* dele. Preciso falar com ele antes que essa coletiva comece.

Tenho uma vida. É isso que realmente quero fazer com ela? Pensei nisso com cuidado suficiente?

— Pronta para seu grande momento? Está com a declaração? — Hilary está em cima de mim outra vez, cheirando a perfume recém-aplicado. — Assim é bem melhor! Queixo para cima! — Ela bate com tanta força no meu queixo que eu me encolho. — Alguma dúvida de última hora?

— Ah... sim — digo desesperada. — Eu estava imaginando... será que poderíamos esperar mais um pouquinho? Só uns minutos?

O rosto de Hilary congela.

— O quê? — pergunta ela finalmente. Tenho uma sensação pavorosa de que ela vai explodir.

— Estou meio... confusa. — Engulo em seco. — Não sei se tomei a decisão certa. Preciso de mais tempo para pensar... — paro, diante da expressão de Hilary.

Ela vem para mim e traz o rosto bem perto do meu. Ainda está sorrindo mas seus olhos dardejam e as narinas estão abertas e brancas. Dou um passo atrás, encolhendo-me, mas ela me segura pelos ombros com tanta força que sinto suas unhas se cravando na minha carne.

— Samantha — sibila Hilary. — Você vai até lá, vai ler sua declaração e vai dizer que a Carter Spink é a melhor firma de advocacia do mundo. E se não fizer isso... eu mato você.

Acho que ela está falando sério.

— Todos ficamos confusos, Samantha. Todos precisamos de mais tempo para pensar. É a vida. — Ela me dá uma leve sacudida. — Supere isso. — Hilary solta o ar com força e alisa seu terninho. — Certo! Vou anunciá-la.

Ela marcha para o gramado. Fico ali parada, trêmula.

Tenho trinta segundos. Trinta segundos para decidir o que farei da vida.

— Senhoras e senhores da imprensa! — A voz de Hilary estrondeia pelo microfone. — Tenho o enorme prazer de recebê-los aqui esta manhã.

De repente vejo Guy, servindo-se de água mineral.

— Guy! — grito ansiosa. — Guy, onde está Nathaniel?

— Não faço idéia — Guy dá de ombros, despreocupado.

— O que você disse a ele? Quando estavam conversando agora mesmo?

— Não precisei falar muita coisa. Ele entendeu para onde o vento estava soprando.

— Como assim? — encaro-o. — O vento não estava soprando para lugar nenhum.

— Samantha, não seja ingênua. — Guy toma um gole d'água. — Ele é adulto. Entende.

— ... nossa mais nova sócia na Carter Spink, Samantha Sweet! — a voz de Hilary e os aplausos irrompendo mal tocam minha consciência.

— Entende o quê? — pergunto horrorizada. — O que você disse?

— Samantha! — Hilary me interrompe com um sorriso docemente selvagem. — Estamos todos esperando! Muita gente ocupada! — Ela pega minha mão com um aperto de ferro e me arrasta com força surpreendente pelo gramado. — Vá! Aproveite! — Ela me dá uma cutucada forte nas costas e se afasta.

Certo. Trinta segundos não bastaram. Estou na frente de toda a imprensa do país e não sei o que quero. Não sei o que devo fazer.

Nunca me senti tão confusa.

— Anda! — A voz baixa e tensa de Hilary me faz pular. Sinto-me numa esteira transportadora. O único caminho é para a frente.

Com as pernas bambas vou até o meio do gramado, onde um microfone foi posto num pódio. O sol está se refletindo em todas as lentes das câmeras e eu me sinto meio ofuscada. Examino a multidão do melhor modo que posso, procurando Nathaniel, mas não o vejo em lugar nenhum. Trish está parada a alguns metros à direita, vestindo um conjunto rosa-fúcsia, e acena freneticamente. Ao seu lado Eddie segura uma minicâmera de vídeo.

Lentamente desdobro o papel da declaração e o aliso.

— Bom-dia — digo ao microfone, com a voz tensa. — Tenho o enorme prazer de compartilhar com vocês a notícia empolgante. Depois de receber uma oferta maravilhosa da Carter Spink, retornarei hoje à firma como sócia. Desnecessário dizer... que estou empolgada.

De algum modo não consigo fazer a voz parecer empolgada. As palavras parecem vazias quando as digo.

— Fiquei impressionada com o calor e a generosidade da recepção da Carter Spink — continuo hesitando — e me sinto honrada em entrar para uma sociedade tão prestigiosa e com tanto...

Meus olhos continuam a procurar Nathaniel. Não consigo me concentrar no que estou dizendo.

— Talento e excelência! — diz Hilary rispidamente.

— Ah... sim. — Encontro o lugar na folha. — Talento. E excelência.

Um risinho sufocado percorre a multidão de jornalistas. Não estou fazendo um bom trabalho.

— A qualidade do serviço da Carter Spink é... ah...

não fica atrás de nenhuma outra — continuo tentando parecer convincente.

— A qualidade é melhor do que a das privadas que você limpava? — grita um jornalista de bochechas vermelhas.

— Neste momento não responderemos a perguntas! — Hilary entra irritada no gramado. — E não responderemos a perguntas sobre toaletes, banheiros ou qualquer outra forma de sanitários. Samantha, vá em frente.

— Eles eram indescritíveis, é? — grita o sujeito de bochechas vermelhas, com um riso contido.

— Samantha, *continue* — diz Hilary quase cuspindo, lívida.

— Claro que não eram indescritíveis! — Trish vem pelo gramado, com os saltos-altos fúcsia afundando na grama. — Não permitirei que meus toaletes sejam execrados! São todos Royal Doulton. São Royal Doulton — repete ela ao microfone. — Da melhor qualidade. Você está se saindo muito bem, Samantha — Ela me dá um tapinha no ombro.

Agora todos os jornalistas estão rindo. O rosto de Hilary ficou totalmente branco.

— Com licença — diz a Trish com fúria contida. — Estamos no meio de uma entrevista coletiva. Poderia sair, por favor?

— Este gramado é meu! — diz Trish levantando o queixo. — A imprensa vai querer que eu fale também! Eddie, onde está meu discurso?

— Você não vai fazer um *discurso*! — reage Hilary horrorizada, enquanto Eddie vem correndo pelo gramado com uma folha impressa por computador.

— Gostaria de agradecer ao meu marido Eddie por todo esse apoio — começa Trish, ignorando Hilary. — Gostaria de agradecer ao *Daily Mail*...

— Isto aqui não é a porcaria do Oscar! — Hilary está apopléctica.

— Não grite comigo! — retruca Trish incisivamente. — Gostaria de lembrar que sou a dona desta residência.

— Sra. Geiger, a senhora viu Nathaniel? — Olho a multidão ao redor pela milionésima vez.

— Quem é Nathaniel? — pergunta um dos jornalistas.

— É o jardineiro — diz o sujeito de rosto vermelho. — O namorado. Então o negócio acabou? — acrescenta ele para mim.

— Não! — digo magoada. — Vamos manter o relacionamento.

— Como farão isso, então?

Posso sentir um novo interesse se agitando na multidão de jornalistas.

— Simplesmente vamos manter, certo? — De repente, sem motivos, me sinto à beira das lágrimas.

— Samantha — diz Hilary furiosa. — Por favor, volte à declaração oficial! — Ela empurra Trish para longe do microfone.

— Não me toque! — berra Trish. — Eu processo você. Samantha Sweet é minha advogada, você sabe.

— Ei, Samantha, o que Nathaniel acha de você voltar para Londres? — grita alguém.

— Você colocou a carreira acima do amor? — entoa uma garota de cara alegre.

— Não! — respondo desesperada. — Eu só... preciso falar com ele. Onde ele *está*? Guy! — Subitamente vejo Guy na lateral do gramado. — Aonde ele foi? — Corro até ele pelo gramado, quase tropeçando. — Você precisa dizer. O que falou com ele?

— Aconselhei a manter a dignidade. — Guy dá de ombros, arrogante. — Para ser honesto, contei a verdade ao sujeito. Você não vai voltar.

— Como *ousa*? — ofego furiosa. — Como *ousa* dizer isso? Eu vou voltar! E ele pode ir a Londres...

— Ah, por favor. — Guy levanta os olhos. — Ele não quer ficar por perto como um desgraçado digno de pena, atravancando seu caminho, envergonhando você...

— Me envergonhando? — Encaro Guy, aparvalhada. — Foi isso que você *disse* a ele? Por isso ele foi embora?

— Pelo amor de Deus, Samantha, dá um tempo — diz Guy impaciente. — Ele é um *jardineiro*.

Meu punho age antes que eu possa pensar. Acerta Guy bem no queixo.

Ouço sons ofegantes, gritos e máquinas fotográficas espocando ao redor, mas não me importo. É a melhor coisa que já fiz na vida.

— Ai! Merda! — Ele segura o rosto. — Por que diabo você fez isso?

Agora todos os jornalistas estão apinhados ao redor, atirando perguntas para nós, mas eu os ignoro.

— É você quem me envergonha — digo enojada. — Você não vale nada comparado a ele. *Nada*. — Para meu horror, sinto lágrimas vindo aos olhos. Preciso encontrar Nathaniel. Agora.

— Está tudo bem! Está tudo bem! — Hilary vem trovejando pelo gramado, um borrão de terninho de risca-de-giz. — Samantha está um pouco tensa hoje! — Ela segura meu braço como um torno, os dentes à mostra num sorriso rígido. — É só uma discordância amigável entre sócios! Samantha está tremendamente ansiosa pelos desafios de liderar uma equipe jurídica de fama mundial. Não é, Samantha? — Seu aperto aumenta. — *Não é*, Samantha?

— Eu... não sei — digo em desespero. — Simplesmente não sei. Sinto muito, Hilary. — Arranco meu braço da mão dela.

Hilary tenta furiosamente agarrar meu braço mas escapo e começo a correr pelo gramado em direção ao portão.

— Segurem-na! — grita Hilary ao pessoal de RP. — Bloqueiem a passagem!

Mulheres vestidas de terninho vêm para mim, de todas as direções, como algum tipo de equipe da SWAT. Não sei como consigo me desviar. Uma tenta agarrar meu paletó e eu me solto. Jogo longe os sapatos altos e acelero, mal sentindo a dor do cascalho nos pés.

Quando chego ao portão meu coração começa a martelar. Há três garotas do RP em fila, bloqueando o caminho.

— Ora, Samantha — diz uma delas, num tom de policial bonzinho. — Não seja idiota.

— Vamos voltar à coletiva. — Uma delas está se aproximando cautelosamente, com as mãos estendidas.

— *Deixem ela passar!* — berra uma voz de trombeta atrás de mim. Olho, e para minha perplexidade vejo Trish correndo o mais depressa que seus saltos fúcsia permitem. — Ajudem, seus idiotas! — acrescenta a um grupo de jornalistas próximos.

Um instante depois as garotas do RP foram submersas por jornalistas abrindo o portão; abrindo caminho para mim. E estou fora, correndo pela rua, sem olhar para trás.

Quando chego ao pub minha meia-calça virou trapos na rua, o cabelo saiu do coque e caiu nas costas, a maquiagem nada em suor e meu peito arde de dor.

Mas não me importo. Preciso achar Nathaniel. Preciso dizer que ele é a coisa mais importante da minha vida, mais importante do que qualquer emprego.

Preciso dizer que eu o amo.

Não sei por que não percebi antes, por que nunca disse antes. É tão óbvio! É tão ofuscante!

— Eamonn! — grito ansiosa ao me aproximar, e ele ergue a cabeça, surpreso, recolhendo copos. — Preciso falar com Nathaniel. Ele está aqui?

— Aqui? — Eamonn parece sem palavras. — Samantha, você se desencontrou dele. Nathaniel já foi.

— Foi? — Paro ofegando. — Foi aonde?

— Olhar o negócio que ele quer comprar. Partiu de carro há pouco tempo.

— O de Bingley? — Engulo em seco, aliviada, ainda sem fôlego. — Você poderia me dar uma carona? Preciso falar com ele.

— Não é lá... — Eamonn esfrega o rosto vermelho, sem jeito. Encaro-o sentindo uma premonição súbita. — Samantha... ele foi a Cornwall.

O choque me acerta no peito como um caminhão. Não consigo falar. Não consigo me mexer.

— Achei que você sabia. — Eamonn dá um passo adiante, abrigando os olhos do sol. — Ele disse que poderia ficar umas duas semanas por lá. Achei que tinha lhe contado.

— Ah, não — digo com a voz mal funcionando. — Não contou.

De repente minhas pernas parecem feitas de geléia. Sento-me num dos barris, com a cabeça latejando. Ele foi para Cornwall. Assim. Sem sequer dizer adeus. Sem falar a respeito.

— Ele deixou um bilhete, para o caso de você passar aqui. — Eamonn tateia no bolso e pega um envelope. Quando me entrega, seu rosto está franzido de perturbação. — Samantha, sinto muito.

— Tudo bem. — Consigo dar um sorriso. — Obrigada, Eamonn. — Pego o envelope e tiro o papel.

S
Acho que nós dois sabemos que este é o fim da linha.
Vamos parar enquanto estamos inteiros.
Só quero que saiba que este verão foi perfeito.
N

Lágrimas escorrem pelas minhas bochechas, sem parar. Não acredito que ele foi embora. Como pode ter desistido de nós? Independentemente do que Guy tenha lhe dito, independentemente do que ele pensasse. Como pode ter simplesmente *ido embora*?

Nós poderíamos fazer com que desse certo. Ele não *sabia* disso? Não sentia, no fundo?

Ouço um som, levanto a cabeça e vejo Guy e uma multidão de jornalistas ao meu redor. Nem tinha notado.

— Vão embora — digo em voz abafada. — Deixem-me em paz.

— Samantha — diz Guy com a voz baixa e conciliatória. — Sei que você está magoada. Desculpe se a perturbei.

— Vou lhe dar um soco de novo. — Enxugo os olhos com as costas da mão. — Estou falando sério.

— As coisas podem parecer ruins nesse momento. — Guy olha o bilhete. — Mas você tem uma carreira fantástica para continuar.

Não respondo. Meus ombros estão curvados, o nariz escorrendo e o cabelo caindo em volta do rosto em mechas duras de laquê.

— Seja razoável. Você não vai voltar a limpar privadas. Não há nada para segurá-la aqui. — Guy dá um passo adiante e coloca meus sapatos altos brilhantes na mesa ao lado. — Venha, sócia. Todo mundo está esperando.

VINTE E SEIS

Sinto-me entorpecida. Realmente tudo acabou. Estou sentada num compartimento de primeira classe no trem para Londres, com os outros sócios. É um trem expresso. Em duas horas estarei de volta. Estou com uma meia-calça nova. Minha maquiagem foi consertada. Até dei uma nova declaração à imprensa, montada às pressas por Hilary.

— Ainda que eu sempre vá sentir afeto por meus amigos em Lower Ebury, nada é mais empolgante e importante na minha vida agora do que a carreira na Carter Spink.

Disse isso com bastante convicção. Até encontrei um sorriso em algum lugar quando apertei a mão de David Elldridge. É possível que eles possam publicar uma foto disso, e não aquela em que dou um soco em Guy. Nunca se sabe.

Enquanto o trem sai da estação sinto uma pontada dolorosa e fecho os olhos um momento, tentando ficar composta. Estou fazendo a coisa certa. Todo mundo concordou. Tomo um gole de cappuccino, depois outro. Se eu beber café suficiente talvez ele me sacuda para ficar viva. Talvez eu pare de me sentir num sonho.

Espremido no canto diante de mim está o cinegrafista do documentário, junto com o produtor, Dominic, um cara com óculos chiques e casaco de brim. Sinto a lente da camera em mim, seguindo cada movimento, dando zoom, pegando cada expressão. Realmente *gostaria* de não ter isso.

— E assim a advogada Samantha Sweet deixa o povoado onde era conhecida apenas como empregada doméstica — está dizendo Dominic ao microfone em voz baixa, tipo documentário de TV. — A questão é... será que ela tem algum arrependimento? — Ele me dá um olhar interrogativo.

— Achei que você deveria só filmar sem dizer nada respondo com olhar maligno.

— Aí está você! — Guy larga um pesado monte de contratos no meu colo. — Este é o acordo da Samatron. Crave os dentes nisso.

Olho a pilha de papéis, com muitos centímetros de grossura. Houve um tempo em que ver um contrato novo em folha me causava uma descarga de adrenalina. Sempre queria ser a primeira a ver alguma anormalidade, a primeira a levantar alguma questão. Mas agora me sinto vazia.

Todo mundo no vagão está trabalhando. Folheio o contrato tentando juntar algum entusiasmo. Ora. Esta é minha vida agora. Assim que voltar ao pique começarei a curtir de novo.

— Dos livros de culinária aos contratos — murmura Dominic ao seu microfone. — Das colheres de pau às ordens judiciais.

Esse cara está realmente começando a me encher o saco. Viro-me para o contrato. Mas as palavras se embaralham diante dos meus olhos. Não consigo me concentrar. Só consigo pensar em Nathaniel. Tentei ligar, mas ele não atendeu. Nem respondeu aos textos. É como se não quisesse saber mais de mim.

Como tudo pode estar acabado? Como ele pode simplesmente ter *partido*?

Meus olhos começam a se turvar com as lágrimas de novo e pisco furiosa para afastá-las. Não posso chorar. Sou sócia. Sócios não choram. Tentando segurar a onda, olho pela janela. Parece que estamos diminuindo a velocidade, o que é estranho.

— Um anúncio a todos os passageiros... — De repente uma voz estala nos alto-falantes. — Este trem foi reprogramado como um trem parador. Vai parar em Hitherton, Marston Bridge, Bridbury...

— O quê? — Guy levanta os olhos. — Trem *parador*?

— Jesus Cristo. — David Elldridge faz uma careta. — Quanto tempo vai demorar?

— ... e chegará a Paddington meia hora depois do programado — está dizendo a voz. — Pedimos desculpas por qualquer...

— *Meia hora?* — David Elldridge abre seu celular, lívido. — Terei de remarcar a reunião.

— Terei de fazer o pessoal da Pattinson Lobb esperar. — Guy parece igualmente irritado, e já está digitando no celular. — Ei, Mary? Guy. Escute, este trem ferrou a gente. Vou me atrasar meia hora...

— Remarque com Derek Tomlinson... — está instruindo David.

— Teremos de empurrar a Pattinson Lobb para depois, cancele aquele cara do *O Advogado*...

— Davina — está dizendo Greg Parker ao seu telefone. — A porra do trem virou parador. Diga ao resto da equipe que vou me atrasar meia hora, estou mandando um e-mail... — Ele pousa o telefone e imediatamente começa a digitar no BlackBerry. Um instante depois Guy está fazendo o mesmo.

Olho incrédula toda essa ação frenética. Todos estão tão estressados! Então o trem vai atrasar. É *meia hora*. Trinta minutos. Como alguém pode ficar tão abalado por causa de trinta minutos?

É assim que eu devo ser? Porque agora esqueci. Talvez tenha esquecido por completo como ser advogada.

O trem entra na estação de Hitherton e pára lentamente. Olho pela janela — e ofego alto. Um enorme balão de ar quente paira no ar, poucos metros acima do prédio da estação. É vermelho-vivo e amarelo, com pessoas acenando do cesto. Parece algo saído de um conto de fadas.

— Ei, olhem! — exclamo. — Olhem aquilo!

Ninguém levanta a cabeça. Estão todos digitando freneticamente.

— *Olhem!* — tento de novo. — É incrível! — Ainda não há reação. Ninguém está interessado em nada além do conteúdo dos BlackBerries. E agora o balão subiu de novo. Num momento vai sumir. Todos perderam.

Olho-os, a nata do mundo jurídico, vestidos com seus ternos de mil libras feitos à mão, segurando computadores de último tipo. Perdendo. Nem mesmo se *importando* por estarem perdendo. Vivendo em seu próprio mundo.

Não pertenço a isso aqui. Não é mais meu mundo. *Não sou um deles.*

De repente sei, com a certeza mais profunda que já tive. Não me encaixo; não me relaciono. Talvez tenha me encaixado um dia, mas não mais. Não posso fazer isso. Não posso passar o resto da vida em salas de reunião. Não posso me obcecar com cada naco minúsculo de tempo. Não posso perder a vida de novo.

Ali sentada, com a pilha de contratos ainda no colo, sinto a tensão crescendo por dentro. Cometi um erro. Cometi um erro enorme. Não deveria estar aqui. Não é isso que quero da vida. Não é isso que quero fazer. Não é isso que quero ser.

Preciso sair. Agora.

De um lado e do outro as pessoas estão saindo e entrando no trem, batendo portas, carregando malas. O mais calmamente que posso, pego minha mala, minha bolsa e me levanto.

— Sinto muito — digo. — Cometi um erro Só agora percebi.

— *O quê?* — Guy levanta os olhos.

— Desculpe ter feito vocês perderem tempo. — Minha voz treme ligeiramente. — Mas... não posso ficar. Não posso fazer isso.

— Meu Deus. — Ele segura a cabeça. — De novo, não, Samantha...

— Não tente me convencer — interrompo-o. — Já decidi. Não posso ser como vocês. Simplesmente isso não é para mim. Sinto muito. Não deveria ter vindo.

— Isso tem a ver com o jardineiro? — Ele parece exasperado. — Porque, francamente...

— Não! Tem a ver *comigo*! Eu simplesmente... — hesito, procurando as palavras. — Guy... não quero ser uma pessoa que não olha pela janela.

O rosto de Guy não registra um miligrama de compreensão. Eu não esperava que registrasse.

— Adeus. — Abro a porta do trem e desço, mas Guy me agarra com força.

— Samantha, pela última vez, pare com essa merda! Eu *conheço* você. E você é *advogada*.

— Você *não* me conhece Guy! — Minhas palavras explodem num jorro de raiva súbita. — Não me defina! Não sou advogada! Sou uma *pessoa*.

Puxo o braço e fecho a porta com força, tremendo inteira. No instante seguinte ela se abre de novo e Dominic e o cinegrafista saem atrás de mim.

— E então! — Dominic está murmurando empolgado ao microfone. — Numa reviravolta chocante, Samantha Sweet rejeitou sua luminosa carreira jurídica!

Realmente vou arrebentar a cara dele a qualquer minuto.

Enquanto o trem sai da estação vejo Guy e os outros sócios de pé, me olhando consternados. Acho que agora arruinei todas as chances de retornar.

Os outros passageiros começam a se afastar da plataforma, me deixando sozinha. Totalmente sozinha na estação de Hitherton com apenas uma mala por companhia. Nem sei onde fica Hitherton. A câmera de TV continua fixa em mim e, enquanto passam, as pessoas me dão olhares curiosos.

O que vou fazer agora?

— Olhando os trilhos do trem, Samantha se vê no fundo do poço. — A voz de Dominic é baixa e simpática.

— *Não* me vejo — murmuro de volta.

— Hoje cedo ficou arrasada por perder o homem que amava. Agora também não tem carreira. — Ele pára e acrescenta num tom sepulcral. — Quem sabe que pensamentos sombrios passam por sua mente?

O que ele está tentando sugerir? Que vou me jogar embaixo do próximo trem? Ele iria adorar isso, não iria? Provavelmente ganharia um Emmy.

— Estou bem. — Levanto o queixo e seguro a mala com mais força. — Vou ficar bem. Eu... fiz a coisa certa.

Mas quando olho a estação vazia ao redor sinto pequenos tremores de pânico enquanto avalio a situação. Não faço idéia de quando chegará o próximo trem. Não tenho nem idéia de onde quero ir.

— Você tem algum plano, Samantha? — pergunta Dominic, virando o microfone para mim. — Um objetivo?

Por que ele não me deixa *em paz*?

— Algumas vezes a gente não precisa de um objetivo na vida — digo na defensiva. — Não precisa conhecer o quadro geral. Só precisa saber o que fará em seguida.

— E o que você vai fazer em seguida?

— Estou... estou... pensando nisso. — Viro-me e me afasto da câmera, em direção à sala de espera. Quando me aproximo vejo um guarda saindo.

— Ah, olá — digo. — Gostaria de saber como chegar a... — paro, insegura. Aonde vou? — A... é...

— A... — instiga o guarda, solícito.

— A... Cornwall — ouço-me dizendo.

— *Cornwall*? — Ele parece pasmo. — Onde, em Cornwall?

— Não sei. — Engulo em seco. — Não exatamente. Mas preciso chegar lá o mais depressa possível.

Não pode haver muitos hortos à venda em Cornwall. Vou encontrar o certo. Vou encontrá-lo. De algum modo.

— Bem. — A testa do guarda se franze. — Terei de consultar o livro. — Ele desaparece em sua sala. Ouço Dominic sussurrando febrilmente ao microfone, mas não me importo.

— Aqui estamos. — O guarda aparece segurando um pedaço de papel coberto de escritos a lápis. — Seis baldeações, infelizmente, até Penzance. E vai custar cento e vinte libras. O trem vai demorar um tempo — acrescenta. — Plataforma dois.

— Obrigada. — Pego a mala e vou até a passarela. Ouço Dominic correndo atrás de mim com o cinegrafista.

— Samantha parece ter abandonado os sentidos — está ofegando ele ao microfone. — A tensão da situação a fez passar dos limites. Quem sabe que passo impensado dará agora?

Ele quer *muito* que eu pule, não é? Vou apenas ignorá-lo. Paro decidida na plataforma, olhando para longe da câmera.

— Sem endereço e sem apoio — ouço-o continuar. — Samantha está partindo numa jornada longa e incerta para encontrar o homem que a rejeitou hoje cedo. O homem que se afastou sem dizer adeus. Será um plano sensato?

Certo, já chega.

— Talvez não seja um plano sensato! — Viro-me para encará-lo, respirando ofegante. — Talvez eu não o encontre. Talvez ele nem queira saber. Mas preciso tentar.

Dominc abre a boca de novo.

— Cale-se — digo. — Só cale a boca.

Parecem se passar horas até que ouço o barulho do trem à distância. Mas é do lado errado. É outro trem para Londres. Quando ele pára ouço as portas se abrindo e pessoas entrando e saindo.

— Trem para Londres! — grita o guarda. — Trem para Londres, Plataforma Um.

É o trem em que eu deveria estar. Se não fosse louca. Se não tivesse abandonado os sentidos. Meu olhar percorre preguiçosamente as janelas, as pessoas em seus bancos, falando, dormindo, lendo, ouvindo iPods...

E então tudo parece congelar. Estarei *sonhando*?

É Nathaniel. No trem para Londres. A três metros de distância, num banco de janela, olhando rigidamente adiante.

O que... por que ele...

— Nathaniel! — tento gritar, mas minha voz se transformou num fiapo rouco. — Nathaniel! — balanço os braços freneticamente, tentando atrair sua atenção.

— Jesus, é ele! — exclama Dominic. — Nathaniel! — grita ele, com a voz parecendo uma sirene de nevoeiro. — Aqui, meu chapa!

— Nathaniel! — finalmente minha voz está funcionando. — Na-tha-ni-el!

Com o meu grito desesperado ele finalmente levanta os olhos e pula de choque ao me ver. Por um instante sua expressão é de pura incredulidade. Depois todo o rosto parece se expandir numa lenta explosão de deleite.

Ouço as portas do trem se fechando. Já vai partir.

— Venha! — grito ansiosa.

Vejo-o se levantando dentro do trem, pegando a mochila, passando espremido pela mulher no banco ao lado. Então desaparece no instante em que o trem começa a sair da estação.

— Tarde demais — diz o cinegrafista, lúgubre. — Ele não vai conseguir.

Meu peito está apertado demais para responder. Só posso olhar o trem que parte, passando vagão a vagão, acelerando, cada vez mais rápido... até finalmente ir embora.

E Nathaniel parado na plataforma. Está ali.

Sem afastar o olhar do dele começo a andar pela plataforma, acelerando quando chego à passarela. Do lado oposto ele faz o mesmo. Chegamos ao topo da escada, andamos um pouco e ambos paramos, a pouco mais de um metro de distância. Minha respiração sai depressa e o sangue inundou meu rosto. Sinto-me em choque, empolgada e incerta ao mesmo tempo.

— Achei que você estava indo para Cornwall — digo finalmente. — Comprar seu horto.

— Mudei de idéia. — Nathaniel também parece chocado. — Pensei em... visitar uma amiga em Londres.

— Ele olha para minha mala. — Aonde você ia?

Pigarreio.

— Estava pensando em... Cornwall.

— Cornwall? — Ele me encara.

— É. — Mostro minha programação de horários, subitamente querendo rir do ridículo daquilo.

Nathaniel se encosta no parapeito, os polegares nos bolsos, e examina as ripas de madeira da passarela.

— Então... onde estão seus amigos?

— Não sei. Foram embora. E não são meus amigos. Dei um soco no Guy — acrescento com orgulho.

Nathaniel vira a cabeça para trás e gargalha.

— Então eles demitiram você.

— Eu os demiti — corrijo.

— Foi? — pergunta Nathaniel, pasmo. Estende a mão para a minha mas eu não a seguro. Por baixo do júbilo continuo me sentindo inquieta. A mágoa desta manhã não passou. Não posso fingir que tudo está bem.

— Recebi o seu bilhete. — Levanto os olhos e Nathaniel se encolhe.

— Samantha... eu escrevi outro no trem. Para o caso de você não me receber em Londres.

Ele enfia a mão no bolso, sem jeito, e tira uma carta com várias folhas; os dois lados do papel cobertos de escrita. Seguro-a por um momento, sem ler.

— O que... o que ela diz? — levanto os olhos.

— É longa e tediosa. — Seu olhar se crava no meu. — E mal escrita.

Viro as páginas lentamente nos dedos. Aqui e ali vislumbro palavras que fazem meus olhos se encherem de lágrimas instantaneamente.

— Pois é — consigo dizer.

— Pois é. — Os braços de Nathaniel envolvem minha cintura; sua boca quente pousa na minha. Enquanto ele me abraça com força sinto as lágrimas se derramando nas bochechas. Este é o meu lugar. É aqui que me encaixo. Por fim me solto e olho para ele, enxugando os olhos.

— Para onde, agora? — Ele olha por cima da passarela e acompanho seu olhar. Os trilhos se estendem nas duas direções, até a distância. — Para que lado?

Observo a linha interminável, franzindo as pálpebras por causa do sol. Tenho 29 anos. Posso ir a qualquer lugar. Fazer qualquer coisa. Ser o que quiser.

— Não há pressa — digo finalmente, e levanto a mão para beijá-lo de novo.

Este livro foi composto na tipologia
BernhardMod BT, em corpo 13/16, e impresso em
papel off-set 90g/m² no Sistema Cameron da
Divisão Gráfica da Distribuidora Record.